U0856393

中国当代大陆武侠小说代表作家

张宝瑞武侠小说全集

大成游侠

清末民初著名武侠英雄王芗斋传奇

张宝瑞 著

王芗斋

大成拳鼻祖

武林泰斗

中国武术名宿

群众出版社
·北京·

图书在版编目（CIP）数据
大成游侠／张宝瑞著．—北京：群众出版社，2012．1
（张宝瑞武侠小说全集）
ISBN 978－7－5014－4961－3
Ⅰ．①大…　Ⅱ．①张…　Ⅲ．①侠义小说—中国—当代　Ⅳ．①I247．5
中国版本图书馆 CIP 数据核字（2011）第 257388 号

大成游侠

张宝瑞　著

总 策 划：李国强
策　　划：易孟林
责任编辑：易孟林　张璟瑜
装帧设计：章　雪
封面插图：王紫华

出版发行：群众出版社
地　　址：北京市西城区木樨地南里
邮政编码：100038
经　　销：新华书店
印　　刷：北京通天印刷有限责任公司

版　　次：2012 年 1 月第 1 版
印　　次：2012 年 1 月第 1 次
印　　张：15．25
开　　本：787 毫米×1092 毫米　1/16
字　　数：250 千字

书　　号：ISBN 978－7－5014－4961－3
定　　价：28．00 元

网　　址：www．qzcbs．com
电子邮箱：qzcbs@163．com

营销中心电话：010－83903254
读者服务部电话（门市）：010－83903257
警官读者俱乐部电话（网购、邮购）：010－83903253
文艺分社电话：010－83901330

本社图书出现印装质量问题，由本社负责退换

自 序

一

冬练三九，夏练三伏，保精养气，吞吐沉浮；每当拉开架势运气发功，便内在地生出一股升腾之力，瞬息可发。我觉得这种力就是我们千百年来一直推崇和渴盼的强国强民强种之力！董海川、杨露禅、王芗斋、张长桢、尹福等著名武术家便是这种力的代表。而正是这无数的杰出代表与勤劳勇敢的普通民众一起创造着中华民族的历史，让侠的精神贯穿始终。

据史书记载，捣毁祖龙居的陈胜义军中的许多勇士就是角抵的喜爱者。汉末的黄巾军在起义前也在民间聚集太平道徒练习武艺，终成强悍之师。唐初，以少林寺和尚昙宗为首的十三棍僧，搭救秦王李世民，救一明主，以致出现盛唐之治。燕青拳起源于北宋末年梁山义军浪子燕青之手。南宋初年岳家军中的岳家拳曾使金兵闻风丧胆，“壮志饥餐胡虏肉，笑谈渴饮匈奴血”。元朝末年朱元璋起义军中的常遇春、沐英等都是著名的武术家。明代抗击倭寇的戚继光创立戚家拳，名震国门。一九〇〇年的义和团运动更是中国数十万武术之众抗击外国侵略者的明证。

侠者，勇也，义哉。侠是一种精神。中国武术浩瀚博大的历史长卷之中，清代和民国初期是中国武术的鼎盛时期。八卦掌始祖董海川、杨氏太极拳始祖杨露禅等武术盟主，异军突起，各领风骚。八大镖局，叱咤风云；四大佛教圣地，侠香缕缕。更有那“醉鬼张三”“大刀王五”“鼻子李”“翠花刘”“铁镯子”“小辫梁”等性格各异的武林人物穿梭跳跃其中，展现了一派雨激雷荡、风啸马嘶、侠飞剑击、气壮山河的英雄风采。

二十世纪三十年代有日本记者问大成拳始祖王芗斋：“中国武术史上你最崇尚谁?”王芗斋毫不犹豫地回答：“八卦掌开山鼻祖董海川和杨氏太极拳创始人杨露禅。”

八卦掌始祖董海川，生于清嘉庆年间，自小嗜武成癖，秉性刚直，疾恶如仇，济困扶危；后来在江南遇道士毕澄霞指点穿掌，即八卦掌的雏形。据八卦掌研究会会长李子鸣先生介绍，为报家仇国恨，董公曾接受太平天国天王洪秀全派遣，忍辱割阉，栖身北京王府试图接近咸丰皇帝行刺，以酿成清廷内乱，使太平天国趁机北征。太平天国运动失败后，董海川壮志难酬，于是在北京正式设馆收徒五十六人，创立八卦掌，声名远扬。光绪八年（公元一八八二年）十二月十五日，这位武术大师端坐而逝，葬于北京东直门外红桥牛房村；一九八一年五月六日，迁于北京西郊香山脚下的万安公墓。

杨露禅（公元一七九九年—一八七二年），字露禅，别号禄缠，名福魁，直隶永年县人。年轻时慕河南温县陈氏拳名，往投陈长兴门下学太极拳。他天资颖异，秉性坚毅，终于尽得陈氏拳法之秘，数次与陈家诸徒较量武功，皆败之，师惊其才，遂传授秘术。数年后，以能避强制硬之力见长，柔中寓刚，绵里藏针，人称“沾绵拳”。后至京师，任旗营武术教习，名震朝野，有“杨无敌”之称。曾与董海川交手，名望极高。其子班侯、健侯，自幼秉父教，均卓然成为名拳家。满族人全佑、凌山、万存、万春，亦得露禅之真传，但均奉露禅之命，拜于班侯门下。

“醉鬼张三”张长桢，是清末民初北京著名武术家，武术门派“三皇功”的创始人。他瘦骨嶙峋，弓腰垂背，平时上身穿一件雪白色对襟儿长褂，下身穿一条肥大的青布裤子，脚穿一双千层底布鞋；左手拎着一个竹鸟笼子，笼内养着一只红嘴绿头的画眉鸟儿；右手握一杆铜锅白玉嘴的尺余长烟袋；一双醉眼像两个灯笼，分外有光彩。他仗义疏财，藐视权贵，暗中帮助百姓，留下许多佳话，是京城老百姓竞相传颂的英雄人物。张三曾护送钦差到西藏，其经历也是跌宕起伏。

目前已查明，全国源流有序、拳理分明、风格独具、自成系统的拳种有三百多个，武术名家逾千人。一九七一年我创作长篇小说《落花梦》时，文中就已经有了武侠人物的雏形。在描写侠客国的时候，我写到了几十个侠客，主要是清代长篇武侠小说《七侠五义》《小五义》《儿女英雄传》对我的影响比较深。但真正接触中华武术，却是我在二十世纪八十年代当新华社记者的时候，当时分管文教报道，包括体育报道。中华武术属于体育范畴，我采访了很多武术名家，和众多武术界的知名人士便成为好朋友。像八卦掌始祖董海川再传弟子、八卦掌研究会会长李子鸣，副会长谢佩启，戳脚翻子拳研究会会长刘学勃等都是我的朋友。在交往的过程中，我一直注意记录他们讲述的人生经历和一些有价值的逸事。八卦掌传人李子鸣，他的家就在西草厂附近，我时常去他家中拜访他。新中国成立前，李子鸣曾经成功地掩护了当时中共北平地下党的一位负责人脱险。当时，国民党特务跟踪那位负责人到了李子鸣家附近，李子鸣将他藏在了自家的酱缸里，解救了这位地下党负责人。新中国成立后，李子鸣和他一直保持着来往。与武术名家交往，对我的影响很大。在同他们交往的过程中，我认识到，武术与京剧一样，是中华民族珍贵的文化遗产。同时，我也逐渐对中国武术史上各个拳派的起源、发展、演变以及代表人物产生了兴趣。

二十世纪八十年代初，国内出现了一批弘扬爱国主义和民族精神的优秀影视作品，如电影《少林寺》、电视连续剧《霍元甲》等，一度形成万人空巷的观看热潮，这在某种程度上表明了普通百姓对此类作品的渴求。这也促使我萌生了创作弘扬正义、歌颂爱国主义精神的武侠小说的想法。因为我觉得，真正意义上的武侠小说能够最直接地反映爱国主义和民族精神。我将我写作武侠小说的原因，详细地归纳成了五点：第一，我了解武术界；第二，武侠小说的侠是一种精神和境界；第三，写武侠小说可以发挥更多的想象；第四，我为人坦荡、豪爽大度的性格，多少有一些侠气；第五，当时武侠作品的热潮正席卷中国大陆。于是，我一边认真地完成新华社交给我的采访任务，一边利用业余时间开始创作武侠小说。

不久，我写的长篇武侠小说《八卦掌传奇》出版了。这部长篇武侠小说记叙了八卦掌创始人董海川富有传奇色彩的一生。董海川少年嗜武成癖，青年浪迹天涯，在九华山拜碧霞道长为师，并与吕飞燕结下不解之缘。这个吕飞燕是飞剑斩雍正的侠女吕四娘的后代，反清的壮志使这个年轻貌美、武艺高强的侠女与董海川一见钟情，心有灵犀一点通。十四年后董海川下山，历尽磨难。后来太平天国垂危，天王洪秀全泪请董海川进京刺杀咸丰皇帝。董海川为了反清大业，毅然斩断与吕飞燕的姻缘，慨然受命，阉割进京，栖身王府，寻机接近咸丰皇帝，以求谋杀。董海川自阉后先后在四爷府、肃王府任护卫总管，在圆明园皇会比武中，力挫群雄，冠绝一时。恰恰此时，太平天国失败，洪秀全自尽。董海川壮志难酬，抑郁而终。吕飞燕在万念俱灰之中凄然遁入峨眉山削发为尼。这部小说以董海川与吕飞燕的悲欢离合为主线，写出英雄与美人、侠客与情人的悲剧。《八卦掌传奇》出版后，和当时的《霍元甲》《螳螂拳演义》等成了名噪一时的畅销书。这无疑给了我继续进行武侠小说创作的信心。以后我又写出了《铁镯子传奇》《宦海侠魂》《醉侠传》《太极英雄传》《大成游侠》《东归喋血》等一系列长篇武侠小说。

长篇武侠小说《铁镯子传奇》，实则是《八卦掌传奇》的续集。董海川去世后，他的大弟子"铁镯子"尹福接任掌门人。有史可查，尹福又任清宫护卫总管兼光绪皇帝的武术教师。时值康梁"戊戌变法"时期，珍妃的翡翠如意珠丢失，朝廷震动，尹福会同八卦掌门人破案。一连串谜案发生，此起彼伏，尹福的师弟"煤马"马维祺被毒砂掌击杀，肃王府的宠妾金桔一反常态……尹福夜探肃王府，发现金桔的替身是其妹妹银狐公主；在颐和园又发现董海川的旧日仇敌、"塞北飞狐"沙弥。此时与尹福同往的银狐不幸中了慈禧太后的保镖文冠的天女散花针。为救银狐，尹福孤身闯千山寻解药。八卦掌门人二闯颐和园，设计杀了沙弥，但遭到清军虎神营伏击，伤亡惨重，"大枪刘"刘德宽等五人被俘。以后八卦掌门人在琉璃厂劫法场，救出刘德宽等人，弟兄们各奔东西。此时，尹福才明白，是后党设计盗去皇妃宝珠，为的是让光绪皇帝疏远尹福等八卦掌门人，以除掉刺杀光绪的障碍。以后尹福夜闯天津荣禄府，终于夺回宝珠，并无意中偷听了袁世凯向荣禄告密。尹福见维新党人和光绪危急，火速赶往北京，但为时已晚，维新运动失败，光绪被囚于瀛台。尹福愤而将宝珠投入御河之中，呼曰：变法既已失败，我主又已被困，我千辛万苦寻来的宝珠又有何用……

长篇武侠小说《宦海侠魂》，是《八卦掌传奇》的再续集。一九〇〇年八国联军的铁蹄突入北京，慈禧、光绪等皇族西逃，清宫护卫总管尹福、李瑞东护驾而行。八国联军、义和团、军阀宦官、巨盗土匪、绿林豪杰、将门遗族等出于不同的政治目的，企图刺杀慈禧和光绪，由此而展开了跌宕起伏、扑朔迷离的故事和惊心动魄的厮杀，刀光剑影，悲壮曲折。武术大师车毅斋、郭云深、马贵、张策等大显身手。其中一些宫闱秘史、西遁内幕均属首次公布于世。西遁之途，迢迢遥遥，山高路远，谷幽水深，始终是一个谜。据史书记载，皇家行列曾遇土匪巨盗骚扰、乱兵袭击、义和拳众阻击、内讧……这部小说有史实、逸闻、传奇、秘史，杯弓蛇影，烛影斧声，上演了一幕幕跌宕起伏的活剧。书中所写八国联军统帅瓦德西派出杀手黛娜欲刺慈禧是为酿成中国内乱；义和拳众欲杀慈禧是因她出卖了义和拳；袁世凯派人欲杀光绪是恐其死于太后之后，以绝复仇之患；于莺晓刺杀光绪是为反清复明；江南神偷乔摘星看中了光绪帝手中的小盒子，只因盒内藏着御玺；燕山大盗黑旋风劫掠皇族是为了食色谋财；“臂圣”张策师徒追杀慈禧是因为朝廷弃城而逃……皇家行列在八达岭遭到黑旋风匪帮的袭击，光绪被劫；正当黑旋风欲杀光绪时，女侠于莺晓从天而降要带光绪帝到恒山祭祖；她杀散匪帮，光绪又不翼而飞……在双榆镇，出现两个怀来县令，令人难辨真伪；怀来县城又出现由义和团众装扮的皇家行列。为索回被乔摘星偷走的御玺，尹福来到山西太谷，恰遇天下侠士云集此地，目睹形意门两泰斗郭云深与车毅斋比武；尹福夺回御玺，挫败八国联军暗杀的阴谋，最终护送皇驾安全抵达西安。

长篇武侠小说《东归喋血》，是《宦海侠魂》的续集。写的是一年后，以慈禧、光绪皇帝为首的皇族从西安返回北京的故事。莲花寺“花花和尚”、“天山二秀”秋家姐妹、少林寺恶僧悟慧、“通臂猿”胡七、八国联军女杀手黛娜等人，各怀异志，对皇驾多次实施突袭，由此险象环生。慈禧携瑾妃、隆裕皇后在骊山华清池洗浴，身染“花花和尚”所投之毒。尹福与假扮瑾妃的宫女木兰花深入莲花寺，骗取解药，使她们转危为安。李莲英献奇策，让王爷载澜的义女向昀假扮慈禧，去顶那“明枪暗箭”。向昀为救流放西域的义父，忍辱领命。此时，真慈禧突然失踪，向昀被少林寺僧人劫持。尹福独闯少林，救出向昀；归途误入陷阱，生命垂危。“天山二秀”秋千鸿、秋千鹄姐妹为报夙仇，千里迢迢，赶来突袭皇驾。光绪夜入英豪镇教堂祈祷，遭到假扮圣母的黛娜枪击，光绪佯死，虎口逃生。尹福与向昀产生真挚爱情，而尹福不能摆脱传统的世俗观念，两个人的爱情充满矛盾与痛苦。尹福为救向昀落入秋家姐妹魔掌，被劫持到西域女儿国。在一女侠的帮助下，尹福等人消灭秋家匪帮，恢复了女儿国的太平盛世。少林僧人围攻开封府皇驾，宫女木兰花壮烈殉难，恶僧悟慧毙命。皇驾北渡黄河，中流击水，风浪大作，又遭"通臂猿"胡七等人围困。尹福晓明大义，施展神功，胡七等人悄然退去。皇驾终于结束了三个月的流亡生涯，由直隶正定乘火车返京。在京城南部马家堡车站，正当向昀下车之际，黛娜从迎驾的洋人行列中疯狂跃出，身抱装有炸药的手提包，孤注一掷地朝假慈禧扑去；在巨大的爆炸声中，两人同归于尽。

长篇武侠小说《大成游侠》，描述的是大成拳创始人王芗斋的一生。清末王芗斋拜师郭云深，后来到北京曾投军做伙夫，因显绝技，被吴三桂后裔吴封君招为女婿。王芗斋巧入六国饭店戏弄俄国大力士康泰尔，与韩慕侠、王子平等武术名家结为莫逆之交。王芗斋为博采众艺，开始驰骋江湖；在少林寺遇到高师指点，于达摩洞前目睹天下奇雄比武；为追击武林败类小白猿，登峨眉山与群猴大战，仿佛身入猴国；以后辗转福建鼓山、浙江杭州，来到华山，邂逅鼓山老道、"江南第一妙手"解铁夫、方士桩、刘丕显等名家，又引出许多故事；在九华山终于击毙小白猿，替武林除一大害。这部长篇小说的特点是把动物人性化，如峨眉山的猴子、鼓山的鹤、华山的鹰，都训练有素，栩栩如生，极有灵性。苍鹰能千里报信，野猴能列阵搏杀，白鹤死后解铁夫为之立碑，特别是猴群中也有善恶之分，颇通人性，别开生面。

长篇武侠小说《醉侠传》，写的是京都名侠"醉鬼张三"以奇术绝技行侠仗义的一生。张三本名张长桢，生于清末，早年靠保镖护院为生，名噪大江南北。晚年看破红尘，息影家园。因他嗜酒成性，整天迷蒙着一双醉眼，又在家排行第三，人称"醉鬼张三"。他便也倚醉卖醉，不管哪位权贵相请，大有"天子呼来不上船，自称臣是酒中仙"之慨！故事以"小辫梁"大闹马家堡为引笔，张三为救小辫梁，夜探紫禁城找尹福出面相助。一九〇〇年，八国联军入侵北京，张三巧救于谦祠堂里众多被关押的妇女。为救天坛里的更多受难女子，张三又闯入中南海挟持八国联军统帅瓦德西，逼使他下令释放天坛里的被扼女子。八国联军退后，张三为钦差大臣王金亭护镖到西藏颁诏，后又到杭州铲除污吏，精武馆遇霍元甲，大明湖辨真假刘鹗，深州府鏖杀，夫子庙论扇，普陀山救人，悬念迭出。

长篇武侠小说《太极英雄传》，写的是杨氏太极拳名家杨露禅父子一生的故事。清咸丰年间，杨露禅三下陈家沟装哑偷拳；为救师父陈长兴，他闯孔林、下苏州，身陷黄葵帮匪巢，祸至福来。为救秦淮歌妓郑盈盈，他赴“雄县柳”家夺官印，身中剧毒；幸亏女侠陈玉娘大闹北京圆明园，戏咸丰皇帝，谑四春贵妃，巧夺解药，使杨露禅转危为安。英法联军火烧圆明园，总管文丰自尽前请杨露禅、杨班侯父子护送一批国宝转移至北京西山。潭柘寺刀光剑影。一路上曲折逶迤，清官大内高手、黄葵帮和水澳帮巨盗、英法联军、宫娥侍卫步步紧随，对国宝垂涎不已，由此展开了惊心动魄的搏杀。猎户冯三保、冯婉贞父女血染山谷，与各路杀手同归于尽，结局出乎意料，令人回肠荡气，隽永不已。

我创作长篇武侠小说《醉侠传》是在一九八八年。“醉鬼张三”的旧居就在我家住的喜鹊胡同附近，我小时候经常去那里玩儿，因此，对“醉鬼张三”的题材有一种特殊的感情。为了写这部小说，我下了很大的工夫。我最先想到的是采访张长桢先生的长孙张芝纶，但他早已隐居。等找到他在甘肃的地址后，仍然联系不上，无奈我只好另寻渠道。功夫不负有心人，我终于找到了“醉鬼张三”这一门派的武术家贾振才，当时他已经是一位七十多岁的老人了。贾振才老人是剪刀匠出身，江湖人称“剪刀贾”。我还清楚地记得第一次去他家采访时的情景。他家里陈设简单，墙上挂着一个一尘未染的相框，框里正是“醉鬼张三”的照片。到了午饭的时间，老人拿出橘子、核桃，问我：“张记者，喝什么酒?”说着，手一伸，在床底下“嚓”的一声抽出一个箱子。我一看，里面全是白酒。老人一指桌子上的橘子和核桃说：“这就是当年咱们张三爷的下酒菜!”他拿起一颗核桃，手一用力，“咔嚓”一声核桃就碎了。“醉鬼张三”的照片很少见，所以我很想将贾振才家墙壁上挂的那张照片拍下来。一天下午我又去了他家。当时，贾振才的一个徒弟正好也在他家。这个徒弟比贾振才的年龄还要大，他看到我要拍墙上“醉鬼张三”的照片，就上前来对我说：“拍照片是不是应该给个价钱?”贾振才“啪”地打了他一个嘴巴，大声说：“张三爷从来不让自己的门下谈钱!”贾振才又转过身来，对我说：“张记者，你尽管拍!”我拍了几张照片。后来，翻拍的"醉鬼张三"的照片印在了我出版的长篇武侠小说《醉侠传》（原书名《醉鬼张三》）里。这部小说出版以后，我意想不到地见到了当初我千方百计寻找的"醉鬼张三"的长孙张芝纶。那是一九九〇年初的一天，我正在位于北京日报社里的新华社北京分社的办公室里写稿子，忽然听说有人找我。我出来一问才知道，是张三的次孙。他说："张记者，我大哥来北京了，想见一见你！"我又惊又喜，就随他一起去了。我们去的地方正是离我家老屋不远的"醉鬼张三"旧居。走进旧居的大门，只见正堂的太师椅上端坐着一个又矮又瘦的老人，青衣长褂，很是精神。老人看到我们走进来，马上从太师椅上站了起来，热情地走过来，把我迎到太师椅旁边的座位上。寒暄之后，他仔细地端详我，见我高个头、身材魁梧，就问："张记者，会不会武功？"

我一笑，回答他说："我不会，我写武功！"

他说："无论如何，首先感谢你为我爷爷写了一本书！"

我告诉他最初准备写《醉侠传》的时候，和他联系不上。他听后连声说："多包涵，多包涵！"

我与"醉鬼张三"的长孙谈得很投机。他为人热情豪爽，向我讲了他自己的情况，而更多的是谈论他的爷爷"醉鬼张三"。据他讲，"醉鬼张三"是一个不事张扬的人。由于他的武功好，很多人想制伏他，借张三的名气来扬自己的名。所以张三行事一直很谨慎，包括在胡同里走路，他从来不贴着墙根走，总要与墙保持一定的距离，防止被别人暗算。他有三个孙子，而武功高强的是长孙。我有幸见到继承了张三武功的这位后人，可惜他于一九九七年在安徽悄然去世。

长篇武侠小说《醉侠传》被改编成电影是由于一次偶然的机会。一九八九年底，香港齐明电影制作公司准备拍摄四十集电视连续剧《大刀王五》，来到内地洽谈相关事宜；武术界的窦凤山先生和北京电视艺术中心的负责人郑晓龙向他们推荐我担任电视剧的武术顾问，主要原因就是我创作了很多武术题材的小说。我们一起拜访了"大刀王五"的孙媳和重孙，参观了"大刀王五"主办的源顺镖局，镖局位于北京东珠市口。这时，我将我出版的一些武侠小说送给了香港导演戴彻。他读过之后，有意将《醉侠传》改成电影搬上银幕；同行的西安电影制片厂导演张子恩也是这个意思。他对我说出这个想法之后，我欣然同意。一九九〇年，根据我的长篇武侠小说改编的电影

《醉鬼张三》，由香港齐明电影制作公司和青年电影制片厂联合搬上了银幕，在内地发行电影拷贝达二百三十二个，后来此电影还被评为新中国成立五十年优秀影片之一。

二

侠者，勇也，义哉。武侠小说是侠者的碑迹，是侠者心路历程的纪录。著名作家刘绍棠生前曾这样评价我的武侠小说："将武术、史实、言情、京味融为一体，革新了旧式武侠小说，应该是武侠小说中的写实类型。"我在创作长篇武侠小说时，力求历史与传奇、武术与侠义、文史与传说、言情与民俗相结合，使人读罢能恍入中国武术浩瀚博大的历史长卷之中。但是，能够称得上写实派也不是一件容易的事情。我在小说中描写的一招一式都是有渊源的，并不是完全依靠想象。在创作武侠小说的过程中，我有幸结识了几位武侠小说创作成绩斐然的大家，香港著名武侠小说作家梁羽生先生就是其中一位。

我与梁羽生先生的交往很有传奇色彩，我们至今都未曾谋面，却有书函辗转往来。一九九三年，我希望梁先生能够为我的武侠小说作序。当时，我找到梁先生的经纪人，他与梁先生联系后，梁先生表示要看我的武侠小说。我寄给他两部武侠小说，一部是《八卦掌传奇》，另一部是《醉鬼张三》（后更名为《醉侠传》）。正在澳大利亚悉尼隐居的梁先生在看到我的两部武侠小说之后，欣然应允为我写序；他在序中还对武侠小说的发展趋势，作了客观和卓有远见的评述。

为感谢梁羽生先生的谆谆教诲，也便于读者诸君了解梁先生关于武侠小说的真知灼见，现将所作序言照录如下。

六W与三结合

梁羽生

一

文章贵有个人风格，对长篇小说而言，更加如此。无风格不能成家——虽然成家的条件不止一种，但风格却是属于基本的因素。张宝瑞的武侠小说是有他的个人风格的。

我和张宝瑞不相识，只知他是记者“出身”。作家的风格往往受本身经历的影响，张宝瑞的风格似乎也是源于他的职业。西方新闻学有六W之说，把一篇新闻报道必须具备的因素概括为when（何时）、where（何地）、who（何人）、what（何事）、why（何故）、how（如何）。此说虽来自西方，但中西一理，缺少六W之一，就不能成为一篇完整的新闻报道了。

张宝瑞的武侠小说具有纪实文学的性质，在大陆亦早有定评。以他的两部代表作《醉鬼张三》（编者注：即《醉侠传》）和《八卦掌传奇》为例，前者写三皇功创始人张长桢的一生，后者写八卦掌开山祖董海川的事迹。书中的主要人物和重大事件都是真有其人，实有其事的。纪实文学脱胎于新闻报道，其必须具备六W，是无须说的。除了真人实事之外，张宝瑞还有严格的时空观念。例如，《醉鬼张三》中十三、十四两回，写了张三在某年春节期间的活动：闹花会，看艺人的杂耍；逛厂甸，听小贩的吆喝；游鸟市，赏珍禽的奇姿；进戏园，观名伶（杨小楼）的演出……在读者面前展开了一幅清末民初的北京民俗画卷。这些具有鲜明特色的描绘，是决不能移用于别的地方、别的年代的。

最后两个W（why，how）属于叙事的范围。任何小说离不开叙事，因此只有技巧高下的问题，并无需不需要的问题。技巧问题，在有限的篇幅中是难作评述的。是否必须具有六W，要看作品的性质。例如，历史小说必须有，科幻小说就无需了。武侠小说可以是写实的，也可以只是“成人的童话”，因此是要六W具备，还是只要其中的一部分，那就全看作者的取向了。许多武侠小说说不清楚故事发生于何地何时，但自有其文学价值，正如“成人的童话”一样。

不过，我还是比较喜欢有六W的作品，因为出于高手的成人童话固然有其文学价值，但若是粗制滥造的作品则难免令人有云山雾罩之感了。

二

有了个人的风格，还得有坚实的内容，否则就不耐看了。有如千娇百媚的美人，其魅力也终如彩云之易散。

张宝瑞的小说是够得上用坚实二字来形容的，尤其在“武”这方面。他写的是名副其实的武侠小说。武侠小说用简单的算式表示，即：武＋侠＋小说。必须三者结合，才能名实相符。并非所有的武侠小说都是有武有侠的，早就有人指出一个现象：“许多武侠小说都是有武无侠，甚至武也没有，有的只是神，神怪的神”。

张宝瑞的小说，其最大的特色就是有关武术的描写，大陆作家林斤澜就这样说过：“现在的文坛有两怪，一是张宝瑞，专写武术；二是柯云路，专写气功。”《八卦掌传奇》第十五回，张宝瑞写董海川与铁佛法师谈论武术，对各门各派的拳脚功夫如数家珍。张宝瑞的武术知识之广博，于此可见一斑。

张宝瑞的小说有侠，无须待我来说。他那两部代表作的主角——张长桢与董海川，本来就是有许多行侠仗义事迹在民间流传的真实人物。

张宝瑞的武侠小说有纪实文学的性质，但并不等同侠士的传记。他还是用小说的手法写的，有在特定环境中“可能发生”的虚构情节，也有为了突出主角形象而安排的次要人物。当然，也有人物的刻画和气氛的描写。

三

对于武侠小说的三结合，还有许多值得讨论的地方；因为在认同者中也还有枝节的差异，何况还有不认同的呢。这里无法作深入的讨论，只能略抒己见。

首先，在三结合中，哪一样是重要的？当然应是小说。不能写成传记，更不能写成论文（有人指出，我有几部小说犯了说理过多的毛病。这确是我应作自我检讨的）。这一点似无异议，问题只在于小说写法的讨论了。例如，小说总有叙事（武侠小说更加是以讲故事为主的），那么用什么人的眼睛来作见事之眼呢？用作者的眼睛还是用书中人物的眼睛？我比较倾向于用人物之眼。对三结合，我个人的排列式是：小说、侠、武。

武侠小说必须有武，这一点似乎无异议。不过，是虚写的好还是实写的好，就有不同的意见了。我觉得这也是一个取向问题。扬长避短，是任何作者都会选择的道路。如我，因为不懂技击，也不懂气功，就只能虚写了。但我总觉得欠缺这方面的知识是一大憾事。

最大的分歧在“侠”这一方面。有人认为“侠”的观念早已过时，不合潮流。武侠小说若受侠的观念所束缚，就会影响作品的艺术性。对于“潮流”，我不会视而不见。今年四月间，我在北京写的一首小诗，开头两句就是：“上帝死了，侠士死了！”

“侠气渐消”这一社会现象，恐怕亦非自今日始。一百五十年前，龚自珍就发过“吟到恩仇心事涌，江湖侠骨恐无多”（《己亥杂诗》于返乡舟中读陶诗三首之一。那年是一八三九年）的感慨。还有别人（清末文人吴伯揆）集龚诗的对联：“侠骨岂沉沦，耻与蛟龙竟升斗；人事日龌龊，莫抛心力贸才名。”

尽管如此，我还是坚持武侠小说必须有侠，否则干脆取消那个“侠”字，叫做武打小说或别的什么小说好了，何必挂羊头而卖狗肉。至于有侠就会损伤艺术性，我也不能同意。写得不好，那只是手法高下的问题。更何况，如果连纸上的侠士都已消失的话，我们将如何面对那“叹屠龙人杳，屠虎人无，屠狗人遥”的百年孤寂。

好在侠士并未死亡，我是无须过分悲观的，而武侠小说，有武有侠的小说，也仍是千年老树，尚发新枝。

一九九三年十一月　澳大利亚悉尼

我曾经有两部长篇武侠小说《八卦掌传奇》和《大成游侠》（原书名《形意拳传奇》）在台湾《力与美》杂志上连载，风靡一时。

而在香港出版我的武侠小说却与梁羽生先生有着重要的关系。一九九七年初夏，香港名流出版公司总编辑冷夏到澳大利亚的悉尼找到了梁羽生先生，与他商谈出版事宜。谈话期间，梁先生向他们极力推荐出版我的武侠小说。一方面的原因是由于我的小说别具一格，风格写实；另一方面则是希望内地的武侠小说能够流传海外。不久，冷夏就飞到北京，我们在钓鱼台签订了出版协议。正是在梁先生的推荐之下，我成为当代内地最早打入港台的武侠小说作家。

我与美国著名华裔武侠小说作家萧逸的交往大有相见恨晚的感觉。

一九九四年元月上旬，我与萧逸在北京见面了。我知道萧逸的名字应是在这次见面之前。我的大学同学王占海当时是《中国电视信息报》的总编辑，与萧逸是好友，恰巧萧逸与我都在《中国电视信息报》上刊登了征集原著改编权的信息。一九九四年元月，萧逸来到北京，在王占海的介绍下，我和萧逸约定了见面的时间。那是在北京大都饭店，我们一见面，各自都吃了一惊。我看见萧逸，风雅俊逸，潇潇洒洒，哪里像是五十七岁的武林宿笔，所以急忙说："老英雄指教！"萧逸也想不到我如此年轻，竟见不到四十出头的影子，便微笑着说："京都怪杰可畏啊！"我们一见如故，聊起身世，原来还是老乡。萧逸是美籍华人，祖籍山东菏泽；我虽然出生在北京，但祖籍山东荣成。自古以来燕赵齐鲁是一个多慷慨悲歌之士的地方，我们两人以笔作枪，"挥戈跃马"，"鏖剑武林"。萧逸不嗜烟酒，我也是烟酒不沾。聊起写作习惯，萧逸每日八时三十分至十七时写作，不熬夜。我则是一般晚八时至十一时写作，也不熬夜。萧逸背负远大使命感，三十余年执笔不辍。耳濡目染数千年的文化遗存，无数风云人物的英雄业绩，正史兼野史，前人传记和书札，无不在他搜集之列。一本好书，其乐无穷。我是有史即拾，有书即买，我的居室，仅书柜就有十多个，书箱几十个，柜内的书双层而立，还是不能如意，只好忍痛割爱，送给兄长一些。妻子莫愁曾戏言：居室大有图书馆之感。为查书方便，妻子还特意给我买来了一个折梯。萧逸先生与我谈得投机，不觉三小时已过。当谈到武侠小说的要旨时，我们一致认为武侠小说重在"侠"字。对于侠的理解，萧逸认为：侠是伟大的同情。有伟大的同情心，讲义气，就是侠，不一定要会武功才是侠。我觉得：侠是一种精神，一种境界；从某种意义上来讲，侠是一种原始的共产主义的精神。因为，侠的本身是除暴安良，路见不平，拔刀相助；侠所追求的是一种人人平等、个个仗义的社会。著名物理学家杨振宁先生说：武侠小说是成人的童话。童话的意境是美好的，武侠小说就是要使人摆脱困境步入理想世界。行侠仗义的精神使人振奋，使人忘记痛苦和烦恼，痛快淋漓地面对人生。在交谈中，我们才知道，我们都很喜欢民国时期著名武侠小说作家王度庐的作品，因为王公笔下的人物都具有真实的人性，一点儿也不夸张，素有真情实感，被称为"情侠小说"。而我们的作品都注重"情"、"义"二字。萧逸笑着说："我常和我写的小说中的主人公谈感受，她的一颦一笑左右着我的情绪，甚至到同呼吸共命运的地步。有时候写到人物死了，自己也不免悲痛难禁，泪沾双襟，稿纸都湿了大半。"而谈到读者，萧逸说："一个情感丰富的男人，在面对众多仰慕的女读者时，说自己不曾动心那是骗人的。但是，有缘无分，又如何呢？不可否认，读者的支持是创作的一个原动力，但两者之间的分寸是非常重要的。发乎情，止乎礼，是当谨守的。”萧逸有情，读者更多情。在汹涌澎湃的热情环伺之下，萧逸一路行来，有惊无险，始终守持在一种精神的境界，诚是功力超凡，定力颇深。萧逸说他对情的看法是：文人若无风流之心，就不能当个好作家，所谓“君子尚风流”。我个人则是有风流之心，无风流之行。两性之间的关系，是人类最基本最重要的关系，我注重儿女情怀，真实人生的儿女情怀。关于武侠小说中使用的武器，萧逸认为中国的剑是正统的、最高境界的武器，它代表正义、光明正大，所以他的作品中武功最高的侠客永远用剑。我认为使用不同武器反映不同人的个性，因此我的作品中主人公的武器奇特多变，如鸡爪鸳鸯钺、判官笔、如意针、梅花镖、流星锤等。

我获悉萧逸当时当选为美国洛杉矶华文作家协会会长，又荣获一九九三年拿破仑杰出华人成就奖，十分高兴，当即向他表示祝贺。一九九四年十二月，我希望萧逸能为我的武侠小说作序言，他立即应允，在美国为我的武侠小说写了序言。他写道：“在传统的文学境界里，武侠小说一直就举足轻重地占着重要地位，实为广大读者群众所喜爱阅读。‘武侠’二字，‘武’——尚武的精神，‘侠’——伟大的同情。一部好的武侠小说，是应该在这样的一个范畴之内尽情创作与发挥。张宝瑞的小说情真意实，质朴无华。书中人物、门派、掌故之交代，多为确有其人，果有其门，真有其事。读来备感亲切，不忍释卷；易古而今，真仿佛四邻周遭发生之事，不失为武侠小说别开生面之作。这样为保留中华武学文化精华的执著热情，诚是不易而难能可贵。”

一九九五年十月二十五日下午，香港著名武侠小说作家金庸在北京大学出现，他受聘为北京大学的名誉教授。当我见到金庸时，北大校长吴树青介绍说：“金先生，这位是新华社高级记者张宝瑞，也是写武侠小说的作家。”金庸听了，赶快从座位上站起来与我握手，他笑眯眯地上下打量着我。随后，我把自己创作的六部长篇武侠小说送给了金庸。金庸把我递给他的武侠小说接过去翻看了一下，然后高兴地对我说：“你这么年轻，出了这么多著作，我回去一定好好拜读。”金庸把这些书交给他的妻子保存，然后坐在沙发上与我交谈。

金庸说：“武侠小说并不是纯娱乐性的作品，其中也要抒著世间的悲欢，能表达较深的人生境界。”我对他的观点很赞同，点头回答他：“我非常赞同您的观点，文学是人学，衡量作家作品成就的最根本的标尺，就是人学的标尺，因为无论采用哪一种文学形式，文学的主旨是写人、塑造人，是拷问人的灵魂。”金庸点点头，说道：“写武侠小说也是写人性，只有刻画人性，才有较长期的价值。”我说：“作为武侠小说这种文学形式，其成熟的标志就是侠、情、武的融合贯通。侠是一种精神。”金庸赞同地连连点头，说道：“在武侠小说中，侠比武重要，侠是灵魂，武是躯壳；侠是目的，武是达成侠的手段。打抱不平，是小侠行径；以天下为己任，才是大侠之举。”

我在与金庸的交谈中，在荡然的话语中，悟出几许凄凉。金庸是一个能人，一个哲人，他洞察了人生的千奇百怪，喜怒哀乐。他为什么在人生最辉煌的时候，悄然隐退，归隐江湖？“人生在世不称意，明朝散发弄扁舟”。杨过身遭大难断了一臂，又忍了十六年相思之苦才得归隐；令狐冲身败名裂与盈盈团圆；陈家洛大事难成，终生抑郁，避居回疆；张无忌见大势已定无力回天，心灰意冷，率众出走；袁承志见父仇难报，家园难归，浮槎海外，空有安邦志，却吟去国行……金庸所念念不忘的是那些不得不归去的人物。他曾远赴英伦，也似袁承志浮槎海外。可见金庸是对某种现实、某种历史积淀感到失望，失望便不再写，故封笔挂剑，失望出走。一九九三年初，金庸移居英国，这位在香港驰骋了三十多年的“大侠”终于功成身退，在遥远的英伦半岛暂时觅得一片清静之地。“归去来兮”，如今金庸又回到祖国，在西子湖畔定居。世事沧桑，书香犹在；宝刀未老，雄心未泯。侠香一缕系天外，西子湖畔招魂来。

二〇一〇年二月十四日春节期间，我应位于浙江海宁的金庸书院之邀撰写了一副对联，是赞颂金庸先生的。联云：

举武侠进殿堂开天辟地功高摘日月

挟文雅入书卷革故鼎新位谦泣天地

中国历史从某种意义上来说，也就是侠的历史。《张宝瑞武侠小说全集》的出版，重新向世人展示了许多大侠的义举和英雄人生，无疑将再次唤醒读者心中沉睡着的侠的精神。侠的精神永远藏在中国民众的心底里，侠的精神必将不断发扬光大！正义终将战胜邪恶，人间正道是沧桑！

目录

目录

目录

目录

第一回　报国仇王芗斋投艺　扬拳法郭云深扫北

光绪二十六年，英、美、德、法、俄、意、日、奥八国联军的铁蹄践踏了北京城，给清宫太和殿投下了最耻辱的阴影。刀光枪影，映照着血泊中挣扎的中华民族。

义和团被镇压了，清政府又签订了令人屈辱的庚子赔款协定。然而，不屈的民族之魂，依然在古老浩瀚的黄河之畔游荡。

这一年七月里一个闷热的清早，太阳还没有出来，直隶深县（古称：深州）马庄东山后的天上，几片浓云薄如轻绡的边际，衬上了浅红的霞彩。过了一会儿，山峰映红了。又停一会儿，通红的圆轮从湛蓝湛蓝的天际涌出了半边，慢慢地完全显露了它庞大的赤身，通红的火焰照彻了大地。

马庄西头一座深宅大院里传出一阵阵练功的吆喝声，形意拳大师郭云深精神抖擞地端坐在一把紫藤椅上。他身材魁梧，生得眉宽额广，两目如电；虽然年过八旬，却脸泛红光；特别是那一绺美丽潇洒的长髯，随风拂动，不免使人联想起过五关斩六将的关云长。他的目光紧紧跟随着正在庭院里练功的一个后生。那后生十六七岁，个头不高，黑壮虎实，一双眼睛瞪得像两盏圆灯笼，泛着聪慧和稚气的光辉。他是邻近的魏家林村人，叫王芗斋。

郭云深喝道："远取诸物，近取诸身！"王芗斋点头示意，练得愈发起劲儿。

郭云深又喝道："鸡腿要有虚实阴阳，龙身要有三曲蛰伏，熊膀要有含而待发，虎抱头要有神气逼人。"王芗斋又开始演练鸡形拳、龙形拳、熊形拳、虎形拳……

王芗斋正演练间，郭云深猛地拾起旁边桌上的一个蜜桃，向爱徒掷去。

王芗斋一招"猿猴攀枝"，顺手接住蜜桃，然后跪拜于地，将蜜桃双手捧给师父，叫道："师父，请吃桃。"

郭云深笑笑，一挥手：“时候不早了，歇息去吧。”

王芗斋回到后院西厢自己的屋内，洗了一把脸，觉得有些疲乏，便往炕上一靠。此时一阵“蹬蹬”的脚步声，又一阵“咯咯”的笑声，门帘一挑，一个窈窕秀丽的姑娘走了进来。她穿一件藕荷色短衫、一条青布裤子，乌黑的发髻上斜插着一朵野百合花。她是郭云深的女儿郭大姑。郭大姑把带来的饭菜放在桌上。王芗斋瞥眼一瞧：两大碗香喷喷的米饭冒了尖，一碗小葱拌豆腐，一碟油黄的炒鸡蛋。

大姑比王芗斋大三岁，平时总偏向王芗斋。郭云深的徒弟很多，有名的有李殿英、王福元、钱研堂、杨福山、许占鳌等人，但大姑平时总像大姐姐一样照顾着王芗斋。可能是因为王芗斋年岁小；还有一个原因，王芗斋和郭云深总有一种父子般的感情，王芗斋未拜师前就常来马庄，看郭云深老师教徒弟练习拳术和器械。有一次，王芗斋看到郭云深这么一个慈祥的白胡子老头，当着徒弟的面举起一只五百多斤重的石狮子，还绕了一个圈，惊得说不出话来，连忙拿着一个大蜜桃，献给郭云深。郭云深大气不喘一口，抚摸着王芗斋的头，呵呵大笑。

王芗斋拜师后，对师兄弟至诚相待；对师父更是敬重，衣食住行，照顾极为周到。一次，郭云深得重病，王芗斋衣不解带，日夜侍奉，煎汤熬药，不离左右，使师父很快恢复了健康。郭云深平时总是独自一人睡眠，老伴已去世多年，独子郭深坠马去世，身边只有一个抱养的女儿大姑。有时他深夜外出，也是独来独往。弟子们问及他时，他或说是去访友，或说去桃园散步。

此刻，大姑见王芗斋有些疲倦，一屁股坐在炕沿，嬉笑道：“芗斋，你呀你，放着洋学堂不上，偏要舞枪弄棒，一个白净净的小书生，弄成了黑李逵，以后看谁给你张罗媳妇!”

王芗斋眉宇里扩展一丝微笑，说道：“当然是靠大姑姐姐喽，有你这棵梧桐树，还愁引不来金凤凰?”

大姑笑得合不拢嘴，一拢头发，用小拳头捶着他的大腿道：“还想找凤凰?我看找只山鸡就不赖了!”

大姑这一捶打，王芗斋“唉哟”一声，原来他的右腿昨日夜间翻房梁练功时受了伤。几年来的风风雨雨，他的身上遍是伤痕，但他深信“功夫不负有心人”的道理。他夜以继日地练功，勤学苦练，朝夕揣摩，功夫大进。刚才听大姑一番话，他又陷入沉思之中：王芗斋，你这个书香门第的后代，为什么苦苦寻觅武功呢？这究竟是为了什么?

王芗斋的父亲读过私塾，有些才气，因不满朝廷的腐败，一直归隐田园，有时跑买卖聊以度日。他是个有骨气的人。甲午年中日海战，由于慈禧太后腐败，中国海军惨败。消息传来，王芗斋的父亲大病一场。庚子年，义和团兴起，这位老人仿佛看到了一丝希望，曾用家财捐助乡里拳勇。但八国联军的枪声，击碎了这位爱国老人的梦。

王芗斋的故乡以出产蜜桃而闻名。深州蜜桃的栽培，至今已有两千多年，历史悠久。深县（即深州）地处直隶南部的滹陀河故道，这里由泥沙冲积而成，沙层较厚，地下水很甜，是蜜桃生长的良地。

王芗斋少年时就经常在自家的桃园里帮助大人们干活，浇水、捉虫、除草、施肥，样样都干。有时他还爬上桃树，细心观察和思考：为什么有的树桃子长得大、结得多？后来他偷偷地反复试验，竟然打破了一些传统的嫁接技艺。他用自己的新方法给桃树剪枝、嫁接……凡是经他整修过的桃树，一年比一年收成好。这时，魏家林村的人们也认识到了王芗斋的特殊天赋，管他叫"种桃神童"。

王芗斋跟着父亲学一些文化，他博闻强记，古文、古典诗词，甚至整段的古典小说，他能背出不少。他特别喜爱南宋文学家陆游和辛弃疾的诗词，他把自己写的陆游"楚虽三户能亡秦，岂有堂堂中国空无人"的诗句条幅挂在墙壁上，还专心画下辛弃疾的像贴在门上，憧憬着要做一个像陆游和辛弃疾那样的爱国诗人、民族英雄。

直隶是燕赵故国，自古多慷慨悲歌之士。"风萧萧兮易水寒，壮士一去兮不复还"的荆轲、击筑刺秦始皇的高渐离、揭竿而起的隋末农民军领袖窦建德、"田横五百士安在，难道归来尽列侯"的壮士田横等，都是喝着滹陀水长大的。直隶这个侠骨之乡尚武风气极盛，深州更是藏龙卧虎之地，群英荟萃之乡。郭云深的师父"神拳"李洛能的故乡豆儿庄，"单刀李"李存义的故乡南小营，八卦掌两兄弟程廷华和程殿华的故乡程家村，都离王芗斋所住的魏家林村不远。他亲眼见过"眼镜程"程廷华和"单刀李"李存义练武，还常常依偎到"眼镜程"的怀里，听他讲岳飞抗金、戚继光平倭寇、郑成功收复台湾、三元里人民抗击英军的故事。那些气壮山河的故事就像潺潺流水一样不断地回响在他的脑际。

一九〇〇年（清光绪二十六年)，帝国主义的屠刀架在中国人民的头上。王芗斋目睹了帝国主义残杀中国人民的暴行，洋教士在光天化日之下奸污中国妇女，洋兵的马队恣意践踏庄稼，洋军官把中国乡民当成枪靶子射击，这些都在少年王芗斋的心田里播下了仇恨的种子。父亲抑郁而亡后，王芗斋对母亲说："娘，外国强盗为什么竟敢在我中国横行霸道？我堂堂一大国，为什么屡受外国人欺负？……"母亲声泪俱下地告诉他："咱国贫民弱啊，几千年的中国毁于内讧之中，一团散沙。林则徐虎门销烟查禁鸦片，反遭暗算；邓世昌奋勇抗击日寇，孤兵奋战，壮烈殉国；义和团十万之众，被慈禧那老贼出卖……真是国耻啊！我堂堂中华古国，何日才能振兴?!”

王芗斋喃喃地说：“娘，我要学习武术，我要发明一种神奇的拳派，让每一个中国人都学会它，有刀枪不入的神力，让那些外国鬼子在这种神力面前失魂丧胆!”

王芗斋的母亲原想变卖家财，送王芗斋到日本求学，专攻生物。如今看儿子执意学武，立志报国，又见他瘦弱如灯，身患气喘病，也应学武健身，于是转变了让他赴日留学的心思。她沉思一会儿，说：“学武须要拜师父，如今拳派丛生，你要拜谁为师呢?”

王芗斋脱口而出：“郭云深老英雄。”

王芗斋从小就听说过马庄的形意拳大师郭云深先生的许多英雄事迹，他的“半步崩拳打遍天下”的故事，武林无人不晓，有口皆碑。郭云深原名峪生，马庄人，性格激烈，年轻时便好与人比武，去找形意拳大师李洛能求教时，李洛能起初不喜欢他的性格，不教他武艺。以后，郭云深就在李家当零杂工，偷着学拳，一直偷学了三年。据说有一次李洛能发现郭云深偷拳劳累过度，在房上睡觉，滚落到地上仍未醒来，十分感动，便收他做了弟子，并把形意拳全部传给了他。

郭云深在深县曾因捕贼有功，受到知府钱锡采的奖赏。可是后来受到贼人报复被害，坐了三年监狱。三年后，钱锡采来到监狱问他：“云深，你的功夫荒废了吧?”郭云深回答：“没有荒废。”说完，就用虎拳击墙，墙摇晃了一下，应声而倒。原来郭云深在三年监狱中带手枷仍坚持练功。

有一天，李洛能把郭云深叫到自己的宅院对他说：“我已教你十几年了，现在你的武功可以说到了炉火纯青的地步，该到外面闯荡了，去试试你的崩拳功夫如何。”郭云深知道自己闯江湖时候已到，非常兴奋。

李洛能命仆人拿出一些银两交给郭云深，对他说：“从这里往北走，在直隶迎战所有的武术高手，不许碰钉子。”郭云深点点头，拜辞师父，登上征程。

郭云深从深县出发，一路上未遇敌手。这一天他来到了直隶安国县，找人一打听，知道此地有一位出类拔萃的武术家张树德，功夫极好。于是郭云深找到张树德的家，要求比武。真是棋逢对手，两人都身怀绝技，一开手便打得难解难分。张树德比郭云深大几岁，谋略高深，他最后使用家传白蜡竿打了郭云深的手腕。郭云深十分惭愧，心想：自己奉师之命北征，要把形意拳打出去，不想在此第一站就输了。他对张树德说：“我去一下茅房。”张树德见郭云深去茅房有两袋烟工夫还没有回来，心想：“这郭云深撒的是线尿呀，怎么去这么大工夫也不回来呀。”于是来到茅房，只见茅房空无一人，郭云深不知去向。

郭云深在张树德那里碰了钉子，借口上茅房，进了茅房便越墙而过，跑回深县。

李洛能见他狼狈而回，问："怎么回事?"

"栽了!"郭云深沮丧地回答。

"栽给张树德了吧?"

郭云深惊得睁大眼睛，问："师父，您是怎么知道的?"

李洛能说："张树德是祖传武艺世家出身，他家为'家伙门'，你如与他交拳，他不如你；你若与他比刀枪棍棒，你就比他差点儿，差得不多，只一招。你记得他是怎么打你的吗?"

郭云深点点头，说："记得。"

李洛能伸出胳膊，说："你打我试试……"

于是，郭云深拿起一根白蜡竿，模仿张树德的招法朝李洛能打去，未等触到李洛能的手腕，就被他一棍击落白蜡竿。

李洛能问："看清这一招了吗?"

郭云深钦佩地点点头："看清了，师父，这招叫什么?"

李洛能回答："此招叫黑白鹞子。"

郭云深说："好，我记住了。"他连饭也没吃，又返回安国县，找到了张树德。

张树德见郭云深去了一天又回来了，心里明白了八九分，笑道："云深，你这拉的是什么尿呀，足有几十里长。"

郭云深也笑道："树德，今早上你那一竿子是怎么打我来着?我没闹明白，咱们再来一回。"

张树德点点头，进屋里拿出两根竹竿，顺手给了郭云深一根，两个人又打起来。一直打了三十多个回合，难解难分。最后张树德又使出那一绝招，竿子滑向郭云深的手腕，但这回不灵了，被郭云深一竿把他的竿击落。

张树德哈哈一笑说："我没使白蜡竿使我少受了多少委屈。"这话的意思是若用白蜡竿比武，被郭云深击败，打在身上准受断肢折骨之苦。

郭云深道："咱们再比拳吧?"

张树德道："不用了，棍术比不上你，拳术更不用提。我现在拜你为大哥，拜李洛能为师。"就这样，郭云深战败了张树德，代师收徒弟。张树德虽然比郭云深大几岁，但因功夫不如郭云深，又刚入形意门，因此称郭云深为师兄。为什么不让张树德称郭云深为师呢?那是因为张树德是闻名北方的武术家，如拜郭云深为师，则显得屈辱多了。郭云深是讲义气之人，不能难为武林高手。

郭云深离开安国县，继续北行，来到保定府。他到这里寻找一个人，此人叫李魁元。

提起李魁元，武术界没有一个不翘大拇指的。他武艺超群，尤其腿上功夫见长，号称“铁腿李魁元”。他是个有名的保镖，他所护镖车只要插上魁元的“黑镖”，即便没有李魁元在，也无人敢劫，畅行无阻，天下无敌。李魁元的弟子也跟着沾光，他的弟子自负地说：“我们师父的武艺连打带卖。”意思是李魁元搏斗时无人抵挡，无事时卖艺也能捞大把的银子。

这一天，郭云深来到保定炮台街，找到路南的永茂茶馆。这个永茂茶馆是人才荟萃之处，卖小金鱼的、吆喝中草药的、跑单帮的、拉洋片的、说合小买卖的，各色人物俱全，十分热闹，当然也少不了要把式的。

此时，李魁元正带着一伙弟子在茶馆内歇息。

郭云深一进茶馆，看到这伙人，一瞧就知道他们是吃武术饭的，李魁元可能就在其中。于是他走上前，客气地问一个黑大个青年：“小师父，你知道有位叫李魁元的武术家吗?”

黑大个青年正是李魁元的一个弟子，他骄横地说：“那是我师父，你找他干吗?”说着翘起一条腿，来回晃悠着。

“没什么，我来拜访他。”郭云深一边客气地答话，一边一屁股坐在旁边的一把椅子上。

茶馆的一个伙计走过来，点头哈腰地说：“大哥，您来点儿什么茶?”

“你们这儿都有什么茶?”

“碧螺春、龙井、红茶、绿茶、花茶、茶叶末，应有尽有，您只要有银子，喝撑了肚子都不管。”

郭云深道：“来一大碗花茶。”

伙计端上茶，郭云深接过来要喝，只听“叮当”一声，茶杯落地碎了，茶水烫了手。郭云深侧目而视，见屋角有个大汉，“嘿嘿”冷笑。

郭云深“呼”地站了起来，走到那大汉面前，一拱手：“兄弟在哪里得罪了你?”

大汉笑道：“我就是李魁元。”说着扬手朝郭云深肩上拍去，想一巴掌制服郭云深。

郭云深谦和地说：“卑人无能，特来请教。”说着，手却用力往上一推，只见李魁元一个跟头被掀翻，从桌子上空飞了过去。多亏李魁元有功夫，在空中一擂腰，“刷”地一招“白鹤亮翅”，稳稳立于地面。

李魁元说：“好！就凭你这一下，明天咱们在保定莲池书院内比武，告诉所有的武林同行到场，咱们比个高低，由保定府的诸位武术大师评定谁的功夫深。”两个人击掌，各自离去。

消息传开，第二日莲池书院内人山人海，人们定要瞧瞧是哪位高手与李魁元比武。有的人说：“不用比，李魁元必胜无疑，他在京师四周未遇敌手，功夫高深。”也有人说：“那不一定，俗话说，能人背后有能人，说不定又有高手来了，听说是神拳李洛能的弟子。”

一会儿，李魁元大步走上场，朗声说：“各位爷们儿，我李某走南闯北多少年，从未败过谁手，昨日在永茂茶馆有个叫郭云深的给了我一下子，打了我一个跟头，但是没有把我打散了架，看样子这小子是块好料，今日我跟他在此处比试一下，看看谁的功夫高。”

郭云深也大步走入场子，朝各位一拱手，说道：“各位先辈、兄弟，我郭云深没什么武艺，只不过会两下子庄稼拳。路上听说李魁元是‘铁腿’，就赶来会他。来，李先生，你先朝我肚子来一腿。”

李魁元想：他这不是拿命闹着玩吗？于是连忙说：“不！咱们比试拳脚吧，可别玩悬的，那样会出事。”

郭云深淡淡一笑说：“没事，你就踢吧。”

李魁元不好意思下脚，又推辞说：“这怎么行。”

郭云深说：“没什么，我让你踢，你就踢，别犹犹豫豫的。”

有个耍花棍的老头劝道：“李先生，既然他让你踢，踢死了不怨你，你就踢吧！”

李魁元抖抖衣服，点点头，咳嗽一声说：“好，那我就踢了。”他紧走几步，吸足了气，朝郭云深的小腹踢去。“嘭”的一下，这一脚他用了五成的劲，未敢使全力。但看郭云深，却连动也未动。

郭云深叹了一口气，说：“哎，你这个人真不够朋友，没用劲儿，你就用足劲踢你的，不用怕。”

李魁元大惊，心里赞叹：这姓郭的还真有功夫。他又紧走两步，用了七成的劲，“嘭”的一下踢在郭云深的小肚子上。郭云深还是稳如泰山，若无其事。他责问李魁元道：“唉，你用劲踢嘛，胆小什么?!”

李魁元一听，心里可绷不住劲了，他想：我这腿踏遍京师，走南闯北，从未遇到敌手，这回还真碰到了对手。他后退十几步，“噔噔噔”，朝郭云深紧跑过去，腾空而起，一只脚朝郭云深踢来，但这一脚是虚，半空中这只脚收了回来，另一只脚迅猛飞出，重重地朝郭云深腹部踢去。

这是李魁元的绝招，名为“鸳鸯脚”。这一脚厉害至极，足有一千多斤的劲头，多少英雄豪杰败于这一脚下。

郭云深气运丹田，大喝一声："啊！——"但见李魁元一下被弹出两丈开外，摔得鼻青脸肿，而郭云深却纹丝未动。

李魁元大惊失色，心想：这是何等高深的功夫，我差之甚远。他"噗通"一声跪伏于地，说："我李某比郭先生的功夫差远了，从今以后我拜你为师。"郭云深见他言辞恳切，于是当着众人收他为徒。

保定府有个叫洪四把的人，是少林拳大师平敬一的师弟，同为南宫县孟六的弟子。郭云深与李魁元比武时，洪四把恰巧因事未在场，日后听说了郭李二人比武的情况，很不服气，说："李魁元也太草包了，竟拜郭云深为师，郭云深算什么?！不行，我要跟姓郭的比一比。"于是，他找到郭云深，二人约好在直隶总督府门前的炮台上比武。

第二天中午，炮台四周围得水泄不通，一丈多长的平台上，二人准备交手。郭云深说："上手吧。"

洪四把也不客气，上前照郭云深就是一拳，还不等拳落到郭云深的身上，郭云深就以迅雷不及掩耳之势，飞出一拳，把洪四把打出一丈开外。同时，郭云深一跺脚，拳头不离洪四把的肚皮。

台下一片赞叹之声，大家都说：这崩拳真有神力！自此，保定府的英雄豪杰皆服郭云深。郭云深在保定住了两年，向李魁元等人传授武艺。从此以后，形意拳开始在保定兴盛起来。郭云深不忘师父之命，要继续北征，于是告别众人，上路北行。

郭云深又来到直隶易县，特来会一位武术名家刘晓兰。刘晓兰是易县县城的一个屠夫，开着一个肉铺。他卖肉坑人，总是缺斤少两。别人问他，他就说："嗨，就差那么一刀，又怎么样?"他仗着他有功力，别人一般不敢惹他。

这番郭云深找到刘晓兰比拳，郭云深用崩拳把刘晓兰击出一丈开外。刘晓兰又扑上来，又被打出一丈开外。这才使刘晓兰心服口服形意拳，真心归顺形意门。因刘晓兰年岁较大，不能算郭云深的弟子，郭云深就代师收徒，并传授刘晓兰形意拳，刘晓兰从此也改掉缺斤少两的毛病。此时，易县的刘勇奇、周明泰、许占鳌、张聘斋等武术家也拜郭云深为师。

郭云深又北上来到直隶涞水县的洛平镇，击败了一个叫小蘑菇的武术家。小蘑菇感到丢了脸面，对郭云深怀恨在心，图谋报复，想杀死郭云深，以泄心头之恨。他买了一把手枪，又打了一口斩铁快刀，然后把郭云深请到家中，摆上酒菜，假称要拜郭云深为师。酒席间，小蘑菇把刀拿了出来，递给郭云深，说："郭先生，您看这把钢刀如何?"

郭云深接过钢刀看了看，说："这把刀不赖，挺好!"说完，顺手放在脚下。

小蘑菇接着又说："你看看这把如何?"边说边飞速从怀里掏出那支手枪。

"砰"，枪响了。

第二回 董海川留言天外天 郭大姑引出蜜桃史

话落枪响，但是倒下的不是郭云深，而是小蘑菇。

原来，郭云深一看他让自己看刀，心中就明白了八九分，知道有诈，因而顺手放在脚下。在小蘑菇掏出手枪时，郭云深眼疾手快，飞脚踢起钢刀，顺手接出，快速劈向对方。枪声响了，小蘑菇的人头随声飞出去了。枪未打中郭云深，小蘑菇却一命呜呼。

郭云深拾起钢刀、手枪和小蘑菇的人头，到当地衙门自首报案，说："人是我杀的，他拿枪打我，我出于自卫就把他杀了。"杀人现场被保护起来，郭云深被押入监牢。

正巧，小蘑菇的徒弟是监牢的总管，仇恨郭云深杀了他师父，便令人将郭云深绑在大尿桶上，以便人们随时用尿滋他。

郭云深厉声道："我犯的是国法，该怎样处置我，就怎么处置我，你这样治我不行。"

那人正想找碴儿，听了此话，把眼一瞪："你竟敢回嘴。"拿起白蜡竿朝郭云深头上打来。

郭云深生气了，气生丹田，一用力，喝了一声："开!"一下子就把枷锁全部掰开。

那人一看，这功夫可了不得，吓得魂飞魄散，赶快跪下说："郭爷爷。"

郭云深说："你起来吧，你不必害怕，你只要不欺负我就行了。"

那人连声回答："我再也不敢了。"

郭云深伸出双手说："再给我戴上枷锁吧。"那人又找了一副枷锁，战战兢兢地给郭云深戴上。

郭云深新收的弟子刘勇奇是易县清西陵护陵军官，皇粮庄头，人称"刘五老爷”，他听说郭云深入狱的消息，急匆匆乘轿而来，见到地方官，劈头问：“郭云深的案子，你们打算怎么处理？”

那地方官见皇粮庄头亲自来了，不敢怠慢，问：“他和您是什么关系？”

刘勇奇答：“他是我的武术老师。”

地方官立即点头哈腰道：“郭先生属于自卫，应当从轻发落。”于是他打算改判郭云深死刑为六年徒刑。刘勇奇满意了，他来到狱中送给郭云深十个元宝，又回到易县清西陵。

郭云深在狱中比较自由，不怎么受限制。此时孙禄堂赶到洛平，在监狱侍候郭云深，学了六年功夫。郭云深在狱中六年，练了六载的气功。李魁元自拜郭云深为师，在保定向郭云深学了两年形意拳，如虎添翼，后来去东北护镖，名噪一时。

六年后，郭云深刑满释放那一天，他的弟子们到洛平镇接他，众人开怀畅饮，一个弟子问：“师父，什么时候走？”

郭云深气呼呼地说：“不走了，我要在这待半年，就为出蹲牢房这口气，非把洛平所有的武林高手都打趴下！”

可是第三天，郭云深一伙人却神不知鬼不晓地离开了洛平镇。

原来，郭云深是粗中有细的人，他知道被杀的小蘑菇在附近的亲戚、徒弟不少，那一伙人不会让自己轻易离开洛平镇，于是先放风不走，迷惑对方，然后在前一天夜里悄悄离开此地，使自己及弟子免遭暗算。郭云深声东击西，夜走洛平之事很快风靡江湖。

北京八卦掌祖师董海川有个著名弟子叫马维祺，因为他是开煤铺的，人称“煤马”。他功夫很深，两手用力，能把一小车煤平端起来走路。“煤马”性情骄慢，狂妄霸道，虽然董先师多次劝他，他只当耳旁风。他说：“我站在北京南门楼上向南望，没有练武的。”意思是只有他是会武术的，北京以南的武术家都是小玩闹，不屑一顾。

郭云深到了北京，先到东城“煤马”的煤铺找到马维祺，与他比武，打了三十多个回合，一拳打得马维祺吐了血。马维祺的师兄“眼镜程”程廷华，“瘦尹”尹福等人邀郭云深去“同和居”喝酒，为他来京接风。其中有个叫何五的师弟不服郭云深，在郭云深背后冷不防朝他一掌击去，想一掌将郭云深制服。

郭云深猛觉背后一股冷风袭身，知道有人暗算，回手就打出一个崩拳，把何五打倒在地，嘴吐白沫。

程廷华知道是师弟何五先寻衅，不便与郭云深论说，赶快过去，扶救何五。

郭云深说：“没什么，他死不了，你们不必管他，他一会儿就会好，我打他估量着手劲儿呢。”程廷华、尹福听了大为惊讶。

原来郭云深连打董海川的徒弟二人，为的是引出师父，与董海川较量。然而，完全出乎郭云深的意料，董海川竟没有找他，他可沉不住气了，急得在客房里团团转。董海川当时在肃王府任护卫总管，郭云深几次上肃王府登门找他，门房都说董爷出去了。郭云深知道是董海川有意回避，心想：“一定要找到董海川亲自交手不可，只要打倒了他，也就是把全国最有名望的武术家打败了，那么形意拳就可以当之无愧地所向无敌了，太极拳大师杨露禅、三皇炮捶大师宋迈伦也就好对付了，形意拳就可以打进北京了，我就可以自豪地回到师父李洛能身边了。”

这天晚上，郭云深正在客店里读书，忽听屋外竹门帘被“啪、啪、啪”敲了三下。郭云深立刻走了出去，一看四周无人，疑惑不解。回到屋里不由大吃一惊，只见屋内书桌上放着一张纸条，上面写着：“董海川回拜”五个秀丽小字，墨迹未干，墨香犹在。郭云深不由得暗自慨叹道：“这是何等俊俏的功夫，我只是转身出屋一个来回，董海川就从窗外跳入，写好了字，又跳窗而出，我竟连他的人影也没能看到，这是多么迅疾的速度。我原先认为，我在全国无人能比，看起来真是天外有天，楼外有楼啊！董海川这个人很有修养，不与我亲自交手，使我十年来的北征，没有败于他手，从而保住了我的‘半步崩拳打遍天下’的名誉，他真是位武圣人啊！”

郭云深想到这里，激动地来到院子里，跪拜在地上，朝着溶溶明月，拜道：“董先师，您的心思，我郭云深领了！”

不久，郭云深返回故乡深县。就这样，郭云深从深县出发到北京，经历近十年，一路上击败了众多的英雄豪杰，打出了形意拳的威风，边打边教，使得形意拳为全国所瞩目，从而使形意拳跻身于我国各大拳派的行列之中，与太极拳、八卦掌同为我国三大内家拳。

这样的英雄，王芗斋哪能不钦佩、不向往呢？郭云深的英雄事迹就像春雨一般洒进了王芗斋幼小的心田。当时，八卦掌高手“眼镜程”程廷华已于光绪二十六年在北京崇文门外被德国兵杀害。“单刀李”李存义在义和团运动中，手挥单刀，奋勇杀敌。廊房激战中，他一人挥刀闯入敌阵，杀死八个洋兵，传为佳话。义和团运动失败后，清政府悬赏捉拿李存义，李存义不知去向。王芗斋于是决定拜郭云深为师。郭云深因年迈，又患足疾，本不愿再收徒，但因独子郭深刚刚坠马身死，有点儿寂寞，又经亲戚赵乐亭先生极力说情，郭云深终于破格允准。

王芗斋正躺在炕上回想着往事，郭大姑用手一推他，把一个揭了皮的深州大蜜桃递给了他：“芗斋，又想家了吧。”王芗斋苦笑着摇了摇头。

郭大姑抬头望着窗外那黄灿灿的庄稼，说："过了这片庄稼地，再翻过一片乱坟岗子就是你们魏家村，下午没事你回村瞧你娘去吧！你爹死后，她怪闷的。"

王芗斋摇摇头，说："师父订的规矩，我可不能随便破了。要不然，他老人家该生气了。"

郭大姑咯咯笑得如铜铃："好孝敬、听话的徒弟，比我这当闺女的还孝顺。"她以为王芗斋又想家了，于是转开话题，一双黑枣般的眼珠子盯在桌上一篮子深州大蜜桃上。

"来，你给我讲讲咱这深州大蜜桃的故事。"郭大姑说着，顺手拿起一只大蜜桃，"吭"地啃了一大口，甜汁溢了一腮帮子，她赶紧用袖口去擦。

"要说咱深州大蜜桃是怎么出名的，有这么一段故事。"王芗斋瞥了郭大姑一眼，煞有介事地讲起来。

"相传在西汉末年，王莽篡位称帝，要围住京城，捉拿汉室后裔刘秀。刘秀得了消息，随身只带二十几个人，慌慌张张地逃离京城，向北进发。时值八月，天气炎热。他们一路上不敢立马住脚，路经深州时，已近黄昏。人困马乏，又饥又渴，再也走不动了。这时有个农夫挑着一担鲜蜜桃走过。刘秀便连忙走到农夫跟前，施礼问道：'请问这是何地？有无吃的，能否行个方便？'那农夫见刘秀态度谦和，仪表非凡，觉得并非一般人到此，便说：'这里是深州，人烟稀少，并没什么店铺，你们先吃几个蜜桃解解渴吧！'说着，农夫就把蜜桃送到刘秀面前。刘秀也不推辞，就和随从们一起吃起来。不大一会儿，就把一担鲜桃吃个精光。刘秀吃后非常感激，随手从身上解下一块玉牌，递给农夫说：'此玉牌留下抵作桃钱，日后可持玉牌找我，定报救命之恩。'说完，就要告辞上路。农夫赶快拦道：'前面就是滹沱河，天黑难行，不如你们先到桃林舍下暂歇一夜，天明我用船送你们过河。'刘秀哪里肯听，说道：'多谢老翁，我等因有急事在身，吃了你的蜜桃，精神大振，必须连夜赶路。'农夫见他主意已定，就丢下桃担，自告奋勇，给他们引路，摇船送他们渡过滹沱河。等王莽的追兵赶到，刘秀已经过河走远了。后来，刘秀做了东汉光武皇帝，为报深州农夫相助之恩，就封他做了专管深州蜜桃的官儿，并敕封深州蜜桃为桃王。"

王芗斋讲完深州蜜桃的故事，瞧一眼郭大姑，她已倚在椅背上呼呼睡着了。王芗斋知她连日来照顾父亲的身体，疲劳过度，便轻轻拿了一件衣服，出门散步去了。

晚上，王芗斋在熠熠烛光下研读师祖戴龙邦写的《心意拳谱》一书，他振振有词地读着序文："王当童子时，受业于名师，精通枪法，以枪为拳，立一法以教将佐，名曰意拳，神妙莫测，盖从古未有之技也。王以后元明数代，鲜有其技，独我姬公，名际可，字隆风先生，生于明末清初，为蒲东诸冯人氏，访名师于终南山，得《岳武穆王拳谱》，后授曹继武先生于秋浦，时人不知其勇。先生习武十有二年，技勇方成……”

王芗斋正在用心朗读，忽觉烛火一闪，郭大姑风风火火地闯了进来，嚷道：“我爹叫你呢？”

“师父在哪儿？”王芗斋问。

“在书房里。”郭大姑活泼泼地回答。

王芗斋不知师父晚上唤他有何事，于是三步并做两步来到前院郭云深的书房。

郭云深身穿杏黄色长袍正伏案疾书，只见他笔走龙蛇，潇潇洒洒。

郭云深抬头瞧瞧王芗斋，笑道：“来，芗斋，瞧瞧我写的这副对子。”

王芗斋走过去一瞧，只见左联是：提挈自西东，崩拳开路，十年戎马无敌手。右联是：横刀仰国门，云气锁眉，一脉深州有英杰。王芗斋知道师父练的是赵松雪的行书，赵体行书骨骼清健，神韵飘洒。

郭云深写完对联，笑吟吟地问王芗斋：“先祖戴龙邦先生的《心意拳谱》读得如何了？”

王芗斋道：“已经读了一多半。”

“记牢了吧？”郭云深坐在太师椅上，手里端起一杯茶，呷了一口。

王芗斋虔诚地点点头。

郭云深说：“那我考考你，简而括之，什么叫形意拳？”

王芗斋不假思索地说：“形意拳是中国传统拳术中的内家拳种之一，是以锻炼内在的精、气、神、意、劲为宗旨的拳术。形意，顾名思义，就是外形与内意的高度统一和结合。因为养身之术，形为运动之道。形意拳是以意行事，以意领先，以气催力，化拙为巧，易僵为灵，刚柔相济，阴阳相伴，虚实兼备，内外兼修，使内意、内气、内劲与外形、外气、外力相结合。形意拳的风格静如书生，动似雷鸣，轻如狸猫，迅如猛虎。从劲力讲，重意不重力。求其气催血动，贯通全体。以意运气，意到气到，气至劲达。以技击讲，横裹其力，纵放其势，上攻下随，下攻上领，上下若和，中节乃攻，勾挂撩劈，踩踏蹬踢，斩截裹挎，起钻落翻，右转左旋，动静相兼，有莫测之变化，有无穷之妙用。从意义上讲，远取诸物，近取诸身。人以身形物之形，物之意以人意悟之，象形取意，内外兼修……”

郭云深微微点头，用手拂了一下白髯，徐徐说：“再说细一些。”

王芗斋顿了顿，又说：“形意拳的主体是五行拳和十二形拳，五行拳体现了五行说，即金、木、水、火、土，称为劈拳、钻拳、崩拳、炮拳和横拳。十二形拳是模仿十二种动物动作特征所创，称为龙形拳、虎形拳、熊形拳、蛇形拳、鸟形拳、鹰形拳、马形拳、鹞形拳、猴形拳、燕形拳、鸡形拳和鼍形拳。除此以外，还有五行连环拳、杂式捶、四把捶、八式拳、二十肱捶、安身炮……”

郭云深又问：“形意门的器械呢？”

“有凤翅锐、三才剑、连环刀、连环剑、连环棍等。”

“形意拳起源自何人之手？脉络如何？”

王芗斋两眼泛着明亮的光辉，接着说：“明末先师姬际可，技勇绝伦，人称‘神枪’。据说他在陕西终南山水开洞采药时见鹰与熊搏斗，有所觉悟，后在终南山熊居山洞里得到《岳武穆王拳谱》修炼而成。姬际可大师恐怕有人偷拳，在家务农时，雇短工不雇长工。河南的马学礼学拳心切，装成哑巴，经常到姬家乞食。姬大师见他哑人，又身强力壮，便雇他为长工。马学礼在姬家三年，偷看姬大师练拳。以后姬大师发现此事，十分感动，便收他为大弟子。马学礼回到河南后，传给马三元、张志城等人，成为形意拳河南派。姬大师以后又传给山西人曹继武，曹继武传给山西忻县的戴龙邦、戴陵邦两兄弟。师祖李洛能老先生精于长拳，在去山西忻县做佃农时，听说戴氏兄弟精于形意拳，与戴龙邦交手失败，便拜戴龙邦为师学习形意拳。十年后，四十七岁的李先师艺成返回直隶深县故乡授艺，成为形意拳直隶派的开山鼻祖，人称‘神拳李’。师父与师伯刘奇兰等人都是他老人家最好的继承人。由于李先师拳艺大振，致使山西的宋世荣、车毅斋、宋世德等人，反而到直隶找李先师学拳，使山西派又得到复兴。”

郭云深长叹一声，久久凝视着墙壁上的一幅画像，说道：“提起宋世荣，引起我一段心事，他可是个仗义疏财的好汉！他原是宛平县人，以后移居山西太谷县，以经营钟表店为业。他和我也算是师兄弟。他从李洛能先生学拳时，经常与我下围棋，师兄刘奇兰常在一旁观阵，我们是莫逆之交。回到山西后，宋世荣成为形意门的代表。他演练蛇形拳时，酷似蛇动；演练燕形拳时，身体姿势低得几乎着地，曾从长椅子下面一气钻出，又远飞而去，越过三丈多宽的河。他还能贴在墙上达一袋烟的工夫。他为人厚道，家中常有食客，刘奇兰师兄的徒弟李存义也曾跑到山西跟他学过拳。”

王芗斋问：“宋世荣师叔如今在哪里？”

郭云深怔怔地望着烛火，眼睛顺着烛光摇曳：“他不满时政黑暗，看破红尘，与其弟宋长荣一起上五台山当了和尚。他的儿子宋虎臣、宋国秀也一起出家为僧，至今已有十年没有音讯……”

郭云深说着黯然泪下。

王芗斋劝慰说：“师父，您别伤心，人各有志，有的人不愿为五斗米折腰，拂袖而去，隐居田园；有的人安能摧眉折腰事权贵，不屑宦海浮沉；有的人斩尽尘缘净六根，自家且了自家身，眼底云烟过尽时，正我逍遥处。各有各的乐趣，各有各的抱负，师父也不必为好友伤心，免得弄坏了身体。”

郭云深呷了几口浓茶，情绪略微稳定一些，又说：“形意门里的山西派轻灵、巧妙、美观；河南派僄悍、勇敢、雄浑；咱们直隶派庄严、整肃、豪快。说起山西派还有一个高手，也是我的师兄弟，叫车毅斋，山西太谷县人，他也曾和宋世荣一道投李洛能先生为师。人们都说我半步崩拳打遍天下无敌手，其实在征西时我曾败在车毅斋之手。同治初年，我去找当时还住在山西的李洛能学到一种崩拳，就回到深县苦练十二年，以后在各地比武没有败过，名声大振。可是李洛能先生总是夸奖车毅斋武功高超。我听了不服气，便在光绪二年徒步到山西与车毅斋比武，结果被打败，我便留在车家，又学了形意拳的五行拳及十二形拳的一部分，再回到直隶苦练，结果武功大进。”

王芗斋听得入了神，问：“车毅斋老先生还在世吗？”

郭云深笑道：“他学东晋陶渊明老夫子，性本爱丘山，隐居田园，种种菜，栽栽土豆，养几只白鹅，钓钓鱼，其乐无穷啊！”说罢，哈哈大笑，笑声荡漾着，震落了屋顶一层灰土。

郭云深道：“说起钓鱼，我想起一则寓言故事，庄子《杂篇·外物》中说，‘任公子为大钩巨缁，五十害以为饵，蹲乎会稽，投竿东海，旦旦而钓，期年而不得鱼。已而大鱼食之，牵巨钩，馅没而下，骛扬而奋髻，白波若山，海水震荡，声侔鬼神，惮赫千里。任公子得若鱼，离而腊之，自制河以东，苍梧以北，莫不厌若鱼者。已而后世铨才讽说之徒，皆惊而相告也。夫揭竿累，趣灌渎，守鲵鲋，其于得大鱼难矣！’”

王芗斋叹道：“师父好记忆力，庄子的文章背得这么流畅，像潺潺流水。”

郭云深哈哈笑道：“你这个机灵鬼，又来奉承我，我昨夜才读了这篇文章，反复吟诵琢磨，怎么会忘记呢？不过，这篇故事说明了一个很深刻的道理。任国这位公子，做了一个很大的钓钩，系上很粗很粗的黑色绳子，又挂上五十块肥硕的牛肉做的诱饵，蹲在会稽山顶，用钓竿把钓钩抛进东海。然后，天天在那里持竿垂钓。但是，一年的时间过去了，却总也没有钓到一条鱼。过后不久，突然有一条大鱼游来吞食了诱饵，并牵着巨大的钓钩沉入大海海底。它疼痛难忍，在海中翻腾窜跃，奋力摆动。海水掀起巨浪，大海被震荡得狂呼怒吼。任公子钓到这条大鱼后，把它分割开来腌制成干肉，浙江以东、苍梧以北的人，没有不饱尝这条鱼的。然而，后世的一些说长道短的庸人听说了这件事情，都大惊小怪地奔走相告。唉，那些成天拿着短竿细线，跑到小水沟里，死守着泥鳅、小鱼的人，他想钓到大鱼，实在是太难了！"

王芗斋听了，自言自语似的说："师父，我明白了……"

第二天一早，天未亮，王芗斋就起床，走出郭家大院，来到村西的一片荒地练习十二形拳。一会儿，深邃微白的天空，几颗星星悄然隐去，天边渐渐泛红，血红色的朝霞放射出绚丽的色彩，瞬息不停地变幻着；粉红色的云朵，如火花似的向四边奔放；太阳像一个羞涩的姑娘，腼腆地站起来了，仍然半含着余睡未足的惺忪倦态，几处原野涌出的乳白色的朝雾，贴着地面滚动回荡，经过王芗斋眼前时，他只觉得清新、湿漉漉的。他多想拥抱这大自然，拥抱这太阳。诚然，他对太阳怀有一种庄严与崇敬的感觉，犹如对自己的师父郭云深一样。

这时，远处传来一阵杂沓的脚步声，有人急切地唤他："芗斋！芗斋！"他顺着声音的方向望去，只见郭大姑面孔通红，气喘吁吁地奔了过来。

"大姑，什么事?"王芗斋问。

"爹发高烧，头烫得像热锅底，爹病了……"大姑话音未落，王芗斋飞也似的朝郭家大院狂奔。他径直奔进郭云深的房间，只见师父躺在炕上，面色通红，双目微闭，额上蒙着毛巾。

"师父……"王芗斋急切地叫道。

郭云深似乎听到了爱徒的呼唤，微微地睁开了眼，露出一丝苦笑。

王芗斋伸手在头上一摸，哎呀，好烫，师父正发高烧。

这时，郭大姑也闯进了门。王芗斋对她说："你来照看师父，我去请郎中。"说着，王芗斋飞快出门，来到魏家村，把一位祖传的老中医请到了郭家。

老中医给郭云深探了探脉，缓缓说："郭老英雄是八十多岁的人了，昨夜因虚火太盛，睡觉时着了寒气，我来开几服药，你们到城里去配药……"

王芗斋依照老中医的吩咐，风尘仆仆地赶到深州城里药铺抓了药，又飞快地赶回马庄，这一个来回比平时缩短了一半时间。自这天起，王芗斋衣不解带，与郭大姑轮流侍奉郭云深，煎汤熬药，不离左右。过了三天，郭云深能下地练艺了，十几天后完全恢复了健康。

酷暑消退，金风送爽，转眼到了中秋佳节。郭云深的弟子李殿英、李勇奇、王福元、钱砚堂、许占鳌等人备了厚礼赶来与师父共度中秋佳节。晚上，花好月圆，郭云深与弟子们饮酒赏月，谈笑风生，谈起各自的生涯，各有各的千秋。

郭云深多喝了几杯，独自一人走出村去。

李殿英等喝酒猜拳，好不热闹。王芗斋见郭云深一人出村，担心他大病初愈，不禁风寒，便进屋取了一件衣服，追出去要给师父披上。当他追到村边，只见郭云深远远地直奔坟地而去。

王芗斋追到坟地一看，只见郭云深脱光了上身，露出疙瘩肉，虎虎生气，练起了一种古怪奇特的桩法，这种桩法与“三体式”桩法不同，其他的练法也与他平时所教的不尽相同。王芗斋暗喜，很想长时间偷看，便躲到一块石碑背后，偷偷窥视。

王芗斋正看得入神，忽听一声大喝：“何人大胆，竟敢到此偷艺?!”

声音未落，郭云深一个虎步，一招崩拳“咔嚓”一声，王芗斋只觉眼前一花，石碑断为两截。

王芗斋刚要说话，郭云深一只大手早就抓住了他的左胳膊。王芗斋急忙叫道：“师父，我是芗斋啊!”

郭云深在皎皎月下，凝眸一瞧，认出了王芗斋，见他手里拿着自己的衣服，知他前来给自己送衣服，心里一阵发热，很受感动。郭云深沉思片刻，对王芗斋说：“今夜之事，不可说出。以前我见你体弱多病，教你的多是养生之法，我在此处所练的都是技击性极强的真功夫。我与你朝夕相处之中，明了你的人品和为人，同时也看出你的潜力和前途，我决定把绝技传给你，以后你每日深夜也到此地，待我教你。”

至此，王芗斋得郭云深拳学秘传，勤学苦练，功夫大进。一日深夜，郭云深在教完王芗斋拳术后，严肃地说：“拳要无法，有法也空，一法不定，无法不容。燕雀安知鸿鹄志，井蛙岂耻枉天羞。世界大得很，也该你闯荡江湖了，兼收并蓄，闯出形意门，独树一帜。”

王芗斋眼圈一红，喃喃说道：“师父年事已高，我不忍离开师父远去，师父恩比父母，孔子说：‘父母在，不远游。’我王芗斋是知恩必报的人，定要日夜跟随师父。”

郭云深仰望夜空，深邃的月光在追寻着繁星，叹道：“中国地大物博，人杰地灵，虎踞龙盘，各路拳就像这繁星，咱形意拳就像这其中的一颗星星。河南嵩山少林寺，人才济济，少林拳名扬天下，寺僧四百余，武艺俱绝，演练时拳棍搏击如飞。唐初王世充之乱兴起时，以少林寺和尚昙宗为首的十三名棍僧，救了其后成为唐太宗的唐王李世民，活捉了王世充之侄王仁则，从而少林寺和少林拳棍著称于世。少林寺目前的住持行林高僧是我的朋友，姬际可先师在世时也曾投宿少林寺，在少林寺面壁十年。太极拳是一大内家拳，据说是宋代武当山道士张三丰所创，陈氏太极拳是各太极拳种中最早的一支，创始人是河南温县陈家沟的陈王延，代表人物是后来的陈长兴。如今陈氏太极拳有名的是陈发科，他是陈延熙之子，据说他一年练一万次拳，行起拳来行如风，一跺脚房屋震动。”

王芗斋道：“将来我一定拜会这位高手。”

郭云深又说：“直隶永年县的杨露禅在陈长兴家装哑偷拳，以后创立了杨氏太极拳，又传给了次子杨班侯、三子杨健侯、同乡人武禹襄等。杨露禅已不在人世，杨班侯的弟子吴全佑与其子吴鉴泉又创立了吴氏太极拳；武禹襄创立了武氏太极拳；武禹襄的外甥李亦畬的弟子郝为真创立了郝氏太极拳。孙禄堂又结合形意拳、八卦掌正在创立孙氏太极拳。太极门名手纷纭，各有高技。”

王芗斋说：“八卦掌也很厉害，我曾看过程家村程廷华先生演练八卦掌，身法矫健，步法灵活，出手奥妙，变幻莫测，如猛虎下山，游龙搅水。”

郭云深叹道：“八卦掌祖师董海川真是高人，武艺绝伦，武德高尚，非一般人所能比，可惜他已不在人世，他的高徒‘眼镜程’程廷华已在庚子年被德国兵杀死，‘瘦尹’尹福也已老了，有个‘翠花刘’刘凤春还健在，他是直隶涿县人，功夫很好。再说八极拳，八极拳是康熙年间的‘神枪’吴钟跟一位无名道士所学。八极拳动作简洁，发劲刚猛，有十字劲、缠丝劲。现在有个‘神枪’李书文十分厉害，他是直隶沧县孟村人，身材矮小，精悍出众，擅长六合枪，功夫出神入化，人称‘神枪李’。相传有一次，李书文持枪刺停在墙上的苍蝇，他手一动，苍蝇应声而落，墙上还未留下伤痕。他持枪与人比武，他的枪一碰上对手的枪，对方就倒伏地上。他一生多次比武用的几乎都是‘猛虎硬爬山’，所以江湖上盛传李书文不要二打。”

王芗斋叹道：“这李书文真是神了！”

“通臂拳相传为战国时期白猿所传，有白猿、劈挂、少林、五行、螳螂通臂等，当今直隶香河县的张策非常有名，他大喝一声能飞上屋檐，用指尖轻轻一点，就能把对手推倒，人称‘臂圣’。他走起路来似猿猴，疾行如飞。迷踪拳又称燕青拳，相传是北宋‘浪子’燕青所创，梁山好汉燕青被官兵追赶，往梁山上奔跑时，一路上使了一些招法，使雪上未留踪迹，致使官兵迷路，没有抓住他，因此把这种拳叫迷踪拳。当今直隶静海县此拳名家霍元甲大名鼎鼎，目前正在上海办精武馆，多次击败日本大力士，是一位爱国英雄。螳螂拳是明末山东即墨县人王朗所创，王朗在一个农村的草丛附近偶然看到一只螳螂捕蝉的情景，从螳螂两臂的动作上得到启发，创编了螳螂拳，以后螳螂拳又分为七星、秘门、梅花、六合、八步螳螂拳。有个山东烟台人叫范旭东，体格高大魁梧，人称‘范巨人’，他的七星、梅花螳螂拳功夫高超，号称‘螳螂拳王’。范旭东曾去西伯利亚参加了俄国人举办的拳击摔跤比赛，打败了俄国的摔跤手和拳击手。范旭东有个弟子罗光玉，功夫也很好。”

王芗斋说：“有一种功夫叫潭腿，听说也很出色?”

郭云深道：“潭腿最早在山东龙潭一带流传，也有人说起源于河南潭家沟，因动作弹伸突出，故又称弹腿。如今山东济南人杨洪修、回民马永贞和王子平精通此术。直隶沧县的王子平是杨洪修的徒弟，王家世代是名手，祖父人称‘翻杠子’，父亲人称‘粗胳膊王’。汤瓶拳是回民的看家术，传子不传女，更不传外民族。此拳多由周家口袁凤仪传出，相传袁凤仪绰号袁氏猿，因个子小被人耻笑，闭门苦练，后随师去少林寺游历，和一位少林僧比武，僧劈一掌，袁纵身梁上，由此得名袁氏猿。戳脚又叫鸳鸯腿，武松醉打蒋门神中就用了玉环步、鸳鸯腿。戳腿分文趟子和武趟子。翻子拳流行于直隶高阳县，有翠八翻、靠手翻、健中翻、擒手翻、六手翻、燕青翻、鹰爪翻等，人称‘双拳密如雨，脆快一挂鞭’，至今有名的是曾获清宫‘御翻子’封号的铁腿魏赞魁。长拳又名太祖拳，传说是宋太祖赵匡胤所创。六合拳是佟忠义家系所创。花拳是清雍正、乾隆时期的大武术家甘凤池所创。查拳相传是明末回族人查密尔所创。还有一种拳叫三皇炮捶，三皇据说指伏羲、神农、黄帝，炮捶形容其拳的威力如炮。相传明末清初时，河南嵩山少林寺僧普照将此拳传给甘凤池、乔三秀二人，后传乔鹤龄，乔鹤龄又传宋迈伦、于连登。宋、于各有特点，遂分成宋、于两派。当今北京会友镖局的于鉴武艺绝超，他是于连登之子，号称‘小辫于’。”

王芗斋插话说：“我听说有一种拳叫干枝五式梅花桩，又称梅花拳。”

“对，梅花拳有大架、小架之分，但都是站在桩上练，故有‘空中梅花’之称。”

王芗斋又道：“我听说还有醉拳、猴拳。”

郭云深道：“这都属于象形拳，醉拳在形上要求头如波浪，拳如流星，腰似摆柳，脚成碎步走人形，形醉心不醉，张景福的‘醉八仙’较有名气。猴拳必须做到形象、意真、法密、步轻、身活，陕西岳县的‘鹞子’高山，专练猴拳，有些行道。此外，还有鹰爪拳、鸭形拳、蛇拳等，也属象形拳。”

王芗斋与师父边走边聊，他们踏着被露水沾湿的小草缓缓地向村里走去。

王芗斋凝视着村舍的光亮，又问：“师父，刚才您谈到的多是北方拳，能不能谈一点南方拳派?”

郭云深掸掸身上的露水：“四川的白眉拳是由峨眉道人所传，刚强凶猛，属峨眉拳系。湖北孔门拳、鱼门拳也有威力。传说清初湖北咸宁龙潭山有何钟等六个人，文武兼备，常游泉山金风峡，见湖中游鱼追逐变化，在渔夫撒网用力之际有所启发，遂创鱼门拳。广东南拳，拳种浩繁，最著名的有洪、刘、蔡、李、莫五大名家，李拳的创始人李锡开、莫拳的创始人至善禅师、蔡拳创始人蔡伯达、蔡九仪都曾是福建少林寺的和尚。洪拳中铁桥三较为有名。此外，湖南的巫家拳、福建鹤拳、五祖鹤阳拳等也不可小看。”

师徒俩谈兴正浓，不知不觉已走到郭家大院，郭大姑迎了出来，叫道：“爹，芗斋，我给你们煮了两大碗刀削面，都快凉了，快吃去吧。”

师徒俩走进客房，只见桌上放着两个大海碗，热气腾腾的刀削面上，卧着黄灿灿的鸡蛋花。

王芗斋肚子还真有点饿了，端起大碗，狼吞虎咽地吃起来。

“怎么样？味道如何？”郭大姑问。

王芗斋眨巴眨巴眼睛，翘起大拇指：“真香！”

郭大姑俏皮地说一声：“小心咬掉舌头！”一推门，出去了。

第二天，天蒙蒙亮，王芗斋像往日一样起床，抹把脸，到村头空地去练艺。太阳有一竿子高的时候，王芗斋回到郭家大院。他走进师父的房间，房屋收拾得整整齐齐，师父不在屋里，他来到院里，也未见师父的影子，郭大姑也不知到哪里去了。他连唤了几声，没有人应声。他走遍书房、后房、大姑的闺房、厨房，也不见他们父女的影子。

师父和大姑到哪儿去了呢？他想。寂静中，他感到一阵发冷，好像有什么不祥之感。

他来到郭家大院门口，茫然四顾，只见郭大姑正急匆匆赶来。

“师父呢？”王芗斋急问。

郭大姑一扯王芗斋，小声地说：“屋里讲。”

二人进了院，郭大姑把门掩上，然后拉王芗斋来到客房，急促地说：“不好了，不知是谁走漏了风声，报告朝廷说李存义藏在小南营家里，清宫派了大内高手‘铁罗汉’铁英、‘御翻子’魏赞魁等人来捕李存义，刚才这些人经过村东口酒店时饮酒，正好被我撞见，偷听了他们的谈话。爹听说后，二话没说，抄小路到小南营村报信去了……”

王芗斋说：“李存义先生性命难保，不知师父能否赶在他们前头，我也去助师父一臂之力，肯定是一场恶战。”

第三回 小南营崩拳救存义 董公贴挥泪遣拳书

李存义住的小南营村离马庄不远，翻过几道山梁，涉过一条小河，夕阳西下时，王芗斋已赶到小南营村头。

真怪，小南营村一片和平景象，几个姑娘正在一条小溪边淘米，几间村舍炊烟袅袅。迎面来了一个骑牛的牧童，嘴里横了一支笛子，发出悠扬的小调。

“小兄弟，我跟你打听一个人。”王芗斋擦了擦汗，迎上去说。

小牧童穿着一个大红肚兜兜，露出半个小屁股，天真地问：“是谁呀?”

“李存义。”

“噢，他可是我们村的大英雄，他手握一把大刀，曾经杀了十几个洋鬼子，刚才也有一伙人打听他。”

“那伙人走过去多久了?”王芗斋猜想那伙人定是清宫护卫。

“嗯，”小牧童歪着脑袋想了想，“有一顿饭的工夫，可是我这样的人吃一顿饭的工夫。”小牧童指指自己的大肚皮。

王芗斋问：“李存义家住哪儿?”

小牧童用笛子一指村西：“在村子的最西头，还有一段路呢!”

王芗斋火急火燎地穿过村庄，足足走了有五里路，来到村西。只见有两个大汉正在一个院前嘀嘀咕咕。那个院门紧闭，寂无声息。

一会儿，从西边院墙后又钻出几个人，其中为首的一个有四十多岁，一张铁锈色的脸，一只鹰钩鼻子，十分显眼，两只眼睛露出凶光，他凑在另一个大汉耳边说了几句，那大汉一挥手，又钻出十几个壮士，手持兵刃，绕到东墙边。

王芗斋见旁边有一棵大桃树，攀了上去，居高临下一看，只见院内正中有个磨盘，一个三十多岁的大汉，大手大脚，短胳膊短腿，正盘坐在那里优哉游哉，手里弹着十来枚铜钱，那铜钱在他手里个个跳着，形成一个小圈，未有一枚遗落。王芗斋看得呆了，心想：这壮士是何人？如今大兵压境，他却在这里扔铜钱玩。

王芗斋猜想外面那些人都是清宫护卫。他瞅瞅屋子，只见大敞大开，连窗户都开着，没有炊烟，悄无声息。

一会儿，院外那为首的人一挥手，门“砰”地被一个大汉撞开，门板裂为四块。壮汉看都不看一眼，一扬手，首先闯进的大汉哼都未哼一声就倒下了。又闯进来一个大汉，也与头一个一样，“噗通”栽倒了。

王芗斋在树上看得清楚，那大汉使的是金钱镖。

他一扬手，金钱镖不偏不倚，正打在来人的面门上。

王芗斋还看出他使的这金钱镖是有刃的，有刃的金钱镖是用锉把青铜钱的边缘锉薄，然后用细石打磨出刃，使其锋利如刀。王芗斋暗暗佩服这壮汉的腕力，他发现金钱镖是斜侧飞，镖出手后旋转疾进，力量极大。

就在王芗斋思忖间，院门前又栽倒了七八个大汉。

门外那为首的人沉不住气了，一招“雄鹰捕食”，直扑那壮汉。那壮汉连连扬手，只听“叮当”之声，原来那使鹰爪拳的头目暗中甩出了金龙双飞抓。

这是一种软械，又叫双飞挝，属暗器，用净铁打造，若鹰爪样，五指攒中，钉铁环穿长绳系之；由于绳的两端各系挝，故称双飞挝。

壮汉见连发金钱镖都打不中双飞挝，有点儿沉不住气了。那个头目呵呵大笑道：“你难道不知铁罗汉的功夫，还不快跪下受缚?!”说着，拳密如雨，脆快似鞭，一招“鹰击长空”，扑了过来。

壮汉收了金钱镖，定了定神，抖擞精神，使出了形意门中的鹰形拳，与铁罗汉对峙，打了三十多个回合。此时只听半空中一声大喝：“御翻子魏赞魁来也!”话音未落，壮汉只觉背后风响。

一个身材魁梧的汉子一招“翠八翻”翻过墙，逼住壮汉的后身。他手中握一柄锦战刀，面容清秀，薄薄粉晕。

“贼人匆伤吾徒!”一声大喝，只见一柄单刀一晃，年近六旬的“单刀李”李存义从窗内跃了出来，旋到“铁罗汉”铁英面前。

铁英怒喝道：“李存义，你是朝廷捉拿钦犯，还不快跟我们上京请罪?!”

李存义喝道：“那你问问我这柄宝刀答应不答应?!”说着，刀如风车般，在铁英脖子周围转。铁英手舞双飞抓，也不示弱，上下挥舞，想去卷李存义的宝刀。

“御翻子”魏赞魁与壮汉打成一团。魏赞魁使锦战刀与赤手空拳的壮汉战了十几个回合，见不能占上风，便佯装退却。他退到一个井台前，壮汉毕竟年轻，以为魏赞魁力怯，直逼上前，原来魏赞魁使了个花招，他往旁边一移身，使出戳脚翻子拳中的九节鸳鸯腿，直踢向壮汉的脖颈。

壮汉眼快，往旁一侧身，耳根部擦破了一层皮。魏赞魁见得手，又一招鸳鸯腿，朝壮汉踢去。

王芗斋见状，正要跃下去助那小伙子，只听见院墙外一阵“劈劈啪啪”之声，接着便见师父郭云深大步流星般赶来，以崩拳驱散了那些清宫护卫。

铁英见郭云深赶到，大喝一声：“郭老先生，此事与你无关，你们虽是形意门的同仁，但李存义是朝廷要犯，你不要干预!”

郭云深大喝一声：“住嘴！你这个朝廷的鹰犬，尽干些助纣为虐之事！李存义与我情同手足，他抗击洋虏有功，正应大大嘉奖，怎么倒成了罪过?！你们这些无耻之徒，甘当腐败政府的走犬，吃我一拳!”说着，直取铁英。

郭云深为何迟迟才到？原来他在半路上遇到一匹马惊了，那匹烈马呼叫着朝前狂奔，马路上有一群顽童正在嬉闹。顽童们见到惊马，不知所措，慌做一团。郭云深见此情景，大步赶上，狠命去抓马脖子，一下没抓住。他腾空而起，在高空接连打了几个翻滚，骑在马背上，终于制服了烈马。顽童们得救了！

郭云深驱马往回走，走了五里地，才遇到马的主人。马主人千般感谢，郭云深从马上跳下，朝小南营村狂奔而去，刚才来到此处，正赶上这场恶战。

王芗斋见师父赶到，立即从树上跳下，一招“白鹤亮翅”，现于铁英面前。

铁英见李存义、郭云深和王芗斋齐来攻他，自知不是对手，唿哨一声，跳出重围，没想飞跃时蹭着了李存义的那柄单刀，右裤腿扯开一条口子。

“御翻子”魏赞魁见“铁罗汉”铁英逃命，自己也慌了神。虽然自己占一点儿上风，可是不敢恋战，一招“鹞子翻身”，也飞过墙头不见了。余下的那些护卫一哄而散。

李存义喜得握住郭云深的手道：“师伯来得正好!”郭云深埋怨道：“你回家也不说来马庄一叙。”

李存义说：“我回家乡一事只有云祥知道，不敢惊动师友。”说着，指着那个壮汉说：“他叫尚云祥，是我的徒弟。”

李存义又来到王芗斋面前，仔细端详一番，叹道：“几年不见，芗斋长得愈发英俊，几乎认不得了。”

几个人来到屋内，李存义叫尚云祥买了酒菜，然后一同痛饮。

李存义面色泛红，对郭云深说：“想当初，我参加义和团，廊坊激战，对洋人大开杀戒，何等痛快淋漓！满以为我中华民族有望，没承想慈禧老贼出卖义和团十万之众，与洋人里通外合，血屠正义之师。我的好友大刀王五、‘眼镜程’

程廷华在北京英勇就义，义和团如鸟兽散。我李存义游荡江湖，远离故土，真是千般辛苦，一言难尽！”

郭云深劝慰道：“诗人黄遵宪有诗联云：壮志难磨，尚欲乘长风破万里浪；闲情自遣，不妨处南海弄明月珠。”

李存义手握一杯酒，来到窗前。耳中窗外飒飒秋风，再望远山如黛，几家灯火，感叹道：“单刀恨藏身，数落落风尘，从此徘徊寄北；雄才叹无尽，问茫茫侠乡，相随鸿雁到国门。”

李存义沉吟片刻，对郭云深说：“我不能在此久留，最近要到保定府去，我这个徒弟尚云祥，原籍山东乐陵县，目前正在北京随父经商，他为人厚道，功底非常深厚，我身世沧桑，已没有时间再教他，想拜托您教他几招，如何？”

郭云深说：“你的事就是我的事，你尽管前去，让云祥与芗斋在一起，就跟我一起学吧。”

李存义走后，郭云深带着王芗斋和尚云祥一同回到马庄。刚进马庄村口，就觉空气异常，家家没了灯火，户户闭门，没有人烟。郭云深情知有变，慌忙来到郭大姑的闺房，只见房内衣物狼藉，梳妆镜粉碎，脂粉洒了一地。又来到东、西厢房，也是狼藉不堪，墙壁被凿破，地砖被撬起。

郭云深叫道：“贼人必是盗我亲著的《形意拳经》！”说着，大步流星般奔进书房，书房内也残破不堪。

郭云深快步去揭墙上挂着的一幅书贴，书贴上写着“亦德”两个大字，落款是京南文安董海川。

原来当年郭云深半步崩拳北征到北京，未遇董海川却见董海川题字后，深知他的厉害，回到深县后，便与他书信往来，成为朋友。

一次，郭云深写了“武德”两个大字送给董海川，董海川不久也写“亦德”两个大字送给郭云深。郭云深如获至宝，便悬挂在书房之中。如今，董海川一代武术宗师仙逝，郭云深见字如见人，总想起与董海川书信交往的那段日子。

郭云深猛地揭开书幅，大吃一惊，只见书幅后现出一个长一尺、宽半尺的小洞，洞内空空，郭云深大叫一声：“我的拳书被贼人盗了！”说完，一口鲜血喷出，昏厥于地。

王芗斋、尚云祥见郭云深昏倒，慌忙扶郭云深躺在太师椅上。

王芗斋找来水，服侍郭云深喝下。

郭云深缓缓醒来，但脸色灰白。郭云深声音微弱地说：“快去追贼人，夺回拳书……”

王芗斋来到后院，只见院墙颓塌，越过后墙，地上躺着四具尸首，他借着月光一瞧，有一个正是郭大姑。她满脸血污，眼睛怒睁，身上有六七个飞抓的痕迹。

王芗斋摸她胸口，气息全无，不禁大哭：“大姑，大姑！……”

哭声在凄清的夜里，悲怆、哀怨，在荒野里回荡着。风，吹来一阵凉意。王芗斋轻轻合上了大姑的双眼，找了一把铁锹，挖了个坑，把大姑埋葬了。

他跪在郭大姑坟前，叩了三个头，以姐弟之礼，告别了这个朴素爽朗的农家姑娘。

他知道，郭大姑是被“铁罗汉”铁英杀死的，因为大姑的身上清清楚楚地印着飞抓的伤痕。

王芗斋转眼回屋里，见师父已昏昏睡去。他把大姑的死讯告诉了尚云祥，尚云祥不免也伤心一番。两个人见天黑夜深，师父病倒，也不便捉拿凶手，只好一前一后躺在郭云深脚下昏昏睡去。

第二天，鸡叫二遍，郭云深醒了，他问：“大姑为何没给我送鸡蛋汤来，她往日每天都要来的。”

王芗斋支支吾吾地说：“大姑……不知到哪里去了？”

郭云深恍恍惚惚说：“我的《形意拳经》呢？”

王芗斋扶起师父：“被‘铁罗汉’盗走了，徒弟一定要替您找回来。”

郭云深颤巍巍站了起来，叹道：“这是我四十多年的心血啊！”说着来到那写着“亦德”的书贴前，猛地撕下书贴，现出那个小洞，奇迹出现了，只见洞内有一个锦匣。郭云深以为看花了眼，问道：“芗斋、云祥，那里面可有一个锦匣？”

王芗斋、尚云祥异口同声地说：“有。”

王芗斋和尚云祥也感到奇怪，昨天洞内明明空无一物，今日清早怎么会出现了锦匣？真是莫名其妙。

郭云深拿出锦匣，喜形于色地说：“这正是我放拳书的锦匣。”说着，脸泛红光，神色如初。

他打开锦匣，果然有一本拳书，上书郭云深所写《形意拳经》几个小字，落款是郭云深著。郭云深取出拳书，只见飘悠悠掉下一个纸条。王芗斋拾起纸条，郭云深接过来，一瞧，脸色陡变。纸条上写着：郭大师，我久闻您的大名，如雷贯耳，对您钦佩已久。此次奉命缉拿李存义，没想铁罗汉杀了您的女儿，盗走了您的拳书。我于心不忍，趁他熟睡之时，盗走拳书，物归原主。我见朝廷日益腐败，不愿再为朝廷效力，逃遁江湖，做个逍遥子。御翻子魏赞魁。

郭云深抱头痛哭："大姑啊，大姑，你死得好惨，你尚未成家，却死在我这老头子前头……"

王芗斋和尚云祥扶着郭云深来到院后郭大姑墓前。郭云深老泪纵横，泪流不已。王芗斋找了一个精致的大碗，上面盛满了深州蜜桃，放在墓前，又在墓前栽了三炷香。

郭云深沉痛地扶着王芗斋、尚云祥的肩头，恨恨地说："以后你俩若见到铁罗汉，格杀勿论！"王芗斋、尚云祥一齐点头。

王芗斋说："记住了，师父。"

两个人扶郭云深回到书房，郭云深把锦匣递给王芗斋说："我写的这部拳书现在传给你们两人，你们要用心研读，继承形意门武艺，使它发扬光大。"王芗斋和尚云祥跪于地上，向郭云深作了一揖。以后，郭云深又教授他们这部拳书的一些绝技。

转眼到了腊月初八，王芗斋到集市去买了江米、小米、黄米、赤小豆、莲子、栗子、核桃、红枣、桃仁等，熬了一大锅腊八粥。

师徒三人坐在书房内，谈天说地，甚是快活。

郭云深说："你可知腊八粥的来历?"

尚云祥瞧瞧师父，憨直地笑笑，摇了摇头。

王芗斋发现师父慈祥的目光又落在自己身上，便说："传说明太祖朱元璋小的时候，给地主放牛，常因断炊而饥肠辘辘。有一次，他在一间小屋内发现了一个老鼠洞，他眼前一亮，心想：抓只老鼠充饥吧！于是伸手掏了下去。一摸，却是个老鼠的粮仓，掏出来的有大米、豆子、粟米、红枣等。于是，他把这些五谷杂粮一齐下锅，煮了一锅热粥，嘿，喝起来甭提多香了。后来，朱元璋得了天下，当了皇帝，整天吃山珍海味，嘴里腻乎乎的，想换一换口味。这一天，他忽然想起以前从老鼠洞掏粮煮粥的事来，当下传令御厨以各色果煮粥进食。此时恰逢腊月初八，朱元璋吃后非常高兴，便将这粥赐名为腊八粥。以后，年年腊八这一天，无论是宫廷还是民间，都熬起腊八粥来了。"

郭云深说："这是一种传说。还有一种佛教传说，是说释迦牟尼成佛之前，曾遍游印度的名山大川，以寻求人生的真谛。他到了北印度的摩揭陀国时，又累又饿，昏倒在地。这时，一位牧女见此情景，急忙把自己的午餐拿出来，一口一口地喂释迦牟尼。牧女的午餐是用各种食品混合做成的，里面还有采来的各种野果，释迦牟尼吃了这顿香美的午饭，元气顿复。后来他在尼连河洗了个澡，到菩提树下静坐沉思，于十二月八日得道成佛。从此，每到腊七这一天，寺院的僧侣们都要取得清新谷果，放到涤静的器皿中终夜熬煮，到天明，将熬成的粥用以供奉佛祖。届时，寺院僧侣诵经演法，以后喝粥以示纪念。”

郭云深喝了一口腊八粥，又说下去：“据史载，宋代才有腊八粥，北宋叫七宝五味粥，五味指江米、黄米、赤豆等五种主料，七宝指撒在粥面上的杏仁、桃仁、核桃仁、果脯、红枣等。南宋时用胡桃、松子、栗子之类熬粥。元代讲求朱砂粥，粥色呈红色，这是元代皇帝尊崇佛教中喇嘛教的一种表现。明清时，腊八粥食俗最盛。北京坊间‘家家腊八煮双弓，榛子桃仁染色红。我喜娇儿逢览揆，长叨佛佑荫无穷。’”

尚云祥说：“在北京雍和宫内，有一口深五尺的大铜锅，是专给清宫熬粥用的。听父亲讲，一进腊月，清廷总管就派人把粥料和干柴一车车运到雍和宫。雍和宫腊八粥的粥料除了江米、小米等五谷杂粮外，还有羊肉丁和奶油。放在粥面上的是红枣、桂圆、核桃仁、葡萄干、瓜子仁、青红丝等。共熬六锅，第一锅供佛，第二锅进宫，第三锅赏王公大臣和大喇嘛，第四锅赏文武官员和分寄各省官员，第五锅分给雍和宫的众喇嘛，第六锅加上前五锅剩下的，就作为施舍的腊八粥了。”

说到此处，郭云深说：“清王朝如今已是气息奄奄，听说慈禧太后和光绪皇帝都病了。有人吟道：‘几层楼，独撑太和殿。统昆明池水，供张画谱，聚玉带烟，散佛阁香，烘石舫窗，染青衣雾。时而金陵寂寞，时而猛士幽居。最可怜花蕊飘零，早埋了珍妃古井。玉笛萧索，空留着惆怅塚。对此寂寞寥，一杯苦酒。笑憨凤鸟，总贪迷梧桐树栖。应怜壁高问，这江山月，谁家之物？千年事，尽换帝王戟。数多少英雄，血染江湖。绿林卧龙，朱阁藏虎，田园悠笛，寒山寺钟。一忽镖影剑光，一忽白发赤胆。倒不如长歌短赋，抛撒些幽恨闲愁；茅舍蓬门，消受得秋风哀霜。悲叹嗟吁，江海无舟。付一叶浮萍为棹。且向茫茫世界，惊回首，哪一叶萍，是我的家！’”

王芗斋见师父又有些伤感，便对师父说：“师父，我们到院中去，我与云祥演练一下器械。云祥以枪尖发力著称武术界，我想与他切磋一下。”

王芗斋这一席话正中尚云祥的下怀。尚云祥总欲与王芗斋比试一下器械，如今见王芗斋主动说出，非常高兴，于是也说：“师父，我和芗斋就比试一下，给您解解闷。”

郭云深说：“也好。只是互相切磋，取长补短，不可真作。”

几个人来到院中，尚云祥从器械架上抄起一支大枪，双手握定，枪杆略呈斜面，丁八步站于院中。

王芗斋随手也拿出一把宝剑，双手握住剑柄，右脚横跨一步，身形略呈斜面，剑尖高举护住自己面部。

尚云祥见王芗斋以静待动，便抢步上前，劈杆就是一枪，照王芗斋胸窝点去。王芗斋往右一晃，枪尖落空，他又随手用剑顺着枪杆往前连切带刺，身剑齐到。尚云祥说声不好，急忙抽身后撤，跃出两米开外，才算将剑躲过。

这时，尚云祥感到王芗斋的剑法非同一般。待到王芗斋收式之时，尚云祥身形一跃，连人带枪往前一撞。

王芗斋用剑轻轻往右下方一拨，身形往左一闪，同时把剑高扬过头，唯恐伤着尚云祥。

此时，尚云祥大枪刺空，由于用力过猛，枪戳在王芗斋背后的土墙之上，墙土纷纷下落，枪杆险些折断。

尚云祥赶快把枪抽回来，放在枪架之上；王芗斋也把宝剑放在器械架上。郭云深走过来说："我刚才真捏了一把汗，以后在研究器械时，再不许用真的器械。"

尚云祥走过来握着王芗斋的手说："你的剑法真好，我真敬佩。"

王芗斋道："你的枪法没有什么花架子，极为实用，枪尖发力也很厉害，只是缺少一点儿计谋。"

又过了几天，除夕将近，尚云祥要回山东乐陵老家与家人团聚过年，便告辞师父和王芗斋上路了。

鞭炮声急，转眼到了除夕夜，王芗斋为师父包了水饺，与师父共度除夕。第二天一大早，郭云深的弟子李殿英、王福元、钱研堂、杨福山、许占鳌等前来给师父拜年。这一天，郭云深精神非常好，面如红玉，双目熠熠泛光。中午吃饭时，郭云深竟喝了有一斤白酒，还吃了两大碗米饭。晚上，众弟子纷纷散去。

正月初二上午，王芗斋要回家探望母亲，便告辞师父回到魏家林村。王芗斋的母亲见儿子归来，非常高兴，把自己收留多日的腊肉、大红枣、桃脯，拿出来给儿子吃。

王芗斋见母亲脸上又多了几道皱纹，不安地说："娘，儿子不孝，不能在家侍奉您，您年事已高，行动不便，我却在马庄随郭老先生学艺，未尽孝心……"

母亲打断他的话说："芗斋，娘理解你，懂得你的心思。你爹是怎么死的，你要牢记。爹和娘希望你学好武艺，做一个对国家有用的人。娘受点儿累没啥，家里还有亲戚和乡亲们帮忙，你尽管一心求艺，不要惦记家里。"

"娘，你真好……"王芗斋的热泪簌簌而落，扑倒在娘的怀里，双肩猛烈抽搐着……

王芗斋的娘用她那布满皱纹的双手把儿子紧紧搂住，生怕他从手指缝里溜出去。

晚上，王芗斋哼着小调赶回马庄，他手里拎着一篮子猪肉大葱馅包子，那是母亲亲手包的，准备让郭先生尝尝。跨进郭家大院，四周死一般沉寂。王芗斋快步来到书房，只见郭云深端坐在太师椅上，穿着崭新的长袍马褂，宽厚的脸庞上没有任何表情，两只眼睛睁得大大的，整个身体显得庄严、伟岸。

“师父!”王芗斋叫道，扑了上去，只见师父一动未动。王芗斋预感不妙，用手去摸师父的双手，双手冰凉，再一摸胸口，心跳全无。

一代形意门大师郭云深老先生就这样端坐而逝，离开了人间。

第四回　锛桃核教训卖艺人　救镖车巧遇翠花刘

王芗斋与李殿英等人厚葬了形意门大师郭云深后，只身回到魏家林村故里。此后他练拳更加刻苦，每日清晨携带干粮、饮水到村外林中练功，日暮方归。如是者数年，功力大增。有一次，一伙土匪袭击了魏家林村想抢些值钱的东西，王芗斋徒手将匪徒击散。那伙匪徒边逃边呼："这小伙子真厉害！"

有木匠任华良等人拜王芗斋为师学拳。

有一次，王芗斋正在教徒弟们练拳，几个农民近前观看，并模仿练拳的动作。任华良轰他们说："满脑袋高粱花子，还想练拳！"

王芗斋听了，心中不悦，对任华良说："民以食为天，没有种庄稼的人，你喝西北风、啃土坷垃吧！"他说罢，叫过那几个农民，对他们耐心指导拳术。

这时，一个徒弟跑来对王芗斋说："师父，村北口麦场上来了几个卖艺的，他们自称是张三丰祖师的传人。"

王芗斋说："走，瞧瞧去。"

他们来到村北口的麦场上，只见一个武师带着两个徒弟正在练花拳。王芗斋看了那拳势，觉得一般。那武师练完拳，便叫两个徒弟端着碟子要钱。

王芗斋也掏出一些钱给了那武师，他想：这几个人为生活所迫而卖艺，也是不容易的事，应当为他们捧捧场。

没想到这位武师收完钱之后，便笑着对众人说："我所学的武术，是张三丰祖师所传，在梦中由神仙传授。练好我这功夫之后，可以刀枪不入，隔山打牛，这叫做百步神拳。学这种武术第一必须心诚，半夜子时练功，烧香三炷，先给祖师叩头。然后向北而立，对准井口，运气宁神打三百六十五拳。三个月之后，井水翻花起浪，就可天下无敌！不信，我可当场表演。"他唤过一个徒弟，让他在五步之外站好，然后运气发功，以掌心对着那个徒弟轻轻一推，"嘿"的一声。

只见他的徒弟应声而倒，口吐白沫。

正当众人骇然之际，王芗斋走到那位武师面前，低声说："朋友，你如衣食困难，我当全力相助，但不要故弄玄虚蒙骗大家。"

武师见王芗斋身体单薄，温文尔雅，便问："你难道也练过拳吗？我见你身体弱，恐失手伤了你的性命。这样吧，现在当着众人的面，我再练一手叫你们开开眼。"说罢，他从怀里掏出一张张三丰的像，跪拜在地，然后命一个弟子捧一个葫芦站立在五尺之外，自己从身上掏出两把黄豆往葫芦里投掷，只见黄豆全部被他扔进了葫芦里，无一外落，围观者齐声喝彩。

武师见众人喝彩，更加得意忘形，他问大家："人们有谁能练这一手？"众人听了，连连摇头。

王芗斋忙叫同来的徒弟任华良，对他低声吩咐了几句，任华良便急急地跑了。一会儿，他找了一锛子来。只见任华良脱掉鞋，将一个桃核夹在两个脚趾中间，举起锛子一下就把桃核锛为两半，脚趾一点儿也没受伤，围观者掌声大作。

王芗斋对众人说："我这个徒弟并非有什么神技，他是个木匠，平时爱使锛子，熟能生巧，这和刚才这位武师往葫芦里扔黄豆是一个道理。这位武师如真在梦中学得张三丰的仙技，请把这个桃核劈开。"

武师面红耳赤地问王芗斋："你敢领教我的百步神拳吗？"

王芗斋微微一笑："你就往我身上随便打吧！世间根本没有什么百步神拳！你自己心里最清楚！"

武师气往上撞，恨不得一拳把王芗斋打死。他用尽全身气力，照着王芗斋的"鸠尾穴"猛击一掌。王芗斋丝毫未动，武师自己反倒弹了一个跟头。众人哈哈大笑。

王芗斋一刻没有忘记师父郭云深的教诲，牢记"天高任鸟飞，海阔凭鱼跃"的道理，二十二岁时决心闯荡江湖。北京是五朝之都，是武术界藏龙卧虎之地，他决定先到北京去。

王芗斋走了几日，来到直隶涿县。这天中午，他觉得身疲口渴，见前面有个小镇，镇前有个客店，便快步来到客店投宿。店小二把他让到二楼最东面一间客房后，又带他下来用饭。饭厅内密密匝匝坐满了人，足有二十多个，都是庄户人家打扮，正在大吃大喝。王芗斋拣了西头一个座位坐下。店小二端上两菜一汤，王芗斋已是饥肠辘辘，便狼吞虎咽地吃起来。

一会儿，有一个五十多岁的汉子前来投宿。此人相貌丑陋，脸上有点儿小麻子，说话粗里粗气。店小二把他带上楼不久，他也下楼坐在王芗斋对面用饭。他端起酒盅就喝酒，拿起筷子就吃菜，吃饭时“哗啦啦”响，米粒、菜汤洒了一桌。

这时，王芗斋就听旁边饭桌上有个人对旁边另一个人问道：“镖车啥时过来？”另一个人道：“今天下午。”

“这倒好，又劫镖车又捕人，一箭双雕。”

“别胡说，小心叫人听见。”

王芗斋思忖：原来这伙人是劫镖车的，那怎么叫又劫镖车又捕人呢？这时，只见对面坐着的那个汉子匆匆起身出去了。

王芗斋来到后院解手，见旁边有个马车，上面沉甸甸地装满了东西，被草帘子围得严严实实。王芗斋上前去摸，啊，原来是一柄柄大刀。这时，王芗斋猛觉身后有股风响，一个人的手掌落在他的肩上：“兄弟，看什么哪？”

他回头一看是个庄户打扮的人，一柄尖刀已经抵到他的左肋骨上。

王芗斋连忙运气到左肋处，一招“猛虎掏心”，打落对方手中的尖刀。王芗斋刚要问话，忽见那家伙软绵绵地倒下了，王芗斋觉得十分奇怪，朝四下一望，但见房上有个人一闪不见了。

王芗斋低头一瞧，一粒飞蝗石打在那家伙的后脑，那家伙死了。

王芗斋一招“燕子钻云”，来到房上，哪里还有人的影子。但是就在他朝下跳的时候，见到对面二楼有个房间的窗户敞开着，一个彪形大汉正坐在太师椅上抽水烟袋。他敞着前胸，露出黑乎乎的一篷毛，眼睛微睁，优哉游哉。王芗斋认得那人，那人就是三年前在直隶深县小南营村率大内护卫捕李存义的铁罗汉。

铁罗汉来这里干什么？莫非饭厅里的那些人都是大内高手？

王芗斋见到铁罗汉怒火中烧，他知这个家伙来此处定无好事。为了探个究竟，他顺着房梁来到对面的店楼上，来至铁罗汉所住的房间上面，用双足钩住屋檐，俯身偷看。

铁罗汉正在抽着水烟袋，这时，门开了，进来一个壮汉，那壮汉说：“铁爷，李存义的镖车进了山沟了。”铁罗汉一听，慌得跳了起来：“啊，来得这么快！快通知兄弟们，上山！”

两个人走了出去，一会儿，那些在饭厅吃饭的人涌了出来，争先恐后来到马车前，抄出兵器。他们见那个人躺在地上，还以为他喝醉了酒人事不省，连踢了几脚。后来，这伙人骑上马往东去了。

王芗斋跳下房来，骑了一匹马，尾随跟去。

此刻，王芗斋的心里像开了锅。师兄李存义已三年多未见，想不到在此处出现，他一直未曾露面不知隐匿何方，如今不知怎的又做起保镖的买卖来了。可能是换了皇上，大赦天下，李师兄才有了今日，可是为什么铁罗汉还要追捕师兄呢？李师兄的徒弟尚云祥会跟来吗？

他纵马尾随铁罗汉等人进了树林，林木茂密。走了一程，那伙人拐过树林不见了。

王芗斋想纵马跃过树林去通知李存义，但是已来不及。一会儿，只见对面小道中走来一伙推车的人，第一辆车上挑着一面镖旗，上写“单刀李”三个杏黄大字，迎风飘扬。车旁雄赳赳走着一个五十多岁的汉子，精神抖擞，面阔鼻圆，背着一口宝刀。后面有人敲着一面小锣，嚷道：“单刀李护镖喽！李存义护镖喽！”

车队眼看越走越近，王芗斋看到铁罗汉带人从林中杀出，这时，从林中跃出一个壮汉挥掌与铁罗汉搏打。王芗斋快步迎了上去，发现原来是刚才与他同桌吃饭的那个汉子与铁罗汉斗做一团，旁边许多人吆喝不绝。

王芗斋见那汉子掌势非凡，如游龙戏凤，飘忽不定，转起圈来，如走风车。有时“怪熊摆头”，有时“青龙入海”，搅得铁罗汉神魂不定。王芗斋在小时候见程廷华使过这般武艺，知道那汉子使的是八卦掌，但不知这汉子是八卦掌的哪位高手。

铁罗汉叫道：“弟兄们，还不快去劫镖车！杀死李存义，赏白银两千两！”

这时，一个傻头傻脑的家伙上前问：“教头，杀了姓李的一个人赏两千两，还是给大家伙儿两千两呀？”

铁罗汉将一口浓痰唾在他脸上，骂道：“你傻不傻呀?!”

那家伙笑道：“我不傻！不傻！这两千两都是俺的了！”说着，第一个飞奔下去。其余的二十多个护卫也高举兵器蜂拥下山。

王芗斋上前来助那汉子，那汉子厉声对他说：“你还不去救李大哥？”

王芗斋问：“你一个人成吗？”

那汉子道：“我一个人打他，还有富余。”

铁罗汉一听，差点儿气炸了肺，他说：“我铁罗汉在京城是叮当响的人，从不杀无名小卒，你快报上姓名！”

那汉子笑得如钟响，一个刀削掌，正击在铁罗汉的左背，大叫一声：“刘！”铁罗汉双掌齐掼，一招“怪蟒翻身”，直扑而来。那汉子刁滑得很，借力推力，以柔克刚，顺势又一个翻手掌，击断了铁罗汉的辫子，叫一声：“凤！”铁罗汉道：“算了，你也不用报姓名了，放我走吧！”说着，抽身要走。那汉子笑道：“你不知道我的姓名就走，难道不遗憾吗?!”

铁罗汉一阵风往山上跑，那汉子几步赶上，又一招“风轮掌”搧了铁罗汉两个巴掌，叫一声：“春!”

铁罗汉大叫道：“我知道了，你是‘翠花刘’刘凤春!”

那汉子正是董海川的高足‘翠花刘’刘凤春。刘凤春是直隶涿县罗家营人，他在北京城里以卖妇女首饰为业，人称“翠花刘”。他自幼家境贫寒，十余岁时为谋生路，经人介绍，只身来到北京城前门外打磨厂吉祥翠花作坊做学徒。刘凤春聪明好学，又能吃苦，很快学得一手制作翠花的高超技艺。吉祥翠花作坊附近有一家程记眼镜铺，掌柜的便是“眼镜程”程廷华。经程廷华介绍，于一八七三年冬，在吉祥寺，刘凤春拜八卦掌祖师董海川为师，学习八卦掌。拜师后，刘凤春除了平日在翠花作坊辛勤工作外，坚持练武，每次回到家中都在磨房里围着磨台飞身旋转。董海川于一八八二年去世，当时刘凤春尚未出师，他仍像老师在世时一样刻苦练功。以后他又拜著名形意拳大师刘奇兰为师，刻苦研练形意拳，得刘奇兰大师真传，深谙形意拳之奥妙。中年时期的刘凤春已成为誉满京都的武术大师。他身怀绝技，平素静如山岳，动似狸猫。故此，武林中又有“赛猫行”刘凤春之美称。此次，刘凤春回家路过此地，也在饭桌之中听见了清宫护卫的议论，于是潜身上房，又看到铁罗汉亲自率队前来。当王芗斋发现马车上的兵器，有个护卫用刀抵住王芗斋之际，刘凤春正在房上。他立刻发出一粒飞蝗石击毙护卫，救出这位素不相识的年轻人。

王芗斋去助李存义，刚到半路，忽然想起师父郭云深的嘱咐：“见到铁罗汉格杀勿论。”他又想起郭大姑的惨死，于是返身去追铁罗汉。

铁罗汉自知不是刘凤春的对手，狼狈窜去。刘凤春也不追赶，正要去会李存义，见王芗斋风风火火地折回来，便问道：“小兄弟，为何又返回来?”

王芗斋说：“我去追杀铁罗汉。”

铁罗汉跑了一程，见刘凤春没有追来，心里像一块石头落了地。他跑得急尿憋得慌，于是躲在一棵老松树下解手。正解手间，忽觉背后劲风袭来，铁罗汉情知不妙，急忙一招“鹞子翻身”，可是已经迟了，右胳膊被人削断，鲜血喷了一树。原来王芗斋已经追到，运足了全身气力，伸手一掌，本来是照着铁罗汉的头部劈来，铁罗汉一侧身，削断了他的一条胳膊。铁罗汉已认不出这个年轻人是谁，他捂着伤臂，撒腿就跑。王芗斋紧追不舍。

铁罗汉在疾跑中，迅速从胸间取出创伤药膏贴于受伤处，又含了几片止痛草药片。他脸色惨白，气喘吁吁地跑过两道河沟，来到一座小镇。镇前有座小庙，铁罗汉再也跑不动了，于是躲进庙里。王芗斋冲了进去，但见铁罗汉正跪在那佛龛前祈祷，旁边有个四十多岁的大汉，个子高大，身材颀长。那大汉正在那里睡觉，铁罗汉进去已经把他吵醒。他揉揉惺忪的双眼瞧着铁罗汉。

王芗斋上前就打铁罗汉；铁罗汉就地十八滚，杀猪般大叫，叫声凄厉。

那大汉冷言冷语道："人家都断了胳膊，你还穷追不舍。"说着，站了起来，一把揪住王芗斋，将他腾空举起，王芗斋全无防备，只是一心要为郭大姑报仇，因此被大汉抓个正着。那大汉抓起王芗斋，抛起几丈高。幸亏王芗斋练过鹞子功，他在空中连翻几个跟头，轻轻落到地上。

大汉见他身手不凡，着实喜欢，从怀里摸出一个银元，扔给王芗斋，说："你一定是缺钱花了，才追他追得这么苦，我施舍你点儿。"

王芗斋听了，有些不高兴，接过银元，两手一掰，"啪"地一折两半儿，交给那汉子一半儿说："还给你一半儿。"

那汉子接过半块银元双掌一错，把半块银元再折成对半儿，把一小半儿又扔给王芗斋。

王芗斋接过来，又一合掌，将那小半儿银元又折成对半儿，先扔一半儿给那汉子接着，将脚一伸，另一小半儿银元稳稳当当钉在正要逃出门的铁罗汉的屁股上。铁罗汉惨嚎一声，落荒而跑。

大汉笑笑，将一小半儿银元用手一扬，竟射中天空里飞翔的一只麻雀，麻雀应声而落。

大汉手臂好长，一招"白猿攀枝"，轻轻将麻雀接在手中，扔给王芗斋道："留着当做晚饭罢。"王芗斋接过麻雀，顺手一扔，正贴在庙前的旗帜上。

就在这时，但听一声高喝："原来是'臂圣'张策先生到了！"王芗斋一回头，只见李存义、尚云祥和那个丑陋的汉子走了过来。

王芗斋叫道："李先生，云祥。"

李存义指着那个丑陋汉子道："这是'翠花刘'刘凤春，是我的师弟。"

刘凤春对刚才与王芗斋交手的那汉子道："张策先生，哪阵春风给你刮来了？幸会，幸会！"

张策笑道："敢情是'赛猫行''单刀李'和'铁足佛'来了，有失远迎。我到此地游历，刚在破庙里打个盹儿，就被吵醒了，被这小兄弟缠住了。"

李存义说："这位小兄弟是我的师弟王芗斋，郭云深老先生的徒弟。"

张策喜道："原来是郭老先生的高足，真是名师出高徒，身手不凡。"

李存义一推王芗斋："还不快拜见张策先生。"

王芗斋对张策一拱手："我班门弄斧了！"

张策笑道："哪里，哪里！"

接着，王芗斋把追杀铁罗汉的缘由说了。

张策气愤地说："原来他就是清宫有名的'毒杀手'铁罗汉，我平日只闻其名，未见过其人。他杀害了郭老英雄的爱女，真是死有余辜!"他转身来寻铁罗汉，发现铁罗汉早已逃得无影无踪了。

一行人又回到那家客店，王芗斋见门口排着一排镖车。走进店内，李存义吩咐店小二摆上丰盛的酒席，把押镖车的人和车夫都请来入座，共是四大桌。大家亲亲热热，叙个不休。

尚云祥坐在王芗斋身边，小声问道："芗斋，这些年你都到哪里去了？想坏我了!"

王芗斋说："入山见木，长短无所不知；入野见草，大小无所不识。知之愈明，则行之愈笃。行之愈笃，则知之益明。这几年中，我一直在老家，如今要闯荡江湖，想到北京去。"

张策问李存义："李先生如何又干起保镖的生意来了?"

李存义叹一口气："自参加义和团廊坊激战出了些名气后，朝廷三番五次为难我，故才隐居江湖。现在悄悄在保定开了个万通镖局，马马虎虎糊口。户部从四川进了五千斤蜜橘，运到天津，由我万通镖局保镖，我带着云祥前来护镖。想当今武术家多是靠保镖护院为生，三皇炮捶高手于鉴在北京会友镖局混事，北京'醉鬼张三'孤身保镖，湖南'神腿'杜心武也在云贵川一带保镖，张策先生没有干这个差使吗?"

张策道："东北沈阳有个叫张作霖的，手下有几千人马，他托人写信来请我去，我正犹豫不决。"说着，从怀里摸出个大信封，封面上赫然写道："直隶香河县张策先生收　东北沈阳张。"李存义接过信，打开信封，掏出一封信，上面有毛笔行书写道：

秀林先生：

知你精于技击，初有声于燕赵之间，北走关外，南至齐鲁等处，踪迹所至，声誉大振。你曾遇白云观奇人韩老道，拜其仙门下磋磨数载，后成为闻名于大江南北的武术家。听下人讲，你双手击人，一击就击出十数丈之外，而自身屹立不摇。我是一个武夫，很想结识你，望能如愿。

张作霖

李存义说："这个张作霖不知何许人也？不过，他既盛情请你，我劝你还是前去探探虚实。"

刘凤春已喝得半醉，这时也站起来说：“随机应变信如神，我也劝你不妨去一趟。”

张策一拍大腿：“好，有你们二位的话，我就闯一趟关东！明日一早就去。”

这时，尚云祥牵了牵师父李存义的衣襟，李存义回过头来，尚云祥一指门外的镖车。李存义叫道：“唉哟，你不提我倒忘了，快给诸位弄上点儿蜜橘来。除了给户部的外，我们自己也买了三车。”几个车夫走了出去，卸下一麻袋蜜橘抬了进来。李存义让他们一桌倒了一堆。

李存义掰开一只鲜亮的大蜜橘，递给王芗斋说：“这不比咱们老家的大蜜桃逊色。”

几个人吃着、嚼着，觉得酸溜溜、甜滋滋的。张策对刘凤春说：“你们八卦门董先师的大弟子，你的大师兄尹福老先生近日病重，我也没来得及探望，真是遗憾！他英雄一世，性格温和，重义气，武术精纯，真是武林楷模。”

刘凤春叹道：“我八卦门第一代高手所剩无几，‘煤马’马维祺武功不错，但性格傲慢，二十九岁时就被沙弥一掌击死；‘眼镜程’程廷华——”他目光落在李存义身上，“就是你那位老乡，功夫高超，号称无敌高手。几年前也被八国联军打死了。”

张策嗟叹道：“‘眼镜程’真是一代英王，人生得漂亮，功夫又好。庚子年在花市磁器口河泊厂遇到德国鬼子，鬼子巡逻队要搜身，‘眼镜程’身上带着口春秋宝刀，‘吆哧哧’先削掉几个鬼子的脑袋，然后返身上房，没想那房太高，足有十几尺，‘眼镜程’没能翻上去，中了鬼子们的排枪，掉了下来……哎，就差这么一点点！”他用两只手比划着。王芗斋见那两只手之间也就半尺。他的眼前又浮现出少年时趴在树上，观看程廷华练艺的情景，想到这位英雄已不在人世，不免感到一阵惋惜。

刘凤春咬了半个橘子说：“要说咱们尹先生在清宫里当护卫总管，舒舒服服的，跟着皇上、皇后、贵妃们蹭那山珍海味，可说享些福；何况他瘦瘦的，怕是得不了高血压、心脏病之类的病。可是谁曾想到，今年年初，他回到家里，半夜里翻了一个跟头，就病倒了。真是天有不测风云，人有旦夕祸福呀！”

李存义说：“刘先生也不必悲伤，你们八卦门第二代又出来不少后起之秀。‘瘦尹’的徒弟‘螃蟹马’马贵，精通点穴术，在肃王府做护院，护院里所有的武术家都不是他的对手。‘瘦尹’的徒弟宫宝田、门宝珍也很厉害呀，宫宝田身材矮小，性格暴烈，动作精悍、敏捷，正做八旗将军的保镖，轻功和跳跃技术也很出色。‘眼镜程’的徒弟孙禄堂也很出众，他很有雄心，不仅跟‘眼镜程’学了八卦掌，跟李殿英学了形意拳，而且还在琢磨太极拳，三大内家拳都想学。李文彪听说现在给一个叫徐世昌的官人当保镖……”

李存义正说着，猛不丁闯进一个和尚来。那和尚高大魁伟，一身蛮肉，两只眼睛瞪得要努出来，他大叫道：“我才是八卦掌的正宗，董海川是跟我父亲学的。”

第五回 翠花刘神拿推和尚 董海川凌空献香茶

“翠花刘”刘凤春一听气坏了，腾地站了起来，骂道：“你是什么鸟东西，到这儿拔份儿，真是屎壳郎坐孔庙——假充大圣人!”

和尚笑道：“你别急嘛，听我说清楚。我父亲的父亲从前在峨眉山修道，从《易经》中领悟到八卦的道理，遂创了八卦掌。他老人家终日练习不止，把峨眉山的石头都给削平了，如今峨眉山上的石头个个光滑，就是我爷爷玩穿掌削平的……”

刘凤春在一旁冷笑道：“恐怕颐和园里的铜牛都被你给吹跑了!”

那和尚毫不理会，继续说：“我爷爷传给我父亲八卦掌，我父亲又来到九华山，自号毕澄霞道士。董海川在山中迷路，遇到我父亲，我父亲瞧他身子骨不错，收他为徒学练八卦掌。自然我父亲也传给了我八卦掌技艺。”

刘凤春笑道：“可是毕澄霞道长从未娶妻生子，那你是从哪里出来的？莫非是齐天大圣出世，从石头缝里蹦出来的?!”

众人听了哈哈大笑。

那和尚听了，也不生气，有条不紊地说：“能屈能伸，真丈夫也。匹夫见辱，拔剑而起，此不足为勇也！汉高祖刘邦能忍唾面之辱，大将军韩信当年忍胯下之辱，都是大将风度。你几次辱骂我，嘲讽我，我不足为怪。”

刘凤春站了起来，走到那和尚面前，说：“既然你自称是董先师的师弟，那我们俩人比试比试。”

和尚不慌不忙从背后抽出护手钩，说：“你先试试我这护手钩，这是八卦掌一绝。”

刘凤春笑道：“你爹教你练钩，董先师教我空手破钩。”

二人来到院内，走了个照面。

和尚朝着刘凤春就是一钩，刘凤春伸手捋其右手腕子，和尚又用左手刺刘凤春，刘凤春又捋住他的左手。和尚被捋住双腕，怒道："我只要往上一抬，就可将你的两腕削掉。"说罢，往上一豁。

刘凤春说："你出去吧！"往外一扔，和尚栽出一丈多远，护手钩也甩到一边。

刘凤春就势踩住他的胸膛，喝道："你说老实话，你练的是什么拳？"

和尚支支吾吾了半天，说道："我爹不会拳，我爷爷也不会拳，我也没有师父，我是在猪圈里模仿猪的动作，创造了这种拳，取名猪拳，我这猪门的器械就是护手钩。"

众人听了，哈哈大笑。刘凤春放开他，说："你去吧，以后不要瞎吹牛，更不准亵渎八卦掌，武艺这玩意儿可不是吹着玩的！"

和尚爬起来，磕头如捣蒜，顾不上捡护手钩，拔腿就跑了。

晚上，一行人就宿在客店。王芗斋和尚云祥住一屋，尚云祥几年不见王芗斋，今日相见，喜得心花怒放。

尚云祥说："我从北京回来才知郭云深大师病逝，后来又去寻找师父李存义，师父不知下落，于是我回到北京。今年年初听说李存义在保定开了万通镖局，我便去保定投奔了师父。"

王芗斋说："云祥，听说你在北京收了徒弟？"

尚云祥脸一红，有点儿扭捏起来，半天才支支吾吾地说："有几个小伙子平时与我耍耍，后来就干脆拜我为师了。他们的功夫也不错，一个叫靳云亭，一个叫赵走儿，都是顶呱呱的好汉。"

王芗斋与尚云祥叙了一会儿，便去了刘凤春和张策的房间。

张策与刘凤春同住一屋，二人正聊得热乎，见王芗斋进来，忙让他入座。王芗斋说："明日一早咱们都要各奔东西了，今晚我想向二位各讨个招数。"张策说："形意门与通臂门各有千秋，不敢当。"

王芗斋说："通臂门和八卦门都有许多技艺值得形意门学习，天下武术是一家，但各村有各村的高招，我想汲取各家所长。"

刘凤春高兴地说："芗斋年纪不大，志气不小。海不辞滴水，故能成其大；山不拒抔土，故能成其高；明主不厌人，故能成其众。芗斋立志集各家拳法之大成，确是高明之举。"

张策说："既然是这样，那我告诉你，练通臂拳一要有恒心，二要贯通于身，三要有通臂之神意，贵在神意！"

王芗斋说："也就是说意在先，意即精髓。这几年，我感到技击的站桩也要身体空灵均整，精神饱满，神如雾豹，具有烈马奔放，神龙嘶噬之势。头顶顶竖，顶心按缩，周身鼓舞，四处牵连；足指抓地，双膝撑拔，力向上提，足跟微起，有如飓风卷树，拔地欲飞，拧摆横摇之势。故凡遇之物，则神意一交，如网天罗，天物通逃；如雷霆之鼓舞，鳞甲雪霜之肃草木，且发动之神速，更无物可以喻之，是以此种种神意运动，能超出一切速度之上也。"

张策喜道："你小小年纪，就已悟出这个道理，真不简单。来，我来教你通臂拳。练通臂拳要豁然贯通，身体处处练到，眼中可容手，脉络能通闲，胸腹能合能开，肩臂能伸能缩。伸者长一半，缩者使之无。动力处千钧臂力者，不能移其身。"

刘凤春道："张策，你来给我们表演一招，如何？"

张策想了想，见床角有支蚊香，便点燃了放在桌上，又出去拿来一支长枪，然后把烛吹灭。张策叫道："你们瞧着！"

他一枪刺出火顿灭。张策又点燃蜡烛，王芗斋和刘凤春一瞧，火灭而香未倒。

这时，李存义笑盈盈地跨进门来："你们在搞什么把戏？屋内烛一会儿亮，一会儿灭。"

张策笑道："表演个小把戏。"

李存义说："张策，走，跟我杀一盘棋去。"

张策笑着把长枪放在屋角，说："你这臭棋篓子，又来叫战了。"他转身对王芗斋道："芗斋，少陪了。"说完，随李存义出去了。

王芗斋见二人出去了，屋里只有他和刘凤春两个人，于是说："刘先生，人家都说八卦掌难学，不知此话当真？"

刘凤春道："会者不难，难者不会。八卦掌是以掌代掌，以行步走转为主的拳术。它的动作和缓，不尚蹿跳，几乎所有动作都以走步运身，以腰身运掌。其要诀为以臂助掌，以身助臂，以步助身。步法有进步、退步、闪步、叉步、仆步、寸步等；八卦掌为单换掌、双换掌、顺势掌、背身掌、转身掌、磨身掌、翻身掌、回身掌。八卦掌要分虚实刚柔。何谓虚实？足有虚实，掌有虚实，招有虚实，劲有虚实，一处有一处之虚实，处处皆有虚实，不击为虚，击中为实，虚实随心，变化得宜，才谓虚实。"

王芗斋用心地听，用心地记，他问道："何为刚柔呢？"

"八卦掌的劲力有明劲、暗劲、横劲、竖劲、开劲、合劲、裹劲、拧劲、抖劲、惊劲、螺旋劲。而柔劲是走化，是积极的防守；刚劲是发打，是得机进攻。

柔中寓刚，刚中寓柔，刚柔并济。”

王芗斋问道：“八卦掌是否也讲意合？”

刘凤春道：“八卦掌有六合归一，即手与足合，肘与膝合，肩与胯合，谓之外三合。心与意合，意与气合，气与力合，谓之内三合。这种意识、气息、动作、力量的内外和谐统一，就是‘六合归一’。行功时，以意导气，以气运身，以身导力，内外合一，故八卦掌歌曰：‘抱六合，勿散乱，气遍身躯得自然。’”说完，刘凤春抖擞精神，一招“青龙缩尾”“穿袖桃打”，又一招“大鹏展翅”“鹞子穿林”。

王芗斋看了赞叹不已。

刘凤春演练完，坐在炕上，气不喘，面不红。

王芗斋说：“八卦掌祖师董海川是武术界人所共仰的英雄，你给我说说他的故事吧？”

刘凤春讲起董海川先师的逸闻轶事，可来了神采。他掏出长竿烟袋，从里面掏一个翡翠玉壶嘴的长烟杆，装了满满的一锅烟，点燃了，咂吧咂吧嘴，“吧嗒吧嗒”吸起来。

“董先师的传闻像天上的星星，数也数不清。他于九华山拜毕澄霞道士学艺数载，朝夕苦练，下山后因肇祸避匿于河南一座庙宇，夜里在睡梦中看见殿内诸神塑像群起，在殿堂中环走。董海川混杂于其间，左旋右转疾若闪电。梦醒后，董海川自此而悟到八卦转掌之理。以后，董海川净身入四爷府，初服杂役。有一天，四爷观看武师献技。宾客与府内人围观，使庭路阻滞，四爷命取茶奉客，因为人多，董海川从另一庭院捧茶盘跃身过了屋脊，凌空而落，为王爷和宾客献茶。四爷惊其敏捷，及命演武于庭。董海川从容而演八卦掌，左旋右转，上下翻飞，变化莫测。于是四爷聘他为府中武术教习之职。有一天，四爷夫妇正在阁楼琼台纳凉，忽听楼脊有孩童嬉笑之声，原来是董先师背着一个孩子在楼脊上窜来窜去。此时有群雀噪于屋顶，董先师一跃身，伸手抓了三只麻雀。四爷喝彩，叫道：‘真是驾云之术！’董先师在肃王府当护卫总管时，有一次奉肃亲王之命去塞外征粮，路遇数十名蒙古武夫手持利器环而击之。董先师穿梭御敌，捷如旋风，使围攻者不寒而栗，都跪请拜师。董先师晚年技艺已臻化境，其变化之神速，非常人所能比。他老人家知将要离开人世，便端坐太师椅，以两臂作换掌式，嘱门人发扬光大八卦掌，永传不绝。”

王芗斋听了，惊叹不已，心想：这一代武术宗师酷爱武术之至诚，明月可鉴，真是鞠躬尽瘁，死而后已！

第二日，李存义、尚云祥押镖回天津，刘凤春回罗家营故里，张策下关东，王芗斋去北京，几个人依依而别。

几天后，王芗斋进了北京城。北京不愧是帝王之都，红墙绿瓦，琼阁显寺。那一个个四合院，方方正正，灰门高墙，古槐翠柏，甚是气派。街面上，店铺栉比鳞次，车水马龙，人声鼎沸，熙熙攘攘。那大碗茶、油炒面、杏仁茶、豆腐脑的叫卖声，悦耳动听；唱大鼓的、说相声的、耍空幡的、拉洋片的……在集市上应有尽有。这儿比深州县城可大得多了。

他走到西四时，觉得口干舌燥，见路旁有个畅怀春茶馆，便走了进去。茶馆内有二十多个座位，大八仙桌，大板凳，几个茶客正聚缩在那里下围棋，还有一伙人在下象棋。

一个伙计一边提着大茶壶，一边还伸长脖子往人群里看，嘴里还连叫着“跳马，跳马!”

人群中传出一个哑嗓的声音：“你这臭棋篓子，车都锁当心了，还跳什么马，老帅都保不住了!”那伙计退出来，捂着嘴笑道：“这棋真臭，真是茅房里的石头，又臭又硬!”

伙计见王芗斋进来，招呼说：“爷们儿，沏壶香片吧！来，里边坐!”他把王芗斋安排在屋角的一个茶桌坐下，一会儿，端来香片和瓜子、花生米、蜜枣、榛子，然后又招呼别人去了。

几杯香片入腹，王芗斋顿觉身上暖融融的。

他见旁边桌上坐着两个人，正谈得热闹。一个三十多岁，眼泡儿浮肿，身穿蓝布棉袍，显得文绉绉的；另一个四十来岁，穿一件古铜色旧夹袄，肩下的一个钮子未扣着，一张苍白透明的脸庞，气宇轩昂。

穿古铜袍子的人说：“谈起这亭子，有景有亭，我所看见的有单柱伞亭、三柱角亭、四柱方亭、五柱圆亭、梅花亭、扇亭、六角亭，还有双方、双圆、多角构成的鸳鸯亭和群亭。有的上下两重、三重、四重，有的又是内外双层，大亭套小亭，千姿百态，蔚为壮观。有因花园而筑的景观亭，有因地域而建的游憩亭，有因人而设的纪念亭，有因物而设的庇护亭，有因事而造的谕世亭。亭最多之处，莫过于北京。北京有亭上百座，仅颐和园内就有四十多座。”

穿蓝布棉袍的人说：“宣统皇帝退位后，我曾到颐和园去了一次。十七孔桥东的廊如亭，里外三层，八角重檐，由二十四根圆柱支撑，朱栏藻井，十分壮丽。据说中国最大的亭子，是与之遥望的万寿山铜亭，青铜铸造，雄踞于白玉石基之上，重二百零七吨，是中国非常珍贵的文物亭。”

穿古铜色袍子的人说：“北海的五龙亭，五亭临水，曲桥相连，宛若五条龙游水。景山五峰上的五亭，重檐攒尖，黄、蓝、绿三色琉璃瓦辉映，绚丽多彩。登临中峰万春亭，纵目俯瞰，北京锦绣雄姿，尽收眼底。这些皇家宫阙中的亭子，大都富丽堂皇，庄重肃穆，给人一种唯我独尊的感觉。这些年我游历江南，寓居杭州，看到不少秀美的亭子，没有矫揉造作之态，既为山水生辉增趣，又供游客赏荷观鱼。有亭必有名人楹联题咏，那西湖风景、苏州名园，没有一处不是'百遍清游未拟还，孤亭好在云水间。'"

穿蓝布棉袍的人抄起大茶壶，为他斟满了茶水。那穿古铜袍子的人呷了一口茶，又兴致勃勃地说下去："安徽滁县'醉翁亭'，以文墨与景物珠联璧合，蜚声遐迩，游人不绝。亭扉上有朱联：'公去八百年醉乡犹在，山行六七里亭影不孤。'欧阳修当年亲植的三株梅花，依然暗香如故。旁有古梅亭、隐香亭，山石突兀，流水淙淙。湖南岳麓山，秀如玉琢的清风峡上，有亭柱石刻：'山径晚红舒，五百夭桃新种得；峡云深翠滴，一双驯鹤待笼来。'漫山枫林，四季变幻，依亭观景，饶有乐趣。凡是名山古岳，沿途总有长亭与短亭，可以小憩、饮宴、凭眺、登高，造福于人。"

穿蓝布棉袍的人徐徐说："我到过四川以'天下幽'闻名的青城山，叠翠的山径上就有雨亭、山荫亭、冷然亭、翼然亭、卧云亭、四望亭、观日亭、神灯亭、呼应亭等，好像彬彬有礼的女佣，笑迎游客。"

穿古铜色袍子的人又说："亭亭而立，供人观赏。亭有堂堂明磊的气概，因此常为缅怀前人而建亭。湖南汨罗江边有纪念诗人屈原的'独醒亭'；山东营县有纪念文学理论家刘勰的'文心亭'；江西九江有纪念诗人白居易的'浸月亭'；广西合浦有纪念文学家苏东坡的'东坡亭'；云南晋宁有纪念航海家郑和的'郑和亭'；广东海丰有纪念民族英雄文天祥的'方饭亭'。为庇护历史文物，各地还有碑亭，最有名的是山东曲阜'十三御碑亭'，为金、元、清三代保护祭孔修庙的石碑而建。十三座方形木亭，重檐八角，彩绘斗拱，金碧辉煌。四川广汉有'圣谕碑亭'，里面竖有明末农民起义领袖张献忠立的石碑：'天生万物与人，人无一物与天，鬼神明明，自思自量。'此外，还有寓教于物，训诫子孙的亭子。妇孺皆知的'铁杵磨成针'的故事，出在湖北武当山，距玄岳山十公里的登山路旁，至今有'磨针井'；井上凌空飞展轻俏秀雅的一座方亭内，供奉一尊铁铸的老妪磨针像，亭外竖着碗口大的两根铁杵，千百年来激励后人知难而进。真是壮哉！"

穿蓝布棉袍的人说："我还听说有一座最高的亭子。在云南勐海县，依照西天如来佛祖的帽子样式建的'景真八角亭'，高有十五米多，八个边上，每边都有十层人字形屋脊，一层套一层。塔呈锥形，泥木结构，镶彩色玻璃，配以陶瓷花卉禽兽饰品，涂金粉银片，上面刻有网状哨眼，风吹哨鸣，实是一件无价之宝!”

这时，那穿古铜色袍的人又唤伙计续上一壶茶。王艿斋见二人谈的多是风雅之事，忍不住又凑过来听。

这二人的话题又转到国画上来，穿蓝棉袍的人说：“你那么爱字画，能否向我讲讲这中国画的工具‘文房四宝’的来历?”

穿古铜色袍子的人顿时来了兴致，说：“文房泛指读书之地，也称书房、书斋、画室、画斋。自古以来，笔、墨、纸、砚被誉为‘文房四宝’，如今以湖笔、徽墨、宣纸、端砚作为‘文房四宝’的代表。我国自有书契以来，便已开始使用笔，秦代后才叫做‘笔’。古人曾经利用各种兽毛制笔，如鹅毛、鸡毛、雉毛、羊毛、羊须、鹿毛、猪毛、豹毛、虎毛、人须、胎发、鼠须等；后来多用兔毛、狼毛和羊毛制笔。唐人制笔，精选毫毛，以劲挺为主。尽管笔毫中有狸、猩、狼等兽毛的区别，但仍以秦朝蒙恬发明的兔毫为主；羊毫造笔，大约是南宋以后才盛行的。明清以来，除竹笔管外，又出现了金管、银管、瓷管、斑竹管、象牙管、玳瑁管、玻璃管、缕金管、绿沉漆管、棕竹管、紫檀管、花梨管等。最早时安徽宣州的宣笔大兴，元代之后，浙江湖州的湖笔异军突起，取而代之。墨的历史悠久，早在几千年前人类就知道利用墨色装饰了。传说刑夷始制墨。有一天，刑夷在溪边洗手，看到水中漂浮一块儿松炭，无意中随手捡起，手上染了墨的颜色。他当时很惊异，于是带回家中，捣炭成灰，先用水和之，不能凝在一起，以后又用粥饭之类的东西拌和，效果很好，从此以炭为墨。近代以胶制墨，漆黑光亮，使用流畅。王羲之父子的墨迹，迄今光泽夺目，犹然如新。唐代奚氏父子在安徽歙县，改进了捋松和胶等技术，终于制出丰肌腻理、光泽如漆的佳墨，徽墨闻名于世。”

穿蓝布棉袍的人问：“东汉蔡伦造纸，但宣纸始于何时何地呢?”

“这个史籍没有记载，但宣纸的故乡安徽泾县却流传这么一个故事：东汉安帝永宁二年，蔡伦服毒自杀后，他的徒弟孔丹在泾县以造纸为业，一直想造一种洁白如玉的好纸，为其师父画像修谱，以示怀念。一天，他偶然发现一棵青檀倾倒在山溪流水中，随着溪水涨落而长期受到水浸日晒，木质腐烂呈现洁白。他用这种原料，反复实验达十年之久，终于造出洁白如玉的宣纸。宣纸又分为生宣和熟宣两大类，生宣富有吸水性，包括有单宣、夹宣、二层贡、三层贡、扎花、龟纹、罗纹、棉连等；熟宣是指在生宣的基础上，经过复制加工的宣纸。宣纸具有松而不弛，紧而不实，淡而不浑，光而不滑的特点。生宣适宜作山水、花鸟、人物的写意画和书法；熟宣适宜作传统的工笔画和书法。‘文房四宝’中最后一类是砚，上古无砚，到处可以砚墨，所以砚者研也。砚始于西汉，据汉代刘歆《西京杂记》记载：‘汉制天子，以玉为砚，取其不冰。’除瓦砚、玉砚外，还有陶砚、金砚、银砚、铜砚、铁砚、石砚。我国的砚可分为三大类：一是古砚，包括陶土砚、汉瓦砚、汉砖砚、澄泥砚等；二是名砚，主要是歙砚、端砚、洮砚、红丝石砚等；三是石砚，包括各地所产的石砚。端砚产于广东高要、德庆之端溪。诗人李贺作诗赞道：‘端州石工巧如神，踏天磨刀割紫云。’端砚始于唐而盛于宋，石品有青花、鱼脑冻、蕉叶白、雨过天晴、冰纹、火捺、胭脂晕、翡翠斑、黄龙纹等，而每一石品中又有不少类别，如青花一品中有徽尘青花、鹅毛青花、蚁脚青花等；石眼一品中有鸡翁眼、鹦哥眼、绿事眼、泪眼、猫眼等。端石石眼，堪称奇品，有眼有瞳，以圆而有六七重晕者为‘活眼’，即如鸲鹆鸟的眼睛一样神气活现，最为名贵。四边浸渍者为‘泪眼’，瞳子赤者为‘珊瑚眼’。歙砚是江西婺源县龙尾山的龙尾砚，亦称‘罗纹砚’，还有‘金星’‘刷丝’‘眉子’等。传说有个姓叶的猎人来到龙尾山，见到山溪叠石如玉，晶莹剔透，光洁照人，便捡了一块石头回家。他的子孙后来把这块石头献给县令。县令请雕刻艺人雕琢成砚，温润适宜，发墨与一般砚不同，歙砚的名气从此大盛。苏东坡有《咏砚小诗》一首：‘罗细无纹角浪平，半丸犀璧浦云泓。午窗睡起人初静，时听西风拉琴声。’端砚以石眼为奇，歙砚以眉子、细罗纹、玉带为名品，各有千秋。砚的形式，千姿百态，如月、龙珠、风池、鱼龙、瓜、葫芦、马蹄、天池、莲叶、人面、古钱、宝瓶、玉堂、笏头、蟾蜍、犀牛、蟠桃、琴、古钟、云芝、兰亭、石渠、井田等，如今又发展有山水风景、苍松翠柏、秀竹名花、花鸟草虫等。‘文房四宝’是作中国山水画中不可缺少的工具，俗话说，好马配好鞍，这是必不可少的。”

穿蓝布袍的人叹道：“今日才知这文房四宝的来历。”

正说间，只听外面人声嘈杂，一群清兵穿梭般往来，他们手持兵器，来去匆匆。

这时，茶馆的伙计走了出去，一会儿慌里慌张地进来说：“哎呀，大事不好，光绪皇帝刚没了，慈禧太后也没了，清宫里皇后戴的凤冠也丢了！当兵的正满街搜查呢……”

第六回 进北京初识徐树铮 入朱门拜见李瑞东

门外闯进一伙清兵，气势汹汹。

一个清兵管带耀武扬威地在茶馆里巡视一番，毫无目标地问：“你们看没看见一个偷凤冠的飞贼?”他见众人没有理他，便来到那个身穿蓝布棉袍的人面前，目光落在这人白皙的脸上。

管带咳嗽一声，问：“你叫什么？从哪儿来的?”

穿蓝布棉袍的人站起来回答：“我叫许禹生，是做小买卖的，家就住在护国寺。”

管带斜睨着眼睛又望了望穿古铜色袍子的人，问道：“你呢?”

许禹生赶快回答：“他叫徐树铮，刚从江苏来。”

管带贼眉鼠眼地在屋内转了个圈子，说：“你们知道不知道，清宫里的凤冠丢了，朝廷传旨，限十五天内破案，破案者赏银五千两。”

王芗斋在一旁冷冷地说：“太少了，再加十倍差不多。”

那管带噌地来到王芗斋面前，拔出洋枪，用枪头顶了顶帽子：“哟嗬！我看你是屎壳郎扒铁轨——假充大铆钉!”

王芗斋双手抱臂，说：“我看你是屎壳郎举喇叭——瞎咋呼!”

管带勃然大怒，骂道：“妈的，我一枪毙了你!”

王芗斋笑道：“你开枪吧!”说着站了起来。

管带咆哮着说：“你以为我不敢，我崩了你，眼睛都不带眨巴的……”说着，扬手开了一枪。没想王芗斋已绕到他的身后，轻轻一磕他的肘弯，他的洋枪掉了，人跪在地上。

那些清兵一见管带栽了跟头，“呼啦”一下子把王芗斋围了起来，兵器都对着他的脑袋。

王芗斋见势不妙，一把扭住管带的手腕，叫道："你们要敢上来，我要了这个当官的命！"说着，举拳欲打。

管带连忙叫道："还不快滚出去！没瞧见老子捏在人家手心里！"

那些清兵无精打采地放下枪，出门去了。

王芗斋见士兵退出门口，对那管带道："我今日放了你，可不许你们再来捣乱！"

管带点头哈腰地说："爷们儿，您够义气！我也是君子一言，驷马难追，再也不敢来了。"

王芗斋轻轻一推，把他弹出门去。那管带飞一般撞出一丈多远。

清兵走后，许禹生朝王芗斋一拱手："借问先生大名？"

王芗斋道了姓名，许禹生喜形于色地说："原来是王义士，幸会！"接着，许禹生又把徐树铮介绍给王芗斋。

王芗斋见他十分精悍，谈吐不俗，自是另眼相待。

徐树铮急忙叫伙计续了一壶茶，三个人亲亲密密叙起来。

徐树铮是江苏铁珊人，年方二十七岁，正在天津小站北洋军段祺瑞部任幕僚。此人年纪尚轻，博通文史，满腹机谋。许禹生是个厚道人，颇有家资，是'翠花刘'刘凤春的徒弟，好结交江湖豪杰，慷慨疏财，人缘很好。

许禹生叹道："郭云深乃一世英雄。据说他除精通形意拳外，又富臂力，常手握奔马之尾，使马的两个前蹄高举自立而不能行。"

王芗斋说："我亲眼所见，师父晚年虽患脚病，仍能坐在太师椅上，使人双手握紧其单腕，将人发出，撞出屋门，摔出门外。曾有一个僧人从山东来找师父比武，师父跃至院中，以崩拳将此人击起落于篱外。"

徐树铮说："我听说十年前，保定府有一位镖局主人，原从学于郭云深，因失镖誉落，便遣人备厚礼请郭老先生出山代为挽回声誉。郭云深以年迈为由推辞，然后让你携带亲笔书札前往保定。镖局主人见你年幼颇为不满。第二天，你在镖局院内闲逛，见院内两侧武器架上陈列多种兵器。你顺手拔出一根白蜡竿子试手，镖局伙计大惊，入报总镖头。因昔日镖行有规矩，如有人动了门前大枪及竿子等兵器，即表示前来寻衅比武。镖头赶来，举手握住你的手腕，怒斥道：'小孩子不准乱动！'你听了，顺手一抖，镖头飞出一丈多远。镖头爬起来，跷起大拇指说：'好！这才是老师教的真功夫！师弟，你可要把这一手留下来，教给我们。'从此，你的名气就大了。"

王芗斋听了，不好意思地笑道："事倒是有那么一回，但越传越玄了。"

许禹生道："皇宫里的凤冠丢了，这倒是个希罕事，不知是哪位神偷盗去了。”

徐树铮掏出手帕，抹了抹嘴：“只不定是怎么回事呢，也可能是自盗。”

徐树铮看着旁边一伙人聚缩在围棋盘上，叫嚷不休，围棋瘾又犯了，他问王芗斋：“王义士可会下围棋?”王芗斋摇摇头。

许禹生道：“我来跟你下一盘，只下一盘，不许冷落了王义士。”

徐树铮高兴得一拍手：“好，就杀一盘。”他让伙计拿来一副围棋，与许禹生下起来。王芗斋见这一个个小方格上摆满了黑白子，觉得有点儿意思。

许禹生对徐树铮道：“都说你是江南才子，才智过人，你能说出这围棋的历史吗?”

徐树铮道：“这难不倒我。”说着又吃了许禹生两颗白子。

“围棋起源于我国，已有几千年历史。它与音乐、书法、绘画并称为中国四大艺术，又称琴棋书画。先秦典籍记载有棋和奕两种名称。东汉扬雄《方言》解释：‘围棋谓之奕。’班固《弈旨》也提到：‘北方之人，谓棋为奕。’棋和奕到汉代统一称围棋。除此之外，围棋还有乌鹭、方丹、烂柯、斧柄、手谈、坐稳、忘忧等别名。也有说围棋像狐狸那样迷人，称围棋为野狐禅。”

徐树铮在谈话中也不忘记以黑子包围白子，形成“铁壁铜墙”。

“围棋创始于什么时代，至今尚无确切考证。两晋张华在《博物志》中说：‘尧造围棋以教子丹朱。或云舜以子商均愚，故作围棋以教之。’唐代皮日休则认为：‘围棋之始作，必始于战国。’孔子有‘饱食终日，无所用心，难矣哉！不有博弈者乎？为之犹贤乎矣’的论点。尹文子说：‘以智力求者喻如弈。’认为围棋是有启迪智慧作用的。文子也曾以棋来说明政治道理：‘宁子视君不如弈棋，其何以免乎？弈者举棋不定，不胜其耦，而况置君而弗定乎？也不免矣。’以后，孟子更以棋来劝学：‘弈秋，通国之善弈者也。使弈秋海二人弈。’战国以后，秦始皇焚书坑儒，围棋也遭到摧残。这种情况一直延续到汉朝。汉武帝采纳董仲舒‘罢黜百家，独尊儒术’的主张，实行一种文化专制，变本加厉地反对围棋。贾谊就曾恶狠狠地指责说：‘失礼迷风，围棋是也。’汉代的围棋也处于衰退状态。至三国时期，围棋才逐渐复活。晋代比三国更盛。到南北朝时，围棋已非常盛行。此时开始有了围棋专著，并改革了棋盘，由十七道改变为十九道。围棋开始传入朝鲜、日本。这时期的帝王提倡把围棋作为一种学术来研究。梁武帝曾命柳恽、陆云公等‘校定天下棋士等级’，按棋艺分为九品，很像九段的分法。宋明帝甚至为棋家设置宫署，给予官职和俸禄。围棋经唐、宋、元、明，至清朝顺治、康熙、乾隆、嘉庆年间出现全盛时期。涌现了黄龙土、梁魏今、程兰如、范西屏、施襄夏等一批前无古人的高手。清朝道光年间，鸦片战争以后，中国的围棋一落千丈，出现‘无边落木萧萧下’的局面。围棋之乡竟没有高手战胜日本围棋高手。可悲！可叹！”

徐树铮说完，一拍桌子说：“许先生，你也可悲可叹，你已输了！”

许禹生一瞧棋势，大局已定，自己“山穷水尽”，走投无路，于是一推棋盘，说：“好，输了，下不过你。”

三个人又叙了一会儿，徐树铮因急着要找徐世昌，匆匆与二人作别。

许禹生邀王芗斋到他家去住，王芗斋因不好意思初进京就宿在许家，于是推托去找一个远亲，与许禹生作别。

王芗斋来到东四一家客店投宿。他腹中饥饿，便到对面一家包子铺饱餐一顿。吃完包子，一摸兜内，发现银两已付了客店店主，包子钱已然不足。包子铺老板是个热心肠的人，见他手头拮据，便介绍他到京城里投军效力，借以聊生。老板的亲戚是拱卫京城的清兵第三营的伙夫，王芗斋由老板的亲戚举荐，也到这个营当伙夫，司担水劈柴等杂役。王芗斋此时二十二岁，身大力不亏，又清秀英俊，深得士卒喜爱，常与之相嬉戏。

这一日，王芗斋正担菜往伙房走，迎面猛丁丁撞见一个四十来岁的大汉。那大汉短胳膊短腿，声大气粗。二人相撞，王芗斋担子上的青菜未掉一棵。大汉劈头喝道：“你这个小伙子，眼睛长到腚上了，怎么不看着点儿?!”王芗斋抬头一瞧：“哟，尚云祥！”

此人正是尚云祥。多日不见，尚云祥还是那么拖沓，身穿一件青布衫，贴着一块儿明显的大补丁，头发蓬乱，但两只眼睛还是那么有神。

“啊，芗斋，你怎么到北京来了?!”尚云祥认出了王芗斋，使劲儿拽住他的臂膀。

王芗斋向他道了来龙去脉。尚云祥叹道：“回保定后，父亲写信来让我回京。我回京一瞧，惨得很。不久，父亲做的买卖破了产，他回山东老家去了，我不愿跟他回去，也不愿到保定去，便在兵营里当侦探，混口饭吃，平时住在东城的火神庙内，有时教教徒弟，有时也卖卖艺。”

王芗斋问：“你这般火烧屁股似的，到哪里去?”

尚云祥道：“‘鼻子李’李瑞东在家大宴宾客，请北京武术界朋友到他家聚会，说有要事相求，也派人通知了我。我正要到他家去，你也去吧?”

王芗斋有点儿为难道：“人家没请我呀！”

尚云祥道：“你初来乍到，人生地不熟，去一趟李府，正好结识北京武术界的朋友。”

王芗斋点点头，回去跟伙房头请了假，随尚云祥径奔李瑞东的家。

李瑞东原籍直隶武清县，自幼好武，弱冠之年便在家乡一带享有盛名。他不但精于拳法，而且精于摔跤。以后拜杨露禅高足王兰亭学练太极拳，杨露禅在晚年时教过他拳法。数年后，李瑞东又和龙禅和尚学练五星椎，这位龙禅和尚是当时少林拳法的有名高手。李瑞东本来就生得身强力大，勇猛过人，又经几位明师亲传，加上勤学苦练，在武技上突飞猛进，功夫渐达上乘，晚年时武功炉火纯青。后来李瑞东将平生所学的两种拳法中的精华，兼收并蓄，熔为一炉，自创了“太极五星椎”。李瑞东还有一种独特的功法，名叫“铁币挂身”，就是在自己练拳时，周身上下挂上一层层的铁片。铁片是圆形的，直径有十公分，厚约五毫米，中间有孔，如古币形状，故名铁币。李瑞东挂上这样的“铁币”，打起拳来，潇洒自如，手眼身法步合体，而且练完后，气不涌出，面不改色。李瑞东行侠仗义，家又富有，所以乐善好施。家中经常高朋满座，胜友如云，所以李瑞东有“小孟尝”之称。又因李瑞东的鼻子向上翻卷，江湖又称他为“鼻子李”。

李瑞东现年近六旬，正在清宫里任武术教师，他家住东华门附近的一座府邸。

王芗斋和尚云祥来到李府时，正见两个仆人在张罗宾客。二人进了府邸，只见是四合院套四合院，全是青砖瓦房，磨砖对缝；地上一律是青条石打基，全部院落，坐北朝南。中路一处，最为讲究，高大的门楼向南开在正中。四级青石阶上有一对石质抱鼓，阶下两侧有一对石狮子。门檐下用方砖雕以翎毛花卉镶嵌。

进入大门，影壁门为六块方砖嵌心，雕刻透心的狮子滚绣球，一个个张牙舞爪，神态各异，栩栩如生。影壁是用来防止直观院内动静的屏障。外院正是客厅，中院正房是书斋，由于今日宾客多，李瑞东在后院正房大厅会客。

王芗斋一边跟尚云祥走，一边好奇地观赏周围的风景。前廊后厦，明柱顶立，红漆门窗，秀廊彩画。彩画上，有的是亭台楼阁，有的是山川瀑布，有的是八仙聚会，有的是五鼠闹东京。院内遍地花卉，正值冬日，已褪去翠绿。

二人正走着，忽见一位公子模样的人赶了上来，叫道：“云祥老兄!”

那人身穿沉香色夹绸袍，粉底托靴，一双眼睛明亮、深邃。尚云祥喜道：“少侯弟，哪阵香风把你吹来了?”

此人正是杨氏太极拳创始人杨露禅的孙子、杨健侯的长子杨少侯。

杨少侯笑道：“李瑞东老先生一声召唤，我杨少侯岂有不来之理，既是孟尝君子客，不来非礼也!”他指着王芗斋问：“这位是谁?”

尚云祥说：“是形意门的，叫王芗斋。”

杨少侯一拱手：“认识王先生很高兴。”

王芗斋也一拱手：“彼此，彼此。”

这时，一位年近六旬的人迎了出来。他高身量，黄暗脸，威武的须眉，眼角皱出笑纹，瘪了的嘴唇衬着向上翻卷的鼻子，一双粗壮的大手像蟹钳一样有力。

尚云祥和杨少侯一见他，恭恭敬敬地迎了上去，二人不约而同地叫道："李老先生!"

来人正是房屋的主人"鼻子李"李瑞东。李瑞东笑盈盈地说："各路英雄都已到了，快请入座。"他眯缝着笑眼，打量着王芗斋。尚云祥介绍一番，李瑞东呵呵笑道："快请进来，原来是郭云深老英雄的徒弟。"

一行人走进大厅，只见两旁坐满了京都武术家。李瑞东请杨少侯、尚云祥、王芗斋三人左边坐下。

王芗斋左右瞧瞧，多数不认识。只见右边第三个座位上坐着"翠花刘"刘凤春、第七个座位上坐着许禹生。

大厅正中悬挂着一幅巨大的字幅，上边写着斗大的草字："以武会友"。

李瑞东坐在正中座位上，咳嗽一声，满脸堆笑，朝众位一抱拳："诸位师兄、师弟，今日我请诸位来，是请诸位帮我拿一个主意……"坐在右边第一个座位上的老者瞅了瞅四周，悄声对李瑞东说："今儿来的武术家，我瞧着有的有些面生，不妨先介绍一下，彼此也算是个朋友。"

李瑞东点点头，开始一一介绍在座的武术家，一共是二十六位。王芗斋此时才知道，原来坐左边第一个座位上的那位老者，就是赫赫有名的八卦掌高手"小辫梁"梁振圃。光绪二十五年，他大闯马家堡，一人打死恶霸赵六等十几人，名扬海内。吴氏太极拳宗师吴鉴泉正坐在他对面，这个人三十七八岁，风度潇洒，温文尔雅，一双眼睛带着沉思的神色，他是吴氏太极拳创始人吴全佑的公子。陈氏太极拳高手陈发科也在座，他有二十来岁，年纪轻轻，嘴里含着一杆旱烟袋。形意门的孙禄堂阔肩、健壮，他神态安详，举止谨严。王芗斋听师父说起过他的来历。他是直隶定县人，年幼时拜形意拳名家李殿英为师，后从郭云深进修过形意拳，继跟"眼镜程"程廷华学习过八卦掌，深得三家真传，加上二十年的研磨，功夫深厚，南北闻名，有"赛活猴子"之称。座位上还有两位会友镖局的镖师，会友镖局是北京八大镖局之首。这两位镖师，一位是三皇炮捶高手李尧臣。他三十来岁，是直隶冀县李家庄人，长得魁梧英俊，相貌堂堂，由于使一手百发百中的飞镖，人称"神镖手"。他十四岁那年加入会友镖局，拜神拳宋迈伦之侄宋彩臣为师，尽得名师真传。他胆识过人，为人耿直，不仅受到镖师的喜爱和崇敬，各路绿林好汉或土匪强盗，只要听说是李尧臣走镖，都不敢不"借路"。有一次，朝廷盐法道让会友镖局从保定运往天津十万两饷银，由于李尧臣走镖在外，由焦朋林、张武山等镖师护镖，在下西河口被"神枪"黑老宋一伙匪徒抢劫。李尧臣听说后，带人在冀州活捉黑老宋，追回被劫饷银。第二年，慈禧太后在颐和园举办盛大皇会，指名要李尧臣为其表演武艺，并当场赐给李尧臣一柄长穗镶金宝剑，以示奖赏。另一位镖师是三皇炮捶的高手于鉴，是三皇炮捶大师于连登的六子。王芗斋见于鉴先生身材瘦小，精神矍铄，胸后有一条又粗又黑的小辫儿，左手托着一根长杆烟袋。在座的还有一位叫张之江的军人，二十五六岁，直隶盐山人，他文文静静，因路过北京也来参加盛会。形意门"李氏三杰"李星阶、李彩亭、李耀亭也来了，他们是直隶定兴县人，其祖父李鉴是清朝咸丰年间的著名镖师，精通六合、少林拳法，被武林誉为"花刀李"。因他击败过当时打遍天下无敌手的旗人李恭，民间流传这样一段歌谣："南京到北京，把式数李恭。一遇花刀李，狡兔如见鹰。"李星阶十二岁随李钧走镖，走南闯北。后在奉天开设常胜镖局。二十岁时走镖路过津门，遇上形意拳名师单刀李存义，遂拜李存义为师，终于修得形意拳内功精髓，成为形意门一代英杰。在座的还有一位八卦掌老前辈，他是个小老头，精瘦条条，身体似乎不大好，面有倦容，他就是八卦掌祖师董海川的大弟子"铁镯子"尹福。他刚刚辞去清宫护卫总管的差使，在朝阳门外吉市中家中隐居。王芗斋听师父郭云深讲过，尹老先生擅长使用状元笔，在北京甚为知名。有一次，尹老先生的朋友被卷入东仓西仓的权利之争，他为了帮助朋友，手持青铜制的状元笔，孤身前去把暴徒赶跑了。暴徒雇了一个保镖企图暗杀他，那保镖带着一伙恶徒来袭击尹老先生。尹老先生空手就把他们击退了。袭击时，那个保镖由于误杀了自己的同伙而坐牢。自此，尹老先生的名声更大了。庚子事变发生后，他与李瑞东保送光绪皇帝和慈禧太后逃往西安。尹老先生还曾担任光绪皇帝的武术教师。王芗斋见尹老先生坐在李瑞东的右首，样子慈祥、温和，心里不由泛起一阵敬意。尹福的弟子马贵就坐在尹老先生的右边，他身体极其瘦弱，性格似乎稳重，端端正正地坐在那里，一声不吭。他爱好古董，尤爱画蟹，人称"螃蟹马"。

王芗斋左边坐的是尚云祥，尚云祥旁边是杨少侯，杨少侯旁边有个先生十分有趣，他四十多岁，穿着粗布大褂，身材瘦小，面色苍黄，迷蒙着一双醉眼，佝偻着腰，膝盖上放着一只鸟笼子，里边养着一只画眉鸟。他谈笑风生，滔滔不绝。王芗斋听李瑞东介绍才知道，他就是北京城妇孺皆知的技击名家"醉鬼张三"张长桢。

这时，李瑞东又转到正题上，他说："诸位都知道，我在清宫里混口饭吃，前不久宫里发生一件大案，皇后的凤冠不翼而飞。这凤冠有冬朝冠和夏朝冠之分。冬朝冠是用薰貂制作；夏朝冠是用青绒制作。丢失的是夏朝冠。凤冠周围饰缀朱色丝绒，顶上有三层金凤，以金莲为底座，每层金凤一只，作展翅之态，金凤头顶饰东珠，产于松花江，为清朝帝后御用的饰物。颈部饰珍珠一颗，两翼之上各镶东珠一颗，凤尾散缀珍珠十七颗。三层金凤之间各贯东珠一颗，最上饰东珠一颗。朱纬上周缀饰金凤七只，作飞翔之姿。每凤饰东珠九颗，背上镶猫眼石一块，凤尾散缀珍珠二十一颗。冠后饰金质翟鸟一只，背上镶猫眼石一块，鸟尾散缀珍珠十六颗，金翟鸟尾下垂珠五行共用珍珠三百零二颗。每行有大珍珠一颗，五行中部饰青金石一块，正面饰东珠六颗。长珠串结，末缀红色珊瑚。冠后护领垂明黄带两条，末缀米珠、珊瑚结。十天前的一天夜里，不知是哪位武林高手翻过紫禁城墙，潜入储秀宫，盗走了这顶夏朝冠。慈禧太后知道后，勃然大怒，令清宫大内十五日内破案。可是如今十一天已过，杳无线索，还有四天时间。如果此案再没有结果，我李瑞东及清宫大内四名高手便将被处死，到时我李瑞东将与诸位永别了!”说到此处，李瑞东不禁潸然泪下。

在座的武术家你看看我，我瞧瞧你，默然不语。这时，“翠花刘”刘凤春说道：“前日，通州大盗康天心来到翠花坊，他有些醉了，神神秘秘地对我说，他近日得了一件无价之宝，恐怕三百个翠花作坊也抵不过这件宝贝，他的祖孙后代都可以坐享清福了。是不是他盗了凤冠?”

“螃蟹马”马贵道：“我看八成是他。”

李瑞东问：“这个康天心是什么人物?”

尚云祥道：“此人精通武术，尤擅连发枪和轻身术，人称‘康八太爷’，受他所害者极多。但因他神出鬼没，官衙一直无法捕他。去年春天，北京密云县有家姓安的富家，到保安万通镖局把我请到他家护院。一天，康天心突然闯进来，我离座拔剑想要自卫，康天心对我说：‘久仰大名，无缘相会，今日得见，真乃三生有幸。如果在这里能向您领教，以后我就不来密云县打家劫舍了。’我答应了他的要求。与他对打起来，交手不到数回，康天心败了，他一闪身，跳出门外，溜得无影无踪。”

李瑞东见有了些线索，升起几丝希望，他喜冲冲问道：“这个康天心家住哪里?”

马贵道：“此人来无影，去无踪，以前住通州城里，自小父母双亡。几年前，他因结下仇家，被仇家放火烧了家舍，以后便流落北京城乡，靠劫舍偷盗度日。”

李瑞东听了，心又凉了下来。他皱皱眉头，叹了口气：“可只有四天了，到哪里去找这个康天心!”

在座的有一位青年武术家，可有点儿坐不住了。他身穿中式棉袄，清瘦颀长。他叫秦重三，是东四追古斋的少掌柜。这个追古斋位于东四十字路口西北街面上，是个专营珠宝玉器的店铺，老字号。原来秦重三昨晚刚刚与康天心派来的人谈了一笔交易，康天心拿凤冠换他二十万两银子。凤冠可是无价之宝，秦重三听了，喜得心花怒放。对方谈好今夜一更天时在追古斋二楼，一手交银一手交货。秦重三见李瑞东急得落泪，心里有些不忍。原来他想清宫凤冠是无价之宝，是朝廷搜刮老百姓的血汗制作的，他隆裕皇后能戴，我秦重三何尝不能藏。如今见李瑞东老先生急得落泪，心想“李先生是慷慨之人。常散家财救济朋友和穷苦百姓，如今人家有了困难，我若坐视不理，如何对得起李老先生。”想到这儿，秦重三开了腔：“诸位，我索性说出罢！康天心昨日派人来，要把盗得的凤冠卖与我。今夜一更天时在追古斋一手交银，一手交货……”

李瑞东听到此处，喜得一拍大腿，说：“重三，你为何不早说？康天心呀，康天心，你即使是孙猴子，也难逃出如来佛的手心！”

尚云祥主动请战道：“李老先生，这事交给我了。我认识康天心，他又曾是我的手下败将。”

李瑞乐道：“云祥愿意为老夫解忧自然好，但我岂有不去之理。咱们今晚一起伏在追古斋，擒拿康天心，完璧归赵！”

王芗斋心想：“既云祥兄去，我也去，我与云祥是莫逆之交，当年郭云深师父在世时，我与云祥嬉戏亲如兄弟，万一康天心带的人多，云祥有了闪失怎么办？”想到这，王芗斋道：“我也去。”

李瑞东见王芗斋也主动提出共同擒贼，大喜过望，命人备下酒席，为武术界诸位英雄接风。武术同仁举杯痛饮，同叙友谊，自不必说。

晚上，王芗斋从军营里悄悄出来，摸到东四时，正北有个人影一闪。那人叫道：“芗斋！”

王芗斋听出是尚云祥的声音。尚云祥声到人到，他对王芗斋说：“李老先生带着四名大内高手已在楼上，他叫我来接应你。”

二人过了马路，王芗斋见对面有个店铺，二层阁楼上面有块大匾，三个金黄行书写道：“追古斋”。

二人进了旁边一个小门，上了楼，一间屋里透出烛光，秦重三、李瑞东及四位夜行衣装束的人正在屋内商谈。

王芗斋、尚云祥见过李瑞东，李瑞东道：“秦重三在屋内等候，尚云祥躲在床下，我和王芗斋躲在门的两侧，另外四位弟兄各守马路一边，击掌为号。”李瑞东吩咐完毕，几个人各就各位。

一更天时，从东四南大街飘过一个人影，那人影飘过马路，王芗斋见他生得贼头贼脑，一身青色衣服，身背一个包裹，鬼鬼祟祟朝追古斋走来。

他来到楼下，先嘞哨一声。一会儿，楼上传出野猫的叫声。这是贼人与秦重三事先约好的暗号。那人左右瞧瞧，一弯腰，“噌”的一声上了二楼，他蹬在窗前贴耳听听，然后扭开窗扉，跳了进去。

王芗斋暗暗叹道：“这小子轻身术不错。”

尚云祥正在二楼床下等待，猛听窗外跳进一个人来，又听秦重三问：“东西带来了吗?”

那人悄声道：“带来了。”接着，“嘭”的一声把东西放在桌上。

秦重三把皮箱递上去。那人接过皮箱，手一扬，一枚亮尾飞了出来。

秦重三早有准备，见他手一扬，知有暗器，连忙将身子一纵，已跃到一边。那人抱着皮箱，一纵身，一招“燕子穿林”飘然而下。

王芗斋正在下面等着，伸出双手，正把那人抱住。

那人两只胳膊被王芗斋紧紧抱住，一招“怪狮摆头”，想用头来撞王芗斋。王芗斋早已运足了气，来个以毒攻毒，也向他撞去。嘭的一声，两个头撞个正着。王芗斋只觉眼前冒金星，那人已然晕倒。

王芗斋将他放在地上，李瑞东夺过他的皮箱。

李瑞东三步两步上楼，见尚云祥、秦重三沮丧地呆立一边。

李瑞东见那桌上包裹散开，露出一只凤冠。他欢喜若狂地扑上去，将凤冠捧在手里。哎呀，好轻！原来是个纸冠！

第七回　入暗寮活捉康大盗　进吴宅牵姻吴素贞

李瑞东一瞧凤冠是纸糊的，脸色登时惨白，顿足叫道："这可怎么好?"秦重三、尚云祥与他下楼来，正见王芗斋等几个人正围着地上那人。

尚云祥借着月光一瞧地上那人，叫道："此人不是康天心!"

秦重三也凑上前去，他仔细端详了那人，说："他就是昨晚康天心派来的那个人，昨晚说好今日康天心来，没想这康天心又使了诡计。"

王芗斋掐了掐那人的人中，那人缓缓醒来。几个人把他抬到楼上，放在一张床上。

李瑞东厉声问道："康天心在什么地方？他为何没来?"

那人脸吓得惨白，支支吾吾道："是康八太爷叫我来的……"

原来此人是个乞丐，两天前康天心在哈德门城墙上找到他，给了他一些银两，让他作为康的代表来追古斋谈交易，妄图骗取追古斋的巨银。今日傍晚，康天心又来到哈德门城墙上，找到这个乞丐，把装有假冠的包裹递给乞丐，又塞给他一些银两，答应事情办成后再给他一批银两。三更天时，在哈德门城墙上一手交钱，一手交货。

乞丐在前面走，李瑞东、王芗斋、秦重三、尚云祥及四个大内高手远远地尾随在后，跟踪前进。

过了东单牌楼，来到哈德门城墙底下，乞丐学着癞蛤蟆叫了三声，城墙上也传出三声癞蛤蟆的叫声。

乞丐提着皮箱顺着城墙的破裂处攀了上去。

这时，大内高手李乙不小心碰掉了墙角的一块墙皮。只见乞丐惨叫一声，从城墙上栽了下来，皮箱也摔到地上。

李瑞东等人不由分说，一齐攀上城墙，只见衰草残砖，并无一人。

几个人走进城楼，楼内漆黑一团，霉味扑鼻，杳无声息。

王芗斋见城墙北头有一处衰草被人压过，倾倾欲倒。他走过来，俯身查看一番，说道：“康天心刚才就藏在这里，他不知又逃向何处。”

一个大内高手下墙来，见乞丐已死，前心钉着一枚蝴蝶镖。

大内高手中有一个叫王香的，平时喜欢拈花惹草，北京的妓寮去过不少，会过许多名娼暗妓，暗门子也丢下几多银两，是位采花老手。

他猛闻得康天心藏身之处有股子独特的脂粉香，于是将身子伏在地上。

他闻了一闻，忽然叫道：“康天心一定是在小白蛇那里。”

李瑞东问：“小白蛇是谁?”

王香笑道：“小白蛇是个暗门子，家住船板胡同，她原名叫白秀梅，因长得雪白，又是水蛇腰，人称小白蛇，这康天心八成在她家里。”

王芗斋疑惑地问：“你怎么知道康天心是在小白蛇家里?”

王香神秘地笑笑：“她是我的老相好了，她喜欢把头上的香油和脂粉掺和，我一闻见这种味儿，就知道是她，这地上就有这种味儿。船板胡同就在附近，咱们快去捕他。”

一行人往北穿过几条胡同，走进船板胡同，来到一个小院门前。

王香叫众人守在四面，自己上前敲门。王芗斋上了房。

“笃、笃、笃!”王香的敲门声在深夜显得沉重。

“谁呀?”一会儿，屋内传出一个女人的声音，接着是衣服的悉悉声。王芗斋趴在房上，见屋内漆黑一团，院里有棵碗口粗的枣树，杂物狼藉。

“是我，王香。”王香大声答道。

“你这个该死的，怎么这么晚才来?一个多月不见，你到哪里抽白面儿去了?”接着，油灯拨亮了。

王芗斋透过窗户，见到屋里有个年轻女人从床上滚了下来。她那碧玉般皎洁的面庞上，嵌着一双娆媚的丹凤眼，乌黑发亮的长长卷发，在脑后盘成一个隆起的高髻。她脸上抹着重重的粉儿，嘴唇上的胭脂很厚。上身穿一件翠绿的绸子小夹袄，袄钮未系，露出两只馒头般的小白奶子，下身穿一条青洋绉肥腿的灯绒裤。

她慌里慌张地走出房门，来到院内从门缝儿里看清是王香，才赶快开了门闩。

王香火急火燎地闯了进来。小白蛇撒娇地倚到他怀里，小声道：“瞧你，一猛子扎下去，就没了底儿，都把我想瘦了!”

王香趁势捏了她脸蛋儿一下："谁说瘦，这脸多了疙瘩肉。"

王香三步并做两步来到屋内，见床上有两个枕头，一张鸳鸯戏水的棉被揉搡到一角，地上多了一双男人的靴子，知道康天心就在屋内。

他见屏风下露出一只男人的赤脚，正要绕到屏风之后看个究竟，只觉胸口一麻，一根毒针扎进他的胸口，顿时气绝身亡。

小白蛇扭动着水蛇腰，来到屏风后，一把揪出康天心，骂道："你这康八太爷也太狠毒心肠，有话好商量嘛!"

康天心恨恨道："量小非君子，无毒不丈夫。"

王芗斋见康天心如此狠毒，一招"白鹤穿林"，飘然落地，一个箭步冲到屋内，叫道："康天心，天网恢恢，还不快束手就擒!"

康天心见闯进一个年轻汉子，顿时慌了神，一招"猛虎掏心"，朝王芗斋打来。

王芗斋一个扫堂腿，康天心便"噗"的一声倒地，他倒来个就地十八滚，想用双手抱住王芗斋的腿。

王芗斋飞起一脚，将康天心踢到院内，正被闯来的尚云祥双手抱住，一个大内高手上前将他绑了个结结实实。

小白蛇早跳到床上一角，将棉被裹身，簌簌发抖。

王芗斋问小白蛇："康天心偷的凤冠在哪里?"

小白蛇用手指指屋顶。王芗斋见顶棚上有一块儿是新纸所糊，于是施展"壁虎功"，用手撕开顶棚，只见一根横木上放着一个木匣。

王芗斋取下木匣，打开一瞧，只见金光四射，猫眼石泛光，正是那顶隆裕皇后戴的夏朝冠!

李瑞东等人一见大喜，于是押着康天心朝刑部而来。

到了刑部，将康天心下了大狱，李瑞东再三拜谢尚云祥、王芗斋等人，然后与三位大内高手护着凤冠进了清宫。

尚云祥回东城火神庙，秦重三回追古斋，王芗斋回到军营。

这几日，军营伙房繁忙，王芗斋忙得不可开交，常常汗流浃背。

这天中午，王芗斋到井边汲水，然后担水向伙房走去。

有个士兵想与王芗斋开玩笑，轻轻绕到王芗斋身后，用右脚勾住王芗斋左脚，想让水桶里的水洒在地上。

哪里知道王芗斋若无其事，仍快步前行，滴水未洒，而那个士兵却跌倒在地上，围观的人见了个个惊异。

这时，当朝武状元吴封君将军恰巧路过此地。他见王芗斋有如此功力，简直不敢相信自己的眼睛，作为这座军营的将官，他绝没有料到王芗斋这个伙头兵有如此好的脚力。他叫住王芗斋，问："你叫什么名字？"

王芗斋笑着放下水桶，答道："王芗斋。"

"你跟谁学的功夫？"吴封君又问。

王芗斋见他面善，蔼然可亲，于是说道："跟邻村的郭云深先生学的。"

"噢，原来是郭老英雄的爱徒。"吴封君又问了他一些别的情况，然后说："郭云深当年半步崩拳打遍天下，你给我表演一下形意门的半步崩拳。"

王芗斋点点头，一拱手："那我献丑了。"说着演练起半步崩拳，铿锵有力，呼呼生风，宛若猛虎跃涧，蛟龙腾飞。

吴封君看了，连声称赞。吴封君喜道"让你在伙房，真是埋没了你。自今以后，你就跟随我左右吧。"

王芗斋憨笑道："在伙房劈劈木柴，担担水，剁剁菜，也是一种锻炼。"

晚上，吴封君将王芗斋带到家中。吴封君的家在北京西南长辛店镇，这是一座典型的古宅院，进了大门，豁然开朗，有一座不小的花园，迎门有一座汉白玉底座，上边摆着一块细长而玲珑的太湖石。远处有一座小土山，上边有个六角朱亭，旁边有一池水。顺着池边一条很窄的小路走到山尽头，在一棵古老的银杏树下，有一座二层小楼。

吴封君带王芗斋来到客厅，水曲柳制成的拼花地板铺着大红的暗花地毯，墙上镶嵌着工艺精致的刻墙板。正中一个小圆桌，摆着一盆仙人掌，翠绿欲滴。两侧有桃红木制的书橱，一侧摆着一套洋式咖啡色沙发，柔和的烛光使厅内显得安静。

王芗斋还是头一次来到这么阔绰的房间，他见正中挂着一幅画，画面上一位身穿明代战袍的将军正挥戈跃马，飘飘跃飞。两旁有一副对联，左联是：夺阿娇气懑填膺开关拥进黄龙旗；右联是：守吴桂满腹忧愤入滇堆出白凤冢。横批是：功罪谁说。

吴封君请王芗斋在沙发上坐下，王芗斋还是头一回坐在这沙发上，一坐弹起挺高，感觉软绵绵的。

吴封君叫仆人端上茶水，与他叙了一番武艺。

王芗斋见吴封君若有所思，问："将军有什么为难事吗？"

吴封君道："我有一个女儿，年纪与你相仿，喜爱琴棋书画、舞枪弄棒。但自小身体虚弱，如今青春年华，依然弱不禁风，一遇风寒便感冒。我想请你授她一些形意拳术，一来健身壮体，二来也长些防身之术。”

王芗斋谦虚地说：“将军是当朝的武状元，一身武艺，我年轻无知，不敢受命。”

吴封君道：“不让她与我学武，一因有父女之因，撒娇不能尽学；二是我军务繁忙，无暇教她；三因我想让她学些形意门功夫。”

王芗斋道：“既是这般，我便答应。”

这时，一阵银铃般的笑声从暖廊里传了出来：“爹爹，又来了什么贵客呀？”一位少女笑盈盈地出现在客厅里。

她生得齿白唇红，极其美貌，簇新的月白布衫包着一件银红小袄，腰内系着丝绦，耳边垂着秋海棠叶形的耳环，裹金的簪子衔插云鬓，文文雅雅，袅袅娜娜。

她一见王芗斋是个极标致的英俊后生，脸上不由得泛起一片飞红，转瞬即逝。

吴封君朝她说：“素贞，我给你请来了一个武术教师。”

吴封君的这个女儿唤作吴素贞，吴素贞仔细打量了一下王芗斋，眉宇里舒展了笑纹，问道：“你会什么功夫呀？”

吴封君道：“他叫王芗斋，是形意门大师郭云深老先生的爱徒。”

吴素贞一听，撅撅嘴道：“师父的名字倒挺豁亮，只不知这徒弟功夫如何？”

吴封君笑道：“名师出高徒嘛！”

吴素贞双手一叉腰，眉毛一挑：“那给咱表演一段。他能给这两个沙发举起来吗？”

吴封君道：“沙发太轻，他师父当年能双手举一只五六百斤重的石狮子。”

吴素贞想了想，俏皮地说：“那他能一只手把我举起来吗？”

吴封君正色道：“素贞，女孩子家不要胡言。”

吴素贞鼻子一哼：“我会下坠法，一憋气，身子有千斤重，他肯定闪了腰。”

王芗斋听了，忍不住笑起来。

吴素贞严肃地对他说：“你甭笑，不信就试试。”

王芗斋说：“试试就试试。”说着，几步来到吴素贞面前，伸出右手就去揽她的腰。

王芗斋叫一声：“小姐，失礼了！”又大喝一声，一跺脚，一手举起了吴素贞。吴素贞一纵身，笑道：“气力可嘉，不知轻功如何？”

王芗斋一抖身，将身子贴在护墙板上，双脚离地面足有两分钟。吴素贞暗暗叹道：“他还真有些功夫。”心里不由得生发爱慕之情。

吴素贞撅着嘴说："爹爹，不知他的文采如何？我要考一考他。"

吴封君一摆手："我请人家是来教你拳术的，又不是请他教你舞文弄墨的！"

王芗斋一听吴素贞要考他文章，心里一阵嘀咕，若论拳术，我在姑娘之上，若论文章，我可能不如她。

吴素贞问王芗斋："你读过私塾吗？"

王芗斋点点头："读过几年。"

吴素贞道："作古诗最讲对仗，我要考考你做对子的本事。我说上联，你对下联。"

王芗斋道："小姐自管说，我出身乡野人家，不及小姐出身高贵门第，是书香遗族。"

吴素贞想了想，说："十口心思，思国思家思社稷。"

王芗斋心想：姑娘说的是拆字对，于是脱口而出："八目尚赏，赏风赏月赏秋香。"

吴素贞思忖：他对的是唐伯虎与秋香的风流韵事，看来还懂得一些文史。她眉头一皱，又说出一联："王老者一身土气。"

王芗斋心想：姑娘说的"王老者"三字皆含"土"字，我首先来个"朱先生"，这"朱先生"三字皆含"牛"字，于是对道："朱先生半截牛形。"

吴素贞又道："冬夜灯前，夏侯氏读春秋传。"

王芗斋思量：姑娘说的是镶嵌对，上联嵌四季，我来个东西南北，于是对道："东门楼上，南京人唱北西厢。"

吴素贞低头想了想，"扑哧"一笑，又说出上联："东塔寺和尚，朝南坐北吃西瓜。"说完，微笑看着王芗斋。

王芗斋见她上联中又说出"东西南北"，于是又对出："春水庵尼姑，自夏至冬穿秋衣。"

吴素贞俏皮地撅起小嘴，凝思了想了想，又说道："听雨雨住，住听雨楼边，住听雨声，声滴滴，听听听。"

王芗斋见她又说出选字对，于是对道："观潮潮来，来观潮阁上，来观潮浪，浪滔滔，观观观。"

吴素贞满意地点点头，可是又不肯罢休，又说出上联："为名忙，为利忙，忙中偷闲，暂且玩纸牌去。"

王芗斋顺口说出："因文苦，因武苦，苦里有乐，不如下围棋来。"

吴素贞又道："眼珠子，鼻孔子，珠子还居孔子上。"

王芗斋见她说出"谐音对"，"珠子""朱子"同音，"孔子"兼做人、物名。于是对道：“眉先生，须后生，后生更比先生长。”

吴素贞见难不倒他，又道：“僧游云隐寺。”

王芗斋道：“寺隐云游僧。”

“贵阳阴天多天阴阳贵。”

“温江暑日长日暑江温。”

吴素贞见回文也难不倒他，又来了一副隐字对的上联：“赤壁成名，于今为烈。”

王芗斋见隐姓周瑜，于是对道：“爱劳寄志，道德孔长。”

吴素贞又来了个“异字同音对”，说道：“贾岛醉来非假倒。”

王芗斋见她说唐代诗人贾岛，于是对道：“刘伶饮尽不留零。”

“和尚上楼，楼高梯短，和尚何上?”

“尼姑沽酒，酒美价廉，尼姑宜沽。”

“分水桥边分水吃，分分分开。”

“看花亭下看花回，看看看到。”

吴素贞对王芗斋道：“你古诗一定读的不少，我们来个集古诗句对：古来征战几人回，慷慨有余哀，新鬼烦冤旧鬼哭。”

王芗斋沉思片刻，对道：“日暮乡关何处是，依栏凭怅望，黄云陇底白云飞。”

吴素贞道：“沧海日，赤城霞，峨嵋雪，巫峡云，洞庭月，彭蠡烟，潇湘雨，武彝峰，庐山瀑布，合宇宙奇观，绘吾斋壁。”

王芗斋见这上联较长，低头沉思，在厅内踱步。

吴素贞见他踯躅，脸上露出一丝笑容。

吴封君不禁为王芗斋捏了一把汗，说道：“对古人呀!”

这句话提醒了王芗斋。吴素贞朝父亲一瞪眼，说道：“爹爹，不许你提醒他。”

王芗斋对道：“少陵诗，摩诘画，左传文，马迁史，薛涛笺，右军贴，南华经，相如赋，屈子离骚，收古今绝艺，置我山川。”

吴素贞道：“尘劫中不昧本来，朗月生性海。”

王芗斋道：“迷阵里能开觉路，青莲净孽根。”

吴封君听了，心里一动，不解地望望女儿，这副对联是昆明原归化寺陈圆圆墓联，写先祖吴三桂的宠妾、明末歌妓陈圆圆晚年遁入空门，出家为尼的事迹。

吴素贞见父亲注视着她，若有所思，于是又道：“捷足上高台，披襟远眺，喜山川面面皆新。看盈水飞瀑，风岭晴岚，笼耸朝云，赇牟晚照，笔峰霁雪，大洞温泉。胜境名区，一一奔来眼底。乘此氛消雾散，日暖气清，安排美酒香茶，收拾新蔬佳果，招邀密友良朋，乘兴快登临，好细玩两厢歌赋、半壁诗文、双塔烟霞、四围花木。”

王芗斋见她上联描绘山川景物，下联决意抒情怀古，于是缓缓道：“回顾思往迹，拔剑狂呼，叹豪杰纷纷谁在？想丞相灭威，尚书营垒，总戎露布，参府战功，经略边筹，将军农节。流风余韵，重重触到心间。迄今事过境迁，时殊势异，指点荒榛败梗，摩挲断碣残碑，搜访故墓旧址，捐资宏建筑，更永固七司障屏、三宣门户、八关锁钥、九隘藩篱。”

吴素贞赞叹道：“好，看来这对联是难不倒你了。我再来考考你古诗，我说一个花种，你来背一首咏这种花的古诗。”

王芗斋苦笑了一下，说道：“我试试看吧。”

吴素贞道：“兰花。”

王芗斋道：“唐代诗人李白有《古风》：孤兰生幽园，众草共芜没。虽照阳春晖，复悲高秋月。飞霜早淅沥，绿艳恐休歇。若无清风吹，香所为谁发。”

吴素贞道：“杏花。”

王芗斋道：“南宋诗人范成大有《云露堂前杏花》：蜡红枝上粉红云，日丽烟浓看不真。浩荡风光无畔岸，如何锁得杏园春。”

吴素贞点点头，又脱口而出：“梨花”。

王芗斋想了想，道：“北宋大文豪苏轼有《东栏梨花》诗：梨花淡白柳深青，柳絮飞时花满城。惆怅东栏一株雪，人生看得几清明？”

吴素贞道：“桃花”。

王芗斋笑道：“唐代大诗人杜甫有《江畔独步寻花七绝句》诗：黄师塔前江水东，春光懒困倚微风。桃花一簇开无主，可爱深红爱浅红。”

吴素贞道：“杜鹃花。”

王芗斋道：“李白有《宣城见杜鹃花》诗：蜀国曾闻子规鸟，宣城还见杜鹃化。一叫一回肠一断，三春三月忆三巴。”

吴素贞又道：“丁香。”

王芗斋道：“清代戏剧家孔尚任有《海棠院咏白丁香》诗：海棠花下赏春光，一树冰姿向粉墙。都爱红妆吟又醉，风飘满院是谁香？”

吴素贞道：“海棠。”

王芗斋道：“南宋诗人陆游有《海棠》诗：蜀地名花擅古今，一枝气可压千林。讥弹更到无香处，常恨人言太刻深。”

吴素贞道：“花魁牡丹。”

王芗斋道："唐代诗人罗隐有《牡丹》诗：艳多烟重欲开难，红蕊当心一抹檀。公子醉归灯下见，美人朝插镜中看。当庭始觉春风贵，带雨方知国色寒。日晚更将何所以，太真无力凭栏杆。"

吴素贞道："我让你咏一种不常见的木槿花。"

王芗斋低着头，想了一刻，说道："唐代诗人李绅有诗：瘴烟长暖无霜雪，槿艳繁花满树红。每叹芒菲四时厌，不知开落有春风。"

吴素贞有点儿吃惊地打量着王芗斋，暗暗佩服他的古诗功底，她略微思索一会儿，又说："芭蕉。"

王芗斋说："芭蕉不是花，宋代诗人杨万里有《咏芭蕉》诗：骨相玲珑透入窗，花头倒插紫荷香。绕身无数青罗扇，风不来时也自凉。"

吴素贞说："美人蕉。"

王芗斋说："唐代诗人柳宗元有诗：晚英值穷节，绿润含朱光。以兹正阳色，窈窕凌清霜。远物世所重，旅人心独伤。回晖眺林际，摵摵无遗芳。"

吴素贞说："牵牛花。"

王芗斋说："北宋诗人秦少游有诗：银汉初移漏欲残，步虚人倚玉阑干。仙衣染得天边碧，乞与人间向晓看。"

吴素贞嫣然一笑："出污泥而不染的荷花。"

王芗斋说："唐代诗人李商隐有诗：世间花叶不相伦，花人金盆叶作尘。唯有绿荷红菡萏，卷舒开合任天真。此花此叶常相映，翠减红衰愁煞人。"

吴素贞道："芦花。"

王芗斋道："清代诗人袁枚有诗：虚负花名色不娇，渔翁舟过几枝摇。风前作孥秋将老，江面铺霜午不消。差与吴绵争冷暖，甘从潘鬓学飘萧。天涯有客开箱叹，欲取寒衣路正遥。"

吴素贞说："孤芳自赏的菊花。"

王芗斋说："《红楼梦》作者曹雪芹有《咏菊》诗：无赖诗魔昏晓侵，绕篱欹石自沉者。毫端蕴秀临霜写，口角噙香对月吟。满纸自怜题素怨，片言谁解诉秋心？一从陶令评章后，千古高风说到今。"

吴素贞咯咯笑道："王芗斋，这下你可输了，这首咏菊诗是潇湘妃子林黛玉作的。"

王芗斋微微一笑，说："林黛玉也罢，薛宝钗也罢，还不都是曹雪芹作的。"

吴素贞似乎才回过味儿来，说："可不是。"

吴封君已三杯茶落腹，笑道："素贞，差不多了吧。"

吴素贞撒娇地一撇樱桃小嘴："不行，还有梅花呢？"

王芗斋心想：“这姑娘不肯罢休，不如……”

王芗斋吟道：“不染堂皇别有神，群芳摇落有清新。洁如魏晋之间土，魂入秦皇以上人。闻议绿珠殊绝世，笑谈飞燕已归真。不须逊地三分白，疏影暗香自报春。”

吴素贞俏眉一挑，惊道：“这是谁的诗？”

王芗斋笑个不停，吴素贞更加疑惑。

第八回　寻飞贼偷窥将门剑　诉衷情愿偕比翼鸟

吴素贞见王芗斋憨笑，又问："这究竟是谁做的梅花诗?"

王芗斋一指胸脯："是我做的诗，如何?"

吴素贞道："还真有那么一股子诗味，我算服了！好，一言为定，拜你为我的武术教头。"

王芗斋正色道："既然我做了你的武术教头，我可有约法三章。"

吴素贞大眼睛眨了一眨，双手叉腰，淡淡地道："说吧。"

"一、严格遵守时间。二、不许摆小姐架子，以师生相待。三、必须按照我说的去做。"

吴素贞道："行!"

吴封君见王芗斋天资聪明，且有文采，从心里喜欢这个后生，他让仆人带王芗斋来到一楼的一个房间，安排王芗斋住下。

第二日一早，王芗斋起床后来到草地上，只见吴素贞身穿红衣红裤正在那里舞剑。那剑上下游飞，宛如蛟龙入海，甚是精彩。

吴素贞见王芗斋走来，收了剑势，笑着叫一声："师父。"

王芗斋打趣说："师父好比父母，你我年龄相仿，还是叫我芗斋好了。"

王芗斋来到草地中央，招呼吴素贞过来，然后说："我先教你技击桩。"说着开始做动作。

吴素贞见他两脚呈稍息姿势，前足向外方移出，约有一脚远，两脚呈八字步行，身体微斜，两腿弯曲，身往后坐，前脚跟略离地面，膝盖前顶，目视前方。

王芗斋忽地两手抬起，屈肘环抱，肩松肘横，十指分开，如抓球状。

王芗斋说："这种功夫待到日久功深，就须目光内敛，其神态如捕鼠之猫，将窜而未动，欲扑而待机。静中求动的锻炼方法，就是假想在三尺以外，七尺以内有‘假想敌’对自己做周旋扑打，而自己以站桩的姿势，以不变应万变还击对方，如此用功，可锻炼自己技击时的灵敏性，这就是拳术中‘无形似有形’的锻炼方法。你要记住技击桩歌诀：‘前后丁八步，两臂如抱婴，虚灵挺拔立，意紧形要松。’”

吴素贞喃喃地复诵一遍，然后随王芗斋练了起来。

过了一个月，已是春暖花开的时节，小草偷偷地从土里钻出来，嫩嫩的，绿绿的。吴家花园里，桃树、杏树、玉兰，都争先恐后地开满了花，红得像火，白得像雪。呢喃的飞燕穿荫而过，雍容饱满的垂柳，像少女的沐发；吴家花园的假山石中，伸出一枝盛开的耀眼的红杏，很有些压不住、干不死的韵味，显示出倔强的生命力。

吴封君因办军务到浙江去了，家里只剩下吴素贞和王芗斋，还有一些卫兵和杂役。此时吴素贞已基本掌握了技击桩的套路，于是王芗斋又开始教她摩擦步、发力、试声、试力、推手等，吴素贞也是聪慧的灵性，一学就会。

这一天，王芗斋开始教吴素贞实作之功。王芗斋说：“实作就是双方做技击练习，也就是作拳的练习，其作拳时尽管有劈、崩、钻、炮、横、削掌、塌掌、夫子顿首、穿裆脚、蛇形腿等各种打法，但这些打法不是固定的死招数，而是通过掌握时机性和空间性，随机应变，待机发拳。在接近对方之时头要撞人，手要击人，足要踢人，步要过人，神态要逼人，气势要袭人，并要做到手脚齐到，全身齐动。实作歌诀是：双手交叉，气势当先，欲接未触，体态安然；间架得当，稳准狠严；力撑八方，灵机内含；得机得势，进退截拦；何须招法，本能自然。”

这时，吴素贞的丫环水杏气喘吁吁跑来，叫道：“小姐，刚才我收拾你的房间，听见有动静，我走进内屋，只见有个人翻窗逃走了。我赶到窗口一看，一个男人窜入树林不见了，他好像是一只胳膊。”

吴素贞一听，叫道：“想是有贼偷我家传之宝!”说着，回身往小楼跑去，王芗斋紧跟在后。

吴素贞的居室在二楼，王芗斋随她走进居室，只见两面灰白墙上，是山水字画，除青竹翠柏、翠柳红梅一类之外，还有一幅“木兰从军”的巨幅国画。床前平门立柜上的穿衣镜光亮闪耀，梳妆台上摆着茶具、粉盒、胭脂缸、香皂等。旁边有个洋座钟，“嘀嗒嘀嗒”地走着。床上铺着花纹被单，放着叠起的藕荷色缎子被。屋里有一股淡淡的清香。

吴素贞抄起一只木凳，蹬在凳上，用手掀起一块天花板，从里面拿出一柄宝剑。

这宝剑的剑鞘是鱼皮色。吴素贞抽出宝剑，王芗斋顿觉一股凉气袭来，宝剑奇长，足有五尺，光可鉴人，剑柄飘着一条金黄穗子，剑身上刻着三个镏金小字“吴三桂”。

王芗斋惊道：“这柄剑原来是吴三桂将军的！”

吴素贞缓缓将剑放入鞘内，说道：“事到如今，我也不瞒你了，我家是明末山海关总兵吴三桂的后裔，先祖吴三桂曾是一位年轻有为的将军，被崇祯皇帝委以重任，任山海关总兵，扼守重镇，抵御清兵。先祖曾纳苏州歌妓陈圆圆为妾；陈圆圆乃绝代佳人，又能歌善舞，先祖百般宠爱，视为掌上明珠。农民起义领袖李自成攻入北京后，他的部将刘宗敏霸占了陈圆圆，先祖听说后勃然大怒，但是势孤力单，于是开关放清兵入关，想借助清兵之力，报刘宗敏抢夺爱妾之仇。没想因为一个美人，一时意气，铸成千古大错，成为历史罪人。以后李自成兵败，清兵大举侵入中原，先祖被派到云南为官。先祖因不满清人专横，想起兵反清，结果了此一生。他死后遗下这柄宝剑，成为家传之宝。我家因先祖名声不好，一直隐居民间。如今不知是谁走漏了风声，光天化日之下竟有人闯入我的居室，寻觅这柄宝剑。”

王芗斋心想：怪不得吴封君博学多才，武艺绝伦，考中当今武状元；吴素贞文武兼备，聪慧伶俐，原来是将门之后。

吴素贞将宝剑放回原处，又把天花板合上，坐到床上，丫环水杏端上香茶，吴素贞招呼王芗斋在木凳上坐下。水杏给二人斟茶后，出去了。

吴素贞神思有点儿恍惚，她悄悄问：“芗斋，你既知我是吴三桂之后，会嫌弃我吗？”

王芗斋道：“千秋功罪，后人自有评说，你不必过虑。”

吴素贞端起茶杯，不小心茶杯一歪，茶水烫了手。王芗斋见状，慌忙给她揉擦。吴素贞顿觉一股暖流袭遍全身，两人互相爱慕，只是谁也未先开口。

此时吴素贞再也不能自持，于是依偎到王芗斋的怀里。

王芗斋很是喜欢吴素贞，几次做梦与她相会，只是觉得自己出身低微，与吴家门第不当，不好意思启口。如今见吴素贞倾心于己，有点儿心慌意乱，他不知是喜悦，还是幸福，紧紧拥着她，全身微微发颤。

吴素贞脸羞得飞红，将头埋在王芗斋那宽厚的胸膛里，感到他肌肉硬实，就像一叶浮萍有了靠头，又像一片落叶，着着实实地落了地。

许久，吴素贞抬起发烫的脸，问王芗斋：“你愿意我做你的妻子吗？”

王芗斋眼眶有点儿湿润，点点头，问道："我家在直隶深县乡下，你是富贵人家，我是个当兵的，你是千金小姐，你爹会同意吗？"

吴素贞道："我爹非常喜欢你，他主动向我问过这个意思……"

"是吗？"王芗斋的眼睛一亮，下意识地吻了一下吴素贞。

吴素贞俏皮地一扭腰："看你……"说着用丰满滚圆的双臂紧紧搂住了王芗斋，用樱桃小嘴轻轻地在王芗斋的脸上贴了一下，然后附在他耳边说："那咱们等爹回来，就洞房花烛夜……"

晚上，王芗斋躺在床上翻来覆去睡不着，热恋的狂喜使他不得安宁，他想起自己的童年、少年，想起慈祥的母亲，也想起师父郭云深。母亲的身体好吗？她老人家操持了一辈子，风里来，雨里去，在苦难的岁月里熬尽了心血，她老人家要看到有这么一个美丽温柔的儿媳，该有多高兴呀！可惜师父已不在人世了，大姑也离开了人间，要是她们能参加我的婚宴就太好了，可惜此事古难全……

这时，他听到楼上传出吴素贞的惊呼。

夜风中，吴素贞的声音凄切、尖厉："来人呀！"

王芗斋来不及穿衣服，只穿着一条短裤就冲上了楼，奔进吴素贞的居室，只见有个汉子，正用刀逼住吴素贞，问她宝剑藏在哪里。

王芗斋听那声音好熟，黑暗中又看不出他是谁。情急中，他悄然无声地蹿上去，一抖身一掌削落那人手中的刀，然后一个崩拳，竟将那人从窗口打了出去，由于用力过猛，王芗斋也倒在地上。

王芗斋一个翻身起来，抱起吴素贞，只见她吓得不省人事，王芗斋见她穿着单薄，急忙用被子裹紧她的身体。

这时，丫环水杏和几个卫兵打着灯笼也跑了上来。吴素贞已悠悠醒来，看到王芗斋，泪如泉涌。

王芗斋叫水杏给她灌下一碗温茶，然后从窗口跃下，只见一人直挺挺地躺在地上。

他借着月光一瞧，原来此人正是清宫大内高手铁罗汉，他已被王芗斋一拳打死，声息全无。

原来吴封君在南行之前，在润明楼举办了一个饯别宴会，铁罗汉等人也赶会送行。吴封君一时高兴，喝得大醉。此时有两个大内高手比剑助兴。

吴封君哈哈大笑，嘲笑高手的宝剑太钝，于是乘醉说出祖传宝剑一事，铁罗汉在一旁听了，起了盗心，几次来吴家寻剑，不想撞上王芗斋，呜呼哀哉！

王芗斋见铁罗汉已死，又返身上楼。此时，吴素贞已恢复常态，听说铁罗汉已死，宝剑安然无恙，自是宽心，她叫卫兵在后园埋了铁罗汉，丫环水杏也回房去了。

吴素贞说："天已微明，我也睡不着觉，不如你陪陪我，咱们说几个笑话，解解闷。"

王芗斋笑道："我回去穿衣服，再来陪你。"

吴素贞这才想起王芗斋仅穿一条短裤，"扑哧"一声笑出声来："你不说我倒忘了，我还未出阁，这成什么体统，你快回去拿些衣服来吧。"

王芗斋穿好衣服，又上楼来。此时，吴素贞也穿好了衣服，只见她穿一条雪白的蝉翼拖地纱裙。

王芗斋问："你哪里弄来的这件洋裙子？"

吴素贞笑道："是法国公使送给我的，这位公使在一次舞会上曾经见过我，他应诺送我一条欧洲女人的裙子。"

吴素贞在地上来回旋转了几圈，说道："你瞧，我还会洋舞蹈呢！"

王芗斋笑道："你会跳什么舞？"

吴素贞道："三步、四步，没有音乐，要不然咱们一起跳。"

王芗斋道："我可不会，我要跳起来跟舞剑差不多。"

吴素贞道："到时候我来教你。来，咱们一块儿说笑话吧！我先说一个，你再说一个，以此类推。从前有个县官好酒成性，酒杯总不离手，终日不问公事。一天，他正喝得醉醺醺的，忽然有个百姓来喊冤告状。县官恨那个百姓败了他的酒兴，便气冲冲地升了堂，拍着桌子说：'是谁在瞎叫唤，带下去，给我先打！'差役跪下问道：'老爷，打多少？'县官眯着眼，伸出了三个指头，不紧不慢地说：'不多打，不少打，给我打三斤！'"

王芗斋笑道："这个小笑话有意思，我也说一个。李鸿章有个亲戚，不学无术，胸无点墨，却想通过科举，平步青云。这年他来参加考试，可试卷到手，就头冒虚汗，连'破题'也不会做，写了半天自己也不知写些什么。后来他想：我是中堂大人的亲戚，把这关系拉上，监考官敢不录取？于是，他在试卷上写道：'我是李鸿章中堂大人的亲妻。'他把'戚'写成了'妻'。哪知监考官为人正直，看到这狗屁不通的卷子，就在上面批道：'因你是中堂大人的亲妻，所以我不敢娶（取）你。'娶妻的'娶'和录取的'取'是同音。"

这时门外传出"噗"的笑声，王芗斋和吴素贞慌忙出门来看。

二人出门一瞧，正见丫环水杏笑得前仰后合。吴素贞骂道："鬼丫头，谁叫你在这儿偷听？"

水杏指着地上的一个木盘，上面有牛奶、点心："我来给你们送早饭来了。"

吴素贞见天色已明，与王芗斋返回房内。水杏把盘子放在桌上，退了出去。

王芗斋一边喝牛奶，一边对吴素贞说："该你说笑话了。"

吴素贞想了一会儿，说："刚从京城回来的儿子，说什么东西都是京城的好。一天晚上，父子俩出门赏月，父亲称赞月色皎洁，儿子却说：'这个月亮有什么好？京城的月亮要比这个好多了！'父亲听了，气得打了儿子一巴掌，说：'天上的月亮只有一个，哪里有好坏之分？'儿子挨了打，摸着脸说：'你的巴掌就不如京城的好，人家的巴掌是用来鼓掌的，你的巴掌却用来打人。'"

王芗斋说："张三和李四一起外出办事，途中下起雨来。李四躲进张三伞下避雨。张三得意地说：'我的老婆真有先见之明，她知道今天会下雨，要我带上了伞。'李四也不紧不慢地说：'我的媳妇更有先见之明，我临出门时要带伞，她就说：'你用不着带伞，反正张三有伞。''"

吴素贞赞道："你这个笑话也不赖，看我再说一个给你听：从前，有个爱刁难人的财主。一天，他拿空瓶叫一个长工去买酒。长工问：'没钱怎么能买酒呢？'财主却说：'花钱买酒谁不会，没钱买来了酒才是真本事哩！'过了一会儿，长工回来了，他把酒瓶递给财主，说：'酒打来了，请喝吧！'财主一看，是个空瓶子，便问：'一滴酒也没有，叫我喝什么呀？'长工不紧不慢地说：'有酒谁不会喝，没酒喝出酒来才是真本事呢！'"

王芗斋笑道："这即叫以其人之道，还治其人之身。我说一个笑话：有个乡绅为了巴结新上任的知县，送去一筐枇杷，并附赠一张贴，上面写道：'敬奉琵琶一筐，祈望笑纳。'知县看了帖子，不禁笑道：'枇杷不是此琵琶，只恨当年识字差。'座上有个客人又随口续上两句：'若使琵琶能结果，满城箫管尽开花。'众人听了，哈哈大笑，弄得那位乡绅十分尴尬。"

吴素贞说："有个人好吹嘘自己，看了杜甫的诗：'两个黄鹂鸣翠柳，一行白鹭上青天'后说：'这诗做得不怎么样，我做的诗要胜他一倍。'人们说：'那请你做一首诗给大家看看。'那人便道：'四个黄鹂鸣翠柳，两行白鹭上青天。'你们瞧，不是胜杜甫一倍吗？'"

王芗斋说："我再说一个与拳术有关的故事。有夫妻俩，妻子精明利索，懂得武术；丈夫虽然仪表堂堂，却有点儿傻头傻脑，还常常在妻子面前动手动脚耍蛮气，但每回都吃亏。他便发狠外出学武，要向妻子出这口窝囊气。过了三年，他师满回家，见面就一把捏住妻子的手腕，说道：'娘子，本人今日不比往日，再也不怕你了！你再不听我的话，我就叫你尝尝我的长拳、短拳、猴拳、少林拳的滋味！不信的话，今天就比试比试，哪个输了就跪搓板。'说完，还用力一捏。妻子感到他力气真大了不少。妻子说：'你真学了武，就打给我看看吧！'丈夫就一套一套地打起来，一拳一脚都非常认真。妻子看在眼里，想在心里，忽然走拢了去，冷不防从背后向他膝窝里轻轻点了一脚。他不由双腿发软，扑通跪倒在搓板上了。妻子笑道：‘你这个蠢东西，学了三年，说起来头头是道，还挡不住我这轻轻一脚呢！’丈夫不服气地说：‘你这婆娘光瞎打，搞乱了我师父教的拳路，算什么真本事！’”

吴素贞听了，忍不住“咯咯”笑起来。王芗斋一瞧窗外，说：“哎哟，时候不早了，咱们该练拳去了。”

过了一个月，吴封君从南方回来了，他见女儿与王芗斋相爱甚深，便决定给他们办婚事。婚礼前三日，王芗斋分别给许禹生、徐树铮、孙禄堂等人送了请帖。

他恐怕尚云祥挑礼，这天下午亲自到尚云祥处送请帖。此时，尚云祥仍住在东城火神庙内。王芗斋走进火神庙时，正见尚云祥在正殿研习拳技。

王芗斋说：“兄弟，你真下工夫。”

尚云祥抬头见是王芗斋，嘿嘿笑了。

王芗斋说：“我走得急，弄点儿水喝。”

尚云祥从厨房舀了一瓢水，递给他。

王芗斋一仰脖子，“咕嘟嘟”喝个精光，然后把到吴封君家、与吴素贞联姻一事讲了。尚云祥听了，喜得捶了一下王芗斋，叫道：“你小子还真有福气，找了个文武双全的媳妇，这喜酒我肯定去喝！”

“喝什么喜酒呀？”话音未落，一个三十来岁的汉子大步跨进殿来。王芗斋见他一身庄稼汉打扮，显得憨里憨气。尚云祥站起身来，叫道：“你怎么来了？”

那汉子笑道：“我刚从深县乡下来，特来找你。”

尚云祥问：“什么事？”

那汉子从背囊里掏出一摞纸，封面上写着《形意拳扶微》五个字。他说：“我近日写了一部书，想请你提提意见。”

尚云祥道：“我可没有那个墨汁，咱家祖坟上没长那颗蒿子。芗斋是个有学问的人，你不妨请他看看。”

那汉子看看王芗斋，说道：“他是……”

尚云祥连忙介绍二人认识。原来这个汉子是形意拳大师刘奇兰的儿子刘文华。刘奇兰与郭云深是师兄弟，同是李洛能的高足。刘奇兰学艺后一直隐居乡间，教形意拳。他能打破门派，与各派交流。初会刘奇兰者，只要交谈三言两语，就会敬服于他。李存义、张占魁、周明泰等武术名家都是刘奇兰的弟子。

刘文华与王芗斋见过礼，忙把自己写的《形意拳扶微》一书递给王芗斋，请他提意见。

王芗斋也不推辞，拿过来阅读。尚云祥请庙里的小和尚买了些白酒，三个人一边喝，一边叙谈。酒过三巡，刘文华道："你们听说过师祖曹继武和戴龙邦师徒俩的故事吗？"

王芗斋道："我听郭老讲，曹继武是姬际可师祖唯一的传人，可从来没有听过他的轶事；戴龙邦是曹继武的徒弟，留下的逸闻也不多。"

刘文华把几颗豆子一股脑塞在嘴里，说道："还是在家里听爹爹说的，清朝初年，可能是康熙年间，山西祁县有个姓戴的商人家有两个儿子，老大叫麟邦，老二叫龙邦。哥俩从小喜欢舞刀弄棍，尤其老二龙邦，成天弯腰踢腿，举石锁，抛沙袋，练得双臂气力过人。十几岁时，戴龙邦便能举起二百多斤的石头。村里碾米的石碾掉下来，赶上他从这儿路过，弯腰把几百斤重的大碾抱在怀里，轻轻地放在碾盘上。村里人惊得目瞪口呆，给他起了个绰号叫'二驴'。一年夏天，大雨滂沱，一连下了十几天。戴家店铺门前成小河，道路泥泞难行。戴家店运货的大车陷在泥潭里，赶车的挥鞭把牲口打得乱叫，车轮一点儿不挪窝。赶车的找来五个店伙计一齐推车，可是推不动。戴龙邦在一旁笑着说：'来，俺试试。'他撩衣挽袖，两手扶牢轴头，运足了气，大叫一声。只听大车轴嘎嘎直响，车轮在泥里转了几遭，往前动了动，出了泥坑。众人一齐叫好，叹服不已。戴龙邦摆了摆手，正要回店，忽然，背后有人哈哈笑道：'真是大力士呀！'戴龙邦回头一瞧，原来是一位白发老人，他身穿紫色长袍，足蹬千层底布鞋，苍然古貌，白眉童颜。戴龙邦见老人气度不凡，便上前作揖道：'老人家过奖，这不过是雕虫小技，何足挂齿？'老人点点头。戴龙邦又道：'听您老口音，可是山西人？'老人手捋长髯答道：'老夫是山西祁县人，姓曹，名继武。出门在外多年，现回乡探亲，路过此地。'戴龙邦十分高兴地说：'原来咱们是同乡，如不嫌弃，请到小店歇脚。'曹继武随戴龙邦进了店铺的后院。过了影壁墙，只见一座宽敞的院落，房屋高大，青砖绿瓦，院中树木成荫，环境优雅。曹继武一边赏院中景物，一边往前走。走到当院树下，他忽然脚下一拌蒜，身子一歪，倒在地上。戴龙邦连忙上前去扶，扶了几下没扶动。他很纳闷，于是抱住曹继武的腰，憋了口气，往上猛抬，可曹继武如同入地生根一般，纹丝不动。戴龙邦惊得目瞪口呆，心想：凭我的气力，碗口粗的柳树能拔，却抱不动这干瘦老头，真是邪门。当时，他慌了手脚，汗珠子顺着脖子往下淌。曹继武见他急成这样，便拢气收功，一跃而起，朗声大笑道：'大力士怎么无力了？'戴龙邦羞愧难言，知道曹继武身手不凡，于是叩头尊他为曹公。当晚，戴龙邦摆上丰盛酒席，为曹继武把酒接风，二人谈得投机，相见恨晚。次日，曹继武告辞还乡，戴龙邦再三挽留，曹继武只好答应再住几日。戴龙邦一日三餐，酒席相待。过了几天，戴龙邦索性让曹继武搬到自己屋里，与他形影不离。可是曹继武与戴龙邦所谈都是古今名流，历史典故，对于习武只字未提。转眼间，曹继武在戴龙邦家住了三个多月，虽然戴龙邦张了几次口，想对曹继武提拜师之事，可话刚出口，便被曹继武搪塞过去。一天夜里，戴龙邦见曹继武没在屋，心生疑团，闭着眼以静听屋外动静。直到鸡叫头遍，曹继武才悄然归来，脱衣躺在床上休息。第二天午夜，曹继武又悄悄起身，戴龙邦装做熟睡，待曹继武出门，便悄悄跟在他的身后，借着月光，戴龙邦见曹继武纵身一跃，飘然过了院墙。他也扒着墙头，跳了过去。他随曹继武来到庄外一片小树林。戴龙邦躲在树后，只见曹继武轻舒猿臂，打起拳来，动作如鹰似蛇，矫健迅猛。戴龙邦看得惊呆了，便忍不住叫起好来。曹继武见是戴龙邦，也不惊慌，毫不介意地说：‘上了岁数，腿脚不灵便了，请你莫要见笑。’二人回到店铺，吃过早饭，戴龙邦把曹继武让入内室。曹继武一边品茶，一边若有所思地说：‘既然你已看到我的拳路，我也不想对你再瞒什么。我是形意拳祖师姬际可的门徒，早年随他学艺十余载。后来参加科举考试，曾中过进士、武士，当过探花。清康熙三十二年由于在科举考试中连中三元，奉命出任陕西省靖远总镇大都督，以后做过知县。沉浮宦海十余年，我见官场腐败，难以忍受，于是弃官出走，在各地漫游，至此地与你偶然相识。经过三个多月的接触，我知你为人忠厚，心地善良，是个有志之人，所以我愿将所学形意拳的绝技传授给你。’戴龙邦听了，心内大喜，当即行了拜师之礼。曹继武把他扶起来，讲了一段故事。”

第九回 灵犀一点通形意喜 虎穴初入解太极忧

“曹继武说：‘明朝末年，山西薄州府永济县均村出了一位能人，姓姬，名际可，字隆风。中了进士后，在陕西任官。因他做官清正廉洁，刚直不阿，得罪了朝廷，罢官后云游四方。后来不知在哪里得到《岳武穆拳谱》，姬公如获至宝，回到山西老家后，用上等宣纸誊写一遍，每天精心钻研拳术，终得真传。后来，收我做了徒弟。’戴龙邦学武心切，当时就要曹继武教他。曹继武把戴龙邦浑身摸了一遍，见他肌肉僵硬如铁，又摸他丹田，发现空洞无物，于是叹息道：‘可惜呀！我得其人未得其身。’戴龙邦听了，不解其意，忙问：‘师父，您说什么呢？’曹继武笑道：‘你过去练得拳路不正，加上举石墩、石锁，使拙力，把筋骨练得僵硬，这样的身子怎能练形意拳呢？’戴龙邦心里有些着急，忙说：‘难道我就没治了吗？’曹继武便教他提腰托带、虎步、蹲猴、三才这四种活络养气的基本功。数日之后，曹继武见戴龙邦对基本功已能掌握，便要告辞。临行前对戴龙邦道：‘你要用心练功，切不可放松。一年后，我再来看你的功夫，再说你能不能练形意拳之事。’曹继武走后，戴龙邦遵照他的嘱咐，每日鸡鸣即起，天天到庄外小树林里练功，练了有一年的工夫，仍不见曹继武来，心内甚是纳闷。一天，戴龙邦见有位老者躺在庄外小树林地上，走近一看，正是师父。他忙上前施礼，叫道：‘师父，您为何倒在这里？’曹继武笑道：‘绊了一跤，你扶我起来。’戴龙邦去扶他，可是用了很大的力气，只能抬动他的胳膊。曹继武一跃而起，喜得叫道：‘好，功夫有长进！’师徒俩来到店铺，曹继武把戴龙邦又浑身上下摸了一遍，说：‘你的基本功到家了，我可以引你入形意门了。’从这以后，曹继武忽来忽去，用了八年的时间，把形意拳的招式，悉心传给戴龙邦。戴龙邦不负师望，武艺日渐精湛。一次与戴龙邦在一起闲聊，曹继武拿来两根粗牛筋绳。戴龙邦不解其意。曹继武把牛筋绳绑在戴龙邦的腰间，让他平卧在地，然后说：‘我要试试你的功夫如何。当初是你提我，现在我要提你。’说着，他用气上提，喊了声‘起’，只听“崩”的一声，牛筋绳断了，戴龙邦大惊失色。曹继武拿着半截牛筋绳道：‘你别慌，这不是你的功夫不深，也不是我的力气小提不起你，实在是绳子不结实的缘故。’戴龙邦转忧为喜道：‘我的功夫比起师父来差得远哩。’曹继武道：‘青出于蓝而胜于蓝，冰出于水而寒于水，当年我与姬际可大师学艺时，他夸我闻一而知十，是大才。你现在学功夫可以说是闻一而通百，可谓奇才！形意拳有了传人，我死也瞑目了。’当晚，曹继武把自己的贴身兵器麟角刀、凤翅铛、点穴镢送给戴龙邦。他语重心长地对戴龙邦说：‘你的功夫虽已纯熟，可不能骄傲。俗话说，一日练，一日功。一日不练，十日空。你要继续努力，更上一层楼。’师徒二人推心置腹，谈至深夜。曹继武叹道：‘我一生只有两个弟子。除你之外，还有一个河南的马学礼。我八年来忽去忽来的缘故，就是一会儿到山西传你，一会儿到洛阳传他。你要记住：艺不可轻易传人，宁可不传也不可造孽于世。’次日，戴龙邦醒来，师父不辞而别。戴龙邦等了两年，不见曹继武返回，便四处寻访，一直未找到曹继武的踪迹。直到戴龙邦晚年，他才知道自那日夜里，曹继武辞别他后，便遁入终南山修身养性去了，至死也没有离开终南山。”

王芗斋听了刘文华这番叙述，慨然叹道：“戴龙邦大师最后把形意拳传给了他的儿子戴文雄和戴文俊，还传给了李洛能，就是郭老师的师父。戴龙邦老先生真是没有辜负师父的嘱咐，慧眼识英雄！”

尚云祥叹道：“真是大江东去，浪淘尽，千古风流人物。”

刘文华因还要到孙禄堂和李星阶那里，故与尚云祥和王芗斋作别，王芗斋也请刘文华参加婚宴，刘文华自然应诺。王芗斋又与尚云祥叙了一会儿，因长辛店在北京城西南郊外，便与尚云祥告辞回吴家。

第三天，王芗斋与吴素贞的婚宴在吴封君家举行，许禹生、徐树铮、尚云祥、刘文华、李星阶、孙禄堂、李瑞东、杨少侯等武术家都备了厚礼前来贺喜。吴封君的同僚、部属、亲戚也来了几百人，婚礼办得十分热闹。吴家还讲点儿旧规矩，嫁妆分为高抬和矮抬。高抬便是把比较珍贵的物品，如如意、钟表、瓷器、摆设、衣被等放在桌上，一茶桌为一抬，数数共有六十六抬，取‘六六顺’之意。第一抬是两块瓦，表示两处房子。第二抬是两块土甓，表示两顷地。矮抬是一个筐，由两个杠夫抬着，里面有便盆、脚盆、痰盂等，不知是谁在便盆里搁了一个小布娃娃，惹得众人哄堂大笑。

吴素贞坐着一顶花轿，在吴家花园内转了一遭，那花轿红绿绸缎，轿围上绣着百鸟朝凤，还有金丝银丝，镶点钻石。

吴素贞坐的花轿后有两顶绿轿，由迎送亲的太太们坐着。轿前仿照官轿配有执事仪仗：旗、牌、伞、扇、金瓜、钺斧、朝天镫……同时配有乐队，一路吹吹打打，鞭炮噼啪，热闹非凡。

晚上，宾客散尽，王芗斋与吴素贞入洞房。夫妻恩爱，自不必言。王芗斋知道吴素贞没有缠足，是个新派女子，对她愈加敬重。吴素贞倚在床上问："古代女子缠足不知为了何故?"

王芗斋说："最早缠足的女子，出现在九百年前的南唐。南唐帝李后主有个宫嫔叫窅娘，身段纤小，能歌善舞。李后主命人作了一个高六尺的金莲，周围装饰着珍宝、璎珞，令窅娘以帛缠足，穿着白袜在莲花中翩翩起舞，回旋飞转，就像凌云踏雾一般。宋代时，缠足女子逐渐多了起来。宋代诗人苏轼特地做了一首《菩萨蛮》，描写小脚的优雅：'涂香莫惜莲承步，长愁罗袜凌波去。只见舞回风，都无行处踪。偷穿宫样稳，并立双趺困。纤妙说应难，须从掌上看。'明代时，缠足之风大盛。脚大脚小成为评价女子美与不美的标准之一。女子缠足，是为了供男人玩赏。李笠翁说，小脚的用处，在于叫人白天看了怜惜，晚上抚摩好玩。一些文人墨客，还给小脚起了许多好听的名字：金莲、香莲、新月、竹荫等。女人缠足还有一个用途，就是限制女子的行动。《女儿经》中说：'为甚事，缠了足?不因好看如弓曲。恐他轻走出房门，千缠万裹来拘束。'缠足女人只能轻行缓步，一走三摇，不可能长途跋涉，翻山越水，因而极大地限制了她们随意出游或与人私奔的行为。如今许多新派女子大胆反抗旧礼教，成为新生活的开拓者。你不再缠足，意在练武，实是女子的楷模!"

吴素贞听了，咯咯笑个不住，用小拳头捶着王芗斋说："瞧你说的，快把我捧上天去了，看哪天把我摔得狠狠的……"

王芗斋与吴素贞成婚后，二人互相磋商武艺，研究学问，彼此收益甚多。吴封君还送给王芗斋《二十四史》《全唐诗》《全宋词》《孙子兵法》等书籍，供他阅读。王芗斋在吴家父女的指导和帮助下，在琴棋书画方面也大有长进。过了两年，吴素贞为王芗斋生了一个女儿，取名玉珍。王芗斋见玉珍生得活泼可爱，自是非常欢喜。

风云突变，武昌起义爆发后，腐朽的清朝政府垮台，中华民国诞生，中国民主革命的先驱者孙中山就任临时大总统。但不久就被袁世凯篡夺了权力。握有重兵的袁世凯一跃成为中国政治舞台上的风云人物，成为虎踞北京的大总统。由于袁世凯是靠着出卖谭嗣同等维新党人起家的，又诡计多端，图谋不轨，所以遭到国人的普遍反对。各地隐士纷纷来京铤而走险，图谋刺杀这个独夫民贼。袁世凯在惶恐不安中立即四处招罗武林高手为他保镖护院，并在中南海深居不出。“鼻子李”李瑞东因在清宫当武术教头，名气甚大，虽然此时已告还乡，回河北武清县老家隐居，但还是被袁世凯派人要挟来到北京总统府当武术教师。袁世凯有了李瑞东保镖还不放心，又派部属四处寻访高手。袁世凯当上中华民国大总统后，段祺瑞、冯国璋、徐世昌等部下或僚友也平步青云。徐树铮因与徐世昌结交甚深，也来到陆军部任职。由于他机智善谋，故有“小诸葛”之称，又与徐世昌有“大徐”“小徐”之称。

这一天，王芗斋正在吴家花园舞剑，许禹生前来找他。

“禹生，有什么事吗？”王芗斋放下宝剑，拭了拭汗。

许禹生笑道：“我是无事不登三宝殿，杨少侯先生如今愁眉不展，遇到了麻烦事。”

王芗斋问：“什么事？”

许禹生道：“袁世凯硬是请他到总统府当武术教头，杨少侯死活不肯去，但又没有金蝉脱壳之计，弄不好反而招来杀身之祸。少侯先生为此事寝食不安，日渐消瘦。我去找尚云祥商议，他说你的主意多，特让我来找你，让你给出个主意。”

王芗斋沉思片刻，眼睛忽然一亮，说：“我倒有个办法，只是天机不可泄漏，咱们先去拜望少侯先生。”

王芗斋与吴素贞说清缘由，便与许禹生来到北京城内。二人穿街过巷，穿过西单牌楼，但见军警林立，几辆黑亮黑亮的汽车穿梭而过，两边有摩托车队。

许禹生小声说：“这是袁世凯的大公子袁克定的汽车，比他老子还威风，真是龙生龙，凤生凤，耗子生儿打地洞！这世道，没法儿说！”

二人一会儿便来到杨少侯的住宅。

这是西四附近的一座四合院，仆人带着二人穿过影壁，前院里有一株桑树，倒坐房窗遮着白帘。穿过一个垂花门，北为正房，两边附有耳房，东西两面是厢房。正值残冬，天气尚冷，墙壁上的藤萝、牵牛花已褪翠色。仆人领二人进了西厢房，但见屋内古色古香，太师椅上坐着杨少侯。他身穿一件狐皮袍子，头戴青色瓜皮小帽，面有忧郁之色。

许禹生叫道：“少侯，芗斋来了！”

杨少侯道：“快请坐！快请坐！”

王芗斋往太师椅上一坐，笑道：“我要为你解忧!”说着目光炯炯盯着杨少侯。

“少侯先生眉头紧锁，愁眉不展，必有忧事。忧气充胸，久而成疾，于身体于练艺，皆无益处。我深知你忧在父亲杨健侯老先生出走，忧在袁世凯派人来要你顶替你父亲，充当总统府的武术教师之职。”

杨少侯听了，几乎跳了起来：“你怎么知道?”

王芗斋笑得更响了：“我是算命先生，焉有不晓的道理?!”

杨少侯深深叹了一口气，说：“袁世凯乃独夫民贼，在戊戌政变中，他口蜜腹剑，出卖了维新党人。司马昭之心，路人皆知。光绪、慈禧死后，他欺侮妇寡小弱，凭借重兵要挟革命党人，逼孙中山辞了大总统之职，自己坐上了大总统宝座，乃是窃国大盗。让我家给这样的人保镖，岂不辱没了杨家的名声?!”

许禹生说：“袁世凯扬言高筑黄金台，学当年燕昭王招贤纳士，实是网罗党羽，维持袁家天下，狼子野心，暴露无遗。前清宫老护卫、武术教头李瑞东老先生已归隐乡里，袁世凯硬是派兵逼得李老先生进了总统府。李老先生家有老小，实是出于无奈，正是身在曹营心在汉。”

王芗斋想：原来李瑞东老先生现已在总统府任职，他心下一动，来了主意。于是问道：“除了‘小孟尝’李瑞东老先生到袁府外，还有哪几位武术家前去了?”

杨少侯说：“袁世凯也请了其他几位武术家，‘醉鬼张三’推病不去，‘臂圣’张策下了关东，孙禄堂躲到了上海，其他武术家也躲的躲，藏的藏，溜之大吉。我父亲已然溜走，可是这偌大一个杨家，总要留人看守家财，留下了我，没想却逃脱不掉袁世凯那老贼的纠缠，他每日都派警察总监来做说客，搅得我头疼脑胀，唉!”

王芗斋问：“那袁世凯现住何处?”

许禹生道：“袁世凯起初住在铁狮子胡同陆军部。他宣誓就任中华民国大总统后，逼使清皇室让出了中南海，于是他又住进了中南海居仁堂内。他自从住进了中南海，就没有再出过新华门一步，这是因为东兴楼门前的爆炸案，使他余悸犹存。”

王芗斋胸有成竹地说：“我要袁世凯三天之内改变让少侯先生当他的保镖的主意。”

这天午后，袁世凯睡醒觉起来，披着一件银狐皮长袍，闭着眼斜躺在铺着虎皮的大沙发靠椅上，一边让两个丫环轮流给他捶腿，一边让秘书给他读报。居仁堂内烧有暖气，温度有些高，他又穿着这么厚的衣服，自然要遍体出汗，但他决不去洗澡，他除了每年过节时洗一次澡外，其余时间从不洗澡。几年前袁世凯利用清王室四面楚歌的形势，迫使清政府授予他内阁总理大臣，利用革命党人的软弱性，在武力镇压革命的同时，设置和谈圈套，诱迫革命党人就范；又迫使清帝不得不下诏退位。为了骗取革命党人的信任，他通电赞成共和政体，发誓永远不搞君主制。袁世凯的两面派手法，终于使他的窃国阴谋得逞。他为了欺世惑众，在府门悬挂起“新华门”字样的门匾，其实他梦寐以求的却是袁氏新朝。“量小非君子，无毒不丈夫”是他一生的政治信条，他非常清楚自己的倒行逆施，早已引起国人的不满，他想复辟帝制的企图，甚至遭到心腹部将冯国璋和段祺瑞的白眼，但他野心成癖，一心想摘取至高无上的皇冠。那一次，他早朝归来，在丁字街三义茶馆和祥宣坊酒楼门前，连续遭到刺客截击，挨了两颗炸弹。虽未曾丧命，却饱受虚惊，从那以后就一直心神不定。他决心千方百计寻访武林界高手充当他的保镖，誉满江湖的“鼻子李”李瑞东来到袁府担任侍卫，使他添了许多欣慰。他还要聘请更多的武林高手，以增加袁府的威风，使那些刺客望风而逃。

这时，五姨太杨氏手里拿着一枝淡红色的山茶花，笑吟吟地走了进来。她长得并不漂亮，但有一股子妖媚之气。她的云鬓都是飞金巧贴，带着细翠梅花钿儿，周围是金累丝簪儿，凤钗半卸，耳边带着紫瑛石坠子。上穿银丝对衿袄，下穿紫绡翠纹裤，脚下露出一双红鸳凤嘴绣鞋。她是天津杨柳青人，是小户人家的女儿，由于口巧心灵，是袁世凯一妻九妾中最受宠爱的一个女人。

五姨太的到来打断了袁世凯的遐思，“大人，我给你选的两个奶妈来了，你该喝奶了。”原来袁世凯平时不喝酒，他除了喜欢嚼人参、鹿茸外，就是每日午睡后要喝人奶，因为按照中医的医理来说，人参、鹿茸、人奶都是热性的补品。

袁世凯睁开惺忪的眼睛，无精打采地说：“小五，把她们叫进来吧。”

两个秀丽的少妇羞红着脸走了进来，她们一齐跪在袁世凯身边，娇声说：“给大总统请安!”

袁世凯鼻子哼一声：“免了吧。”

五姨太对她们说：“都因为以前的奶妈空了，才叫你们来，你们真是有福气。来，让大总统先尝尝鲜!”

那两个少妇你瞧瞧我，我瞧瞧你，有些不好意思。

五姨太着急地说：“都是过来人了，还忸怩什么?!没结婚的奶子是金奶子，结了婚的是银奶子，生过孩子的就是狗奶子了！还磨蹭什么?!”

那个年岁稍大的少妇先解开了纽扣。

袁世凯睁大眼睛看着，那对奶子挺翘着奶头，又白又嫩，大得像瓜棚上吊着的葫芦，四周围着褐色的斑点，青的筋络，时隐时现。

袁世凯伸过手去揉了一揉，豆浆似的白奶就往外直冒。他蘸了一点儿嘴里尝一尝，咂着舌头说：“又甜又香，小五，你尝尝看。”

五姨太笑着又推过另一个少妇，那个少妇哆嗦着解开纽扣。

袁世凯见那奶子高得出奇，与刚才那个不同，洁白如雪，如同又白又软的馒头上点了一点粉晕。他忍不住用力一捏，那白白的浆汁溅了他一脸，他用手蘸了一点儿伸到嘴里，不住地点头，赞叹说：“甜得咂舌头。”

袁世凯喝完人奶，侍卫李瑞东进来说：“东北二十七师师长张作霖求见。”

这个张作霖是盗马贼出身，后来啃聚山林，在东北辽宁拉起几千人的土匪队伍，以后改编为二十七师，自任师长。按照惯例，像张作霖这样一个师长是不应该在居仁堂会见的。袁世凯在什么地方会什么样的客，是按着来客的身份以及跟他的关系区别对待的。在居仁堂的前院，还有一处叫做“大圆镜中”的房子，也是他会客的地方，一般生客都是在那里会见，熟客则是在居仁堂内。但是袁世凯看出张作霖是个有魄力、有谋略的人，日后能在中国的政治舞台上崭露头角，于是对他另眼看待，破例在居仁堂内接见。

一会儿，李瑞东引着张作霖进来了。他是个浓眉大眼的中年汉子，彪悍威武，一眼能看出是绿林中的人物。他穿着长袍马褂，戴着一顶四周吊着貂皮、中间露出黑绒平顶的黑绒皮帽，内衬有羊皮，帽子的两旁嵌有两块马蹄形的松紧带。张作霖的身后跟着一个四十多岁的汉子，一脸英武之气，青布棉袍，白底黑布鞋，端着一个锦匣，看样子是他的贴身保镖。

张作霖一见袁世凯，眉开眼笑地说：“拜见大总统！”

袁世凯上前扶住他，说：“作霖兄弟，坐，坐。”

张作霖从保镖手上接过锦匣，打开匣盖，现出“东北三宝”人参、鹿茸、乌拉草。“一点儿薄礼，不成敬意。”张作霖说。

袁世凯哈哈大笑，说：“我倒是喜欢嚼这玩意儿，瑞东先生，收下了。”

李瑞东双手接过锦匣，放在旁边的书案上。

袁世凯一屁股坐下，问：“我准备称帝的事，你想必知道了？”

张作霖诡秘地说：“我此次进京，正是为此事而来。”

袁世凯一搔脑壳：“噢？那你的态度呢？”

张作霖说：“我自然拥护喽，只是听说日本人不大赞成……”

“日本人翻手为云，覆手为雨，一会儿赞成，一会儿不赞成。蔡锷回云南后，组织护国军反对我，孙中山也借机卷土重来，我的几个部下态度不明不白，我是骑虎难下呀！”

张作霖说："我全力支持你，只是希望大总统拨点军火，我二十七师是山匪起家，军火尚差，还望大总统多多照顾。"

袁世凯点头说："这个好说，只是在关键时刻，你要竭力助我，可不能坐山观虎斗。"

张作霖没有说话，他的目光落在北面多宝格内的丝绒盒子上，那里面放着四只打簧金表，每一个表的边上环绕着一圈珠子。

袁世凯见他目不转睛地盯着金表，知道他是喜欢上这几块金表了。于是来到多宝阁前，把四块金表都给了张作霖。张作霖受宠若惊，慌忙接过丝绒盒子，交给身边的保镖。

两个人又叙了一会儿登基称帝的事情，袁世凯忽然叹了一口气，张作霖忙问何故。

袁世凯说："立太子的事也麻烦，我有一妻九妾，十七个儿子，十五个女儿，子孙满堂。老大袁克定智勇双全，可惜以前在彰德车站骑马时，把一条腿摔断了，左手也受了伤，是六根不全。老二袁克文极聪明，有才气，是个天才，我很喜欢他。老五袁克权学问很好，为人诚恳。我想在老二和老五之中选一个太子，可是大儿子袁克定听说了，就放出风来，扬言如果我要立他二弟为太子，他就把老二杀了！如今我那五姨太也吵嚷着要立她的长子、我的六儿子袁克恒为太子，你说这叫我怎么办?"

张作霖笑道："真是子孙满堂是喜又是忧，我看不如算一卦，这件事不就解决了?"

袁世凯小声对张作霖道："家丑不可外扬呀！我现在还有一个担忧，我的两个最得力的大将冯国璋和段祺瑞听说我要称帝，他们以后当大总统的希望成为泡影，有些郁郁不乐，一个在西山隐居，一个称病不朝。他们手握重兵，我心有余悸呀!"

张作霖小声地说："你听说过'飞鸟尽，良弓藏。狡兔死，走狗烹'的道理吗?"

袁世凯的声音压得更低了："我不敢做汉高祖、明太祖哟，那革命党说不定什么时候就会卷土重来，江山不稳哟!"

袁世凯见张作霖带来的保镖也正注意听他说话，心下一怔，问道："你带来的人可靠吗?"

张作霖点点头："他叫张策，是个功夫极强的武术家。"

"噢?"袁世凯一听，顿时来了兴趣。"我府上李瑞东也是位著名的武术家，让他们比试一下。"

张作霖对张策说："张策，大总统要看你和他的侍卫比武。"

张作霖带来的这个保镖正是张策，自从上次他与王芗斋等人在河北涿县分手，来到关东，不久便找到张作霖，给张作霖当了保镖。

张策与李瑞东早就认识，如今听说要与李瑞东老先生比武，有点儿为难。李瑞东是位受人尊敬的武术家，已近古稀之年，这比武赢输都不好办。

李瑞东听说袁世凯让他与张策比武，心里也不愿意。他到袁府实是迫不得已，勉强支应差使，不愿出头露面，他与张策又是武术界的朋友，因此心里也不愿与他比武。李瑞东毕竟老于世故，他灵机一动，想出个主意，于是趋身上前对袁世凯说："大总统，我近日偶得风寒，身体不佳，择日再比试罢。张策是通臂门俊杰，人称'臂圣'，不如让他为您表演一番。"

袁世凯摇晃着大胖脑袋说："也好，张策，你来表演一番，让我们也开开眼。"

张策一点头，一招"壁上贴画"功，屏息伏于墙壁之上，久立不动。这时他猛听外面墙壁上也有呼吸之声，似乎也有人在做这"壁上贴画"之功，非常诧异。于是叫一声："有刺客!"疾身跃出窗口，飞快来到楼下，转到楼后，见空无一人。

他一招"燕子钻云"顺着窗户，来到刚才贴身的墙壁外墙，猛闻得一股汗味，想必是有人刚才在此偷听，这人溜得好快。

李瑞东带着一群保镖、卫兵赶了过来。

张策说："想必是来了刺客，你们快到园内搜一搜。"

李瑞东带着保镖、卫兵到园内搜查去了，张策返身回到居仁堂楼上，见楼上空无一人，不禁纳闷。

张策叫道："张师长！大总统!"

袁世凯从沙发后面露出半个脑袋，哆嗦着问："刺客抓到了吗?"

张策笑道："李老先生带着士兵搜去了。"

张作霖从旁边的卫生间出来，疑惑地问："刺客是什么人派来的呢?"

袁世凯想了想，说："也可能是段祺瑞派来刺探情况的，要真是这么回事，刚才咱们的谈话被他偷听了，可要出乱子!"

张作霖见势不妙，便想离去，于是对袁世凯说："作霖因在京还要拜会几个朋友，告辞了。"

袁世凯有点儿依恋地看着张策说："把你这个保镖送给我吧，我瞧他功夫不错，胆子也不小。"

张作霖有些舍不得，支吾道："这……"

张策随机应变，说："我家在沈阳，家有八十岁老母，重病在身，难以离开。"

袁世凯见他不愿留下，于是说："万事孝为先，既然你家中有事，我也不勉强你。"

张策随张作霖下楼而去。

袁世凯望着张策的背影，有一种说不出来的惆怅……

提起张策，武术界无人不晓。他字秀林，家住河北省香河县神家马房村，其实非居东北，只因刚才蒙骗袁世凯才编造出来家住沈阳的瞎话。张家很穷，张策到七岁时，还瘦得像只猴。有一年他随父亲到北京，在白云观时被韩老道看中，收他做了徒弟。韩老道把白猿通臂拳传给了张策。这白猿通臂拳形似猿猴，走步如蛇，移步落脚咚咚地颤，抡臂劈掌呼呼生风，引手捋带如古猿探臂，上步闪劈似巨斧开山，腰活如轴，肩如扇，松肩扬臂似长鞭。韩老道见张策功夫学成，又修书一封，让张策去见南京栖霞山白云寺的智能长老。智能是韩老道的师兄，专练太极通臂拳，身怀绝艺，武艺非凡。张策又跟智能长老学了几年，跺地，地裂；推墙，墙塌。

张策下山回归时，赶上南京城里举行比武大会。他纵身跳上擂台，犹如风摆荷叶，先用通臂拳中的五行掌挫败江南群英，又用太极通臂稳取塞北壮士，一下子轰动了南京城。从此，张策的名字就在武林中传开了。有一次，一个自称"花刀王"李四的人，风风火火找到正在北京游历的张策，要与他较量刀术。双方在院里动起手来。正值初夏，二人均穿白布长衫，你杀我砍，刚战了二十多个回合，张策收势跳出圈外，笑道："朋友，不用再比了，你输了。"

李四正杀得起劲，看张策跳出圈外，还以为他胆怯，气势汹汹地说："咱们刚交手，你怎么说我输了？"

张策谦虚地一拱手说："你脱下大褂，自己看看便知分晓。"

李四疑惑地脱下长衫，一看大惊失色：原来他的长衫背面已被张策的刀削得支离破碎，但未伤皮肤分毫。这种功夫就是张策善用的"反背十三刀"，由于他轻功好，所以背后取人而使对方毫无知觉。李四自愧不如，慌忙跪倒认输。武林中有一条不成文的规矩，一服输跪倒叫师父就前怨尽消了，对方不能记仇。张策连忙搀起李四，为他烧酒压惊，从此相交为友。

清朝时河南总督仗势欺人，他会些拳脚，自诩无敌天下，凡是知名的拳师，他都请进衙门较量。总督是朝廷的命官，去比武的拳师害怕横祸加身，没人敢赢他。他以为自己武艺高强无敌手，就强迫河南一带的武林好汉，向他磕头拜师。张策听说后，赶到河南开封总督府。总督见他骨瘦如柴，笑道："你若能打败我，我还要赏你百两黄金!”说着，派人把黄金带到演武厅。

张策与总督在演武厅各自脱去长袍，张策远远地作了一揖道：“总督大人，我二人交手，我先让大人三招，以示敬意。三招过后，恕在下不恭!”

总督也不答话，运了运气，双脚一跺就如猛虎出洞，狠狠扑向张策；张策一招“飞燕穿云”躲过这一招。总督大吼一声，如雄狮吞象，直取张策咽喉；张策双腿一扭，如蛟龙腾空，又闪过了第二招。总督两招落空，五内如焚，霎时一变身形，“嗨”的一声，亮出绝技“叠阴掌”，像闪电一般从空中落下的张策死命出击。这一掌呼呼生风，总督的手掌憋得如火炭一般。

第十回 瀛秀园火车巧藏身 居仁堂瑞东数美妾

张策不但不躲，反倒像铁塔一样立于地面，只听“嘭”的一声，张策丝毫未动地方，却把总督弹得一歪一斜。

三招过后，总督有点儿发憷。两人拉开架势，第四个照面一交手，张策用“孤燕出群”的掌法，轻轻一推，把总督推出一丈开外，翻身倒地，爬不起来了。

张策上前扶起总督，连说：“对不起，我失手了。”

总督又羞又愧，龇牙咧嘴地说：“你的拳法厉害，真是名不虚传呀！”

河南的武林朋友闻讯，纷纷赶往张策住处祝贺。

张策说：“河南武林高手如云，许多人是不敢得罪总督，在比武中让他，那总督不知深浅，还以为自己拳术高明。我与他比试，其实只用了三分气力啊！”

“鼻子李”李瑞东带着人在中南海搜寻，穿过春藕斋，来到瀛秀园，这里有个小火车站。原来当年李鸿章为讨好慈禧太后，并吸引朝廷对铁路事业的兴趣，在三海铺设了一条轻便的紫光阁铁路，从德国用高价进口了六辆特制的小火车，五辆进贡慈禧太后，一辆呈送光绪皇帝的生父醇亲王奕譞。这段铁路南起中南海瀛秀园门外，也就是居仁堂宝光门外，沿中南海，北海西岸，至极乐世界，折而向东，终点为北海静清斋临幸别墅。慈禧每日上午从仪銮殿到勤政殿上朝，中午散朝至海宴楼更换便服，进茶点后，就偕同光绪帝、妃嫔及王公大臣，乘小火车到静清斋吃饭、吸鸦片、睡午觉。由于慈禧迷信风水，害怕火车鸣笛吼叫会破坏皇城气脉，所以这些火车一律不使用火车头，而是在每辆车上拴上绒绳，各由四名太监挽绳牵引。车上的装饰有着严格的别区，慈禧和光绪的车是黄绸窗帏，宗亲、外戚乘坐的车是红绸窗帏，大臣的车是蓝绸窗帏。每次行车，都有许多太监在黄绸窗帏车前，手持幡旗等仪仗，分列铁轨两旁导车前行。有一首《清宫词》

道："宫奴左右引黄幡，轨道平铺瀛秀园。日午御餐传北海，飙轮直过福华门。"

这条紫光阁铁路是中国的第一条铁路。

如今袁世凯也仿效慈禧，又从福华门铺设轻便铁轨至丰泽园。他经常乘车行驶其间，到北海静清斋游玩，由壮夫前后挽拉而行。

此时，李瑞东见小火车上的黄窗一动，知是有人在里面。他想：这火车是袁世凯专用，袁世凯目前正在居仁堂内，何人大胆在车上呢？会不会就是那个刺客……

他独自一人上了火车，刚走过两个车厢，只听有人轻轻唤他，他抬头一瞧，有个人趴在车顶厢架上，那人二十多岁，模样有点儿面熟，一时又记不起来。

"李老先生，陇南之会忘了吗？我是王芗斋呀！"

此人正是王芗斋，他为杨少侯摆脱厄境，潜入中南海，来找李瑞东商量对策。

李瑞东听王芗斋一提，想起来了，连忙说："原来是你！总统府戒备森严，你不要命了！刚才贴在壁上的就是你吧。"

王芗斋点点头，跳了下来。

"你想刺杀袁世凯？"李瑞东小心地问，紧张地望望后面，生怕卫兵们闯进来。

王芗斋摇摇头，说："杨少侯和许多武林朋友不愿到袁府卖力，可是又无可奈何。我倒有一个办法，就是请李老先生借辞职，迫使袁世凯改变主意。"

李瑞东苦笑道："你以为我就愿意干这个差使？闲居家中，子孙绕膝，享那天伦之乐，有多快活。无奈人家用枪杆子逼着呀！"

王芗斋道："我知道您老的处境，就是为了这个，才为杨少侯等人想办法。"

李瑞东说："这个方法倒很高明，不知可否奏效，我去试一试。"

王芗斋问："你住哪里？"

李瑞东说："我住在居仁堂后边的一座楼上，这个楼和居仁堂之间有一个天桥通着。"

这时，火车外面有人问道："李老先生，上面有贼吗？"

李瑞东回答："没有"。

那人道："咦，我好像听到有人说话。"

李瑞东道："我在自言自语，人老了，什么毛病都出来了。"

李瑞东与王芗斋打了一个告别的手势，下车去了。

一会儿，王芗斋听到李瑞东等人走远了，正欲下车，忽然想到：这李瑞东是不是守信义之人，我还要弄个明白，一定要等弄清了才能离开中南海，于是又留在火车里。

傍晚时分，暮霭低垂，中南海的山水亭阁镀上了一层淡淡的紫晕。一会儿，王芗斋听见一阵急促的哨子声，他有些警觉，睁大眼睛瞧着外面的动静。

一会儿，袁世凯由女儿、姨太太、丫环、老妈、差役陪着，徐徐而来。原来袁世凯有个习惯，每日傍晚吃饭前，他就离开办公室由姨太太、女儿和丫环们陪着到园内散步，有时还要骑马或划船。

王芗斋看见袁世凯穿着蓝色总统服，头上戴着插有白缨的蓝色鸭舌帽。他的女儿上身穿着大红绣牡丹花的外褂，里面衬着和尚领，淡青色绸衬衣，下面穿着淡青色绸裙子，红色缎子高跟皮鞋。

王芗斋见他们有说有笑来到小火车前，只听袁世凯说："咱们坐这辆小火车到稻香村用晚饭吧。"说着就要上车。

王芗斋一听，心里有点儿沉不住气，身子直往后缩。

袁世凯的女儿说："爹爹，天色不早了，不要走得太远，现在革命党到处派人刺杀你，你可要小心哟。"

袁世凯说："那就不去了。真是皎皎者易污，当初我在彰德老家时随随便便，想钓钓鱼，游游泳，也没那么多顾虑。"

女儿笑道："你那是学姜子牙垂钓，短竿长线守蟠溪，这个机关哪个知。只钓当朝君与臣，何尝意在水中鱼呀！"

袁世凯嗔道："你真是古怪精灵！我还记得当时做的两首自题渔舟诗。"

女儿吟道："身世萧然百不愁，烟蓑雨笠一渔舟。钓丝终日牵红蓼，好友同盟只白鸥。投饵我非关得失，吞钓鱼却有恩仇。回头多少中原事，老子掀须一笑休。"

袁世凯笑道："好记性，还有一首呢？"

女儿想了想，又吟道："百年心事总悠悠，壮志当时苦未酬。野老胸中负兵甲，钓翁眼底小王侯。思量天下无磐石，叹息神州持缺瓯。散发天涯从此去，烟蓑雨笠一渔舟。"

袁世凯叹道："我可不是一个逃避红尘、淡泊名利的隐士啊！静雪，你如何记得这么清楚？"

女儿笑道："我已把爹爹的诗编为《圭塘倡和诗集》了，以后要流传于世了。"

一行人又叙了一会儿，便回居仁堂去了。

王芗斋又乏又饿，悄悄从车里出来。

王芗斋想：这袁世凯吃什么山珍海味呢，我倒要看看，也捎带弄点儿吃的。

王芗斋悄然来到居仁堂后面，看四处无人便趴在窗口往里瞧：只见正中有个大饭桌，中间有个圆盘，菜肴已经摆好：正中摆着清蒸鸭子，肉丝炒韭黄摆在东边，红烧肉摆在西边，还有一盘薰鱼和一盘高丽白菜。那高丽白菜的嫩心切成四段，每段中间都有梨丝、萝卜丝、葱丝和姜丝。一会儿，听到一阵“梆、梆、梆”的声音。袁世凯手里拿着一根藤木杖下楼来了，走下来时不由自主地发出“哦”的一声。后面跟着他的五姨太杨氏和他的女儿袁静雪。

三个人围坐在桌前，袁世凯手一抬，说：“吃吧，时候不早了。”一阵盘碗之声。

王芗斋正在用心观看，忽觉身后一股风袭来，一个人的手捉住他的衣襟。王芗斋急忙回头，只见是李瑞东。

李瑞东着急地说：“你怎么还没走呀?!”

王芗斋笑道：“我还没得着准呢，回去如何向少侯交代?”

李瑞东朝四下望了望，说道：“你走不出去了，四处戒严如同铁桶一般。快到我房里避一避。”

王芗斋看他脸色，知道发生了什么事，于是随他来到居仁堂后面楼下的一间房内。正值天色已黑，无人看见。

李瑞东关上门，着急地说：“刚才发生了一件炸弹案，不知是哪个刺客把炸弹扔到这中南海的太液池内，幸亏没有爆炸，还没有告诉大总统，可园里紧张得了不得。中南海四周加了不少兵，今晚你是无论如何出不去了。”

李瑞东那种紧张的样子，引得王芗斋暗自觉得好笑。

王芗斋指指肚皮：“这里头可打鼓了。”

李瑞东道：“你在这儿先待着，我给你找点儿吃的。”

一会儿，李瑞东提着一个包袱进来了。王芗斋见他打开包袱，原来是栗子面小窝头和水晶包。

李瑞东笑道：“这可是当年皇上吃的东西。”王芗斋一把捏过三个，三下两下塞进嘴里。

李瑞东见王芗斋吃完，便把门栓插上，然后道：“我这屋晚上一般没人来，还算安全，今晚你在我这儿睡一宿，明天我想法带你混出去。”

李瑞东熄了灯，两人躺在一张床上，悄悄叙起来。二人叙了一会儿武术界的奇闻轶事，这时就听到外面有脚步声，前头仿佛有两三个人的脚步声，声音粗重。隔了一会儿，又有轻微的脚步声慢慢过去。

王芗斋问：“这是怎么回事?”

李瑞东道："袁世凯夜里休息，并不到各个姨太太房里去，而是姨太太轮流前去值宿。轮到哪个姨太太当值的时候，就让她房里的女佣人、丫头们把她的卧具和零星用具，搬到居仁堂楼上东间袁世凯的寝室里去。"

王芗斋说："听说袁世凯有许多姨太太?"

李瑞东道："他有一妻九妾，十七个儿子、十五个女儿。他的原配于氏，是河南乡下人，她的娘家有钱有势，有一次袁世凯看到于氏系一条红色乡花缎子的裤带，就和她开玩笑说：'看你打扮的样子就像马班子。'（河南人称妓女为马班子）于氏不认为这是夫妻间的一句玩笑话，却反而讥讽地说：'我不是马班子，我有姥姥家。'意思是说她是一个明媒正娶的太太，不是没有娘家的姨太太。袁世凯一听就恼了，因为他的生母正是一个姨太太，因而认为这是有意揭他的短处，一怒之下，从此不再和她同房。所以她在生了袁克定之后，就没有再生其他子女。袁世凯最宠爱的是大姨太和五姨太，大姨太沈氏以前是苏州名妓，由于她在袁世凯倒霉时对袁有恩情，所以受到袁世凯的偏爱。袁世凯在朝鲜做官时，还娶了朝鲜李王妃的妹妹金氏和两个陪嫁姑娘李氏和吴氏，按照年龄排定李氏为二姨太，金氏为三姨太，吴氏为四姨太。过不了久，袁世凯又从天津杨柳青娶了杨氏为五姨太。杨氏是小户人家的女儿，长得并不算漂亮，但袁世凯赏识她管理家务的才能，又喜欢她口灵心巧，遇事有决断，因而最宠爱她。六姨太叶氏是从江苏扬州弄来的，七姨太张氏早就病死在河南辉县了，四姨太吴氏也得月子病死了。八姨太郭氏是袁世凯做军机大臣时置办的，九姨太刘氏是袁世凯在河南彰德隐居时置办的。说起六姨太叶氏还有一段小故事，当年袁世凯在直隶总督上任，曾派二儿子袁克文到南京替他办事。袁克文在钓鱼巷与叶氏一见钟情，互订了嫁娶的盟约。在袁克文临行时，叶氏赠给他一张照片留做纪念。按照袁家的规矩，儿女远道归来，要向父母磕头请安。袁克文磕头时，叶氏的照片从身上落下来。袁世凯看到照片，问袁克文照片上的姑娘是谁。当时袁克文还没有结婚，自然不敢透露他与叶氏的关系。他情急智生，就说是他在南京为父亲物色的姑娘，现在带回来这张照片，为的是征求父亲的意见。袁世凯一看照片上的倩影，就连忙点头答应了。那叶氏没想到在洞房花烛夜，会发现意想中的翩翩少年，竟变成一个满嘴胡须的老者，哀怨之极却又无可奈何……"

正说着，却听门外传来女子嘤嘤哭声，王芗斋听那哭声凄切、悲凉。

李瑞东说："这一定是袁世凯的九姨太刘氏在哭，如今大、二、三姨太太都已经不和袁世凯同居了，轮值的只有五、六、八、九这四个姨太太，四个人每人轮值一个星期。这星期正好是九姨太刘氏值宿。因为她太年轻，不懂规矩，一定是伺候得不合袁世凯的意了，袁世凯发脾气打她了。"

一会儿，门外又传来脚步声。

李瑞东说："一定是又换别的姨太太去了。"

听着那脚步声过去，李瑞东又接着说起袁家的秘史："袁世凯在朝鲜做官时，原定娶李王妃的妹妹金多为正室，可是过门以后非但不是正室，她陪嫁来的两个姑娘也一并被袁世凯收为姨太太。金氏当时只有十六岁，除了逆来顺受外，别无办法，因此心情非常苦闷。精神苦闷的重压使她性格古怪。她皮肤很白，浓黑的头发长长地从头顶一直披拂到脚下，样子非常秀丽，可是她神情木然，似乎永远没有高兴的时候。她不但对待儿女没有什么亲热的表示，就是袁世凯有时到她屋里去，她也是板板地对坐在那里。她在过年和自己生日时，总是暗暗哭一场。一方面，她似乎脾气很好，对家里所有的人都和和气气，从不和人争长论短；另一方面，她在不高兴时能因为一语不合就闹起气来。有一次她因为一言不合，居然把与袁世凯对坐下棋时的棋盘、棋子都扔到水里去了。又有一次，她与五姨太杨氏喝醉了酒，对吵起来，打得不可开交。袁世凯可能是心中有愧，每逢有什么好吃的东西，总是唤她来同吃，比较其他姨太太要特殊些。大姨太沈氏借对她管教，经常虐待她。有一次，竟把她绑在桌腿上毒打。由于左腿被打得厉害，受了内伤，一直伸不直。金氏的母亲看到爱女千里迢迢来到异国之邦，非常思念。有一天，金氏之母在精神恍惚中，仿佛在井中的水纹里看见了女儿的面影，就觉得爱女一定是死在他乡了，因而也就投井自杀了。金氏之父既痛心于女儿的遭遇，又看到老妻因为女儿的缘故竟自寻短见，当时悲痛得吐了很多血，三天后也就病死了。"

王芗斋轻轻叹一口气："这个朝鲜女人说起来也够凄凉的，她的父母原认为一个女儿嫁给朝鲜的王爷为妃，另一个嫁给中国的官员，可没想到她们女儿的处境，真是大有大的难处，小有小的苦楚……"

李瑞东说："时候不早了，睡吧。"说着，熄灭了灯。

第二日一早，李瑞东和王芗斋被剧烈的敲门声惊醒。

李瑞东赶忙穿衣问道："什么事？"

门外有人叫道："李老先生，大总统叫你。"

"我这就去。"李瑞东一边回答，一边穿好了衣服。他嘱咐王芗斋不要离开房间，然后把屋门锁上出去了。

王芗斋闷坐在屋里，独倚窗前，眺望着窗外的景色。正值初秋，阳光融融，枫林染上了火红的颜色，古老的楼阁，院墙呈现出一些银光，池水打着旋儿，将那一片片落叶卷进深深的水底。此刻，这园子内有一种出奇的、令人伤感的魅力。

王芗斋想起了爱妻吴素贞，此刻她正在干什么呢？是在院内练习拳术呢，还是在倚窗读书呢？

初次离开蜜月般的生活，使王芗斋感到一丝惆怅。他越是想在眼前拂走那文静、温婉的影子，那倩影就越是在他眼前浮现……

这时，隔壁传出“咚咚”的声音，王芗斋从遐想中恢复了常态，他听到声音是从房屋的西壁传出的。

一会儿，他见西壁墙皮松动，紧接着几块墙皮落了下来。

王芗斋知道有人在凿墙壁，他见旁边有个大木柜，便打开柜门，钻了进去。一会儿，仿佛有一个人钻进屋来。他翻箱倒柜，似乎在寻找什么，王芗斋听那声音好像那人已来到柜前。柜门开了，在王芗斋面前出现一个十四五岁的少年。他一见王芗斋，吓得魂飞天外，大叫道：“哎哟，有贼哟！”

他这一喊，引得隔壁许多少年、少女一片喧哗。

王芗斋见这少年穿得富贵，生得虎里虎气，惹人喜爱。但听门外人声嘈杂，有人踢开了门，一伙全副武装的卫兵端枪对准了他。王芗斋再瞧窗外也站满了卫兵，他知道难以脱身，于是泰然自若地说：“我是李瑞东老先生的朋友。”

一个军官上上下下打量着王芗斋，疑疑惑惑地说：“你是不是昨天扔炸弹的革命党？”

李瑞东正在居仁堂楼上袁世凯的办公室与袁世凯叙话，听说了此事，有些着急，于是跪下来对袁世凯道：“大总统，我犯了一个错误。”

袁世凯双手扶起李瑞东，问道：“老先生有何过错？”

李瑞东灵机一动，说道：“我有个朋友叫王芗斋，是著名的青年武术家，形意拳大师郭云深的高足，他夸他轻功好，又会隐身术，昨天随我进园，住在我的屋内。”

袁世凯一听是武术家，顿时喜形于色，“哦”了一声。

李瑞东道：“他绝不是昨日扔炸弹的革命党，我以性命担保。他是我的生死朋友，如果我心怀叵测，何必让他冒险前来扔炸弹，我与大总统形影不离，还能有什么歹意。”

袁世凯道：“你两人哪个人武艺高？”

李瑞东道：“我学的是杨氏太极拳，他学的是形意拳，不是一个拳派。”

袁世凯道：“哎，我听那些臭戏子唱戏都听腻了，我倒很想瞧瞧武术家比武，换换胃口。好，就这样，一会儿你们就比试一下。”说着，他又唤过秘书，让他通知家人到楼下观看。

李瑞东见推辞不掉，只得硬着头皮回到自己房间。

他见那伙卫兵正围着王芗斋，火不打一处来，一挥手，“啪啪”打了那军官几个耳光，骂道：“还不快滚！这是我请来的朋友。大总统已经知道了。”那伙卫兵见李瑞东口出此言，于是灰溜溜地走了。

这时，那个少年笑嘻嘻又跑过来，拍着手道：“好呀，一会儿我们看李爷爷与高手比武喽！看看哪个熊！”一群少年、少女都跟着他跑到前面去了。

李瑞东望着他们的背影，对王芗斋道：“这全是大总统的孙子、孙女！”

王芗斋把刚才的事情讲了，李瑞东道：“一定是袁世凯的六孙子又在跟我开玩笑。”

王芗斋道：“咱们走吧！”

李瑞东一跺脚：“走不了了，大总统一会儿要看咱们俩比武呢！”说着把事由叙了一遍。

王芗斋一听，面有难色，说道：“难道就没有脱身之计吗？”

李瑞东无可奈何地说：“大总统的脾气倔得很，看来是拗不过他了。”

王芗斋焦急地在屋里踱来踱去，叹道：“您瞧瞧，一事未成，又添一事。”

李瑞东道：“杨少侯的愁事总算解了，我跟大总统讲要再请武术家来，我便告老还乡。你猜他怎么说，他说现在世道乱得很，武术家里也有不少革命党！湖南的武术家杜心武正给革命党头子黄兴保镖，女革命党秋瑾也是个武术家，还有许多武术家也靠不住，他又决定不再招罗武林高手保家护院了。”

“噢？”王芗斋心内一喜，顿时来了神采。他脑袋一转，说道：“既然袁世凯要我们比武，我们只彼此作一下推手比赛，糊弄一下老家伙算了。这在武术中只是听听劲儿而已，不是真打硬拼，不至于有什么危险。”

李瑞东叹一口气，说道：“事到如今，也只好如此。”

这时，袁世凯的侍卫长前来催促他们前去，说大厅里已坐了不少人。

王芗斋与李瑞东彼此苦笑一下，随他来到大厅。

大厅里人声嘈杂，脂粉气扑鼻，只见袁世凯身穿黑呢制服，正端坐正中，他的两边坐着一群花枝招展、风度翩翩的姨太太，子子孙孙，也杂在其中。总统府的秘书、护卫军官、杂役也围在两边。

袁世凯见王芗斋一表人才：问道：“你就是那个少壮派武术家。”

王芗斋道：“不敢当。”

袁世凯道：“你尾随李瑞东违反了府规，私自进园，本该杀头，我念你是个著名武术家，年轻有为，前途有望，免你一死，让你与李瑞东比武，让我们也开开眼，王瑶卿那伙臭戏子的戏，我都听锈了耳朵，如今换换口味，来，开始吧。”

李瑞东与王芗斋彼此站好，相对会意一笑，只见他俩双手相搭，你来我往，连绵不断。动作极为灵活又显得深沉有力，在座所有的人看得眼花缭乱，目瞪口呆。

二人刚想就此罢休，只听袁世凯喊了一句：“你俩必须见个高低！你们别以为我不懂武术，年轻时我也曾跟高师学过武术，你们这么糊弄我不行，今日你们不比出个高低来，我不让你们出总统府的门！”

李瑞东、王芗斋听了，心内一惊，彼此望了一眼，都捏了一把汗。

此时，大厅里鸦雀无声，连姨太太们嗑瓜子的声音也停止了，仿佛空气凝结住了。李瑞东用那双昏花的老眼扫了一下王芗斋，王芗斋也正用征询的目光望着他。李瑞东重重地咳嗽一声，运起内功。两人走行门，迈步眼，互相搭接小臂，变化无穷，彼此都感到对方小臂的沉重，一时难分高下。

这时，李瑞东交换手法，王芗斋稍一疏忽，自己的右腕和小臂被李瑞东牢牢抓住。然后李瑞东往后撤一大步，双手往回一捋，这一手是太极拳中的绝招。

王芗斋感到这一招确实厉害，赶忙一跟步，趁势往前一发力，李瑞东毕竟年事已老，一时站立不稳，跌坐于地上。

王芗斋抢步上前，连忙把李瑞东扶起。这时只见袁世凯哈哈大笑，接着说：“还是王芗斋武技超群。”

王芗斋听了心里很不是滋味，朝在座的人说：“李老先生功夫比我强，这次是他让了我一招。推手也不是真正的比武，我打算和李老先生下月在吉祥戏院，当众重新比武，诸位如有兴趣，请按时光临！”袁世凯和在座的人齐声说好，表示赞同。

李瑞东喃喃道：“不用再比了，后生可畏！王芗斋年岁不大，功底深厚，是武术界后起之秀！”

王芗斋说：“李老先生，咱们只是耍一耍，添添雅兴。”

王芗斋感到对不起李老先生，想让李老先生把自己打倒，以挽回此次李老先生的脸面。

正说着，大厅外走进两个人，一个穿长袍马褂，年事较高，显得老练深沉，成府很深；另一位身穿驼绒坎肩，洋纱青裤，显得文质彬彬。

袁世凯一见，惊喜地叫道：“你们来得正好！”

第十一回　相思鸟引出相思情　武技馆招惹武技风

那位年长的是袁世凯的老同僚徐世昌，年少一些的正是徐树铮。

徐树铮对王芗斋说："原来你在这里。"

袁世凯睁大了眼睛，熠熠泛光，向徐树铮问道："原来你们早就认识？"

徐树铮笑道："当然，他现在成了武状元吴封君将军的女婿。"

袁世凯"哦"了一声，然后说："小徐，我见这王芗斋功夫十分了得，我看你们陆军部成立一个武技教练所，你就任所长，聘任这个王芗斋当个教务长，明天你就把这个武技教练所给成立起来。"

徐树铮是个爽快人，第二日就在陆军部挂出了武技教练所的牌子。王芗斋又请尚云祥、刘文华、孙禄堂等为教练所授课。此时教练所群英荟萃，盛极一时。杨少侯因卸下心头一个包袱，也大着胆子时常到教练所讲一讲杨氏太极拳。

李瑞东与王芗斋比武失败，觉得还是有失面子，于是闭居在家，不再到总统府去。王芗斋几番到李家探望他，后悔自己不应仗青年盛气，将六十二岁的老人打倒，但李瑞东毕竟是成名人物，比武失败的消息在江湖不胫而走，他觉得无颜再见其他武术家，不久抑郁成疾。袁世凯是个喜新厌旧的人，如今见徐树铮办的陆军部武技教练所十分兴旺，也就淡忘了李瑞东。此时，王芗斋在陆军部附近租了一个四合院居住，把爱妻吴素贞从长辛店镇接了过来，女儿玉珍由奶妈带着。

这一日，王芗斋带着吴素贞上街转转，她们来到东四大街，吴素贞最喜欢瞧那些杂七杂八的行业。只见那卖木梳、篦子的，挑的担子两头都是竹筒形筐，上扣斗形圆盖，内装木梳、篦子等梳头用具。他们用青竹制作的篦子小巧玲珑，色泽宜人；中间是梁儿，刻有红喜字或各种花样，两侧有密齿。吴素贞听他们口音是江苏常州一带人。

吴素贞上前买了一个木梳，这时听到有人吆喝："打梳头油，买雪花膏啊！"她回头一瞧，见有个穿着干净整齐的小贩，身着围裙，套着护袖，手提着小桶和玻璃瓶，内装梳头油和雪花膏。他这一吆喝，把那些爱打扮的大姑娘、小媳妇都从大院小屋里喊了出来，争先恐后来买雪花膏、打梳头油。

吴素贞也挤过去，只见这些化妆品多来自法国。

王芗斋见妻子犹犹豫豫的样子，说道："你要看好了，就买吧。"

吴素贞于是又买了一瓶雪花膏。

这时迎面有个小贩肩挑一副担子，扁担两端拴着大圆笼，内装案板、擀面杖、铁丝笊篱、筷子、勺子、木锅盖、大小勺、鞋拔子、鞋刷、炕笤帚等，王芗斋见他走路不带吆喝，全凭击打舀水用的半个大瓢，用竹藤棍敲打，把瓢打得山响。

王芗斋问："打瓢的，你为什么不吆喝，光打瓢呢？"

打瓢的小贩笑着说："我卖的东西样多，不知吆喝什么好，还是打瓢省事。"

王芗斋和吴素贞又往前溜达，这时见前面有个小姑娘看摊儿，坐着小板凳纳鞋底子。摊儿上摆着各种各样的花样子。花样子是用锋利的刻刀在十几层白棉纸上雕刻的，有团花、凤凰垂牡丹、龙凤呈祥、喜鹊蹬枝、吉祥如意、吉庆有余等吉利花样。这些花样刻得工整精细，别具匠心，惹人喜爱。

吴素贞在花样子里翻出一个大红喜字，朝王芗斋笑道："咱们的新居还没有这个呢！"

王芗斋也笑道："那就买一个吧。"

吴素贞用一枚铜元买了这个大红喜字，揣进怀里，二人又朝前走去。

前面有个农民挑着一个担子走来，一边走，一边吆喝道："卖'夜静'哟！"

"'夜静'是什么东西？"吴素贞一边问王芗斋，一边走到那个农民面前。她一瞧是那些圆而扁的夜壶，脸上一红，拉住王芗斋便走。原来老北京人嫌夜壶这个词不好听，便美其名为"夜静"。

王芗斋见前面小摊儿卖抻条面，便问吴素贞："素贞，你肚子饿吗？咱们买碗抻条面吧？"

那卖抻条面的汉子吆喝道："新条热卤！"

二人见这汉子和面软中有硬，抻面时把和好的一大块儿面拿起来，先揉成一长条，两手各拿一头来回抻遛，转成麻花，一会儿面从肩上而过。

那汉子笑着对王芗斋道："这叫'苏秦背剑'！"一会儿面又从大腿而过，那汉子又道："这叫'张飞骗马'。"

王芗斋见他抻出来的面条，起初有手指头粗，几经绕扣，抻的面条细如发丝。面条煮熟捋到碗内，再浇上用淀粉勾芡的猪肉片、海米、黄花、木耳、龙须菜、鸡蛋等做的卤。王芗斋买了三碗，自己吃了两碗，吴素贞吃了一碗。吴素贞觉得这抻面有滋有味儿，比那打卤面更有味道。

前面是鸟市，二人踱了过去。那一个个鸟笼子里分别装着百灵、画眉、黄鸟、金丝鸟、朱顶雀、锦花鸟等。

吴素贞小声对王芗斋道："芗斋，咱们来个吟鸟诗如何？"

王芗斋知道妻子又来考自己，于是道："我指一只鸟，你吟出一首诗；你指一只鸟，我再吟一首诗。"

吴素贞点点头。

王芗斋指着一只白鹇道："这只鸟。"

吴素贞道："棠梨花开满山白，白鹇飞来春一色。黄鹂紫燕太匆忙，不道花间有闲客。却嫌香露污春衣，立向湘江映夕晖。鸥鹭相逢莫相妒，一双还拂楚烟归。"她指着一只鹦鹉道："鹦鹉。"

王芗斋想了片刻道："每闻别雁竟悲鸣，却向金笼寄此生。早是翠襟争爱惜，可堪丹嘴强分明。云漫陇树魂应断，歌按秦树梦不成。幸自祢衡人未识，嫌他作赋被时轻。"

吴素贞称赞道："好！"她见王芗斋指着一只杜鹃，于是吟道："举国繁华委逝川，羽毛漂荡一年年。他山叫处花成血，旧苑春来草似烟。雨暗不离浓绿树，月斜长吊欲明天。湘江日暮声凄切，愁杀行人归去船。"吴素贞吟罢，指着一只小燕，朝王芗斋莞尔一笑。

王芗斋吟道："补巢衔罢落花泥，困顿东风倦翼低。金屋昼长随蝶化，雕梁春尽怕莺啼。魂飞汉殿人应老，梦入乌衣路转迷。却怪卷帘人唤醒，小桥深巷夕阳西。"

吴素贞见王芗斋指着一只黄鹂，吟道："何处经年绝好音，暖风催出啭乔林。羽毛新刷尝暮草，喉舌初调叙夜琴。藏雨并栖红杏密，避人双入绿杨深。晓来枝上千般语，应共桃花说旧心。"接着笑道："学舌的八哥。"

王芗斋笑道："舌调鹦鹉实堪夸，醉舞令人笑语麻。乱噪林头朝日上，载归牛背夕阳斜。铁衣一色应无杂，星眼双明自不花。学得巧言谁不爱？客来又唤仆喧哗。"

王芗斋对她说："那你吟这只相思鸟吧！"

那鸟主人误以为他挑中了相思鸟，于是把相思鸟笼摘了下来，递给王芗斋。

王芗斋朝吴素贞吐吐舌头，掏出铜板买了这只相思鸟。

吴素贞说："时候不早了，咱们回去吧。"

路上，王芗斋对吴素贞说："你还差一首诗呢！"

吴素贞瞧了瞧相思鸟，吟道："俱飞并逐绮园春，互语相思字字真。啼到苦心声莫放，绿窗惊醒醉春人。"

吴素贞依偎着王芗斋，王芗斋觉得心里暖呼呼的，两个人亲亲热热地回到了家。

刚进家门，只见尚云祥气喘吁吁迎上来，说："哎呀，让我等得好急，李瑞东老先生今天中午因患伤寒症去世了。"

王芗斋一听，"呀"的一声，手中的相思鸟笼掉在地上。

"他只有六十二岁呀！"

李瑞东的灵柩运回河北省武清县老家那天，北京的武术家几乎都去了。人们怀着悲痛的心情为这位慷慨仗义的朋友的亡灵送行，这里面最伤感的是王芗斋，他的心情格外悲痛，夹杂几分沮丧。总统府的那场比武，他觉得对不起李老先生，追悔莫及。北京的武术家们一直送到南苑才返回。

回到家里，王芗斋感到一种莫名其妙的惆怅。他的眼前时常浮现李瑞东的面影，想起与他在中南海居仁堂内的情景，想起那日晚上与他同榻倾谈，想起李瑞东的许多长处，眼泪潸潸而下。吴素贞见他一天没有吃饭，心疼地劝他："芗斋，你都是二十八岁的人了，凡事要想开一点儿，不要死钻牛角尖。李老已经过世了，他最大的希望还是要你们把中国武术继承下去，成为杰出的一代武术家！"

王芗斋听妻子说到这里，更按捺不住内心的激动，"哇"地痛哭起来……

王芗斋一连几日没有到陆军部武技教练所，这几日武技教练所出现一件奇事。门口挂的木牌不知被何人砸了，换了一块儿，又砸了一块儿……

尚云祥和刘文华一连追查了几日，也没下落。

孙禄堂听说了，立即赶到武技教练所门前查看。他仔细地瞧了瞧被砸的木牌，在"武"字上突然发现了一个螳螂拳痕。

孙禄堂说："肯定是山东螳螂拳的高手到了！"

徐树铮从屋里出来，闻听此言，立即问："孙先生，这螳螂拳是怎么个拳法？"

孙禄堂道："到屋里慢慢说。"

一行人来到武技教练所的屋内，孙禄堂说："螳螂拳是一种技击性很强的拳法，它的创始人是明朝的著名武术家王朗。王朗曾学艺于少林寺，后出游江湖，一日在山林中，路遇奇人单通。单通练通臂，左右两臂相通。王朗与单通较量武艺，但是，三天三夜，王朗连单通之身都摸不到。王朗歇息于树下，苦思破敌之法。正在这时，忽见一只螳螂沿树而下，以前足双勾，拔草为戏。其双勾上下左右，灵运自如，勾砍片削，刁采闪漏，扑捉腾挪；头正颈直，神气贯顶；其后足稳而有力，神身相遂。王朗悟其法，取其势，意其形，用其巧，遂成为破敌之绝技。此后，王朗再与单通比武，单通一败涂地。由此产生了螳螂拳。走七星步称七星螳螂；出手招数相连，似有梅花，称为梅花螳螂；出手迅疾称硬螳螂；以六合门路为根基，以内三合、外三合为定意，称为六合螳螂。王朗的传人魏三先生十分有名，他性情怪僻，寡言少语，一生闯荡江湖，长达六十余载，是个'飞毛腿'，能日行八百里，来去匆匆，毫无踪影。魏三门徒众多，其中有一位僧人深得其传，后来师兄弟之间嫉贤，欲加害僧人，便向魏三谗言，诬说僧人妄自尊大，目无师父，意与魏三一决雌雄。魏三信以为真，决意与僧人比武。僧人再三哀求，发誓绝无此事。但魏三听信谗言，先入为主，根本不管僧人辩说，强令与僧人比武。僧人有口难辩，只好应试。只经三五个回合，魏三猝发一拳，将僧人击出门外，重摔在地……"

尚云祥急得一拍大腿："这位魏三先生，真是不明是非。"

孙禄堂又说下去："后来，这位僧人一气之下，含冤暴死。魏三得悉真情，后悔莫及，从此不再收徒。一日，魏三夜中正寝，忽闻叩门之声。他和衣出视，见是二位知己朋友来访，迎入屋中，礼宾相待。不料，这二位朋友趁魏三不备之机，操出铁棍袭来，将魏三打得遍体鳞伤，骨断多处。他们以为魏三已死，便匆匆离去，魏三朦胧醒来，急将随身所带的接骨丹咽下肚，伤骨即愈。魏三火速持刀追上二友，质问他们为何下此毒手。他们一见魏三未死，早吓得魂不附体，于是跪下求饶。说是他们嫉妒魏三武艺高深，心萌加害之意，但深知不敌，不敢明火执仗地干，只有明里与魏三交成知己之友，以便趁其不备暗中谋杀之。魏三探明原委，更觉二友恶毒之至，心中怒不可遏，当即将二人结果，除去心头之根。还有一日，魏三在山中偶遇一位壮士，手使蛇头枪，相貌凶狠。搭话中，他知对方是魏三，不宣而战。那壮士枪法奇绝，锋芒犀利，神出鬼没，锐不可当。两人交手许久，不决雌雄，但魏三时已年迈，料难取胜，便使出绝招'撒手刀'，一刀砍中对手，那壮士当场呜呼哀哉。魏三用刀砍下其枪头，带回留念，从此不再出游。魏三的中指与小指相连，绰号'鸭子巴掌'魏三，他死时九十余岁。魏三的弟子林世春功夫了得，他是山东招远县人。一次，一个身材魁梧的扛活壮汉，暗地讥笑林世春说：‘林世春一个糟老头子也能称师，我一指头能捅他一个跟头。’林世春听说后笑道：‘你来吧，愿打哪都行。’那壮汉抡拳便打，势如猛虎。尽管他使尽浑身解数，均无济于事。林世春反击一捶，壮汉即被打倒在地，半天爬不起来。他指着林世春说：‘好哇，你用锄钉打我！’林世春笑着答道：‘什么锄钉，不就是这个吗？’林世春挥起拳，壮汉一见，无话可说。”

徐树铮叹道：“螳螂拳创始人王朗当年在创立螳螂拳时，共吸收了十七种拳术。”

尚云祥问：“哪十七种？”

刘文华如数家珍般地说：“有太祖长拳、韩通的通臂拳、郑恩的缠封、温元的短拳、马藉的短打、孙恒的猴拳、黄粘的靠身、约张的两掌飞疾、怀德的摔捋硬崩、刘兴的勾搂捋手、谭方的滚漏贯耳、燕青的占怒跌法、林冲的鸳鸯脚、孟苏的七星连拳、崔连的窝裹剖捶、杨滚的棍采直入、金相的磕手通拳。”

这时，一个拳手慌里慌张从后院跑了来，手里拿了一个帖子，众人忙问何故。那拳手道：“我在后院墙上发现了这张帖子。”

徐树铮接过来一瞧，只见帖子上写着：

徐徐风气在，树上有长鸣。铮骨溯王朗，家长始魏公。周旋成五瓣，子步漫七星。炎夏复冬至，来回岂一雄？

尚云祥等也挤过来看，看了半天，甚是不解。

孙禄堂说：“这是一首五言律诗，诗意是拳派的风气犹在，大树上有很长的鸣叫声。这拳派的风骨创于王朝，特技来自魏三。梅花分为五瓣这两句，是指梅花螳螂拳和七星螳螂拳。年年复年年，海内会这种螳螂拳的何止是一个英雄。”

徐树铮惊讶地张大了嘴巴，说：“这是一首‘藏头诗’。我家里可要遭祸了！”

刘文华念道：“可不是？徐树铮家，周子炎来，想必这是螳螂拳的高手周子炎写的。”

徐树铮问：“这周子炎是何人？”

刘文华道：“周子炎是山东著名武师，原是临清州大户，由于穷文富武，把家产都花在练武上了。他是梅花螳螂拳的高手，此人手法刁钻，不可轻视。”

孙禄堂沉吟片刻说：“这个周子炎一定是听说陆军部办了武技教练所，心中不服，特来北京来踢摊子的！因为徐先生是所长，所以来找徐先生的岔子。估计这两日他必到徐先生家中寻衅，我们几个人今晚一同藏在徐先生家，等那周子炎。”

尚云祥有点儿摸不着头脑，他说：“既然他去徐先生家，为啥还要留下请帖打招呼呢？”

孙禄堂说：“山东人极重‘义气’二字，这周子炎一定是位仗义汉子，他不愿意做隐秘之事，因此留下‘藏头诗’告之。一般练武的又不重文采，周子炎恐怕也想试试我们的文采。”

徐树铮家住西单牌楼北二条内一个四合院里，目前只有他与一个保姆寓居此处。当晚徐树铮和孙禄堂睡了北屋，尚云祥和刘文华睡了西屋，那老保姆睡在东屋。

过了二更天，只听房顶上有人走动的声音，“嚓、嚓、嚓”，声音虽轻，但在沉寂的夜里显得沉重，并伴有粗重的喘息声。一会儿，那人飘然下房，来到厨房门前，只听“咔嚓”一声，厨房上的锁被扭开了，那人猫腰钻了进去。

徐树铮和孙禄堂没有脱衣睡觉，此时他们正趴在窗前注视着这个人的情况。孙禄堂小声嘀咕道：“他到厨房干什么去了？”

徐树铮犯疑道：“八成是到厨房下毒的！”

正说着，那个人又从厨房里出来，嘴里啃着一条鸡腿。只听一声大喝：“周子炎，哪里逃！”尚云祥从西屋内窜出来。那人一见心里慌张，一张嘴，鸡腿落地，拔腿就往外跑。刘文华也从屋内跑出，抢在那人的前面。那人一见势头不对，一蹿身上了房。孙禄堂早闪了出来，他提早了一步，在房上挡住那人的去路，那人朝后跑来，蹬得瓦片“哗啦啦”地响。

尚云祥在底下一扬手，一粒飞蝗石打在房上那人脑门，那人大叫一声，“骨碌碌”滚了下来，眼看那人就要落地，刘文华上前一把抱住那人，像老鹰拎小鸡那样把他拎了起来。

那人瘦伶伶的，尖嘴猴腮，身上似乎没有骨架似的，脸色苍白。徐树铮厉声问道：“你就是周子炎吗？武技教练所的牌子是你砸的吗？！”

那人一听，愣了半天神，傻怔怔地望着徐树铮。

尚云祥说：“徐先生，这个周子炎大老远地从山东走了来，八成给饿傻了，连句正经的话也说不上来。”

孙禄堂此时也下房来，他走到那人面前，打量他半天说道：“这人似乎面熟，好像在哪里见过。”

那人愣了一会儿，傻头傻脑地说：“我连这鸡大腿都没啃完呢，就被你们抓住了。”

孙禄堂一拍脑门，说道："我想起来了，两个月前这家伙跑到我家偷走一斤酱牛肉，我追上他，那酱牛肉掉在地上也没法吃了。"

徐树铮又厉声问："你到底是谁？不说就送你到衙门去！"

那人一听，急得结结巴巴道："我是海淀镇的猴三，一连几天没得到吃的，想来您这里蹭一点儿吃的……"

尚云祥道："哎呀！哪是什么周子炎，分明是个饿死鬼！"

孙禄堂喃喃道："这莫非是周子炎的调虎离山之计?!"

这一日晚上，王芗斋的妻子吴素贞为了化解丈夫的愁闷，对丈夫说："再过两年就是龙年。龙，是中华民族远古的象征，中国人是龙的传人。北京是明清的帝都，紫禁城是'龙窝'，从黄帝的龙体到汉高祖的赤龙体，龙的形象是皇帝威严的象征。皇帝未登基前称'龙潜'，雍正做皇帝前的雍和宫就是他的'龙潜禁地'。皇帝即位叫'龙飞'，围绕着帝王还有'龙颜''龙体''龙座''龙床''龙袍'等。北京这个地方，带龙的地名近二百个，是全国之最。"

王芗斋道："那你给我说出北京三十个带'龙'的园林景点。"

吴素贞放下正在纳的鞋底，缓缓说道："天安门的栋梁枋柱上有金龙和玺彩画，和玺彩画又有金龙和玺，龙凤和玺，龙草和玺等规格。彩画上有姿态各异的行龙、升龙、降龙、坐龙和跑龙。天安门前的金水河畔，高矗着一对精美的汉白玉石华表。华表顶端是承露盘，盘中有个蹲兽叫犼，据说它监督着帝王外出的行为，又叫'望帝归'。华表柱身是层层的朵云，回环不断，云中盘绕着一条巨龙。龙四足，每足五爪，五爪龙在清代只有皇帝可以使用。巨龙从柱底旋到顶，有八米高，雕饰生动，飞然跃动，远远望去宛如游龙缘柱而起。华表外面有石栏板围住，栏板和栏柱上也雕着游龙和升龙。故宫是龙的世界，凡是皇帝举行大典和从事政务之地，都要设置雕龙宝座，其中以太和殿和乾清宫内的金漆镂雕蟠龙宝座最为典型。太和殿的宝座上设雕龙髹金大椅，椅后有雕龙髹金屏风。髹金大椅上雕着九条金龙，大椅下的须弥座，纹饰为二龙戏珠。太和殿内除了殿中央的雕龙宝座之外，还有六根蟠龙金柱。这六根蟠龙金柱高达三丈有余，径可两人合抱，每根巨柱上都有一条飞腾的蟠龙。太和殿里的金龙藻井，中部八角井饰满云龙雕饰，穹隆圆顶内，盘卧一条金色巨龙，口衔宝珠，俯首下视，造型庄严生动。故宫东路锡庆门内有九龙壁，坐南朝北，壁面为彩色琉璃烧制而成，图案是九条动感极强的巨龙。全幅壁面以海水为衬景，水面上浮现出正在戏珠的九条巨龙。在故宫雨花阁四条垂脊上各有一条镀金铜龙，长约三米，呈腾空之势，远远望去，四条铜龙金光灿烂。相传，每当夜色当空，紫禁城内一片寂静之时，这四条龙中的一条龙，便会从雨花阁上飞下来，喝大铜缸里的水。另外，当月上中天之时，雨花阁上金龙的影子正好落在长春宫的院子里，这垂影仿佛是卧龙在沉眠之中。于是，皇帝特地为‘睡龙’准备了一个石枕。这块‘龙枕石’至今还在长春宫的院内放着。”

王芗斋道：“故宫里的龙建筑自然多了，说说故宫外面的龙吧。”

吴素贞笑着拢了拢头发，说下去：“天坛祈年殿内，鎏金的九龙藻井正对着的地面是一块儿圆形大理石，称为‘龙凤呈祥’石，石上灰黑色的纹理构成一龙一凤的天然图案。传说，原来这块儿圆石上只有一只玉凤，随着年深日久，玉凤和藻井中的一条金龙便有了‘灵性’，金龙常常飞来与玉凤相会。一天，金龙正与玉凤幽会，不料赶上皇帝来祭祀，拜垫盖住了龙和凤，皇帝跪在拜石上行礼，就把金龙和玉凤压进了圆石里，再也出不来了。天坛后穹宇外有一棵九龙柏，它枝身互相缠绕扭结，皮若苍鳞，好像一群凹凸蟠屈的龙合抱相斗。”

正说着，王芗斋忽听房上有轻微的喘息声，这喘息声极轻。

王芗斋知道房上有人偷听，于是轻轻推门出去，溶溶月下，他见房上无人。

他一纵身上了房，只见一个人影一闪，转眼即逝。

他大声喝道：“什么人在那里！”

只有飒飒的风声……

第十二回 斩龙剑倚卧龙松醉 飞龙桥落花投井影

王芗斋飘然下房，正撞见吴素贞持剑出屋。吴素贞问："怎么，来了贼人?"

王芗斋说："好像是有人在房上偷听，我一出去，他就逃走了。"

吴素贞说："那么是谁呢？莫非是李瑞东的弟子前来寻衅?"

王芗斋摇摇头："不会，李老先生品德高尚，他教的徒弟一定也错不了。"

吴素贞和王芗斋回到屋里，吴素贞扳着王芗斋的肩膀问道："你以前可曾得罪了人?"

王芗斋摇摇头，说道："还是接着说龙吧，也可能那是专门趴人家新媳妇窗台的家伙，不要去管他。"

吴素贞心内有点儿慌乱，小声道："咱们还是小心提防为好。"说着把宝剑又挂在墙上。

吴素贞又说下去："北海花园有五龙亭，从琼华岛向西北望去，只见五个亭子立于水面，错落排列，宛如水中的一条游龙。雍和宫照佛楼里有金丝楠木做的龙雕佛龛，佛龛拔地而起，占据了两层楼阁的空间。龛旁各有一根金色的蟠龙雕柱。金色横梁上也满是立体雕龙，梁正中是生动的'二龙戏珠'造型。佛龛的屏风四周是盘龙，在云涌水浪之中，有的似穿浪斗水，有的似呼云喷雾，有的似凌空欲飞，真是呼之欲出。佛龛上共有金龙九十九条。雍和宫法轮殿里，有一大型的莲花瓣式样的聚宝盆，从口沿开始，外包着金丝楠木套。口沿上下用立雕手法环刻着翻腾的波涛，几朵'浪花'翻卷出盆，仿佛是一石激起了千层浪。就在这飞浪之中，浮雕着四条拍浪腾起的金鲤鱼。其中最大的一条，占据了宝盆的一面，头已变成龙首，跃出水面，龙须贴到盆沿的'浪'中，据说这盆是乾隆皇帝出生三天时洗身用的。旧时风俗，婴儿出生三日要会亲聚亲友，给孩子洗澡，谓之'洗三'。因此鱼龙变化盆又称洗三盆。几百年来，庙里喇嘛在盆中放上铜钱、元宝和五谷，象征聚宝盆，求个大吉大利。北京天坛附近有龙须沟，排泄龙须沟污水的窑坑又称龙潭湖。觉生寺内有小钟林，这里的钟几乎个个都铸着龙形钟纽，有的钟纽就是一条活灵活现的铜龙。钟林里有一口工艺极精致的青铜钟，钟体上是一个个小云纹组成的方阵，每个方阵里铸着一条动感极强的立体蛟龙。八大处有龙泉寺，建于明代。院门上题有‘龙泉庵’三个字。内有一山泉从壁石上的石雕龙头的嘴里流出，经暗道，又从水池上方的石龙嘴里汩汩流入池中，这就是‘龙泉’。龙泉流水淙淙，飞花四溅，隔墙如闻大弦嘈嘈，如今则水凝成珠，只有在拱洞前方听得见珠落玉盘之声。有诗曰：‘翠微山麓龙泉寺，一枕桃荫千畦酣。雨过溪喧忘是夏，拔藜时复度前崖。寂然一叟又谁识，履尽危岩兴未足。更傍清溪委曲行，独坐听泉倚危石。’在八大处秘魔崖的下方有青龙潭，潭掩映在巨石之下，有山泉穿壁从石龙的嘴里吐出。《长安客话》记载：‘其下深不可测，二龙潜焉。岁旱祷雨辄应。’这二龙就是传说中的大青和二青。相传隋朝有位叫卢师的和尚从江南乘舟北上。他任舟飘荡，说是船停在哪里，他就留居在哪里，结果小舟漂过桑干河上的卢沟桥，一直到秘魔崖的山脚下停住了。卢师和尚便在秘魔崖下修行。不久，有大青、二青两位童子前来投师，师徒三人面壁而禅，一晃过了三年。这年久旱不雨，朝廷征召祈雨人。大青、二青自告奋勇，表示能限期唤雨，遂乘云气而去，顷刻暴雨如注，人们方知二人是龙，二龙回山便委身于龙潭之中。为了纪念他们，每年春秋两季，朝廷都要遣官来潭前祭祀青龙神，并在崖下塑了二童子侍师像。”

吴素贞呷了两口清茶，又说下去：“颐和园蓬莱岛上建有龙王庙，因为颐和园的昆明湖，旧时曾为北京的水源，因此在昆明湖的湖心岛建起龙王庙，以祈求神灵保佑水源的充足。明十三陵昭陵附近有个九龙池，有泉水从山上顺石壁泻下，分九股流入低洼地形成池。明代嘉靖皇帝看中此地后，围起了红墙，修筑了九龙池，池边凿了九个龙头，九股水流从龙口中倾泻入池。古人曾有诗写九龙池：‘龙门开碧苑，池色映丹邱。芳树绿阶转，清泉入户流。园平花气霭，虚谷鸟声幽。即此消千虑，何须览十洲。’卢沟桥下有‘斩龙剑’，传说永定河里住着一条黑龙。龙睡觉的时候，河面风平浪静，人们可以搭浮桥过河。龙醒了，便翻身大吼，搞得河床改道，黑水泛滥。有家姓卢的石匠父子，趁黑龙去远方之时，抢修起了卢沟桥。不久黑龙归来，看见河上架起一座桥，非常恼怒，便拥浪推水冲向大桥，水浪遇到船形桥墩上的分水尖，顿时巨涛破成细流穿过桥下。黑龙又推着一层层厚厚的冰凌压向大桥，谁知斩龙剑将冰层击得粉碎，黑龙也被刺得遍体鳞伤。从此黑龙便被降服了。北京密云县有一白龙潭，潭上有龙泉寺。石潭周围树木繁茂，杂花生树，草木莺飞。北京房山县有龙骨山，门头沟潭柘寺后的集云峰上有龙潭，潭柘寺有龙王殿。”

吴素贞道：“戒台寺的松，自古以来就很有名，曹雪芹的祖父曹演曾有《马上望戒台》的诗：‘白云满山谁打钟，马首西来路不逢。即此相看如一梦，因缘还欠戒坛松。’卧龙松在千佛殿前，其老干苍驳，蟠然如虬，蜿蜒横生，匍匐近地，似一条九曲青龙。不远处有自在松，两松一卧一侧，若龙相逐。九龙松在戒台殿北院，此松高耸入云，树皮如鳞，半连半蜕，皮色灰白如霜，看上去像九条白龙拔地腾空。九龙松的树杈处曾长起一棵槐树，人称‘九龙抱槐’。在北京西山的冷泉村北有一座画眉山，山上有个黑龙潭，清代《鸿雪因缘图记》的作者麟庆，在书中曾详细地记下了黑龙潭在道光年间的情况，他说：‘祠左山下有潭，广十亩，深三尺许，水极清，见石底苔痕斑驳，红绿相间。上荫古树，周以画廊。其发源处，两岸夹峙，萝薜威蕤，天然石渠有翠藤缠绕，枯树横卧渠口，若门楣然。潭水雨不泛，旱不涸。水足则从东垣下泻，潺潺有声，远近水田灌溉，村民汲饮，咸资于此，利益其宏。’明万历皇帝，清康熙、乾隆皇帝曾来此拜泉求雨，结果只见到一只如‘一鳞游其中，昂藏无与竟。频频露头角，如具飞龙性’的鱼。麟庆煞有介事地谈到他见到的黑龙。一七八三年七月，麟庆来到黑龙潭，老和尚告诉他，潭中无普通的鱼，只有虾藏在水草之中，龙要出现时，虾会先排成队，但这是极难遇到的事。可巧麟庆刚走到渠口，忽见虾跃出泉面，接着就看见一条两寸长的黑鱼依石戏水。他忙招呼同伴来看，可是其他人都说什么也没看见。麟庆激动不已，走进回廊，取笔写下祷词，并默祝：‘龙神有灵，当现象以实余言，生众信民。’果然，大家马上看到潭中黑鱼正负水草游动。麟庆还不满足，又走到潭边，恳请黑鱼游近潭边，以便细观。只见鱼直立水中，昂头波上，洋洋自如。在北京延庆县有龙庆峡，其水势蜿蜒而下，好似一条蛟龙游戏于谷间，故名为龙庆峡。北京西郊大觉寺有‘二龙戏珠’胜景，此景以二泉曲折联结取胜，贯穿全寺。两股山泉从寺后的山谷中流出，经一段地下伏流，从后墙流进寺内。两泉环绕‘憩云轩’向龙潭汇合，势如‘二龙戏珠’。‘二龙戏珠’既是寺内一景，也可以说是寺内全景。两道溪水顺山势回流曲转，簇拥着整座寺庙，使古庭院更显得清雅别致。北京门头沟燕家台，有一条山势奇特、溪流清幽曲折的涧谷。在东涧入口处，两座峭壁陡峙，壁面平整如墙，形成涧谷的天然门户，当地人叫它‘龙门’，这条涧谷也因之被叫做龙门涧。一进龙门，是连绵不断的峡谷。沿溪上行一段路，迎面有一巨石，高耸入云，称作将军石。从将军石下穿过，龙门涧曲曲折折，两面峡谷若即若离，抬头望天，青天如线。前面有一帘瀑布，水势散缓，洒落如轻烟，团簇在崖间。攀石而上，可到五龙涧，再绕过去便到了黑龙潭。黑龙潭上有一股龙泉水，清泉从石壁的壁隙里涌出，汇成一股水流，直泻龙潭，形成龙潭瀑布。此外，北京房山孔水洞上有龙泉寺，洞内有金龙玉璧。芗斋，你算算，我共说到三十个北京带龙的名胜。”

王芗斋笑道：“你对北京名胜还真熟悉，我算服了。”

吴素贞道：“你还得说十五个带龙的北京地名，比我少一半，行不?”

王芗斋点点头：“好，我说。北京东城有一个飞龙桥胡同，明代这里有嘉乐馆，内有龙德殿，还有飞龙桥。有诗曰：‘中宫三宝出西洋，载得仙桥白玉梁。甲翼迎风浑欲动，睛珠触日更生光。’北京东郊有九龙山，委蛇起伏宛如游龙，环植桃柳万株。山上有观音寺，开庙时，夏木阴阴，水田漠漠，不减江乡风景。南城有龙凤坑，起于法源寺后街，止于教子胡同。陶然亭西侧有龙爪槐胡同。唐朝时曾在这里建有兴城寺，寺内有一株国槐，枝干盘曲，状似一条腾身舞爪的巨龙，人称龙爪槐。后来寺庙改名龙树寺，又叫龙树院。明朝名臣杨椒山因弹劾权臣严嵩被害，他的灵柩曾停在龙树寺里。站在龙泉寺外，可远眺西山云景，近处有苇塘芦白。清代《孽海花》的作者曾朴作《龙泉寺》一诗说：‘元神湖海作天神，现出云中丈六身。金碧楼台围翠嶂，水晶宫殿绝红尘。天边风月羁游客，大好林泉馆外宾。满地疮痍人不管，愿施霖雨慰生民。’清代嘉庆年间，史学家程春海曾长住龙泉寺，在寺中完成二十卷的《周策地名考》。一八九八年百日维新失败后，‘戊戌六君子’之一的康广仁惨遭杀害，他的灵柩就停在龙泉寺。如今章太炎先生因反对袁世凯称帝，也被袁世凯囚禁在龙泉寺内。东城有上龙南巷、上龙北巷。相传明朝时这里有一口皇帝专用的水井，井水甘甜，因皇上被称为真龙天子，这口井便称作‘上龙井’，胡同也就因此而得名。并以井为分界，井北为上龙北巷，井南叫上龙南巷。西城厂桥附近有一条龙头井街。街上原有一口井，旧名‘人头井’。清代改称为‘龙头井’。龙头井附近有一座古庙，香火一直不太旺盛。一年大旱，水贵如金，而人头井却水源充足，大家觉得非常奇怪。一天有人打水，见井水里一个龙头正在水波中晃动着，‘好像正吐水呢!’消息传出，人们争先来看龙头，并把古庙改祭了龙王，一时香火鼎盛，乾隆皇帝知道了，派官员来察看，来人在井中还真的见到了龙头，正在纳闷，忽听喜鹊叫声。”

吴素贞见王芗斋说到此处，忽然不说了，怔怔地望着窗外。忙朝窗外瞧去，只见窗前有一道阴影。

王芗斋忙跑出去，只见一个黑影一闪即逝，王芗斋心中有数，也不追赶，又返回屋里。

吴素贞问：“你看见什么了?”

王芗斋若无其事地又讲下去：“官员寻声望去，见一只喜鹊正落在古庙的鸱吻上。那官员恍然大悟，原来是庙上鸱吻倒映在井中，形似龙头。从此，龙头井就叫开了。北京昌平县有个回龙观，是明代皇帝上皇陵祭祖的必经之地，民间叫它为回龙观。同时这里又是明代皇帝死后送往天寿山途中的停灵之地，故又叫停灵宫。北京大兴县黄村东南有一个龙头村，历史上这一带，淤积大片沙丘，在村北形成一条高四米、占地十余亩的沙岗，人称‘龙身’，村里人在沙岗前立庙，庙前有两泉如眼，进而附会为‘龙头’。龙头村所属的礼贤乡，相传是由春秋战国时期燕国的招贤馆演变而来。当年燕昭王听取谋士郭槐的建议，在这里设馆招贤，终于得到乐毅等众多人才。清代时乡里设有招贤馆建筑。其馆楼雕梁画栋，书房和戏楼都雕凤刻龙。招贤馆高大门扉上有石刻楹联：‘礼贤下士’‘雅歌投壶’。北京八达岭附近有青龙桥，位于关沟的北端，沟中有条曲曲折折的涧水河，青龙石桥便横跨山涧之上。居庸关之南有一台地，有龙盘虎踞之形，故叫龙虎台。龙虎台在元明两代地位显赫，元代皇帝来往于大都和大都之间，都要在龙虎台歇息，明代皇帝出兵北伐，也都曾驻扎在这里。当年这里非常辉煌，万骑纷纭，遍是鸾旗凤盖。北京海淀有一青龙桥镇，元代郭守敬修白浮堰引水时，在青龙泉修建此桥，故叫青龙桥。此桥在明清是京城通往玉泉山、香山的御道。小镇南望颐和园，东屏玉泉山，近有湖光水色，远借两处皇家园林的灵山秀阁，风景优美。有诗云：‘瓮山西北巴沟上，指点平桥接碾庄。自甃清渠成石碣，尽回流水入宫墙。残荷落瓣鱼鳞活，高柳飘丝鹭顶凉。不碍蹇驴行步慢，有人缓辔正思乡。’房山霞云岭有龙门台，十渡拒马河畔有龙山岩，三面悬岩，胡胡苍苍，在石色皆黄的环山衬托下，恰似一条青龙横卧在黄云之中。北京门头沟大峪东南石龙沟山冈上，有大片石英石露于地表，状如卧龙，故名卧龙岗。京西门头沟的深山有小龙门。另外，门头沟还有九龙山，各有四条山脊蜿蜒而去，犹如八条巨龙相背而卧，而第九条‘龙’则顺山岭而下，一直伸到永定河边，所以这一片山岭称为九龙山……”

吴素贞咯咯笑道：“看你，说了这么一大堆龙，想必是累了，快喝点儿茶吧。”说着，把茶缸子递给他，就势依偎到他怀里。王芗斋一推她，小声说：“素贞，门外有人。”

王芗斋来到院内，指着院内那棵枣树，大叫：“哪里来的好汉，还不现形！”

枣树干上趴着一人，那人见王芗斋发现了他，索性飘然落地。

吴素贞借着月光，见这人中等身材，三十多岁，穿着一条蓝布便裤，腰间扎着一根烂草绳，发达的肌肉在肩膀和两臂棱棱地鼓起，发茬又黑又硬，圆脸盘上，宽宽的浓眉之下，闪动着一对精明、沉着的眼睛，是个健壮、英俊的庄稼汉。

王芗斋朝那人一拱手，说：“朋友打何处来？”

那汉子直爽地说："俺是山东临清人，叫周子炎，因慕先生的大名，特来找你比武。"

原来此人正是周子炎，他是山东临清的武师，螳螂拳高手，在临清闻听北京陆军部办了武技教练所，又听说教务长王芗斋拳术高明，在总统府击败了袁世凯的保镖"鼻子李"李瑞东老先生，心内不服。尤其是当周子炎的徒弟多夸了王芗斋几句后，脸上更觉得不好看，于是来北京城里。他在广化寺，经常留心武技教练所和王芗斋的动静。几日前，他悄悄来到武技教练所，挥拳砸了武技教练所的牌子，又留下诗贴，设下调虎离山计，引得孙禄堂、尚云祥、刘文华等教练去了徐树铮家，自己却来到王芗斋这里，与他比武。

王芗斋没有听说过周子炎，但见他那副样子，显得干练成熟，于是道："周先生远道而来，进屋喝杯茶如何?"

吴素贞此时一直注视着房上和四周的动静，生怕周子炎带着同党来，又防备他设下暗器，现在看丈夫邀他进屋喝茶，也说道："是呀，周先生大老远地来到北京，先进屋歇歇脚吧。"

周子炎脖子一横，说道："不必了。"说着一个崩步，来了一招"镜里藏花"，直奔王芗斋的面门。

王芗斋一招"仙人指路"，轻轻闪过，暗自叹道："好一个梅花螳螂拳!"王芗斋一招"夫子顿首"，往上一腾身，用右拳去锁周子炎的咽喉。

周子炎又一个崩步，将头一侧，躲过王芗斋的右拳，使出"梅花手"。由于螳螂拳集中了所有实战技术，所以号称"崩步到八肘，神仙也难躲"，又说"拦截到摘腰，鬼神也难逃"。梅花手即五个连发的技法，如五瓣梅花昂首怒放，只只利爪向王芗斋的心窝、肋下和面门戳来。

王芗斋见周子炎来势凶猛，连退几步，绕到枣树后面。周子炎一个利爪戳在树干上，竟戳下一块树皮。

王芗斋闪到一边，略一定神，意若灵犀，犹如烈马奔驰、神龙嘶噬之势，双膝撑拔，力向上提，足跟微起，有如飓风卷树，拔地欲飞，轻轻一掌，将周子炎推起。周子炎顿觉来势凶猛，身不由己，撞到院墙上。他深知王芗斋厉害，一拱手，说一声"后会有期"，蹿上院墙，远遁而去。

周子炎一去就是一年，第二年还是这个时辰，他又来找王芗斋。

此时，王芗斋刚从武技教练所回来，远远地看见有一壮汉坐在他家门槛上，抽着烟袋，两只眼睛望着天发怔。

王芗斋来到那人面前，才认出是周子炎，他想：这个山东大汉还真有些蛮劲儿，看来是缠上我了，这一年来毫无踪影，想是又拜哪位高人学了些新招术，寻衅来了。

周子炎看见王芗斋回来，一抖身，那门框“哗啦”一声掉了下来，然后一跺脚，地上现出一个浅浅的陷坑。

王芗斋见了，心里有点儿恼火，心想：你这周子炎，比武就比武，你怎么拆我家的门呀！可王芗斋毕竟是一位有涵养的人，还是忍住了气，强装出笑容，对周子炎一拱手：“怎么，周先生又来了，稀客，稀客，屋里坐吧，我给你闷一壶小叶茶吧！”

周子炎瓮声瓮气地说：“又来了，又是喝茶，王芗斋，你莫非开茶叶铺的，我该叫你茶叶斋了，我是来找你比武的！”说着一捋袖子，就要动手。

王芗斋道：“周先生，挑个日子再比吧，我讲了一天课，有点儿累了。”

周子炎气呼呼地说：“不行，今儿个非跟你比个高低不可！”说着，一招“三燕穿林”，朝王芗斋打来。

王芗斋躲过；周子炎又一招“螳螂争食”；王芗斋见他双手呼呼带风，便一招“大鹏展翅”，跃起三尺多高，一个空中崩拳，朝周子炎头顶掼来。周子炎一招“叶底藏花”，潜身躲过，又一招“白猿偷桃”，左手“摘桃”，手在半空突然换右手，扯下王芗斋一片儿襟衫。王芗斋顿感冷风袭骨，退后两步。此时，正好尚云祥来找王芗斋，见周子炎猛施杀手，就要上前来助王芗斋，王芗斋猛喝一声：“云祥，休要上前，我与子炎以武会友！”

尚云祥被王芗斋喝住，于是站在旁边观战。

周子炎愈战愈勇，他一会儿使螳螂手，一会儿使拍案拳，逼得王芗斋冷汗直冒。王芗斋暗忖：这周子炎比去年强了许多，虽然是螳螂拳，但多了许多变化，甚是凶狠毒辣。

尚云祥在一旁看着急得直跺脚，他喊道：“芗斋，躲过他的双臂，揍他屁股！”这些话提醒了王芗斋。

王芗斋心想：“对呀！螳螂的双臂虽然厉害，但是屁股撅得高，暴露了它的弱点，我为何不撵到他的屁股后面，揍他的屁股呢？”想到这里，王芗斋一招“燕子钻林”，虚晃几下，绕到周子炎身后，一招“白猿出洞”一掌打在周子炎胯骨上，周子炎“哎呀”叫一声，负痛逃去。

尚云祥哈哈笑道：“芗斋，怎么样？我说的对吧？快让弟妹给我拿一斤酒来，我要在你这喝点儿！”

王芗斋笑着打了尚云祥一下，说道：“你哪里有一斤酒量，人家‘醉鬼张三’才有一斤白酒的酒量，你那是盛酒的家伙吗?！上回刚喝了半斤竹叶青就钻了桌子！”

尚云祥笑道："哎，你怎么哪壶不开提哪壶？快去弄点儿酒来喝，今儿个咱们一醉方休！"

一九一八年，北京的秋天虽然万里无云，天空蔚蓝蔚蓝的，但是北京城里几经军阀混战，火药味许久不散。自从一九一六年六月六日大卖国贼袁世凯在全国人民的唾骂声中死去以后，北洋军阀集团四分五裂，各自投靠帝国主义国家作自己的靠山，军阀割据混战的状况愈来愈严重。如今继任的大总统黎元洪是武昌起义时从床底下揪出来的暴发户，徒有其名，把持实权的是皖系军阀段祺瑞。袁世凯死后，徐树铮的地位开始上升，成为政界的显赫人物，陆军部的武技教练所也得到重视。王芗斋比以前更忙了，他每日除了组织教练所的活动，还要亲自授课。徐树铮虽是所长，但根本不过问教练所的事情，他一门心思钻营政务，一心往上爬，因此教练所的事务一股脑儿地推到王芗斋的身上。好在吴素贞既贤惠，又能干，家里家外的事情一人担起来，有时也到武技教练所听听课。王芗斋全部精力放在培训武术骨干上，倒也觉得其乐无穷。他风尘仆仆，忙忙碌碌，看到一个个稚气未脱的年轻人进来，又看到一个个掌握武技的年轻人出去，心里有说不出的高兴。

这天，王芗斋正在武技教练所里批改学员的作业，孙禄堂拿着一张报纸进来了。

孙禄堂愤愤地说："芗斋，报上写着，俄国大力士康泰尔要在北京中央公园五色土摆擂台，要与中国的武术家一见高低！"

王芗斋接过报纸，问道："这个康泰尔是什么人？"

第十三回 阻比武芗斋喝闷酒 议打擂慕侠说能人

孙禄堂答道："这个康泰尔体重二百多斤，据说有一万四千磅的力气。两年前他开始作环球旅行，每到一个国家总要摆擂台比武，一共打遍四十六国没有对手，先后夺得十枚金牌，号称'世界第一大力士''震环球'。这次他到中国，是他作环球旅行的最后一站。他先在江南表演武技，引起轰动。之后来到北京，下榻于东交民巷六国饭店，康泰尔准备在北京摆七天擂台，声称要与中国武士角技。他除亮出原在国外所得的十枚金牌外，另特制一枚大金牌，上铸中俄对照文字：'一九一八年，中央公园，中华民国七年，万国赛武大会奖章'。说是要奖给最后胜利者，实际上他野心勃勃，目空一切，不把中国武术家放在眼里。"

王芗斋仔细读完报，用力掷在地上，说："这个俄国佬，看不起咱中国人，真不知好歹！"

孙禄堂又道："康泰尔从上海、汉口到天津，都让与他比武的人订立生死状，他已经打死、打伤了几位中国武师。每逢康泰尔摆擂之时，擂台周围警戒的卫兵、警察比打擂的人还多！"孙禄堂说到此时，气得呼呼喘气。

这时，徐树铮走了进来，他一见王芗斋和孙禄堂的样子，就知道他们已获悉了康泰尔来京的消息，他在屋内踱了一周，缓缓说："想必是你们知晓了那个俄国力士来京的消息，刚才黎元洪大总统特意把我找去，说是为了我国与俄国的外交关系，不让陆军部武技教练所的师生进中央公园，更不准上台打擂。"

孙禄堂眉毛一横，说："就为给俄国人面子?!"

徐树铮神秘地说："这是政治，小不忍则乱大谋！一个俄国力士打了几个中国人，没什么了不起，就让他满载而归吧。"

王芗斋说："咱们中国可是武术之乡啊！"

徐树铮说："大总统的命令，谁敢不听?! 咱们还要这饭碗呢！弄不好要掉脑袋。这几日你们对武技教练所的学员管严一点儿，不要让他们去凑热闹。”

徐树铮走后，王芗斋问孙禄堂：“你看这事怎么办好？总不能眼睁睁地瞧着外国人在咱中国人头上拉屎撒尿！”

孙禄堂沉吟片刻说：“北京武林高手如云，听说直隶、天津的武术家近日也来北京，难道民间的武术家就没有一个能制服这头北极熊！咱们先看一阵儿再说……”

俄国大力士康泰尔在中央公园五色土摆擂五天，没人上台应战。见康泰尔气焰嚣张，恣意侮辱中国人，北京武术界不少民间好汉摩拳擦掌，要上台与康泰尔较量，但每次都被北洋政府警厅“劝阻”了。康泰尔见没人应战，更加骄狂。有个外国记者在报上报道：“中国自诩武术派驯甚多，流传久远，功力深厚，尤善技击。如今俄国大力士前来摆擂，偌大中国，竟无一人敢上台较量，不过徒有虚名耳。”

这天晚上，王芗斋正躲在家里喝闷酒，尚云祥风风火火地跑了来。

“芗斋，咱们可不能再忍下去了，那头北极熊一身棕毛，在那里骂咱们中国武术不过是小孩儿游戏，东亚病夫面黄肌瘦，不禁一打。我今天跑到中央公园五色土看了看，警察和卫兵比看热闹的人还多，他们又是劝，又是吓唬，硬是不让中国人上去打擂，你说气人不气人！”

王芗斋声若洪钟地说：“是啊！老祖宗留下来的武艺到底有什么用场？保家护镖，效命官府？开山立派，隐遁江湖？搏个名声，还是传宗接代?！现在正是咱们武术家出力的时候，咱们如何能够退缩?!”

尚云祥一拍大腿：“说得是，明日一早咱们两人一块儿去打擂，你牵制住警察，我冲上去！……”

“不用你上去，有我们就行了！”话音未落，“呼啦啦”进来三个人。前面的两人都是七十来岁，一位宽宽厚厚，豹头环眼，相貌堂堂，正是“单刀李”李存义。他旁边的那位老者身躯凛凛，胸脯宽阔，骨健筋强，一双眼睛光射寒星，一绺白发轩昂动人，他就是形意拳大师张占魁。张占魁身后的年轻人，面如红枣，身材高大，显得纯厚结实，他是张占魁的高足韩慕侠。

张占魁，字兆东，河北省河间县中原村人，他自幼学习少林拳，技艺精湛且藏而不露。后从师刘奇兰学习形意拳，与李存义是师兄弟。张占魁的师父刘奇兰拳艺精绝，无门户之见，破守秘之风，他视张占魁为得意门生，从拳术到器械尽皆授之。张占魁拳技已达以形取意，以意象形，形随意转，意自形生的上乘境地。为取各家之长，他又拜董海川练八卦掌，技艺炉火纯青，他集少林、形意、八卦于一身，形成自己的风格。

他一直寓居天津，与李存义广授门徒，在天津练武的多是张占魁和李存义的徒弟。张占魁在天津营务处做事时，有许多强盗横行无忌，张占魁孤身一人与他们争斗，打败了十几名强盗，威震津门，慕名前来拜他为师学艺的人络绎不绝。张占魁喜欢看京剧。一天，他和高足韩慕侠来到天津大戏院看京剧《打渔杀家》。大戏院前二十排长条靠椅，张占魁师徒二人在第一排就座。当戏正演到教师爷领打手逼要渔税银子，老英雄萧恩据理力争时，台上前排上坐着的一些地痞恶棍将茶壶朝饰演萧恩的演员砸来，戏院里一片混乱。张占魁和韩慕侠见地痞恶棍逞凶，走到前排，各自抓住一个恶棍，一发力就将他们扔到戏台之上。随后，二人上台，各自踩住倒在台上的恶棍，张占魁厉声喝道："朗朗乾坤，竟敢砸戏院，成何体统?！谁要闹事，就冲我张占魁来!"

众地痞流氓一见，哪里敢上。被踩在脚下的一恶棍告饶道："求您老饶了我们，这事是'坐地虎'袁龙让干的!"

张占魁和韩慕侠一抬脚，两个恶棍下台溜了。

此时袁龙也在台下，因畏惧张占魁师徒的功夫，未敢露面。饰萧恩的演员连声感谢张占魁师徒俩，原来几天前袁龙指名叫戏班子里的一位女演员去唱堂会，遭到拒绝，才发生了今日之事。

不久，袁龙聚集了三十多名会拳脚的打手，约张占魁在娘娘庙见高低。张占魁腰缠一条丈余长的莽鞭，和程廷华的弟子周玉祥、自己的徒弟韩慕侠如约前往。

他们三人来到娘娘庙里，只见空无一人。于是用脚踢开大雄宝殿的门，见"嗖、嗖、嗖"乱箭齐发，幸亏三人早有防备，一齐伏在地上躲过乱箭。袁龙躲在庙顶，他见张占魁等三人未伤分毫，于是一声唿哨，埋伏的三十多个打手各持兵器一齐跳出来围住张占魁等三人。

张占魁抽出莽鞭，打得歹徒嗷嗷乱叫。周玉祥、韩慕侠也使出八卦连环拳痛击歹徒。

张占魁一鞭打落袁龙手中的大砍刀，又一鞭抽中袁龙的面部，袁龙惨叫一声，血流满面，狼狈逃去。

众歹徒一见袁龙退去，也一哄而散。自此很长一段时间内，地痞流氓销声匿迹。

韩慕侠名金镛，又名慕侠，是天津著名武林高手。他出身贫寒，父亲以抬轿为生。韩慕侠从小酷爱习武，听说哪里有好拳师，总是不辞辛劳，前去拜访。他到过泰山、华山、黄河等名山大川，其中在西岳华山学艺时间最长。应文天、张占魁等几位著名拳师都教过他武功。他的武功尤以八卦掌、形意拳见长，如今在天津办起一个精武馆，收徒传艺。韩慕侠教学生练散手的时候，有时自己故意蒙上眼睛，让徒弟们围着他打，但是谁也摸不着他，他全凭着耳听八方的功夫，哪边一来人他就知道，谁一上来准趴下。

近日，张占魁、李存义和韩慕侠在天津听说俄国大力士康泰尔在北京中央公园五色土摆擂的消息后，个个摩拳擦掌。

张占魁说："康泰尔简直欺人太甚，我们一定要打掉他的气焰！"

李存义也说："一定要打倒他，为国家争这口气！"

韩慕侠也慷慨激昂地说："一定要把大金牌拿回来！"

今天下午，三个人来到了北京，马上找到北洋军阀政府警厅交涉，说明来意。不料警厅却以"恐伤人命，引起外交争端"为名强加阻拦，并吹嘘康泰尔如何厉害。

韩慕侠据理力争说："生死何足惜，倘不一角，致康泰尔携奖而归，直视我堂堂中华无能人矣！"同时保证，只要康泰尔服输，他决不伤害康泰尔的性命。但警厅还是不答应，并要他们立即回天津，不要招惹是非。

三人无奈，只好到前门外暂时找了一家旅店安歇，然后一同来到王芗斋家里，想找他商议个对策。

王芗斋因着李存义、张占魁和韩慕侠来到，非常高兴，马上叫吴素贞准备酒席，尚去祥又瞒着徐树铮找来孙禄堂和刘文华。几个人边喝边议。

尚云祥火性大，酒量可不大，几杯酒落肚，脸涨得像红萝卜，他叫道："咱堂堂中国是武林圣地，哪国的武林学士不佩服咱中国的武术?！一个黄头发、蓝眼珠的康泰尔，来咱中国耀武扬威，目空一切，实在可气！他也不撒泡尿照照他那个德性！"

李存义说："康泰尔此番在中央公园摆擂，曾用钱财贿赂了警察总监吴炳湘、步兵统领李长泰，因此吴炳湘和李长泰才派了大批军警守在擂场，演出了将赛武改为演武的崇洋媚外的丑剧。"

"我肏吴炳湘、李长泰他姥姥！他们生的孩子都没屁眼儿！"尚云祥显然有些醉了，一歪头，肚子里的东西扬了一地。

吴素贞急忙过来扶着尚云祥回后房歇息去了。

孙禄堂缓缓道："我倒有个主意，既然擂场上戒备森严，我们不如到康泰尔住的六国饭店找他比武。"

韩慕侠说："那只有晚上去了。"

张占魁说："我们明晚一同到六国饭店打康泰尔，我的徒弟韩慕侠最年轻，让他去打头阵，先跟康泰尔比试，他若不行，我再上。你们武技教练所的人先不要上，因为你们是官办的，到时候不好交差。"

王芗斋说："这样吧，先让韩慕侠与康泰尔比试，不行，我再上，我若不行，再让尚云祥上，李先生和张先生年逾七旬，不要再上了，实在不行，福全再上。"

韩慕侠说："一言为定，明晚我们便潜入六国饭店。"

张占魁说："明日傍晚咱们先到王芗斋家会齐，然后一同去。"

韩慕侠说："咱们中国是世界上的大国，也是世界上四大古国之一，历史上也出过秦始皇、唐太宗、明太祖等大能人。没有中国人发明火药，洋人哪里有那么多洋枪洋炮？没有咱中国人发明纸和印刷术，洋人哪里能出那么多书？没有咱们中国人发明指南针，洋人的船只能在大海里打转儿。可是咱中国为啥这般落后？中国人为啥这般穷困？中国武术甲天下，拳派纵横，源远流长，可是为啥任凭洋人在中国的国土上耀武扬威？根本原因就是清朝政府腐败无能，中国的社会太黑暗！"

李存义赞叹说："慕侠，你这些道理都是打哪儿听来的？我听着挺带劲儿，挺新鲜！"

韩慕侠说："我办的天津精武馆新来了一个大能人，这些道理都是他讲的……"

王芗斋一听，眼睛里泛出光彩："他叫什么名字？"

韩慕侠说："周恩来！"

"周恩来?!"王芗斋、孙禄堂一齐凑上前来。

韩慕侠接着说下去："他住在天津河北区元纬路元吉里的伯母周杨氏家里，正在天津南开学校读书，今年刚才二十岁，可是肚子里装着不少学问。几月前，他来到精武馆拜我为师，学练八卦掌。我问他为啥学武，他笑着回答：'学武健身嘛！'他练起来非常认真，常常练得汗流浃背，练转圈变掌也是一丝不苟。我那五岁的女儿小侠总喜欢跟在周先生的身后模仿他走八卦步，周先生总是高兴地把她抱起来，说：'我长劲儿，你长个儿！'今年过年的时候，师兄刘金清生活困难，要账的踢破了他的家门槛，逼得他上吊，以后被解救下来。我看到小侠手腕上明晃晃的手镯子，就对她说：'小侠，把你手腕上的镯子摘下来，给你师大父拿去还账吧！'小侠不懂事，又哭又闹，怎么哄也不干。这时，周先生走过来，抱起小侠说：'小侠，你爱不爱练武呀？'小侠抹着眼泪说：'我爱练武，我最爱练武了！'周先生笑着说：'练武就不能戴镯子，戴镯子怎么练武呀？'小侠听了，乖乖地把镯子摘了下来……"

孙禄堂笑道："这位周恩来先生还真会哄小孩儿。"

"上个月我家在郊区买了一块地，商量着起一个堂名，你一言我一语也没有结果。后来周先生说：'你不是拜过九位老师吗？就叫"韩九师堂"吧！'后来我就用了这个堂名。"

韩慕侠喝了一口酒，又说下去："我把自己祖传的一柄宝剑交给周先生使用，这是柄真正的宝剑，清代名将僧格林沁曾经用过它。习武之余，周先生对我讲了许多救国救民的道理，我教他怎样强身，他教我怎样做人……"

正说着，李存义忽然叫道："占魁到哪里去了？"

众人一瞧，不知什么时候张占魁不见了。

位于东交民巷的六国饭店灯火辉煌，这是北京最早的饭店之一，二楼的一套豪华的房间内，俄国大力士康泰尔正倚在沙发上听一个中国歌女卖唱。那歌女身材像瓜条，白生生的面皮，穿着一件桃红的旗袍。一个中国翻译坐在康泰尔的旁边，给康泰尔削着苹果。

康泰尔的目光不时落在歌女那时而显露的白皙的大腿上，神思驰骋。他想到这几天在擂台上出尽风头，无人应战，再有两天就可以挂着十一枚金闪闪的奖牌荣归故里，登上俄罗斯的国土，一举成为打遍世界无敌手的英雄，简直得意极了。

那个中国歌女见康泰尔如醉如痴地盯着她，心里如抹了蜜，一边唱着淫秽的小调，一边朝康泰尔眉目传情。因为有中国翻译在旁边，康泰尔也不敢造次，只是"嘿嘿"地朝歌女傻笑，干搓着两只毛茸茸的大手掌，涎水落进了咖啡杯里。

这时，灯扑的灭了，漆黑一团。中国翻译用俄语朝康泰尔说："康先生，我出去看看。"说完，走了出去。

那个中国歌女见翻译出去，几步上前扑到康泰尔的怀里，康泰尔如火中烧，像老鹰搂住小鸡一般，贪婪地在她身上乱摸……

一阵风刮来，窗户开了，钻进一个人来，那人喝道："康泰尔先生，咱们先比试一下。"

康泰尔不懂汉语，猛丁丁见一个人进来，还以为来了贼，抄起咖啡壶朝那人摔去。"咔嚓"、"哗啦"几声，玻璃碎了。那人像燕子般，飘然来到康泰尔面前。

歌女见势不妙，赶紧穿好旗袍，滚到沙发后面。

康泰尔左拳一晃，随着吼声紧跟着用右拳照准那人的裆里狠命砸去。那人手疾眼快，一招"燕子钻云"，飕地纵起三尺多高，眨眼工夫，稳稳当当地贴在屋里平平的顶壁上。

康泰尔凝眸一瞧，大吃一惊，思忖：这原来就是真正的中国功夫，真是厉害！

康泰尔站在桌上，一拳朝顶壁上那人打去，呼的一下，拳头擂在壁上，吊灯掉了下来，拳头擂得生疼，那人又不见了。康泰尔左右寻找，原来那人已来到他的身后，一掀桌子，康泰尔像一头笨熊一般栽了下来，方要落地，却被那人轻轻揽腰抱住，平放在地上。

康泰尔觉得身下软绵绵的，还以为是地毯，伸手一抓，正抓住那个中国歌女的头发，那歌女"哎哟"大叫一声，吓得昏了过去。

这时灯复明亮，中国翻译推门走了进来，他看见康泰尔正压在那个歌女的身上，还以为他们在调情，一声不吭地出去了。

康泰尔此时脸红得像盏红灯笼，左右去找那人，那人不见了，只见窗户敞开着……

王芗斋等人正在屋内议论张占魁的下落，只见张占魁笑盈盈走进门来，他拍拍手，笑道："明晚慕侠去会康泰尔吧，那家伙没有什么功夫，只是有些气力罢了。"

原来张占魁考虑到中国武术的名誉和徒弟韩慕侠的安危，刚才一人偷偷去了六国饭店，戏弄了康泰尔，探听了虚实。

第二日傍晚，李存义、张占魁、韩慕侠、孙禄堂、尚云祥如约来到王芗斋家里。几个人等到天完全黑下来后，穿了夜行衣，一同朝六国饭店摸来。

来到六国饭店门口，两个军警不放他们一行人进去。李存义说："我们是来找康泰尔比武的。"

一个军警说："要比武明日中央公园擂台上见，不要到这里胡闹。"

尚云祥嚷道："你让那个俄国佬出来，我们要与他比个高低！"

此时，康泰尔正在门厅送客人，见门口有人吵吵嚷嚷，忙问中国翻译是怎么回事。

那翻译走过来问明情由，过去与康泰尔说了，康泰尔经过那晚的惊吓，已变得有点儿乖巧了，他想：这些来人不知功夫如何，我如果不与他们比武，只怕明日擂台上也休想躲过，不妨今晚一试身手。于是他找来俄方经理比洛夫把想法对他说了，比洛夫有点为难，但见康泰尔主意已定，也不好推辞，于是把王芗斋一行人让进门厅。

比洛夫对翻译耳语几句，翻译对王芗斋等人说："对方的意思是双方各出两个证人，由康先生与比武一方立下生死文书。”

俄方由比洛夫和中国翻译做证人，中方由张占魁、李存义做证人。韩慕侠走上前与康泰尔立下生死文书，然后二人来到大厅中央，康泰尔端详韩慕侠，他一米八的个头，身着对襟短褂，貌不惊人，年纪轻轻，心里踏实下来，没有把他放在眼里。

康泰尔脱掉外衣，抡抡胳膊，压压腿，忽然转过身来，摇着毛茸茸的大手，叽里咕噜地对翻译说了几句话。

翻译走过来，对韩慕侠说：“康先生说，你身子太单薄，一动手便像摔兔子一样摔得死你，让你再考虑考虑。”

韩慕侠一听，气得牙齿咬得“咔崩”响，他告诉翻译：“你跟他讲，我打他就像打一头熊瞎子！白玩！”

翻译没有敢对康泰尔翻译，康泰尔还以为韩慕侠胆怯，有些得意。

翻译用俄语朝康泰尔道：“康先生，你们进招吧！”

康泰尔知韩慕侠不服输，抢上一步，突然伸出右掌，直奔韩慕侠咽喉。这一招十分狠毒，只要被他卡住喉咙，向上一托，韩慕侠就会站立不稳。康泰尔如果趁机抓住他下身，往起一提，凭他的蛮力，举过头顶，头朝下，扔出去，那么韩慕侠就得摔个半死。只此一招，国外死伤在他手里的有数十人。

可是韩慕侠使的八卦掌变化多端，神出鬼没，他疾如闪电，往康泰尔身后一闪，康泰尔这一招就落空了。

康泰尔转过身来，又一拳朝韩慕侠面门击来。韩慕侠用挑掌往上一撩，康泰尔翻手朝对方手腕扣来。韩慕侠见他露出右肋，掰手而上一掌重重击在康泰尔胸前的华盖穴上，身高力大的康泰尔连退几步，像一堵墙倒下了，哇的一声，翻肠倒肚，把吃下的牛奶、面包一股脑儿吐了满地……

王芗斋、李存义、尚云祥、孙禄堂、张占魁等人见康泰尔倒地，连忙喊过韩慕侠拔腿就走。

那中国翻译见势不妙，马上来到电话前，向警察总监吴炳湘家里拨通了电话，“吴先生吗？您知道不知道，康泰尔先生这里来了一些我国武术家，把康先生打趴下了，可能跟昨天到康先生公寓所来的那个夜行人有关系。明天是康先生摆擂的第七天，也是最后一天，请您加多警卫，估计明日还会有人闹事。您知道，由于康先生是世界上著名的超级大力士明星，在世界上影响很大，来中国是最后一站，这次又是外交部请来的，因而对他的人身安全，你们要绝对负责！”

第二天，十月十四日上午，中央公园五色土的擂台四周，人头攒动，人们挤得水泄不通。王芗斋、尚云祥、刘文华、孙禄堂、张占魁、李存义等人因要瞧瞧康泰尔经过昨晚惨败之后，今日表现如何，也躲在人群中观看。韩慕侠不便再在人群中露面，暂时待在王芗斋家中。

中央公园坐落在天安门西侧，东侧便是太庙。中央公园原址是辽金时代燕京东北郊的兴国寺，元代改称万寿兴国寺。明朝永乐十九年，在这片遗址上建造了社稷坛，自此这地方便成为皇帝祭祀土地和五谷之神的场所，清代沿用下来，民国后又开辟为中央公园。此次康泰尔来京比武，故意把擂台设在这里，想在昔日中国皇帝祭神之地打倒中国人。当陪同他选地的外交部部长曹汝霖问他是否要看第二个地方时，他断然拒绝说："在北京不会再有比这更好的擂台了!"

社稷坛处在中央公园轴线的中心，这是用汉白玉筑成的方坛，上层每边长十六公尺，面上铺着五色土，布局为中黄、东青、西白、南红、北黑。中央埋有方形石柱一尊，名叫社主石，意为天下独占，江山永固。

王芗斋瞥眼看见台上的康泰尔，他穿着西方拳师常穿的褐色背心，高高的个子，一身鼓囊囊的肌肉。胸前布满乱蓬蓬的棕毛，一双豹眼气势逼人，虽经过两晚上的惨败和捉弄，但此刻在众多的中国观众面前却装得若无其事，那双眼睛就像猛虎扑食一般寻觅着将要猎取的食物。

王芗斋望望四周，只见到处是荷枪实弹的军警，还有许多鬼头鬼脑的家伙在人群里钻来钻去，显然是便衣警察。

这时，警察总监吴炳湘由几位外交官陪同来到了台上，坐在摆好的座位上。吴炳湘干咳几声，用双手支着指挥棒，虎视眈眈地盯着人群。

台上又是一阵喧嚣，俄国驻华公使偕夫人也来到台上，两名警察手捧鲜花递给他们，那俄国公使及夫人也在上面坐了下来。

那个中国翻译走上前，对观众道："今日是世界超级大力士康泰尔先生在中国摆擂的最后一天。康先生以高超的功夫和威力，所向披靡，打遍世界无敌手，堪称是世界第一好汉。下面请康先生表演，大家鼓掌!"

底下传出稀稀落落的掌声。

几个中国人抬上来一张木床，上面密密麻麻钉满了铁钉。康泰尔得意地来到床前，吸足一口气，往铁钉床上一躺，随即猛地跃起，稳稳落于地面。

康泰尔咧开大嘴笑笑，朝中国翻译咕噜了几句。中国翻译大声说道："康泰尔先生说，哪个敢上来试试?"

话音未落，只见一人一招"燕子钻云"，跃到台上，朗声叫道："我来了!"

王芗斋见那人三十岁左右，身材不高，平头，蓄着小胡子，显得伶俐轻巧。王芗斋从来没有见过这个人。

第十四回　王子平怒打俄力士　周子炎三败入王门

那人来到台上，朝观众一拱手，笑道："这位康先生刚才身伏铁钉，我来个头撞铁钉。"说着，一招"猛虎跳涧"，将头向铁钉撞去，一个倒立，稳稳立住，底下一片喝彩。

那人又一招"鹞子翻身"，稳稳落于铁钉床旁。

康泰尔在观众急风暴雨般的掌声中，脸红得像醉汉，勉强挤出笑容说："你敢跟我较艺吗？"

那人欣然同意。中国翻译又说给康泰尔听，康泰尔瞧瞧眼前这个瘦弱的小青年，轻蔑地一笑，要求为他们立下生死文书。

中国翻译拿来准备好的纸笔，二人按了指印，重新走到擂台正中。

王芗斋的心头不禁为那个青年捏了一把汗，因为从外形上来看，两个人相差太远了，不是同一个重量级的。康泰尔比那青年高一头半，而且比那个青年宽一倍，那青年显得弱不禁风，像风中芦苇，而康泰尔仿佛一堵高墙，显得浑身是力气。

此时，康泰尔一招"饿虎扑食"直取那青年的咽喉。

那青年见他来势汹汹，来个避实就虚，两腿一使劲儿，跳到一边。

康泰尔用力过猛，一下收不住脚，窜了过去。康泰尔满以为可以抓住对方，没料到扑了一个空，人也不知到哪里去了。待他转过身来，见那青年在身后已摆好架式，就知道这青年并不寻常，康泰尔打遍四十六国，名将高手谁也躲不过他的这一猛扑，而眼前的这个青年非常灵巧，身法如此疾快。康泰尔又猛扑上来，那青年只是躲闪，并不回手。

原来那青年让康泰尔左旋右转，消耗体力。康泰尔见扑来扑去，总是扑空，不禁性急，叫骂道："你这个人，怎么像个泥鳅，不敢跟我对打？"

那青年见他性急，嘴中用俄语乱叫，微微一笑，瞅个空当一招“韦陀献杵”，左手一掌朝康泰尔一击，康泰尔伸手来抓他的手腕。

就在康泰尔快抓住青年的手腕的一刹那，那青年疾步上前，用右胳膊一横，正击在康泰尔的前胸。康泰尔只觉胸口一震，站立不稳，往后倒退了七八步，“扑通”一声，瘫在地上。

五色土四周卷起了欢呼的狂涛，掌声雷动。

王芗斋的眼睛湿润了，他忙问旁边的尚云祥：“那青年叫什么名字?”

尚云祥摇摇头。

孙禄堂说：“他叫王子平!”

此时，王子平腾空而起，一招“燕子穿云”飘然而下。

军警们挥舞着枪托和棍棒要抓王子平，但观众却有意无意地成了他们难以逾越的障碍。

王芗斋见一伙暗探和军警向王子平涌去，拉住尚云祥说：“咱们去救王子平。”

王芗斋、孙禄堂、尚云祥、张占魁、李存义、刘文华等迅速向王子平靠拢。

两个暗探扭住了王子平的胳膊，王子平一使劲儿，那两个暗探“哎哟”叫一声，都被震倒在地上。

王子平迅速冲出包围，向中央公园门口飞跑。

快到大门时，前面突然窜出几个手持短枪的暗探，嘴里高喊：“站住!”手里已准备扣动扳机。

王芗斋看见，随手抄起一把黄沙，向那伙暗探撒去。“砰，砰……”枪响了，子弹从王子平耳际擦过，王子平脚一旋，转身向边门跑，一招“鹰击长空”，攀上墙头，转眼即逝。

王芗斋在远处见王子平平安跃过墙头，便迅速返身躲进观众人流。

王芗斋、张占魁等人回到王芗斋家中，韩慕侠听说王子平胜了康泰尔，心中非常欢喜。

李存义叹道：“这王子平艺高胆大，谁说咱华夏古国无人，他今日在万人之前痛打了康泰尔，真给咱中国人出了一口气!”

孙禄堂道：“王子平是河北沧州人，他是个回民，祖父善翻杠子，父亲人称‘粗胳膊王’，王子平从小受到家庭的熏陶，酷爱习武，因功夫过人，人称‘神力千斤王’……”

孙禄堂又给众人讲了王子平的一些轶事。

一九零零年，义和团运动失败，沧州参加义和团的人很多，都惨遭镇压，王子平也被清政府怀疑是“拳匪”。沧州无法待下去了，王子平只好背井离乡，来到济南。在济南城东门外柳园，王子平看到茶摊儿左边有座水磨房，一些游客正围着水磨看热闹。

他分开众人，挽起袖子道：“我不让它转动！”

众人听了，都以为他是在说笑话。

王子平运足气力，揸开五指，朝那飞转的水磨按下去，那水磨转悠两下，不动了。

人们正在喝彩，一位身材魁梧的大汉从人丛中走了出来，向王子平一拱手道：“大力士，请到这边说话。”

他把王子平叫到茶摊儿坐下，说：“我要收你为徒，不知你愿意不愿意？”

王子平问：“敢问您尊姓大名？”

那大汉说：“鄙人姓杨，名洪修。”

王子平一听是大名鼎鼎的弹腿、查拳名家，心中不禁大喜，急忙站起来，跪在地下道：“弟子慕师父之名久矣，请师父受弟子一拜！”

王子平拜杨洪修为师后，功夫大长。他每日都登上济南城墙，踏着城垛飞跑练轻功。

有一次，王子平路经山东潍县，见有一辆大骡车急驰而来。他知骡子惊了，一个箭步迎上前去阻拦。

那骡子狂奔起来，王子平一闪身，绕到了车后，双手抓住车尾，大喝一声，双手一拧。

那大车和骡子一起被拧翻在地。那些吓慌了的行人一见此情此景，无不欢呼雀跃。王子平的“神力千斤王”的美名不胫而走。

德国人当时盘踞胶济铁路，他们听说王子平能力举千斤，认为是虚妄之言，便特意买来一个最大的石磨盘，摆在青州车站，让王子平来举。王子平见德国人蔑视他的能力，于是来到青州车站。

青州车站挤满了人，大家都想看看“神力千斤王”的神采和功夫。

王子平来到石磨盘前，用眼睛打量一下石磨盘，问德国人：“我举起这个磨盘怎么办？”

德国人说：“你举起来就拿走磨盘，举不起来你就付磨钱。”

王子平把上衣脱掉，沉着地走上前，运足气力，把那个磨盘一搬，立了起来；再一颠，托了起来，然后稳稳地举过头顶。

观众发出一阵喝彩声。

那几个德国人大为吃惊，翘起拇指，连称："神力！神力！"

王子平把磨盘轻轻放下，大气不喘一口，他拿起衣服往肩膀上一搭，向大家微微一笑，扬长而去。

德国人追上去说道："年轻人，这个磨盘归你了！"王子平回过头来笑道："让它就留在那儿吧！"这个特大的磨盘以后一直摆在青州车站，可是"神力千斤王"的名字却越传越远。

众人听孙禄堂叙了王子平的故事，愈加称赞这个年轻人。

这时，吴素贞过来招呼大家吃饭。吃饭时，众人喝酒论英雄，非常热闹。

下午，张占魁、李存义、韩慕侠告辞王芗斋等回天津去了，尚云祥、刘文华、孙禄堂也各自回去。

晚上，王芗斋和吴素贞在书房里谈天论武。

吴素贞问："芗斋，我教你的一些词谱，你都记住了吗？"

王芗斋道："我背熟了《念奴桥》《满江红》等词谱。"

吴素贞又问："你会填词吗？"

王芗斋道："尝试着填了几首，不知如何，请你看看。"

吴素贞接过王芗斋递给她的墨册，翻开第一页，只见小楷书写道：《念奴娇》：

国门谁望，嗟叹余，满腹侠肝谁会？宝刀不老，浑认做，江湖万里如咽。少林寺钟，武当山烛，做出争雄势。武林轶事，都付书史秘籍。

因笑儿女英雄，登山入室，也学红巾涕。凭取莫邪，踏遍铁鞋茫茫望无际。幸有贤妻，教吾诗词，把酒黄花誓。芗斋书斋，岂能一任孤对？

吴素贞又翻开第二页，只见是一首《满江红》：

功夫叹成，磨砺尽，多少豪气。潜陈沟，三年聋哑，青衫就湿。董公割阁九华冷，王朝闻蝉野风急。有谁怜，终南姬先师无功级。

治安策，刀剑什。青铜锈，拳谱失。把遗风逸闻，细细温习。长城犹有戚公笠，水浒今存浪子迹。问天极八卦形意拳，谁论及？

吴素贞看了，高兴地说："芗斋，你真是聪慧，一学就会，这两首词都很像样，孙禄堂先生要办武术刊物，我劝你把这两首咏史的词都发表出来。”

王芗斋一把夺过书册，说道：“我这词不能登大雅之堂，只是写着玩的。”

一阵风袭来，亮烛顿灭，书房内一片漆黑。有人在院内叫道：“王芗斋，还认识我吗？有种的出来比试比试！”

王芗斋听那声音好熟悉，吴素贞说：“又是那个山东的周子炎来了！”

王芗斋冲出房门，顿觉脑后凉风袭来，一侧身，右臂上的青衫被撕下一大片。王芗斋回手一拳，正与那周子炎一拳相撞，二人各被震得退后一步。

周子炎身穿玄色紧身衣，精神抖擞，比上番来瘦了许多。他一招“仙人指路”，朝王芗斋戳来。

王芗斋用手架住周子炎的胳膊，蔼声说：“朋友，大老远来，别动真火，先到屋里坐坐。”

周子炎心想：“这王芗斋的底细我还不知，不如先随他进屋，看情形再下手。”于是随他走了进去。

王芗斋带周子炎进屋，此时吴素贞也走了进来。王芗斋指着一个檀木椅道：“朋友，请坐。”

周子炎往椅子上一挨，“咔嚓”一声，椅子酥了。

“唉，这椅子不结实，再换一把来。”王芗斋从里屋搬出一个大藤椅。

周子炎心想：这檀木椅都被我坐坏了，怎么他又搬来一个藤椅，这藤椅哪里禁得起我坐呢？于是他重重往那藤椅上一坐，没想到那藤椅纹丝未动。他吃了一惊，抬起屁股一瞧，原来是王芗斋伸出一只脚勾在藤椅座下。

王芗斋朝周子炎一拱手：“朋友，你是来找我比武的，我们也不用真刀真枪的练，你若不嫌，就请你骑马式蹲在地上，让小弟我搭你肩上一只手，你如能拱起身，我甘拜你为师。”

周子炎道一声：“请便。”把衣裳一掀，蹲在地上。

王芗斋侧身站在周子炎左边，把手轻轻搭在周子炎的肩上，说一声：“起吧！”

周子炎憋足了劲儿，往上一拱，如泰山压顶，纹丝不动，接着又连拱了两拱，觉得心里一阵隐疼，噗地吐出一口血丝。

周子炎深感王芗斋功夫高深，半跪于地道：“王先生，我服了，您收下我这个徒弟吧。”

王芗斋见他一副诚诚恳恳的样子，不好拒绝。但是收他为徒，自己又太年轻，年方三十三岁。

周子炎见王芗斋有点儿犹豫，连磕了几个响头。

王芗斋去扶他，他只是不起，一个劲儿磕头。王芗斋只得答应收周子炎为徒，周子炎呵呵大笑道："我本来是想当先生的，孰知却当了学生了。"

周子炎在北京拜王芗斋为师学艺，到第二年春天，因家中有事，告辞王芗斋夫妇，回山东去了。

此时武技教练所因政局变动停办，王芗斋摆脱了繁忙的教务，松了一口气，他为了博采众家之长，决定遍访天下高手，吴素贞也非常支持他游历江湖。

这一日，王芗斋与妻子依依作别，开始南游，探讨武术真谛。不久，他来到河南登封少室山五乳峰下，只见山间浓荫密匝处隐现一座宏伟寺院，那寺院地处群山环绕的千崖万壑之间，山色深幽，曲径萦回，风光绝佳。唐代大诗人白居易有诗云："强健且宜游胜地，清凉不觉过炎天。始知驾鹤乘云外，别有逍遥地上仙。"

王芗斋跨上一座板桥，但听桥下泉水潺潺，侧目一瞧，见泉边巨石上坐着一位老人。那老人年近九旬，面如冠玉，头戴纶巾，身披鹤氅，飘飘然有神仙之态。那老人长吁短叹，眉头紧皱。

王芗斋走下板桥，来到老人面前，关切地问："老先生，你因何叹气？"

老人徐徐答道："我出去采药，不慎摔伤了腿，现在不能回家……"

王芗斋问："您老家居何处？"

老人一指山间："少林寺后就是我的家。"

王芗斋爽快地道："那我背您回家。"说着，上前背起老人。没想老人身子好重，王芗斋觉得身负七八百斤，但他仍然拼力向山间走去。

老人问道："后生，你因何来到此处？"

王芗斋道："我的师父郭云深与少林寺住持林禅师是好友，我此番游历河南，正要找他有磋商武术。"

老人情不自禁长叹一声："云深大师真是一条好汉！"

"怎么？您老也认识我师父？"

"他半步崩拳打遍天下，足迹遍神州，谁人不晓。"

王芗斋喜形于色道："您见过我师父吗？"

老人道："三十年前，我在洛阳城白马寺看过他比武，你们师祖姬际可我也听说过，我在少林寺还曾面壁十年呢。"

王芗斋笑道："您老还真知道不少。"

忽然，王芗斋觉得身子轻飘飘的，如腾云驾雾一般，背的老人仿佛轻如絮棉。

恍惚中，远处似乎传来波涛之声，眼前浮现白云重叠，琼楼玉宇中有个佳人，手横玉笛，发出悠扬之声。

那佳人两弯似蹙非蹙笼烟眉，一双似喜非喜含情目，如娇棠照水，翠柳扶风。头戴金丝八宝攒珠髻，绾着朝阳五凤挂珠钗，项上戴着螭璎珞圈，身上穿着镂金百蝶穿花大红云衣，外罩五彩刻丝石青银鼠褂，下着翡翠撒花锦衣裙。一会儿，云消雾散，眼前幻景顿失，老人也不在背上，他身若轻云，隐在绿荫之中。

王芗斋想：这老人功夫不凡，定是位高手。少林寺自古高手如云，不可小觑。

沿山道蜿蜒而上，来到少林寺门前，只见山门是一座面阔三间的歇山顶建筑，方门圆窗，门额上悬挂着康熙御笔“少林寺”匾额。殿内佛龛中供奉泥塑弥勒佛像，龛背面立木雕护法韦陀神像。山门左右的东西掖门，是供车马入寺的边门。山门前的那对清代石狮子，栩栩如生。殿内闪出一位僧人，向他施礼道：“你是来找行林禅师的吗？”

王芗斋一听，十分惊讶，心想：真是和尚不出门，全知天下事啊！他点点头，答道：“我是河北深县魏家林村人王芗斋，求见行林高僧。”

那僧人说：“随我来。”说着引他进去。他们穿过碑林，登上高阶，便是巍峨的天生殿。此殿面阔五间，重檐歇山顶，上覆以绿色琉璃瓦。

天王殿后是大雄宝殿，东西有一座钟楼和鼓楼。

大雄宝殿前，一群武僧正在练艺。

十几个小和尚一会儿两脚交叉盘坐，两手五指交叉按于两腿之间，掌心均朝下，两眼微合；一会儿又侧躺地上，两臂屈肘，两手食指塞住双耳，其余四指微握，两腿并拢屈膝。

僧人见他看得入神，不肯移步，笑道：“他们正在练少林童子功呢！快走吧，高僧正等着你呢！”

二人又穿过藏经阁，来到方丈院。这里面阔五间，是住持和尚居住和处理日常事务之地。因为清朝乾隆皇帝游嵩山时曾住在这里，后人又称此处为龙亭。殿檐下悬有记述中日僧人名字的元代铁钟。

僧人带王芗斋走进廊然堂，来到方丈退居处，只见一位精瘦的高僧盘腿坐于木椅上，满面慈穆之色，双目微合，身穿红色袈裟，口中念念有词：“长歌游宝地，徒倚对珠林。雁塔风霜古，龙池岁月深。绀园澄夕霁，碧殿下秋阴。归路烟霞晚，山蝉处处吟。”

王芗斋合掌对道：“天下功夫地，明月照塔林。佛殿木鱼古，达摩面壁深。

金钟盖雨霁，古井临霜阴。投宿何愁晚，艰辛窗下吟。”

高僧睁开慈目，看了看王芗斋，又吟道：“岩壑深螟入翠微，少林金碧雾烟霏。五峰屏簇禅庵小，万仞天开佛日辉。闻说九年空面壁，得逢二祖便传衣。千秋少室山灵在，曾见先师只履归。”

王芗斋又对道：“清昼入门春翠微，坐深檐溜柳烟霏。泉声流过禅庵小，云气堂生佛日辉。入夜萧条空面壁，翻阶滴沥滞游衣。今朝但有书香在，何叹先书不复归?”

那高僧听毕，高兴地说：“果然不愧是文武双才的郭云深大师的弟子，来，快入座。”

王芗斋甚觉纳闷，心想：他怎么知道我的来历，真是蹊蹊。他坐在旁边一个木椅上，僧人递过龙井香茶。

高僧道：“我便是少林寺的住持行林。”

王芗斋起身作了一揖：“拜见高僧。”

行林禅师道：“快请入座，想当年我与你师父情同手足。芗斋，我知你求艺心切，你已掌握形意门的绝技，又想博学多闻，兼收并蓄，日后定能成为一代宗师。”

王芗斋听了十分奇怪，这位行林禅师真是神通，他怎么会唤出我的名字？又如何通晓我的志向。古人云，事情先知的是诸葛亮，事到方知的是周瑜，事后才知的是曹操，事后还不知的是蒋干，莫非这位禅师是当今的诸葛亮。

王芗斋细观禅师，他器宇轩昂，胸襟秀丽，一双眼光射寒星，两弯眉浑如刷漆，似撼天狮子下云端，骨骼清健。

行林禅师又道：“芗斋，你要汲取少林拳法，必须先了解少林寺和少林拳的历史，让我说给你听：北魏孝文帝元宏时，有一位名叫跋陀的西域僧人，跟随魏孝文帝多年，魏孝文帝为他在京都修建了美丽的寺院。但是，跋陀喜爱幽静的山林，常常往来于嵩洛之间。于是，魏孝文帝于太和二十年，又下令在河南少室山为他建造了这座少林寺。少林者，少室之林也。跋陀在少林寺传授小乘宗佛教，讲经说法，各地慕名前来求法者络绎不绝。可是后来少林寺又为另一派佛教势力占领，这一派就是达摩始创的新禅法。达摩是北魏时期第二个来到少林寺的印度和尚，被后代禅门奉为禅宗的初祖。达摩禅的特点是壁观，即让人们面对着墙壁静坐，心里什么也不要想，这样就可以修炼得道。在理论上依据的是南天竺一乘宗，即大乘空宗。据说，达摩在少林寺后的一个山洞中面壁苦修了九年，后来把衣钵法器传给了一个中国僧人神光。神光又名僧可，法名慧可，被禅门尊为二祖。由于当时北京新禅法的激烈斗争，达摩与慧可的新禅法受到旧禅法的激烈反对。达摩生前几次遇毒，最后死于洛滨。慧可在达摩去世后，北上游化，在邺都遭到教敌的暗害，断臂南遁，险些丧命。隋文帝杨坚信佛，他帮助奠定了少林寺的地位。唐初时，在寺院几次遭到焚毁的情况下，地内组建了僧兵，而在此时，率领十三棍僧救了唐太宗李世民的昙宗和尚被朝廷封为大将军。明嘉靖年间，少林寺月空和尚率领三十多位僧人开赴淞江一带抗击倭寇，后来全部壮烈牺牲。”

说到这里，行林禅师显得有些激动，他徐徐起身，带王芗斋出了方丈院，来到高台之上。这是一座面阔三间的朝鲜殿式殿宇，名叫立雪亭，又名达摩殿。

二人走进殿内，王芗斋见那正中佛龛内供着铜质达摩像，边立者为二祖慧可。神龛上有清乾隆皇帝的御书“雪印心珠”的一方横匾。

行林禅师说：“少林拳的创始人是达摩高僧。他终日默坐参禅，栖身于深山密林之中，经常受毒蛇猛兽的威胁。因此，他便根据虎跃、猴攀、鸟飞、蛇匍等动物形态，编成拳术，嵌在石壁之中，用以健身、防身，从而开创了少林僧众练武之风。少林派拳术的基本套路达摩十八手、心意拳等，就是达摩大师首创。”

行林禅师指着慧可的铜像说：“这位中国僧人当初冒雪向达摩求法，达摩却不理睬，慧可直立不动。一夜过后，大雪没膝，达摩仍不肯收他做弟子。慧可便用利刃自断左臂，献给达摩，达摩这才答应收他为徒。”

王芗斋恭恭敬敬对慧可作了一揖，叹道：“慧可精神可嘉可佩!”

立雪亭北是少林寺内最大的千佛殿，殿前有宽阔的月台，台三面筑有石级踏道和石雕望柱栏杆，正面踏道中有浮雕云龙莲鹤图案的陛石。二人走进千佛殿，南面三间格扇门，中门上悬“西方圣人”竖匾。殿中有一佛台木龛，内供铜毗卢佛，东山墙下供着白玉石的“南无阿弥陀佛”。两壁下有达摩像。殿内东、西、北三壁有连为一体的“五百罗汉朝毗卢”的大型彩色壁画。这些罗汉姿态各异，栩栩如生。

王芗斋问：“这罗汉和毗卢佛是什么意思?”

行林禅师说：“释迦牟尼佛祖在涅槃前，嘱咐了五百位僧人，让他们不要涅槃，常住世间为众生培福德，这些僧人就是罗汉。”

王芗斋说：“我家居乡间，以前未出过远门，佛寺中的事知道很少，那么三大士、千手千眼观音又是指什么?”

行林禅师道：“三大士指文殊、普贤、观音菩萨。文殊菩萨骑狮子，普贤菩萨骑六牙白象，观音菩萨骑犼。千手千眼观音的千手表护持众生，千眼表观照世间，都是大悲的表现。主要有四十二臂，手下伸，掌向上，名为无畏手，除一切众生怖畏；持日手，救眼暗无光者；持月手，救患热病令清凉；宝箭手，令善友早相遇；净瓶手，为求生梵天者；杨枝手，除种种病难；白拂手，除一切恶障；

宝瓶手，为调和眷属；盾牌手，辟一切恶兽；钺斧手，除一切王难；髑髅宝杖手，役使一切鬼神；数珠手，能得一切佛指引；宝剑手，降仗一切鬼神；金刚杵手，摧伏一切怨敌；铁钩手，能令龙王拥护；锡杖手，慈悲覆护一切众生；紫莲花手，能见十方诸佛；红莲花手，能令开天；宝镜手，成就大智慧；宝印手，成就大辩才；顶上化佛手，为得诸佛摩顶受记；合掌手，令一切人和鬼神爱敬；宝箧手，能得土中伏藏；五色云手，令速成佛道；宝戟手，能辟除怨贼；宝钵手，令身体安稳；玉环手，令得仆役；宝铎手，令得上妙音声；五股杵手，能降伏天魔外道；化佛手，生生不离佛；化宫殿手，生生在佛宫殿中，不受胎生；宝经手，令博学多闻；金刚轮手，直至成佛终不退转；蒲桃手，令稼谷丰收，还有麦穗手和宝矛手。”

行林禅师一口气讲述了千手千眼佛观音的作用，王芗斋十分敬佩他的记忆力。他忽觉脚下一滑，只见大殿地面上有许多凹坑，行林禅师见他诧异，说道：“这是脚窝，是僧人们在殿中演武练功时留下的，你瞧，前后四行，每行十二个，共有四十八个，当年十三棍僧就是在这里练就的功夫。”

千佛殿东侧为白衣殿，殿内山墙上绘有寺僧操练拳棒的壁画，所以又叫拳普殿，殿内佛龛中供白衣菩萨铜像。除西面为门窗外，其余各壁绘有清代壁画。北壁绘的是寺僧徒手作拳术表演的场面，两两相对，练的是六合拳，共十六组。南壁绘的是执械格斗的场面十组，器械有棍、枪、刀、剑等。东壁的北部壁画，描绘了唐初少林和尚援救李世民，活捉王世充的故事；南部壁画绘的是元朝末年寺僧与红巾军搏打的场面。

中午，行林禅师设宴款待了王芗斋，并答应第二天起教他达摩十八手。饭后，僧人将他安顿在方丈院左厢的僧房住下。

这天夜里，王芗斋翻来覆去睡不着，他想起一千多年前的印度高僧达摩不远万里，长途跋涉来到中国，在少林寺后石穴面壁九年，酷暑严冬，夜以继日，这是何等高深的功夫！印度僧人尚且如此，难道咱中国人就没有这种骨气?！他忽然想到，形意门师祖姬际可或许就是听说了达摩的事迹后，决心超过达摩，曾在少林寺面壁十年，比达摩多了一年。据说，宋太祖赵匡胤在当皇帝之前也到少林寺修炼过；岳武穆王岳飞年轻时也在少林寺学过艺。

忽然，他听到屋顶上有人走动之声，这声音极为轻微，一是因为王芗斋未睡，二是因为在夜间，因此，这声音尽管轻微，王芗斋还是听到了。他赶快披衣起床，悄悄开屋门，只见房上一个人影，一闪即逝。

第十五回 姬际可受厄少林寺 本空僧导气达摩洞

王芗斋甚觉纳闷，心想：莫不是少林寺的僧人在练夜行术，或是来了强人？他站在那里又望了一阵儿，见没有什么动静，便返回屋内睡去。

第二天一早，王芗斋起床，来到门外一瞧，只见行林禅师正在练艺。他动作秀如猫，抖如虎，行如龙，动如闪，声如雷。

行林禅师见到王芗斋，收了拳式，笑道："昨夜睡得可好？"

王芗斋说："昨夜听见屋顶好像有人走动之声，出来一瞧，又好像有个人影一闪。"

行林禅师笑道："那是常有的事情。江湖人称'天下功夫出少林'，各地好汉游历江湖，必来少林，少林寺又是中州枢纽之地，高手来来去去，明来明去，暗来暗去，是常有的事。爽朗点的，寺院坐坐，喝杯清茶；隐晦点的，不愿通报，内外串串，不必介意。"

行林禅师引王芗斋来到后面的练艺场，只见有四十多个少林寺僧正在练少林棍，那些棍搏击如飞，刷刷有声。

行林禅师说："说起这少林棍还真有一段故事呢！元至正年间，红巾军围攻少林寺，在将要攻破少林寺之时，忽然厨房里杀出一个烧火的和尚，他手拿拨火棍，高声喊道：'众法师不必惊慌，我自去应付。'说完，开了寺门，用拨火棍打退了红巾军。僧众都惊叹他的棍法高强，争相学习，继而传播，逐渐演变为现在的少林棍。那位烧火和尚自称'紧那罗王'，至今少林寺东梅山屋和藏经阁，还有紧那罗王的座像。"

二人又往前走，只见靠院墙根有十几个僧人在练各种功法。地上用石灰画着若干朵梅花，每朵五个圆圈做花瓣，一个僧人在上面跳来跳去，丝毫不乱。行林禅师说："这是在练梅花桩功，练至在平地石灰所画的梅花形中能来回自如，则可正式上桩。正式练功的梅花桩，用坚木棒五根，各长七尺，埋入地下三尺，桩头要用铁箍加固；每桩相距二尺，中桩立于四桩中央，呈梅花形。"

旁边有个僧人正在高举一个酒坛，坛中盛满铁砂，酒坛有双耳，有短绳系牢双耳，中间穿一个木棒；僧人手握棒的两端，把坛悬起，身腰正直。王芗斋叹道："真有气力！"

行林禅师道："这是上缶功，那是铁扫帚功。"

王芗斋顺着他手指的方向看去，见有个僧人以扫蹚腿频频扫踢一根木桩，"嘭嘭"有声，声音渐重。

王芗斋见那僧人也就十二三岁，便走过去问："你叫什么名字？家乡在哪儿？"

僧人停止了踢桩，用脏手抹了一把汗，弄成了小花脸。他扬起充满稚气的脸，说道："大哥，您问俺是哪旮旯儿的？俺是东北人，法号叫悟心。俺家穷，爹娘都被洪水淹死了，姐姐插了草标子，卖给了窑子铺，俺一口气跑到这少林寺，出家当了光头和尚……"

王芗斋用充满同情的目光瞧着这个小兄弟，用手扶了扶他的肩膀，叹口气，走开了。

行林禅师追上来，说："唉，来咱少林寺的，多是穷人家的孩子，有的家乡大旱，地裂开了缝；有的家乡发了洪水，背井离乡；也有的不满当地恶霸的欺压，放火烧了恶霸的庄园。前不久，有三个姑娘眼泪汪汪来投少林寺，原来他们被人贩子所骗，差点被卖到广东的妓院，她们三个都是四川姑娘，路上遇到一个叫杜心武的好汉，杀了人贩子，救了她们。她们无路可投，千里迢迢跑到这里想出家当尼姑。可咱这少林寺从未有过尼姑，于是我修书一封，让她们去投了峨眉山金顶的广善老尼……唉，世道太乱，天道不公呀！"

二人又往前走去，有个僧人用软布环束胸背，缠绕数匝，正用力搓摩，又时将肘臂屈伸，使胸部作翕之状。

行林禅师说："这是在练铁布衫功，练这种功夜间宜用坚硬木板为榻，使骨骼与坚硬物体相触，日久天长渐至坚实，然后立铁杠于庭前，下作江坑，铺上细沙，每日晨昏，就用铁杠练习种种姿势，于下杠之时，以上身各部，向沙中跌扑；这样练至三年，再将缠绕之布解下，以木槌捶击上身，渐渐换之铁锤捶之，又过三年，身上各部绵软如棉，铁布衫功就算练成了。"

王芗斋叹道："真是只要工夫深，铁杵磨成针呀！"

二人来到一株老槐树下，行林禅师说："少林派拳术有罗汉拳、小洪拳、大洪拳、老洪拳、少林五拳、五战拳、昭阳拳、连环拳、功力拳、潭腿、柔拳、六合拳、圆功拳、内功拳、太祖长拳、炮拳、地躺拳、梅花拳、通背拳、观潮拳、金刚拳、七星拳、练步拳、醉八仙、猴拳、心意拳、长锤拳、五虎拳、伏虎拳、黑虎拳、大通臂、长关东拳、青龙出海拳、翻子拳、鹰爪拳等，少林拳有三十四个字秘诀，你要牢记：扳唤揽撂，移身闪站，有无虚实，筋擎解绽，吸吸动静，迎风转换。少林棍术有猿猴棍、风火棍、齐眉棍、大杆子、旗子棍、镇山棍、单盘龙棍、双盘龙棍、齐天大圣猴棍、六合棍、小夜叉棍、大夜叉棍、少林棍、梅花棍、云阳棍、劈刀棍、阴手棍、五虎擒羊棍等；其他武术器械有三股叉、方便铲、和戟镰、秀圈、方天画戟、七节鞭、绳标、虎头双钩、梅花单拐、马牙刺、乌龟圈、双锏、日朋狼牙乾坤圈、风魔杖、太祖卧龙山、春秋大刀、抱月刀、王虎枪、少林枪等。我先教你达摩十八手，这达摩十八手又称少林罗汉十八手，有朝天直举、排山运拳、黑虎伸腰、雁翼舒展、揖肘钩胸、挽弓开隔、金豹露爪、腿力跌宕、足尖直踢、横腿扫击、长腿高举、钩腿盘旋等。”

光阴荏苒，转眼到了秋天，嵩山遍野的绿荫渐渐变成了金黄色，枫树染上了火红的颜色，在一望无际的金黄色中间杂有殷红，仿佛一幅铺天盖地的油画。少林寺古老的院墙呈现出一派凄凉的金色，那一股股细泉又给这画面添上一些银光。鸟的啼叫和昆虫的营营声，洋溢在林间，汇成一组悠扬的交响乐。

王芗斋经过几个月的研习，已掌握一些少林真传。同时，行林禅师也向他学习了形意羊拳中的十二形拳。二人情投意合，互相研磋，取长补短，彼此都有很大提高。

这天晚上，王芗斋与行林禅师下过围棋，回到屋内，躺在床上，翻来覆去睡不着。他来少林寺后，一直苦心求艺，还没有到过达摩面壁洞，于是想趁此月光溶溶，亲眼看看当年达摩大师修炼之处。

他来到屋外，见方丈室烛光已熄，知行林禅师已睡，他不能惊动他，蹑手蹑脚地来到常住院西侧的塔林。这是一片宏伟的塔林，共有唐、宋、元、明、清历代墓塔二百三十座，是中国最大的塔林。塔的形状很多，有方形、圆形、六角形、小八角形等。

正走间，忽见前面有个人影一闪，王芗斋喝道：“何人在此?”

那人影倏忽不见。

王芗斋四顾塔林，见后面有个人在塔上跃来跃去，身法极快，在众多塔上跳跃，如走平地。他已看出那人穿一身黑色夜行衣，高挑挑的个子。

“你是何人？为何半夜至此？”王芗斋大声问道。

“你是何人？为何半夜至此？”塔林戏弄似的发出一片回声。

王芗斋一招“猿猴攀枝”跃上一座砖塔，那个人也已不见踪影。

王芗斋有点儿恼火，但又无可奈何，只得又往前走。

自塔林北上，不远的山阜上，有一单独的小建筑群，那就是初祖庵，那是后代僧人为纪念达摩所建。王芗斋上了初祖庵，见有一个大殿和千佛阁，两旁有方亭，庵内有古碑四十通，上面镌刻着黄庭坚、蔡卞等名家的碑刻。

沿初祖庵北登五乳峰，来到了达摩洞，洞前有明万历三十二年建造的一座石牌坊，额题“默玄处”三字。王芗斋刚要进洞，只觉被什么东西绊了一下，低头一看，原来是一具死尸，借着皎皎明月一瞧，那死者是一个二十多岁的汉子，一身青色夜行衣，并穿一双牛角拐，身上仿佛并未伤痕，脸部扭曲，模样十分难看。

王芗斋再往四周一看，只见山坡上纵横白骨累累，他不禁打了一个寒噤。他往后望望，身后并无一人，可是不知在何处有重重的呼吸声，他思忖：莫非这达摩洞里有妖怪，或者达摩大师的精灵尚在？

他壮起胆子，朝洞里摸去。这时呼的一声响，接着便有一股巨大的气浪从洞里往外袭来。

王芗斋见这气流难挡，使出浑身解数，来了一招“金鸡独立”，这一招虽然被劲风猛摧，颤颤巍巍，但没有倒下。

“好！”也不知是洞内还是洞外有人大喝一声。像是两个人异口同声，又像是山谷回声。

达摩洞内现出烛光，王芗斋走了进去，只见达摩洞内有一个一丈二尺许的石人端坐壁上，白质黑纹，隐隐一僧坐，如淡墨画。这块石据说是当年达摩祖师在此面壁九年，因精诚所感，影印人形，后人称此石为“面壁石”，又称影石。可惜这块石头后因移入寺内被冯玉祥的部下、大军阀石友三烧毁。

王芗斋见那石像下面，盘坐一个白髯老者，那老者面如冠玉，两眼宛若灯笼，身躯凛凛然，这位老者正是王芗斋初上少林寺遇到的那位神奇老人。

王芗斋知此人功夫非凡，于是双膝跪地说：“望师父恕弟子夜闯佛祖洞，冒犯佛祖！”

老者呵呵一笑，声震浩宇，仿佛这少室山都摇撼了。再加上是夜间，笑声格外朗朗。

老者说：“芗斋，不要害怕，我是行林禅师的师父本空上人，原是少林寺住持，因年事已高，让于弟子行林禅师，来此面壁送终。刚才我用气功攻你，你却岿然不动，足见你的功力和潜能。那日你初上山时，我试探于你，知你是德才兼备之才，是可雕琢的武术栋梁之材。当年达摩佛祖长期在此盘膝静坐，肢体麻困，不得不经常起身活动四肢，舒展筋骨。他将鸟兽虫鱼飞腾、跳跃、游弋、滑翔等多种姿势揉为一体，逐渐形成一套少林拳的雏形。二百年前，你们形意门师祖姬际可也曾来此面壁十年，在达摩洞内看到了达摩祖师亲手绘下的飞禽走兽的跃式，从中受到了启发，创造了形意拳……”

王芗斋顺着烛光看那洞壁两侧，果然镌刻着许多动物的形态，有龙形、虎形、猴形、马形、鼍形、鸡形、鹞形、燕形、蛇形、鹰形、熊形等，活灵活现，姿态各异，虽经岁月流逝，依然惟妙惟肖。

王芗斋疑惑地问：“师祖姬际可好像是在陕西终南山破庙里得到了《岳武穆拳谱》，才获知了形意拳。”

本空上人高僧说：“这是一种伪传，形意拳的真正创始人就是姬际可，《岳武穆拳谱》并不是什么形意拳，而是岳家拳术，想当年岳家军岳飞、岳云、岳雷等人就是凭借岳家拳南征北战，横扫千军。可惜岳家拳已经失传二百多年了，这部《岳武穆拳谱》连同你师祖姬际可的尸骨就在这座山上……”这时，但听洞外“噗通”一声。

本空上人高僧全然没有理会外面的动静，继续说下去：“而且姬际可也不是在终南山得到的《岳武穆拳谱》，而是在我这宝座下面得到的！……”

“什么?”王芗斋惊得睁大了眼睛。

“只可惜他得到了《岳武穆拳谱》，而没有得到《太祖拳谱》。”

王芗斋莫名其妙地望着本空上人高僧。

本空上人高僧两目炯炯，说着往事，神思好像回到遥远的年代：“早在六百多年前，宋太祖赵匡胤在没有当皇帝前，千里送京娘路过此处，因仰慕少林功夫和达摩祖师，来到达摩洞观艺。他知道路上凶多吉少，尽是匪盗之地，恐怕自己写的一部长拳拳书落在歹人手里，给社会造孽，因此寄存在当时的少林寺住持高萼法师手里。赵匡胤一去十几年没有音讯，此时高萼法师没有交代突然因病故去。其他僧人在高萼法师处得到这部长拳拳书，争相传阅，尽得要领。后来又将这部拳书埋于达摩洞下十五尺处。北宋末期，河南汤阴县岳家庄的青年岳飞也来少林寺学艺，学得少林真传，并把周侗老师传给他的枪术教授少林寺僧。以后岳飞精忠报国，当了宋军统帅，壮志饥餐胡虏肉，笑谈渴饮匈奴血。就在他率兵直捣金兵巢穴吉林黄龙府之际，被宋高宗赵构和奸臣秦桧所害，押入大狱。在狱中，他写了《岳武穆拳谱》，后托儿子岳雷带出狱来，以后岳飞的孙子岳珂也把《岳武穆拳谱》寄存少林寺。法师们把这部拳谱藏于达摩洞下十五尺处。明朝末年，你师祖姬际可来少林寺达摩洞面壁十年，无意中起了挖地十五尺的念头，他以为会有达摩佛祖的遗训，没想到挖出了《岳武穆拳谱》。他回到陕西后，隐居乡里，你师祖脾气怪得很，孤僻、古怪，不肯轻易将拳法传人。后来河南人马学礼知他有功夫，装哑在姬家偷拳，感化了你师祖，故才传他形意拳。以后又传了山西人曹继武，可是始终没有向这两个弟子透露《岳武穆拳谱》中的岳家拳术，只是独自一人偷偷学。但他却对这两个徒弟讲他在终南山得到《岳武穆拳谱》，形意拳的创始人是岳飞。

“以后，少林寺发现《岳武穆拳谱》丢失，认定是你师祖姬际可所为，想兴兵问罪，又知你师祖武艺高强，他不仅有形意拳真功夫，又添了岳家枪术。一位法师出了一个主意，将你师祖心爱的女儿姬晓凤抱到寺内，在姬晓凤被关押房屋的四周布下了陷阱，此时，少林寺的几位高僧连发少林气功，封住四周，使你师祖不能上来。你师祖脾气好倔，他一言不发，把《岳武穆拳谱》从怀里掏出来，撕个粉碎，然后一口一口地吞了。少林寺众僧看得呆了，个个气得发抖；众僧轮流发功，就是不让你师祖上来，你师祖不吃不喝，过了十七天，终于坚持不住，昏倒在地。众僧将他绑了，埋在……”

“埋在什么地方?”王芗斋急问。

“此谜早晚要告诉你，只是外面有人偷听，先不告知你。芗斋，我看你日后定能成大气候，战国时期著名政治家郑子产说过：‘成大事者，不拘小节；立大功者，不恤小耻。’你不要有门户之见，要知道，中国武术由于门户之见太深，各派武术，大多是老死不相往来，不同门户之人，如果一旦相遇，又势如水火。你要打破门户之见，要集各家拳法之大成，扬长补短，立中国武术于不败之地。这达摩洞壁上的绘画，是达摩祖师亲手画的拳形，都是象形拳法，你要仔细琢磨，从明日起你每夜到此处，我来教你少林气功。武术离不开气功，无气便无力，无气空有力。因为这达摩洞图形是无价之宝，洞下又藏有赵匡胤的太祖长拳拳书，此事已泄露出去，各地壮士来此者络绎不绝，我于是又成了达摩洞的护法长老。你瞧，洞外那些尸骨，全是被我用气功打死的。好了，今日时间不早了，你先回去吧。”

王芗斋回到寺院屋内，鸡叫头遍，他心头像无数只小鹿乱撞，兴奋得睡不着觉，他想：这长老神通如此广大，博闻强记，真是一位良师，原来他就是行林高僧的师父。

第二天深夜，王芗斋又来到达摩洞，只见洞外又多了两具尸首。

本空上人高僧道：“我知道一些壮士想盗取达摩拳法和《太祖拳谱》，称霸武林，危害民间，因此对他们毫不客气。”

王芗斋问：“师祖，您每天在面壁时都吃什么呀？”

本空上人高僧呵呵一笑：“我靠气功生存，‘辟谷’已有二百多天，以前靠寺内僧人每日送饭，一日一餐，如今这二百多天内，有时只靠一点儿菜汤度日。”

王芗斋好奇地问：“什么叫‘辟谷’？”

本空上人高僧道：“‘辟谷’又叫‘断谷’，即不吃五谷的意思。辟谷是中国古代的一种修缮方法，辟谷时仍食药物，并须兼做导引等功夫。《史记》中说：留侯性多病，即导引不食谷。‘辟谷’在后来为道教承袭，当修仙方法之一。该教谓，人体中有‘三尸’，亦称‘三虫’的邪怪，靠五谷而生，危害人体。经过‘辟谷’修炼，可以除去‘三尸’，达到长生不死。‘辟谷’是古人练气功后产生的生命现象。”

王芗斋问：“‘辟谷’就是指在一段时间内不吃饭吗？”

“‘辟谷’有三种表现形式，一种是练‘辟谷’时，什么东西也不吃，不进饭食不喝水，只呼吸，即仅仅静居行气用事；第二种是‘断谷’，即断五谷杂粮，但可以吃点水果或药物之类，也可以喝水；第三种是‘断食’，只喝水。说穿了，古人‘辟谷食气’，就是通过‘食气’，调整呼吸，把氮气咽入胃里，从而从空气中摄取生命活动所必需的蛋白质。‘辟谷’能力强弱，取决于‘食气’功夫的高低。芗斋，下面我来教你少林气功。拳为有形，气为无形，法是拳，理是气。法中有吞吐，是有形的练拳；理中有吞吐，是无形的练气。气的出入于口鼻，人的一身，内有五脏六腑，外有五官四肢。五脏者，心、肚、脾、肺、肾。六腑者，胆、胃、大肠、小肠、三焦、膀胱。五官者，目为肝窍，耳为肾窍，鼻为肺窍，口为脾窍，舌为心窍。四肢皆以筋为脉络，筋始于爪甲，聚于肘膝，裹结于头面，使其动而活泼者为气，所以练筋必先练气。气行脉外，血行脉中。血犹如水，百脉犹如百川。血的循环，气的运行，均发于心。俗话说，养气不离性，练气不离命。欲要养气修命，须使心意不动。心为君火，动为象火，心火不动，象火不生。象火不生，气念自平。无念神自清，清者心意定。有歌诀云：一念动时皆是火，万缘寂静方生真。常使气通关节敏，自然精满骨神存。老子养性练气以致治，轩辕练神气以乐道，达摩参禅静坐，始传《洗髓经》《易筋经》之法。少林派练气之学，以运使为效，以长吞短吐为功，以川流不息为主旨，以听气静虚为极致。以后你每日清晨，面向太阳，站立桩步，目似垂帘，意守丹田，用鼻吸气，听气下行，下至脚心，上至头顶，手的出入，足的进退，身的旋转，起落开合，练成一体……”

王芗斋说：“徒儿记住了。”

这时，只见本空上人高僧微抬右手，屏气一推，但听洞外“噗通”一声，王芗斋只觉热气灼人，奔出洞外一瞧，有一白衣男子栽倒于地，气绝身亡。

本空上人高僧说：“此人是山东文登县太祖长拳大师刘明山的弟子，千里迢迢来此地贪恋《太祖拳谱》，想超过师父，篡夺太祖长拳霸主之位，居心叵测，他已在洞外偷听多日，今日我索性要了他的性命……”

过了一月有余，王芗斋气功已练到纯熟境地，他发觉与行林禅师下围棋时，合闭双目，能观窥他的躯体，内视脏腑，朗如烛照，通体上下如水晶塔，金光罩体。当晚，王芗斋把自己发生的这一变化告诉本空上人高僧。

高僧叹道：“你的气功已练到七成境界，你的‘天目’已开。人有三目，除双目外在额心还有一个隐目，气功练到一定程度，天目自开。”

王芗斋突然叫道：“师祖，您身上怎么罩着珠光宝气?”

本空上人高僧笑道：“我正在发功，通过运气对自身发光强度有随意控制的能力。好，你的武术气功已达中上乘地步，明日上午你到少林寺外的山间，看看自己‘入定’的情况。”

“什么是入定?”

“你先做放松功，然后进入忘我境界。你听说过达摩脚踏芦叶过江的佳话吗?”

王芗斋点点头。

“现在我来教你少林寺内家轻功，即趺坐练气，能将气自由提起与沉下，可以身轻如燕，墙壁可走，水面可行……”

第二日上午，王芗斋来到少林寺塔林对面的钵盂峰顶二祖庵，二祖庵有一座精致宝殿，殿西北有武则天登封元年建造的单层方塔，塔南还有元代一座六角砖塔和一座明代小塔。庵前有三株古柏，清代碑刻数个。山上还有一块巨石，传说二祖慧可断臂后，曾在此峰上养伤，这块巨石传为慧可的“养臂台”，亦称“炼魔台”。

此时，风清林静，万籁俱寂，王芗斋做完放松功后，开始入境。先是全身从头到脚，检查放松程度，后即似守非守下丹田，一会儿，果然进入忘我的境界。

又过了一会儿，王芗斋好像慢慢地溶化在大自然里，眼未睁开，而周围却十分清晰，宛若一朵浮云，在离地面十多米高的上空飘浮不定。突然，有一种远处树枝摇动的感觉，但又不是耳朵听到的，只是意识朦朦胧胧感觉到。

他不由自主地朝那个方向飞去。飞来飞去飞到一个去处，只见仙云端霭，瑶花琪草，楼台高峻，庭院青幽，鹅卵石砌成的路，一路朱红栏杆，两边曲柳掩映。山叠嵯峨怪石，花栽阆苑奇葩。回墉回槛，层层碧浪漾琉璃；叠嶂层峦，点点苍苔铺翡翠。八角亭畔，孔雀双栖；芍药栏边，仙禽对舞。游龙松径，绿荫深处小桥横；翠鸟花楫，红艳丛中乔木耸。烟迷翠黛，雨洗青螺，木兰舟荡芙蓉水际，秋千架飘荔枝影里。朱栏画槛相掩映，湘帘书幕两交辉。池中白荷木舟上，坐着一位摇羽毛扇的老者，乌黑云髻，黑色长须，两侧有仙鹤、白鹿环护。

那老者王芗斋从未见过，目光严厉，面容严峻，一脸愤懑之色。

老者喝道："见到始祖为何不拜?"

王芗斋疑惑地望着他，不解其意。

老者一挥羽毛扇，说："我是形意门始祖姬际可，我如今有难，被压在巨石之下，你身为形意门传人，为何见死不救，真是我门叛逆，罪该万死！……"

王芗斋一听，惊出一身冷汗，顿时停止发功，睁眼一瞧，原来自己躺在二祖庵的巨石之上。

他往四周一看，杳无人迹，静寂无声，哪里有什么仙山琼阁、清池兰舟……

当天夜里，王芗斋又来到达摩洞拜见本空上人高僧，把白日自己在二祖庵巨石上入定的情形讲了一遍。本空上人高僧微微吟道："气至舒适妙趣生，逍遥立倚荷花丛。潺潺流水耳边过，平望东方旭日生。雾烟连海欲盖地，周身气血如潮涌。静里乾坤变化大，自然舒适乐无穷。"吟罢，高僧道："你的少林气功已练到上乘功夫，达摩拳法也已掌握，你如今可以去见形意门始祖了，形意门始祖姬际可当年就被压在二祖庵慧可断臂台下……"

第十六回 形意门云集二祖庵 通臂圣独斗孙禄堂

王芗斋惊道："原来就在白日我发气功所在的断臂台下，怪不得我幻见始祖呢。"

本空上人高僧说："你现在赶快去二祖庵断臂台搬开巨石，见你始祖遗骸，必定还有收获。"

王芗斋为难道："那巨石有几千斤重，我一人肯定搬不动。"

本空上人高僧催促说："快去，自有形意门人助你，去晚了就来不及了！"

王芗斋发气施展轻功疾行至二祖庵，但听庵内外一片厮杀之声。

只见一位红脸武师和一位白面书生紧紧围住一个古稀老者厮杀，那老者面黄肌瘦，花白胡须，头上戴一顶破毡帽，身穿麻布直裰，毫不畏惧，窜来窜去，斗那二人。

红脸武生身材高大，青白长衫，腿功极其厉害，出腿迅猛异常，有如弹丸飞出。他一脚直奔老者面门，老者一闪身，一招鸡形步，然后一招虎抱头；左手一招安身炮，把那红脸汉子推了个趔趄。

白面书生面色苍白，鹰钩鼻，动作极其灵活，目光凶狠。

白面书生大喝一声，一招"鹰击长空"，直朝老者扑来。

老者叫一声："鹰爪小白猿！"一闪身，一招"怪狮摆头"，一拳朝白面书生后背击去，白面书生也正好一拳朝老者面门击来，两拳相撞，只听"唉哟"一声，白面书生顿时脸色苍白。原来，他的手指被戳断。他唿哨一声，如奔猴一般，三窜两窜逃下山了。

王芗斋见老者所使的武艺是形意门的招数，心中暗喜，心想：眼前这位老者不知是哪位师爷。正想去助他一臂之力，又听老者对那红脸汉子道："杨洪修，我形意门此次齐集少林寺，并不是来报前仇的，而是来收敛始祖遗骸的，你这位弹腿大师，不在济南教拳，跑到这里有何贵干？”

那位红脸汉子正是弹腿、查拳高手杨洪修。

杨洪修道：“你们形意门来了几百人，明火执仗，不来洗劫少林寺，又意何为？”

老者说：“我们已来半月，并未动少林寺一草一木，也没进少林寺半步，这一点少林寺住持行林高僧自然清楚。”

王芗斋想：哎呀，原来形意门高手来了几百人，想必是河南派、山西派、直隶派都来了，来了都半个月了，可我怎么一点儿都不知道！

王芗斋听到遍山都是厮杀之声，果然来了不少人，只不知都是哪家哪派。

只听杨洪修又说：“车毅斋，我弹腿门与形意门并无宿仇，只是听说形意门出动几百人，从直隶深县、山西太谷、河南南阳汇集而来，浩浩荡荡，深感不安，特来探视。你们恐怕是项庄舞剑，意在沛公吧！应该是为了《岳武穆拳谱》和《太祖拳谱》而来吧？”

王芗斋听说老者就是大名鼎鼎的车毅斋，十分高兴，正想去唤师爷，只听车毅斋对杨洪修说：“如果我形意门别有它心，我愿日后遭受雷击而死。”

杨洪修说：“既是这样，那我告辞了，请车老先生日后到济南大明湖一游。”说罢，跳到圈外，站在高处唤一声：“子平！”

一会儿，他的徒弟王子平从下面跃了上来。

杨洪修说：“子平，咱们走吧，一场误会！”说完，师徒二人消失在黑夜之中。

车毅斋转身对王芗斋亲切地说：“芗斋，咱们快去帮助宋大师！”

王芗斋见车毅斋叫他的名字，那么亲切，那么慈祥，心底涌起一阵热浪。他快步随车毅斋来到二祖庵的四眼古井前，只见一个体格魁梧的壮汉，身手非凡，正跟一个瘦和尚斗在一处。

那瘦和尚年过六旬，水蛇腰。壮汉俨然是个巨人，足有两米高。

壮汉一招“螳螂出洞”，直取和尚双眼。

和尚也不示弱，一招燕形拳，身体低得几乎贴地，远飞而去，一回手，三枚蝴蝶镖齐向壮汉钉来。

壮汉一伸手，接住三枚蝴蝶镖，一一折断。

就在壮汉折蝶之时，那瘦和尚已然飞跃回来，一招蛇形拳，直取壮汉脖颈；壮汉回手一招梅花螳螂拳，拳头变手指，五爪齐向和尚戳来。

车毅斋急叫：“师弟小心！”

王芗斋已暗暗运气，直朝壮汉撞去。

真是半路上杀出一个“程咬金”。

壮汉全无防备，撞个正着，滚下山去。

车毅斋问那和尚：“这壮汉的七星螳螂和梅花螳螂十分厉害，他是谁?”

“是山东烟台的范旭东，人称‘螳螂拳王’。”瘦和尚答道，说着担心地望望山下：“摔不死吧?”

车毅斋一阵大笑：“哪里听说把螳螂拳王摔死的?!”

瘦和尚指着王芗斋问道：“这位小弟是谁，他的功夫好俊俏!”

车毅斋说：“他就是郭云深晚年收的徒弟王芗斋。”

那瘦和尚正是形意门大师宋世荣，如今正在山西五台山出家为僧。

这时，只听有人大喝一声，上了二祖庵的屋顶，那人双臂舒展，动似猿猴，似有万夫不当之勇。

车毅斋道：“真是俊功夫!怪不得人们叫‘臂圣’张策，真是通臂门的后起之秀!”

紧跟着，又有一人跃上了殿顶，那人身高五尺，猿背蜂腰。

宋世荣说：“孙禄堂也追上去了。”

二祖庵顶上，一场惊心动魄的恶战开始了。

双方都五十多岁，都是武林高手，都使出了平生绝技。

张策说：“孙禄堂，今夜咱俩比武，你只能使形意门中的猴形拳，我使自编的劈挂通臂拳。”

孙禄堂说：“当然可以，今夜一定比个高低!”说着，呈个“猴子摘果”，崩拳打出，快似旋风，直取张策胸口。

张策虚晃一下，一招双盖掌，朝孙禄堂头顶掼来。

孙禄堂不慌不忙，一招“白猿跳帘”，闪到一边。紧接着，张策一招“螳螂点水”，跃起十尺之高，然后快似闪电，旋到孙禄堂背后。

孙禄堂回手一掌，正与张策的斩首掌相交。两掌相击，发出震天动地之声，惊得飞禽齐飞，树叶落地。

下面交手的人们各自收了势，都来观看二祖庵顶上的这场恶斗。

张策和孙禄堂双掌击过，二人都未伤虎口，各自一个猿形步，退到一边。喘息片刻，又斗在一处。

张策出手迅疾如电，刚猛有力，孙禄堂进招刚柔并济，柔中带狠，二人斗了四十多个回合，不分胜负。此时天已熹明，山下掌声不绝。

这时，只见少林寺门大开，一群武僧簇拥着行林禅师走了出来。

行林禅师身披火红袈裟，朗声叫道：“诸位英雄住手!不要再互相残杀了!

近日形意门兴师动众，实是为寻始祖遗骸而来，并无骚扰少林寺之企图，各派拳家不远千万里来我少林寺，旨在助我少林，此意我老纳领了。时候不早，各路拳家回去歇息吧！”

这时，八卦掌高手樊志勇高叫：“姬大师墓穴可能有岳飞的《岳武穆拳谱》，如果发现了怎么办？”

车毅斋答道：“我形意门若发现岳元帅拳书，定会奉还河南汤阴岳家庄岳大元帅的后裔。”

八极拳高手李书文叫道：“口说无凭！”

车毅斋用力一点左手手指，鲜血流了出来；他从怀里撕下一片衬衫，用手沾血在上面写了“如见岳飞拳书，定还岳家庄”十个血字，又落款上“形意门”三个血字，然后一抛，行林高僧扬手接住。

这时，山下又有人叫道：“宋太祖赵匡胤手写的《太祖拳谱》就埋在达摩洞下，请高僧还我拳门！”行林禅师见说话的是山东文登县太祖长拳高手刘明山，问道：“今日太祖门来了几人？”

刘明山答道：“二十七人。”

行林禅师说：“既然太祖门上来了不少弟兄，那就随我去达摩洞取《太祖拳谱》。但有一条牢记，不能因《太祖拳谱》是宋代开国皇帝亲手所书，就把它作为文物，高价卖给洋人！”

刘明山答道：“当然不能，否则，天下共诛之！”

太祖门的弟兄们也是一片应和之声。

这时，杨氏太极拳的杨健侯、吴氏太极拳的吴鉴泉、广东南拳的铁桥三、醉拳张景福、猴拳“鹞子”高山、北京的“醉鬼张三”等高手都说，再斗下去也无意思，人家形意门都在众人前血誓了，干脆大家散伙回家罢。

太极拳、八卦掌、八极拳、南拳等几个拳家大派的人马一动，众路拳派人马也各自下山。

“臂圣”张策一见众人陆续散去，也一声唿哨，往起一跃，钻入山林倏而不见。

孙禄堂见对手已去，也跳下殿顶。

此番形意门共来了二百六十七人，其中著名的有河北派张树德、李存义、李太和、刘晓兰、李镜斋、张占魁、李殿英、耿继善、刘殿臣、王庆丰、孙禄堂；山西派车毅斋、宋世荣、宋长荣、宋虎臣、宋国秀、荣世德、董秀生、贾慕骞、贾长有、吕玉、李长有、乔锦堂；河南派李政、张聚、老格儿、买壮图、安大庆、宝鼎等。

孙禄堂跳下殿顶，来见过车毅斋、宋世荣。

车毅斋说："福全，你五十一岁，竟然不喘一下，真是好功夫!"

车毅斋拉过王芗斋指着孙禄堂说："他平时学艺可认真了，以前每日晚上把点着的线香绑在手指上睡觉，线香上的火把他唤醒时，天还未亮，他就起来练艺了。"

王芗斋对孙禄堂说："又见到你了，我真高兴。"

孙禄堂说："芗斋兼收并蓄，集百家之长，我很钦佩。"

车毅斋率领形意门众人来到断臂台前，车毅斋说："始祖的遗骨就在下面，我数一二三，大家一齐用力推开这块巨石。"

众人点头，车毅斋喊道："一、二、三!"大家一齐用力，但听"轰"的一声，巨石移开，里面飞出三支毒镖。

车毅斋一纵身，竟用嘴一一咬住毒镖，然后一翻身，口喷一大口鲜血，昏厥于地。

众人忙扶起车毅斋，但见他脸色惨白。原来刚才车毅斋在搬巨石时，动了真气。他的弟子李长有、乔锦堂忙把他扶到一边歇息。

巨石搬开，露出一个洞口，有四尺长，三尺宽，王芗斋和孙禄堂先跳了下去，一股浓烈的霉味儿扑鼻而来。

几个人沿着潮湿的洞壁往北走了有十几米远，走进一个宽阔的石穴，只见地上堆着一堆白骨，骷髅挺立一侧，呈一搏击人形。壁上写满了血字，地上血迹斑斑，虽已过二百多年，血字未退。

形意门中数王芗斋、孙禄堂文化水平高，二人的文学最好。王芗斋见那左壁开头写的是《岳武穆拳谱》，接着是拳谱全文，不禁失声痛哭；孙禄堂也潸然泪下，随后而进的形意门弟子一齐伏在姬际可遗骨前号啕大哭。

原来姬际可被少林寺僧打入断臂台下，想到《岳武穆拳谱》已被自己撕碎，吞入肚中，岳家拳从此失传，心内极感不安。他觉得如果这样，对不起民族英雄岳飞，于是咬破手指，凭着自己记忆，将《岳武穆拳谱》一一写于壁上，写至第二日黄昏，血竭而亡。

王芗斋从左壁看到右壁，读完《岳武穆拳谱》，见后尾还有始祖写的一首诗，诗云："云横嵩岳绕佛烛，面壁十年毅力殊。北来未觉方丈意，南行应赏观音竹。岳家拳术今何在？形意拳门日日图。终南望断犹难晓，翘首谁来寻武穆?"

众人收拾了姬际可遗骨，装进一个大祭缸中，由宋世荣背出洞穴。

孙禄堂又找来笔砚，与王芗斋一道把始祖临死前书写的《岳武穆拳谱》抄录下来，装进一个木匣。

车毅斋此时已经醒转，几个人商议一阵，最后决定由车毅斋、宋世荣、李存义、张树德等河北派和山西派的形意门人，护送始祖遗骨回山西蒲县姬际可的故乡安葬；由李政、张聚、安大庆等河南派形意门人，携带《岳武穆拳谱》到河南汤阴岳家庄交还岳飞后裔，并由少林寺行林禅师派两名法师监送。王芗斋因继续在少林寺学艺没有随车毅斋等人走，他与形意门人洒泪而别，一直送至嵩山脚下。

一日上午，王芗斋正与行林禅师叙谈，忽见僧人进来报道："师父，寺前旗杆不知被何人砍断!"

行林禅师一听，大惊失色，慌忙来到寺外一瞧，只见旗杆被拦腰击断。

王芗斋问："高僧为何如此惊慌?"

行林禅师说："这个旗杆来历非凡，明嘉靖年间，倭寇在我中国东南沿海侵扰，劫夺财物，屠杀居民，奸淫妇女，戚继光奉命抗倭。当时，两广总督上书嘉靖皇帝，要少林寺僧平寇。少林寺月空和尚奉命带领四十多个武艺高强的和尚，组成一支僧兵，开赴福建淞江一带抵御倭寇。战斗中，他们英勇杀敌，以金戈棒杀了多股倭寇，但最终他们还是血洒疆场，壮烈牺牲。嘉靖皇帝为了纪念他们的功绩，在福建泉州九莲山又建了少林寺，即如今的南少林寺。同时期少林寺的小山和尚，武艺超群，智勇兼备，曾三次挂帅征边，屡立战功。嘉靖皇帝为他在少林寺门前立了这对石狮子和这根旗杆，以嘉其功。小山和尚是顺德府南和县人，在开元寺出家两年后转入少林寺，拜虚白禅师为师，在京受戒，他是少林正宗二十四代传人。明天启五年春立的《少林观武碑》上，有关于他的诗文记载：'暂憩招提试武僧，金戈铁棒技层层。刚强胜有降魔力，习惯轻挟搏虎能。定乱策勋真正果，保邦靖世即传灯。中天缓急无劳虑，忠义毗卢演大乘。'"

行林禅师仔细观察旗杆断处，只见有几道深深的指痕，他叫道："原来是'鹰爪小白猿'干的!"

王芗斋问："'鹰爪小白猿'是何人?"

"他是武林败类，家住福建鼓山，他跟鼓山的一个隐逸老道学了鹰爪拳和猴拳，抓瞎了他师父的双目，以后来到江湖上专干采花害人的勾当。前不久，他也来到少林寺，心怀叵测，企图盗取《岳武穆拳谱》和《太祖拳谱》……"

王芗斋猛地记起，莫不是那日夜里被师爷车毅斋击败的那个白面书生?

王芗斋向行林禅师描绘了一番“鹰爪小白猿”，行林禅师连连点头说：“就是那个孽种！他原名白辕，轻功极好。可能是因为《太祖拳谱》已归还山东刘明山为首的太祖门人，《岳武穆拳谱》已归还岳飞后裔，所以他对少林寺恨之入骨，前来寻衅报复。唉，这个采花大盗！”

几个武僧提议追拿“鹰爪小白猿”，林行禅师摇摇手，说：“这个小白脸，来无影，去无踪，不太好寻，最近又听说他窜到了四川峨眉山。还是派木匠重新树一根旗杆罢。”

又过了一个月，王芗斋欲到湖北武当山求艺，于是向行林禅师等人告辞。这天晚上行林禅师和其他少林寺长老备下几桌丰盛的晚餐，为王芗斋送行。席间，行林禅师令僧人取出一幅轴画，展开一瞧，原来是明代大画家唐伯虎画的《海棠春睡图》，画面上那红艳艳的海棠呼之欲出，欲“睡”非“睡”，“睡”眼惺忪。

行林禅师说：“这是唐伯虎为我家祖辈亲手所绘，是家传之宝。因我出家为僧，断了香火，你我相聚数日，情同手足，现在我把这一稀世画作送给你，以作纪念。”

王芗斋不好意思地瞧瞧身上，说：“我也没有什么可送你们的。”

行林禅师说：“我很喜欢你的诗文书法，你给少林寺写一首诗罢，我把它挂在屋内，每当看到它，就会想起你。”

僧人捧来文房四宝，王芗斋当着众僧，潇潇洒洒，挥毫作诗，只见那诗写道：

翠岭当初遇圣人，盈盈笑语如轻云。
入山便会安心法，立雪飞来断臂人。
可笑九年对面壁，却怜二祖岂安心。
千秋恩怨今番断，此去难拂祖师恩。

王芗斋写罢，行林禅师赞叹说：“好诗，好诗，我让裱匠给裱一裱，然后挂在屋内。”

晚饭后，王芗斋回到屋里收拾行装，他把唐伯虎的《海棠春睡图》放在行囊里，然后出门去达摩洞打算向本空上人高僧告别。来到达摩洞，只见本空上人高僧盘坐其中，面色忧郁。王芗斋庄严地向高僧拜了三拜，小声说道：“师祖，我要走了，特来跟您告辞。师祖的恩情，我王芗斋誓死不忘！……”说着，潸然泪下。

本空上人高僧也淌下了眼泪，他颤声说："我已是看过九旬的人了，在人世间的日子不多了。我一生走南闯北，接触的人形形色色，不知怎么，一见到你，我就喜欢上你了，你为人善良，聪颖好学，潜力很大，我希望你能成功。来，孩子，让我来摸摸你……"

王芗斋顺从地走到高僧面前，高僧颤颤巍巍地用手上下摸着王芗斋。王芗斋只觉得有几颗冰凉的泪珠滴到他的脸上、手上，他感到一种莫大的慈父之爱……

离开达摩洞，王芗斋回到屋内，只见炕上的背囊被人打开。

他走过去一瞧，行林禅师送的《海棠春睡图》不知到哪里去了。

他大惊失色，慌忙去找行林禅师。

行林禅师已睡，听说此事后，赶快起床，走进王芗斋的房间。

他仔细观看了房间，又来到窗前，见窗台上有一个深深的鹰爪痕，于是说道："又是'鹰爪小白猿'干的，《海棠春睡图》被他盗走了。"

王芗斋改变了去武当山的打算，决定去四川峨眉山，去找"鹰爪小白猿"，索回《海棠春睡图》。

王芗斋日夜兼程，这一日上午终于来到四川峨眉山下。正值细雨霏霏，只见峨嵋清隽，烟云流连，满目葱郁，难怪唐代诗人李白说："蜀国多仙山，峨嵋邈难匹。"明代诗人曹学佺说："双峰缥缈谁画眉，挂在长空不可尽。"峨眉山是指大峨、二峨两山相对，远望如峨眉，细而长，美而艳，因而得名峨眉山。唐宋以后，峨眉山成为佛教圣地，与普陀山、九华山、五台山并列为四大佛教名山。同时，峨眉山又被称为天府四绝之一，有"峨眉天下秀，青城天下幽，剑阁天下险，夔门天下雄"之说。

报国寺是入山之门户，寺门匾额"报国寺"三个字，是清康熙皇帝御题，前后殿宇四重，倚山因势而建，掩映在修竹古楠之间。

王芗斋走进殿内，向僧人打听"鹰爪小白猿"的下落，僧人摇摇头，用手遥指峨眉山巅，说："金顶卧云庵的广善老尼交结甚广，博闻多学，你可找她打听。"

王芗斋沿蜿蜒小路向山上走去，见那曲折幽深的千崖万壑中，郁郁葱葱，犹如少女身上披肩的青丝；山间盛开的野花，仿佛插在青丝上的簪金钗；峨眉山间潺潺流过的小溪，仿佛少女喃喃的柔声细语；间或有些小瀑布跌落下来，也是飘飘拂拂、轻歌曼舞的。

王芗斋边走边看，暗自叹道："峨眉山的秀，弥漫于全山之中，真是使人感到秀色无处不有，在小溪、幽谷、青山、密林以至岩缝间，俯拾皆是。”

王芗斋来到被誉为峨嵋第一胜景的清音阁。只见巨柱林立，飞檐重楼，堂皇富丽，与阁前的双飞亭、牛心亭等深藏在牛心岭下的狭谷密林中。四周高山簇拥，树老藤古，苔青藓碧，秀美雅静。白龙江和黑龙江两条涧水，汇集牛心亭前的凤凰嘴，再一齐扑向溪中一块形如牛心的黑色巨石牛心石，喷珠溅玉，声幽如琴，昼夜传响，长年不息。正是何必丝与竹，山水有清音。

王芗斋看见一个少年在那水中走来走去，如走平地，甚是惊奇，欲上前发问，谁知那少年打了一个旋儿，飞也似的隐到山后去了。

王芗斋站于涧上的石拱桥上，俯瞰狭窄深邃的黑龙江峡谷，黑石白水，急流狂湍，水雾空蒙。王芗斋感到水声愈是铿锵，就愈能觉出清音之美。

出了清音阁，向右下了石级，王芗斋在一个小摊儿买了几个肉包充饥，然后又沿着连绵的岩壁走去，只见钟乳高悬，藤蔓低垂。他沿着石级大道，直达洪椿坪前，因见天色已晚，便在客店投宿，准备第二天清晨再向金顶攀登。

洪椿坪原名千佛庵，建于晋代。寺外坡上有一株一千五百岁的洪椿树。洪椿坪寺院依山而建，重楼叠阁，一殿高于一殿。寺院周围，山抱林拥，葱郁幽静，此时潇雨乍停，空气清新。

王芗斋爬了一天山，已觉劳累，早早睡了。睡至半夜，忽听有人敲门，王芗斋惊醒，喝问：“何人敲门?”

门外有一个娇滴滴女子的声音：“是我，我是来投卧云庵住持广善老尼出家的人，睡至半夜，听到附近群猴啼叫，心内害怕……”

王芗斋穿好衣服，打开门，现出一个妙龄少女。少女眉清目秀，满脸凄凉之色，在溶溶月下，愈发娇婉动人。

“我实在害怕，昨晚见你慈眉善目，知你是个好人，想与你做伴……”少女战战兢兢地说。

王芗斋侧耳听听，果然有群猴啼叫之声，叫声阴森，宛在近处。他早就听说峨眉山的猴子厉害，在洗象池、九老洞和九十九道拐等处，有大批的猴子，这些猴子不怕人，经常向人要食物，有时还把人摔下山涧。

王芗斋说：“你睡在炕上罢。”他自己拿了一条褥子，铺在地上，然后往褥中一滚，褥子湿得滴水，王芗斋躺在上面，如躺水中，煞是难受。那少女见王芗斋睡去，一会儿打起小鼾，也放心上炕睡去。

第二日凌晨，天未全亮，王芗斋悄悄起来，见少女正在熟睡，便悄悄走出店门，向洗象池进发。前面出现一片冷杉林，枝木挺拔，气势冲天，冷杉的枝杈还缠了千丝万缕的松箩，垂可达数尺，随风摇曳，犹如少女的长发。

王芗斋走至中午，将到洗象池，只见前面出现一条狭窄山路，宽不过一尺，长约几丈，两边是悬崖绝壁。王芗斋刚走上去，只听一声猿啼，从四边涌出一群野猴，有青脸猴、红脸猴、须眉皆白的老猴；有独眼猴、单臂猴、断尾猴、缺耳猴，个个凶神恶煞，一拥而上，直扑王芗斋。

第十七回　洗象池玉女制猴王　卧云庵野猿救大侠

王芗斋以为猴群向他乞食，忙掏出一些馍馍扔给猴群，谁知猴群毫不理睬，吼叫着向他轮番进攻，王芗斋有点儿恼怒，于是使出形意拳与恶猴激战。

那些猴各有各的招数，有的一招“猿猴窥望”，有的一招“白猿出洞”，有的“白猿蹬树”，有的“白猿吊藤”，有的“白猿献果”……渐渐地，王芗斋看出来，这是一群训练有素的猴。紧接着，又有两只猴手持钢刀，向他劈来。王芗斋不敢怠慢，几个崩拳，把三只猴撞下山涧。猴群急红了眼，更加发疯地扑上来。一不留神，王芗斋的左肩被其中一只老猴子抓了一下，疼痛难忍。他思忖：自己随时都有可能丧身山涧。他一边迎战，一边往后退，退着想着办法。这时，他发现前面不远处有个土坡，碗口粗的冷杉木上盘腿坐着一只老猴，那老猴生得丑恶，双目炯炯，吱吱作鸣，手中摇着一面令旗。王芗斋不禁脱口而出：“原来猴王在这儿呢！”凡是猴群都有猴王，众猴都听猴王调遣。王芗斋见那老猴王优哉游哉的样子，不禁燃起一股无名火，他一运气，身子轻飘飘，向猴王进击。

还没前进几步，就有两壮猴向他扑过来，对王芗斋的形意拳，它们也知如何躲闪，进攻又有进攻的招数。王芗斋斗了有一个时辰，虽然打伤了七八只猴子，但是无法逃脱险境，更不要说往上攀登了。

擒贼先擒王。可是王芗斋连猴王都不能接近，如何杀散众猴呢？

这时，后面传来一阵“嚓嚓”的脚步声，王芗斋回头一看，原来是昨夜那个投宿的少女。她换了一身水绿衣服，系一条淡粉的腰带，穿一双草鞋，云鬓上插着一只玲珑的小紫花。少女笑吟吟走了上来。

“别上来！小心野猴伤人！”王芗斋大声对她喊道。

她好像没听见，径直朝前走着。那些野猴仔仔细细瞧着她，也不向她进攻，还恭恭敬敬地让出一条狭小的通道，让她过去。

少女轻松地向前走着，这时她的前方出现了一只小猴子，小猴子嬉皮笑脸地打量了她一番，然后忽然“啪”的一个立正，向她敬了一个礼。

这可把王芗斋气坏了！他想：噢，原来这些野猴都是这个小妞训练的，害得我筋疲力尽，肩膀也受了伤，险些丢了性命！

少女轻盈地走着，走着，忽然，她猛地一跃身，伸手抓住了盘坐在树上的猴王，“刷”的一声，不知从哪里拔出一柄尖刀，直抵猴王的咽喉。

猴王被少女揽在怀里，挣脱不开，吱吱乱叫。

众猴一看都傻了眼，一个个大眼瞪小眼，谁也不敢动弹，生怕一扑，少女会要了猴王的性命！

此时，从树丛中走出一个老母猴，须眉皆白，背驮一只小猴，老母猴见少女用尖刀相逼猴王，猴王惊慌失措，登时满目凄苦，眼泪汪汪。

老母猴一扬手，唿哨一声，猴群顿时一哄而散。

少女见猴群已散，放开猴王，猴王来到老母猴身边，老母猴用毛茸茸的手掌，抚摸着猴王，一会儿，猴王与老母猴搂抱一起，发出吱吱叫声。

王芗斋见峨眉山的猴子如此通人性，大为惊奇。这时，少女朝他一摆手，嫣然笑道：“壮士，还不快走？”

王芗斋疾步穿过狭道，追上少女，再回头见那猴王等，已然不见踪影。

王芗斋对少女说：“想不到你还有武功，是跟哪个师父学的？”

少女咯咯笑道：“就许你会形意拳，不许我会峨眉余门拳？我家住成都龙泉山，是跟山上的余发哉学的。”

王芗斋纳闷道：“那些猴子为何见了你，恭恭敬敬让出一条道，莫非这些猴子是你驯化？”

少女笑得更响了，笑声飘荡在云雾间，发出悦耳的回声，似鸟啼，似流泉，又似幽琴。她高兴地拢了拢散发，俏皮地一撅嘴，说：“可能是瞧我漂亮呗！”

王芗斋昨夜在月光下未能看清少女的脸孔，今日在光天化日之下仔细一瞧，她生得果然秀丽，薄薄的小粉嘴唇，微呈弧形的高鼻梁，细腻腻白生生的瓜子脸，两只杏核眼活灵活现，这么一个水灵灵的姑娘，为什么要出家呢？

“你为何出家呢？”王芗斋终于忍不住问。

姑娘收敛了笑容，思索了片刻，眉毛低垂，说道：“爹赌博输光了钱，最后把我也抵了出去，那些赌鬼前来抢我，我挥拳打死了两个，才一口气跑上了峨眉山。你为什么到峨眉山？”

“我……”王芗斋迟疑着。“我有一张画被一个名叫‘鹰爪小白猿’的人盗去，听说他常在峨眉山活动，我来找广善老尼，寻找他的下落。唉，你叫什么名字？”

少女眉毛一扬："你叫什么名字?"

王芗斋憨笑着，说："我叫王芗斋，直隶深州人。"

"噢，原来是深州大蜜桃呀，哈……"少女又发出一串银铃般的笑声。

"去你的，我还说你是四川大蜜橘呢，说点儿正经的。"

少女收住笑声："我叫金桔"。

王芗斋一听"扑哧"笑了，说："果然是金桔，多动听、诱人的名字。"

金桔嗔道："你看，人家正经，你又不正经了。"

王芗斋望着无边的云海，仿佛置身其中，望望金桔，觉得她仿佛是个仙女，在引自己走进浩渺无垠的仙境。金桔见他盯着自己，反而有点儿不好意思起来，手里摘了朵野花，左右拨弄着。

王芗斋叹道："这峨眉山上的猴子真神了，真像护山卫队。"

金桔道："峨眉山上主要有三大猴群，九老洞一群，牛心峰一群，这洗象池一群，相当于三个家族，共四百余只，每个家族中都有一个猴王，猴均得听它指挥。"

王芗斋指着莹然亭立、神态高洁的天池峰说："瞧这山峰多美，如剑如笏，蔚然深秀。我记得小时读书时，曾经有写峨嵋的一首长联，上联是：峨嵋画不成，且到洪椿，看四壁苍茫，莹然天池荫屋，泠然清音当门，悠然象岭飞霞，皎然龙溪溅雪，群峰森剑笏，长林曲径，分外幽深。许多古柏寒松，虬枝偃蹇，许多奇花异草，锦绣斑斓。客若来游，总宜放开眼界，领略些晓雨润玉，夕阳灿金，晴烟铺锦，夜目舒练。下联是：临济宗无恙，重提公案，数几个老辈，远哉宝掌住锡，卓哉绣头结芭，智哉楚山建院，奇哉德心咒泉，千众静安居，净业慧因，毕生精进。有时机锋棒喝，蔓语抛除，有时说法传经，蒲团参究。真空了悟，何尝障碍神通，才感化白犬衔书，青猿洗钵，野鸟念佛，修蛇应斋。"

王芗斋一口气背完长联，叹道："今日来此，果然名副其实。"

金桔笑道："你还是一个多情多艺的才子!"

王芗斋与金桔走了一程，坐于地上，吃了些馍馍，又往山顶爬去。

此时已是午后，太阳斜射，云海遍布，这时海面上呈现出一个若明镜的彩色光环，好像佛顶上的宝光，王芗斋见自己的身影，正好映在宝光中间。

金桔叹道："这是佛光，是峨嵋的四大奇观之一，相传第一个看见佛光的是东汉一个叫蒲公的采药老人。一天，他在山上采药，随地上的莲花印迹来到这里，在五彩缤纷的佛光中看见普贤骑象真身，以后便在金顶创建普光殿。过去有人认为看到佛光，就是与佛有缘，立刻牺牲肉体凡胎，跳入光环，菩萨便会把人的灵魂接引到西方极乐世界，结果是白白葬送了性命。你猜一猜，这佛光是如何来的?”

王芗斋从小就对物理学、力学、心理学、化学、植物学、医学、文学等有浓厚的兴趣，回答这个问题不费什么力气。

他说：“这只不过是太阳玩弄的一套光学游戏罢了。太阳的可见光线是由七种色彩组成的，而构成云雾的是无数微小水滴，阳光照到云雾表面，便会因衍射的分光作用分解成红、橙、黄、绿、青、蓝、紫七种色光，投到后面云层上，又反射回来，映入游客的眼睛，便是绚丽多彩的光环，光环中心的人影，则是阳光下的投影。”

金桔赞叹说：“你懂的知识真多。”她望望前面，说：“前面就是金顶了，咱们快走几步，一会儿就到了。”

王芗斋朝前望去，只见前面有个寺院，掩映在浓荫之中。再望周围，烟雾弥漫，一片银白世界。

那些白云仿佛是从山谷里冒出来似的，霎时汇聚成无边的大海，波澜壮阔，磅礴万里。山风乍起，狂涛随着呼啸的风声迎面扑来，令人惊心动魄。转眼，风平浪静，好像整个大地铺上了一层厚厚的棉絮。一会儿，又成为薄薄的轻纱，透过轻纱隐现的群峰，又似一个个小岛回首仰望三峰，峰顶青翠秀丽，周围云气氤氲，犹如托在白云上面的三个仙岛，宛如蓬莱仙境。

金桔叫道：“卧云庵到了，我们已爬到金顶了。”

卧云庵创建于明嘉靖年间，是金顶上唯一保存下来的尼姑庵，它缩卧于西峰白云之上，背后是万仞绝壁，庵前有数株古松。

这时，只见一个尼姑走了出来。

王芗斋上前问道：“广善老尼可在庵内?”

尼姑见了他俩，吃了一惊，随即又恢复平静，点了点头。

这时但听庵内有人朗声问道：“又是何人来到此处?”

话音未落，一位身穿淡蓝僧服的老尼合掌走了出来。她面如白玉，额上有浅浅抬头纹，鼻子微耸，两只眼睛光芒逼人。

尼姑对那老尼拜道：“广善法师，又有两人上山来。”

广善老尼见到王芗斋吃了一惊，随后又恢复了平静。

那双利眼又落在金桔身上，渐渐露出了笑容：“来，二位庵内坐。”说着将二人引进庵门。

这时，但听几声猿啼，两边各有一只野猿窜了出来，它们张牙舞爪，上来就要抓王芗斋。老尼嗯哨一声，那两只野猴乖乖地退到一边。

老尼带二人进入西厢僧房，请他们入座。

王芗斋和金桔说了来意，老尼缓缓道："老纳在山顶幽居修炼有六十多年，从未听说过有个'鹰爪小白猿'，恐怕是壮士误听了口信。"

王芗斋一听，心里凉了半截，心想自己千辛万苦，攀上金顶，结果竹篮打水一场空，不觉失望万分。

老尼又问金桔："你为何出家?"

金桔道："我崇尚极乐世界，愿意斩断尘缘，遁入佛门，永不悔改。"

老尼绽出笑容，道："你如花似玉，难道日后不会反悔?"

金桔坚定地道："我永不反悔。"

老尼道："好!"说着，一拍巴掌，一会儿，摇摇摆摆走进一只老母猴，垂手侍立在一边。

老尼道："你带她去净身、剃度。"

老母猴扬起手臂，向老尼行了一个礼，来到金桔面前，怔怔瞧着她。

金桔甚觉好笑，犹豫一下，便随它进去了。

老尼对王芗斋说道："壮士连日赶路，恐怕疲劳之极，我去叫人煮点儿面条来。"说着出屋去了。

一会儿，一个小猴端着一碗热气腾腾的面条走了进来，那小猴显得机灵、伶俐，它双手把碗递给王芗斋，扬起手臂，敬了个礼，出门去了。

王芗斋端起碗，这才觉得腹中饥饿。

这时，那小猴又送进来一双竹筷，然后诡诈地朝他一笑，出去了。

王芗斋骂了一句："机灵鬼!"拿着筷子，把碗端到嘴边。就在他将要吃面的一刹那，只听"噗"的一声，一只大野猴从窗外跃了进来，双爪掀翻了他手中的面碗，面碗"叭嚓"扣在地上。

王芗斋恼怒十分，回手一拳，打折了大野猴的左后腿，大野猴惨叫一声，淌着鲜血，又从窗户跃出。

王芗斋低头一看，只见地上面团中冒起细微火苗。

啊，原来这面中有剧毒，这广善老尼分明是个歹人!

王芗斋急忙把面条及碎碗收掇在一起，扔进了炕洞，然后装做若无其事的样子坐在那里。

这时，他十分后悔，原来那只大野猴心地善良，它知老尼在面中下毒，才蹬翻面碗，可是我却打折了它的一条腿，让它终生成为残废，我这是恩将仇报啊!

一会儿，金桔笑呵呵走了进来。她变了一副模样，长发已然剃去，露出光闪闪的秃顶，换了一套浅蓝色僧服，变成一个秀色可餐的小尼姑。

王芗斋悄声对金桔说："那老尼不是善人，刚才在面中下了毒药，咱们可提防着点儿。”

金桔一听，吓了一跳，怔了一怔，道：“这可如何是好？她驯化的猴子非常厉害，能下山挑水、烧茶、脱衣、剃头，我们已经进入猴国，被困在猴阵！”

王芗斋沉思着：“只不知这广善老尼是什么来历？”

金桔道：“我见那一个个尼姑，面黄肌瘦，无精打采，满面凄苦，一声不吭，就觉得有些蹊跷。”

正说着，老尼走了进来，她一见王芗斋，愣了一下，王芗斋用手捂腹道：“唉哟，肚子好疼，疼得难受，直朝上反胃。”

老尼道：“大概是水土不服，天已不早了，快去歇息吧。”说着，一击掌，一只大马猴窜了进来。

老尼对那大马猴说：“你带壮士到东厢歇息。”大马猴点了点头，一挥手臂。王芗斋跟它走了出来。

此时天色已黑，大马猴带他走进对面一间僧舍。

炕上新被新褥，叠放整齐，桌明几净，一盏小煤油灯，忽闪忽闪。

大马猴熟练地摊开被褥，用手搔了搔头皮，瞧了瞧王芗斋的双脚，窜了出去。一会儿，大马猴端了一盆热水走了进来。它来到王芗斋面前，双膝跪地，帮助王芗斋脱下鞋子，给他洗脚。洗完脚后，它端起洗脚水，“噗”的一声吹灭油灯，出门去了。

屋内黑暗，王芗斋躺在炕上，不敢睡去，寻思着对付老尼的办法。

远处，不知从哪间残庙传出微弱的木鱼声，在木鱼声中，响起沉闷的钟声。天已二更了。

王芗斋恍恍惚惚，忽听外面人声嘈杂，趴在窗口一瞧，见两只野猴撕扯着一个尼姑走进庵内。那尼姑正是昨日傍晚王芗斋初进庵时见到的那个。

老尼端着油灯，从对面屋内走了出来，恶狠狠地说：“我叫你还逃跑！剥光她的衣服，吊在院后老梧桐树上。”说完，进屋去了。

那尼姑一听，吓得面如土色，浑身直打哆嗦，但又不敢反抗。两只野猴麻利地剥脱下她的僧服，剥得一丝不挂，然后一前一后扛着她往院后走去。

隔了一会儿，只见那两只野猴飞快窜了回来，用猴爪去敲老尼的门。

一会儿，老尼屋内的油灯亮了，现出她巨大的阴影，门开了，老尼问：“出了什么事？”

两只野猴用手比划着，吱吱乱叫。老尼随他们走向后院，一会儿又转回来，自己言自语道：“妈的，跳崖死了，还省了我的口粮。”说着，进屋去了，一会儿，老尼屋内灯又灭了。

一片黑暗。

王芗斋浑身感到冷凄凄的，只觉一片冰凉，想不到在这民间传说如此美好的峨眉山巅，竟有这么一座黑暗王国，一个倚仗驯化猴子欺压尼姑的世界。哪里有仙山琼阁、天上人间？这里分明是一座活地狱。

王芗斋正想着，忽觉窗户不知被何人拨开，紧接着，一只大野猴一瘸一拐地跳了进来。

那只猴来到王芗斋身边，用又湿又热的长长的舌头轻轻舔着他的脸，王芗斋仔细一瞧，这正是那只救他性命的猴子，他心疼地捧起它那只受伤的左后腿，但见鲜血殷殷。

王芗斋撕下一片汗衫，为它包扎了腿伤，然后把它抱到怀里，轻轻抚摸着猴毛。那猴自然通人性，紧紧依偎到他怀里，急促地呼吸着，眼泪“刷刷”流下来。

王芗斋一阵心酸，急忙用脸贴在猴子那湿热的脸上，眼泪也像断了线的珠子，淌了下来。

这时，忽然从后院传出婴儿的啼哭，在这云遮雾绕的高山之巅，荒野深处，这哭声是那样的嘹亮，清晰。

王芗斋伸直了耳朵，那只猴也伸直了耳朵。这时，王芗斋发现猴子的额心有一撮雪白的毛，在浑黄的毛丛中，这撮白毛显得那样明显，突出。

“我叫你‘一撮白’吧？”他对这只猴说。

它点了点头，从此，这只善良的大野猴有了自己的名字。

“一撮白”拉扯着他下了地，然后悄悄拉开屋门，向后院走去。王芗斋跟随着它来到后院一间宽敞的僧房，僧房内躺着九个尼姑，个个眉清目秀，有的已经熟睡，有三个尼姑正躺在炕上唉声叹气，她们腹部凸起，面有愧色。还有一个青年尼姑萎缩在炕角，怀抱一个婴儿，正在给婴儿喝奶。

王芗斋见此情景，十分诧异，问道：“你们为何成了如此模样？”

那几个尼姑你看看我，我看看你，默不作声。“一撮白”着急地一会儿摇摇那个尼姑，一会儿又摇摇这个尼姑，示意她们开口说话。

王芗斋和蔼地说：“你们不要害怕，我是来救你们出去的大侠，你们要对我说明白。”

一个尼姑听了刷刷流泪，呜咽说：“我们姐妹三人今年春天受少林寺一位法师指点，来峨眉山金顶投奔广善老尼，没承想这老尼竟是个人面兽心的男人，当天晚上，他就把我们凌辱了。我们想逃下山，可是他驯养了一群野猴，看管很严，洗象池又有一伙猴兵，想飞也飞不出去。有一个姐妹逃到洗象池，竟被那猴子扔到山涧摔死了……”

另外一个尼姑说：“如今我们三个都怀上了孩子，让我们如何做人？”

又有一个尼姑说：“刚才又有一个姐妹逃出庵门，被猴兵抓了回来，跳崖死了……您看这位大姐。”她用手指着那喂奶的尼姑，“她本是督军的姨太太，督军死后，她来这里出家为尼，没想被住持弄出了孩子。”

这时，王芗斋脑子里飞快闪过一个念头：那老尼是不是“鹰爪小白猿”扮的呢？那么真老尼又在何处呢？

这时，那些睡着的尼姑也都醒了，一骨碌爬起来，纷纷诉说住持的暴行。

一个尼姑生气地说：“尼姑庵哪里有男人当住持的？哼，狼心狗肺！”

王芗斋问她们：“你们来时就是这个人当住持吗？”众尼姑点头称是。又有一个尼姑说，以前的老尼姑染了一场霍乱都死了。

这时，“一撮白”拼力撕扯着王芗斋的裤子，王芗斋随它走出僧舍，又走出后院的一道小门，来到山崖边一株梧桐树下。

“一撮白”拼命刨土，一会儿，扒出一堆堆白骨。

王芗斋明白了，肯定是“鹰爪小白猿”来到峨眉山金顶卧云庵，害死了庵内住持广善老尼及所有尼姑，自己男扮女装，伪装成广善老尼，以此为据点，欺辱良家女子，使那些遁入佛门的青春女子失去贞操，任他蹂躏。他又驯化一批野猴，充当他的爪牙和打手，使这卧云庵成了一座针插不透，水泼不进的独立王国、人间地狱。那些驯化的野猴盘踞洗象池，使游人不敢上来。它们见到美丽女子，便迎上金顶，见到男人便群起而攻。若有庵内尼姑不堪凌辱逃下山去，它们便阻拦缉拿，这里真是“山中无老虎，猴子称大王”。

这时，王芗斋猛想到金桔危险，于是大步赶回庵里，来到“老尼”屋内，只见被暖人空。他大吃一惊，又回到自己屋内，见炕上压着一块巨石，屋顶豁开了一个大窟窿。

金桔在哪里呢？

“一撮白”吱吱乱叫，带他来到西北角一个角门，角门紧锁，推也推不动。“一撮白”蹿上去，王芗斋一提气，一招“白猿摘果”，蹿上高墙，下了墙未曾站稳，但见屋内金桔一动不动站在房屋中央，“老尼”正在剥脱她的衣服。

“住手！‘鹰爪小白猿’！”王芗斋一声大喝，旋风般卷到屋里。

“哈哈，你到底认出我来了。不错，鄙人便是鼓山‘鹰爪小白猿’！”“鹰爪小白猿”将脸一抹，皱纹顿消，显出白皙秀嫩的面皮，“我的大名叫白猿！”

王芗斋骂道：“你这衣冠禽兽的家伙，杀了善良的老尼及众尼姑，伪装至善，又害了许多良家女子，该当何罪？！”

白猿是位鹰爪拳与猴拳并通的武林怪人，他年少时每日将羊皮用狗皮包好，双手轮番抓打狗皮，日久天长，竟能将狗皮抓透。而且此人心黑手狠，很多武林高手都曾败在他的“爪”下，因此江湖人称“鹰爪小白猿”。

当下，白猿身形一纵，伸左手直抓王芗斋面门，王芗斋刚躲过，他的右手又到，王芗斋急忙一纵身，伸右小臂往上一迎，随后猛一发力，白猿便被弹出摔倒。

王芗斋上前几步，但见白猿一个后滚翻立定，躬腰一纵，提起双腿，照王芗斋面门踢来。

王芗斋身形一矮，伸手去抓白猿双脚腕。白猿自知力怯，不敢恋战，跃墙逃走。

王芗斋哪里肯放他，一抖身，也越上高墙，疾追白猿。

白猿轻功绝妙，他贴树疾行，如同飞鼠。王芗斋也施展轻功，紧追不舍。正追间，王芗斋猛觉前面白光一闪，一伸手“嗖嗖嗖”连接三支鹰爪镖。那镖头似鹰爪，镖尖涂有剧毒。

就这样，王芗斋一直追至洗象池，眼看白猿就被追上，他一招“雄鹰捕食”，猛地回身朝王芗斋抓来，一腿跪地，另一条腿撑起，眼露凶光。

王芗斋一招崩拳，直来直去，撞在白猿的左掌；白猿没想到王芗斋的崩拳带有气功，力如重锤，只觉左掌一麻，血淌了下来。

他有些惊慌，飞快转身奔上了狭窄的石栈道。

王芗斋一提气，追了上去。王芗斋已触到白猿的背脊，眼看就要追上，忽听一声唿哨，登时从树丛中窜出大批猴子，窜到白猿面前，顿时架起一座“猴桥”，足有百余只猴，猴桥一直架到对面一座小山之上。白猿一见大喜，叫声：“吾猴救我一命！”攀上“猴桥”。

王芗斋刚要跨“猴桥”，但见尾猴一摆腰，窜来窜去，王芗斋无处落脚，只得又折回来。眼看白猿沿着“猴桥”飞奔，边跑边嚷：“壮士，是好汉鼓山见！”一会儿，他便窜到对面小山上，转眼逝去，那些猴子也一一攀上对面山峰，一哄而散。

王芗斋见未能杀了这个害人魔王，长叹一口气，一顿脚，又返回卧云庵。只见金桔仍立在那里一动不动。“一撮白”忠实地守候旁边，眼巴巴地望着她。它一见王芗斋回来，摇摇尾巴，非常高兴。

王芗斋知白猿给金桔点了穴，忙给她解了穴。

金桔脸色绯红，穿了衣服，小声道：“我正睡觉，想不到那畜生点了我的穴位，我叫喊不出，动弹不得，险些让他占了便宜，失去贞操。”

两个人来到庵院，只见蹿上来两只大马猴，金桔发狠，一拳一个，打死两只大马猴，然后来到后院僧舍。

那些尼姑刚才听到前院厮杀，见王芗斋平安而来，知道白猿被他击败，非常高兴。

王芗斋说：“那畜生根本不是广善老尼，而是江湖上有名的采花大盗。他来到峨眉山金顶，害死了广善老尼和庵内所有的尼姑，把她们埋在梧桐树下……”说着，王芗斋带大家来到梧桐树下，大家看到那一堆堆白骨，泣不成声。

王芗斋说：“如今‘鹰爪小白猿’可能逃回鼓山，我定要杀死他，为众多百姓报仇！如今庵内无主，我看不如推举金桔姑娘为住持，整顿卧云庵，光复寺院。姐妹们如有想下山还俗的，也不挽留。”

众尼姑没有一个愿还俗。

王芗斋道：“既然这样，那么让一姐妹下山买些堕胎药，让几个怀孕的姐妹服了。”

金桔道：“山上姐妹没有武艺，我的武功也很浅薄，芗斋哥哥不如暂且在山上住些日子，教给姐妹们一些形意拳和轻功，长些防身本事。”

“一撮白”也吱吱叫着，用爪拽住王芗斋，目光里充满了期待。

王芗斋望了望姐妹，只好答应。

王芗斋等人来到白猿住房，他查看了这个房间，在炕洞上摸索了半天，掀开炕席，从炕洞里摸出一个包袱。

第十八回 夺铁花小白猿逞威 学鹤拳大顶峰比武

王芗斋打开包袱一看，只见有一幅轴画和一些金条。

他展开轴画，果然是那幅唐伯虎的《海棠春睡图》。

金桔喜道："这张名画终于物归原主了。"

在众尼姑的挽留下，王芗斋没有立刻下山，他暂住庵内，每日帮助尼姑们操练武艺，还教给金桔一些形意拳法和轻功。在王芗斋的主持下，众尼姑为广善老尼和遇难尼姑们举行了葬礼，并在梧桐树下立了一块石碑，上面镌刻王芗斋手书"贞女碑"三个字。

早春二月，峨眉山上的玉树银花，瑶峰琼壑，一晃变得山花烂漫，处处锦绣。王芗斋见金桔和众尼姑已掌握形意门的一些基本技能，而且学会了防身术，于是告辞下山。金桔等人见再也挽留不住，只好送他到峨眉山下的伏虎寺，方才回庵。

"一撮白"一直送至乐山。王芗斋久久抚摸着"一撮白"，"一撮白"将脸贴在王芗斋胸前，胸脯猛烈跳动着。王芗斋为"一撮白"整整毛，又给它买了两个大蜜橘，然后与它依依告别。他走了一程，回头望去，远远地看见"一撮白"站在马路中央，双爪作揖状，宛如一尊猴石雕。王芗斋眼眶湿润了，他咬咬牙，头也不回地走了。

王芗斋经贵州，过湘江，穿广东，跋山涉水两年多，终于进入福建境内，来到福州鼓山。这一路凶多吉少，路途艰险不必说，鼓山位于福州城外，因山巅有石如鼓，相传每逢风雨大作，便簸荡有声，故名鼓山。

王芗斋沿着古老的登山石径，拾级而上。两旁劲松碧翠，幽涧流泉，古道中有仰止亭、观瀑亭、乘山亭、半山亭、驻锡亭。王芗斋有些疲乏，但看到那岩壁上镌刻的“尚远”“欲罢不能”等石刻，身上顿时有了力量。

来到涌泉寺，但见香客熙熙攘攘，喧闹不已。人们争先观赏寺内法堂右侧方丈室前的三株铁树，两雌一雄。王芗斋见千年铁树如今开花，雌花像黄色大绒球，雄花像小狐尾，观者无不称奇，自己也感到新鲜。

正看间，忽觉一股劲风袭来，一件白色东西一晃，铁树上的三朵花顿时消失，仅剩翠叶绿梢。人们纷纷诧异，王芗斋看得清楚，是个白衣人所为，只因他的轻功厉害，一般人看不清楚。

“‘鹰爪小白猿’，休得在本寺动土！”但听一声大喝，一位红衣老僧一招“飞龙钻空”，跃到殿顶。

殿顶也跃起一人，正是“鹰爪小白猿”白猿。他换了一身白衣裤白带，笑吟吟手里攥着三朵铁花。

白猿问：“听说其中有一株是开山祖师神晏所植，不知哪朵是神晏大师所栽?”

老僧说：“无耻之徒!”说罢，贴身钻进，双拳朝白猿击来，这种拳法王芗斋从未见过，紧凑，架子小，朴实，明快。

“我打烂你这巫家拳!”白猿说着，一招“白猿旋转”，这是猴拳的招数，老僧正要变招，又见白猿一招“鹰击长空”，手指指节卷屈，手背后张，脆快如雨，朝老僧扑来……

这时台下有人高叫：“长老，小心!”

只见白猿一招“白猿叼棒”，猛地将老僧推下殿顶。

就在这千钧一发之际，王芗斋一招“白猿窜树”，上前接住老僧。

王芗斋正欲放下老僧，上房与白猿较量，但听有人朗声叫道：“小白猿休要猖狂，你解大爷来了!”一声“鹤鸣”，一位白胡老者飞上殿顶，与白猿绊在一处。

那老者身轻如燕，精瘦颀长，年过六旬，一把白胡子一直飘到腰际，足有一尺长，凛然大丈夫。

白猿一见老者，双手一抱拳，笑道：“原来是‘江南第一妙手’解铁夫老先生！你家住湖南衡阳，如何到得这里？咱们井水不犯河水，怎么您老也管起福州涌泉寺的闲事来了?”

解铁夫说：“白小猿，你知恩不报，反而戳瞎你师父鼓山老道的双眼，你师父每日骂你不止。你浪迹江湖，整日欺花折柳，丧尽天良，如今又来涌泉寺寻衅闹事，今日我要当着众人来教训你!”说着，一招“白鹤亮翅”，朝白猿扑来。

"这一招真漂亮!"王芗斋暗暗赞道。一般人使"白鹤亮翅",没有像解铁夫这般潇洒、清逸。

原来,解铁夫是湖南心意派名家,又是鹤拳高手,他原练武当派拳法,后又钻研鹤拳。几年前远离湖南衡阳故乡,来到鼓山隐居。他练鹤拳四十余年,每日观鹤而练,家养白鹤七只,与鹤为伴,栖鹤而宿,颇通鹤语,人称"鹤妻梅子"。因行为怪诞,又称"解疯子"。

白猿见解铁夫向他袭来,一招"白猿摇摆",先躲到一边,然后叫一声"解疯子"凌空而下,直取解铁夫左肩。

解铁夫见他径奔左肩,一抖身,又一招"白鹤冲天",来抓白猿后脊。

白猿一招"鹰扑山涧",往下一低身,双"爪"齐出,来抓解铁夫下身。解铁夫有些恼怒,一招"鹤飞云海",在殿顶上跃起七尺多高,然后一股冲力,来抓白猿。白猿疾步躲闪,没想到解铁夫的白胡子也是一种暗器,运气至胡子,似钢鞭铜骨,异常坚硬。

解铁夫一扬白胡,胡梢扫到白猿脸上,登时出现几道血痕,白猿的小白脸变成了小花脸。白猿疼痛难忍,连发三枚凤凰镖,都被解铁夫接住。

白猿见斗不过解铁夫,一招"白猿攀枝",落荒而逃。

解铁夫也不追赶,飘然落地,众人一片喝彩。

解铁夫来到涌泉寺长老面前,问:"长老,可曾伤着?"

长老感激地指着王芗斋道:"多亏这位壮士相救,不然已命丧黄泉了。"解铁夫上下打量着王芗斋,问:"壮士从何而来?有些面生。"

王芗斋说:"我是形意门郭云深的弟子王芗斋,直隶深县人,志在四方求艺,因见'鹰爪小白猿'作恶多端,追踪至此。"

解铁夫喜形于色:"原来是郭老英雄的门徒,幸会!"

长老道:"请到僧舍一叙,喝几杯清茶,只可惜神晏祖师所植的铁树无了光彩。"

解铁夫劝道:"长老不要动了真气,铁树还会开花,花开花落,是自然之规。"

几个人穿过天王殿、大雄宝殿、法堂、白云堂、回龙阁,来到僧舍。

门口有一对联,上联是:日日镌空布袋,少米无钱,却剩得大肚宽肠,不知众檀越信心时,用何物供养?下联是:年年坐冷山门,接张待李,总见他欢天喜地,请问这头陀得意处,是什么来由?

三人入座,小僧端上福建雾茶。

长老问:"芗斋兄弟初到鼓山吧?"

王芗斋点点头。

长老说："这涌泉寺历史悠久，唐五代时建寺，因为寺前有一股泉水涌出地面得名。涌泉寺后有一条小路，直通大顶峰，上有'天风涛'石刻，解老先生的家就在那里。涌泉寺向西，可欣赏奇岩幽洞，怪石棋布，有名可指的有十八景，达摩面壁、南极升天、仙猿守峡、古鹤乘云……"

解铁夫插话说："我曾在古鹤乘云上坐了一天一夜，也未曾乘云而去。"

长老笑道："你不可胡思乱想，只需屏息静气，心中想着乘云，便自乘云，进入幻境。"

长老又说下去："还有仙人巨迹、福寿泉图、蟠桃满坞、玉笋成林、蚁艇渡潮、渔灯普照、狮子戏球、金蟾出洞、伏虎驮经、神龙听法、铠甲壑岩、慈航架壑、八仙岩洞、千佛梵宫。"

解铁夫说："从涌泉寺往东走，沿崖旁石阶直下，便到了灵源洞。这是一条久已干涸的山涧，两旁石崖壁立，中间裂开一仙罅，深约二丈多，犹如幽邃的洞穴，因而以洞称之。涧底怪石罗布，有国师岩、将军石、仙迹石和鸡头石诸胜。在灵源洞上有东西两涧，鼓山开山祖师神晏曾念经于此，而恶水声打扰禅心，喝之，水就逆流于东涧，而西涧乃涸，这就是喝水岩的由来。'鹰爪小白猿'的师父鼓山瞎老道就在清音阁开茶摊儿，以卖水度日。那水很有名，是从观音阁的青石龙头嘴里流出的甜泉，甘冽异常。明代文人谢肇淛，曾把这里的泉水与济南的趵突泉、杭州龙井泉等名泉相提并论。以龙头泉水，冲泡鼓山名产'半岩茶'别有一番情趣。"

三人又叙了一会儿，解铁夫说："芗斋千里而来，福建举目无亲，我孤身一人，以鹤为伴，芗斋你不如到寒舍居住。"

王芗斋见盛情难却，便答应了。二人辞别长老，向寺后走去。

涌泉寺后的这条小路，幽静雅致，桂树成荫，怪石兀立。

二人走了一个时辰，来到峰顶。向东眺望，瀛海烟波，渔帆点点，五虎、川石诸岛雄踞闽江口；向西俯视，闽江似带，榕城如毡，四周村镇，星罗棋布。峰顶而下有一座小庭院，隐映梅林中，此时红梅株株，竞相争艳，暗香淡淡。庭院当中有一株古老榕树，顶干如伞。走进庭院，有一群白鹤引颈高鸣，白皙灵巧，数一数共有七只。

那些白鹤见了解铁夫，争相奔来，依偎在解铁夫怀中。

解铁夫一一拍着白鹤脊背，亲热地招呼它们。

王芗斋见院内茅屋三间，院墙齐整，有一梅圃，圃内栽着几株白少梅，洁素皎柔。解铁夫把王芗斋让到屋内，墙上挂着一幅梅鹤图，两旁是对联。左联云：

有鹤妻梅子，谢它宦海风波，险舟孤帆；右联云：无茶闷酒忧，留我高山流云，残墨酣棋。屋内陈设简单，竹床竹椅，竹桌竹具，甚是清淡。

二人坐定，王芗斋把志在求艺，流连江野，追踪白猿之意细述一遍，解铁夫叹道："你弱冠之年，有鲲鹏万里之志，高山流水之性，我实是佩服，我也愿把自己长年学的鹤拳说给你听。鹤拳有四种：宗鹤，亦称宿鹤，长于听劲儿；鸣鹤、飞鹤、食鹤均以气催力。宗鹤用气，宗为撞或震之意，善于发全身劲儿，故鹤拳有五撞，即头、肩、肘、胯、膝；原为三步，现改为五步。鸣鹤用掌，发声动作如衔羽毛状，鼻吸口呼，气从丹田发出，有明气与暗气之别。飞鹤属于走架，吸气上提似飞，用腿。食鹤用手指，如啄食状，亦兼用脚，练习时手脚对称为天地对。手上讲五行，脚下有落地生根与不生根之分。"解铁夫见王芗斋越听越迷，站起身来，说道："咱俩人比试一番，你可能从中了解某些妙处，因为言不如行，行之有果。"王芗斋同意，于是二人来到院中交起手来。

解铁夫鹤拳妙，身法敏捷，出式如仙鹤腾空，伸手似大鹏展翅，接手犹闪电之疾，真是妙不可言。

王芗斋行拳严谨，一丝不苟，出手规矩刚猛，利落干脆，解铁夫连连喝彩。引得众鹤也都围拢竞相观阅，高鸣助威。比武结果，俩人各有胜负。

比拳后，解铁夫又提议比器械。解铁夫手持一柄青龙剑，王芗斋手持一柄白鹿剑，在剑术上王芗斋功底较深于解铁夫，任彼千变万化，王芗斋视彼若无，双手持剑，横扫竖劈，腾挪架闪，出手似很缓慢，但制敌总在于先。

二人互相称赞，彼此敬佩，遂结为莫逆之交。

解铁夫叹道："以你的技艺在大江以南我不敢说，大江以北恐怕是无敌手了！"

二人白昼互学拳术，夜晚抵足而眠，白鹤也栖息于侧。

解铁夫还介绍王芗斋到闽军周荫人部当了武术教官。

鼓山之春，春意甚浓，桃李竞开，百花争秀，飞禽鸣啭，澄江如练。

王芗斋想起"鹰爪小白猿"逍遥江湖，可能又在干伤天害理之事，心内不安，想起峨眉山广善老尼等人的惨死，更加痛心。解铁夫见王芗斋闷闷不乐，于是问道："是不是想念老婆和孩子了？"因为解铁夫知道王芗斋的长女玉珍已有十来岁，次女玉芳刚刚六岁。

王芗斋摇摇头。

"噢，肯定是为'鹰爪小白猿'！……我倒有一个探听他下落的主意。"

"什么主意？"王芗斋睁大眼睛，望着这位大胡子朋友。

解铁夫说："'鹰爪小白猿'的师父鼓山瞎老道就在鼓山清音阁卖水，他与小白猿相处时间最长，恐怕能知道他的一点蛛丝马迹，我们一同去找他。"

两个人下山来到灵源洞，只见嵯峨石壁之间，有宋朝以来的历代摩崖石刻一百多处，汉字书法的篆、隶、草、楷各体应有尽有，琳琅满目。

解铁夫指着一个"寿"字石刻说："这是南宋理学家朱熹所书，字径宽三米，长四米，为福州摩崖石刻第一大字。"

在喝水岩一侧的峭壁上，有一副偌大的对联，每个字约二尺见方，字势雄伟，峭壁下临深涧，石刻更显得巍峨壮观。对联的上联是：爵比郭令公，历中书二十四考；下联是：寿同广成子，住崆峒千三百年。

王芗斋叹道："我生平还未见过这样大的石刻对联，真是天工巧匠，绝妙之极！"

来到清音阁，但见茶客议论纷纷，一个瞎老道在茶棚之下，盘腿坐在那里，手握一柄大铜茶壶，有一个小茶童侍立一侧，茶客中只要有人叫嚷添茶，那瞎老道便用手一扬，壶嘴对着茶客，茶水水柱喷入茶客碗内。老道双目失明，完全凭耳判断茶杯是否已满。王芗斋暗自惊叹这位瞎老道的神力。

茶客们仍在议论着，一个茶客说："如今老佛爷没了，光绪皇帝也没了，出来个四岁的小娃娃做皇上，叫宣统皇帝。"

另一个茶客问："此话当真？"

"当真，我叔叔刚从北京回来，他还在北京景山东门看见给慈禧太后烧法船呢！说瞎话，砍我的脑袋！"那茶客用手比划着杀头的姿势。

瞎老道听了，叹一口气，说："大清要完喽，四岁的小娃娃当皇上，治理国政，天下将崩呀！"

一个茶客说："老道，你可别瞎说，小心杀头！"

一个年老的茶客，摇摇手："莫谈国事，莫谈国事！"

王芗斋听说慈禧太后和光绪皇帝相继驾崩的消息，心头为之一震，心想：李存义可能不会再被通缉了，历史上每个新皇帝登基都要大赦天下，连监狱里的政治犯、刑事犯都被放了，何况义和团的余党呢！他暗暗为师叔李存义高兴。

解铁夫抢上一步，向瞎老道说："大哥，我给你带来一人。"

老道问："什么人？"

"是来寻仇家的，打听你那不争脸的徒弟的下落！"

"怎么，那个孽种小白猿又在外面干坏事了？"老道把大铜茶壶放在桌上，耳朵竖得高高的。

王芗斋上前把前因后果叙了一遍。老道叹道："原本培养他为世人造福，没想为世作孽哟!"说着拿起大铜壶就往自己头上砸。

解铁夫上前一把夺过大铜茶壶，没想茶壶已碰及老道额头，登时起了一个大血包。

王芗斋劝道："老伯不必伤心太甚，'鹰爪小白猿'不顾师父劝告，罪有应得，日后必入法网。"说着上前用手去揉老道额上的血包。他在少林寺达摩洞跟本空上人高僧学了气功，其中也有气功疗法，气功治包瘤这类疾病极有成效。

王芗斋揉了一会儿，暗发的气起了作用。原来人体都有静电，如施以气功，静电会增多三倍。老道经王芗斋气功疗治，血包顿时消去。

解铁夫不禁赞道："原来芗斋兄还会医术。"王芗斋笑笑，收了功式，退立一旁。

解铁夫说："只不知芗斋兄弟能否治老道的眼疾，如能使老道恢复光明，定是一件天大的幸事!"

王芗斋犹豫了一下，说道："我还没有试过，不知有无功效。"

解铁夫说："救人一命，胜造七级浮屠。芗斋兄弟，不妨试一试。"

王芗斋说："我也想试一试，但恐怕用的时间要长一些。"

瞎老道摆摆手说："徒劳无益。先生的心意我领了，但恐怕无济于事，这些年来，我的弟子们请过无数江湖名医，甚至请过北京皇宫御医，都没有结果。我那作孽徒弟小白猿是用鹰爪拳戳瞎了我的双眼，功力底厚，不易治疗，我只有带着一团漆黑，走入坟墓了!"说完，涕泪不已。

王芗斋劝道："老伯不必过度伤心，我王芗斋只要觉得有一点儿希望，必定尽力而为。"

老道带他们二人来到清音阁后的住房，这是一间潮湿的茅舍，屋内破坛碎罐，杂物狼藉，竹床坐上"吱吱"作响。

王芗斋见屋内潮气沉重，空气中凉气丝丝，皱皱眉说："这间屋子过于潮湿，恐怕对治眼不利。"

解铁夫说："那就到我那里居住。"

老道感激地说："那太麻烦解先生了。"

解铁夫与王芗斋陪老道出门，王芗斋要扶老道，被老道推开。

只见他虽然双目失明，但健步如飞，沿着石径，一会儿便来到大顶峰上，走进解铁夫的院子。

王芗斋见老道功夫非凡，十分钦佩。

解铁夫收拾了西房，让老道住在其中，王芗斋立即过来，为老道发功。

老道只觉两眼有热流袭来，十分舒服。

王芗斋问："老伯，有感觉吗？"

老道点点头。

王芗斋做了一阵儿气功，收了功，说："从今日开始，我每日早晨、中午和晚上为您发功三次，日积月累，看看功效如何。"

老道说："谢谢先生。"

晚上，解铁夫、王芗斋与老道聊起家常。原来老道本名洪图，原籍陕西榆县，年轻时在陕西华山跟太虚真人学习鹰爪拳，以后来到山东泰山又跟玄武法师学习猴拳，浪迹江湖，助人为乐。后来来到福建鼓山，见此地山清水秀，便隐居此处开始收徒传艺，自号鼓山老道。福建、浙江有志武术之士，前来求艺者不乏其人。十年前，老道到福州城里去拜访一个朋友，回家途中，在山下看到一个饿昏的少年，他忙把少年背到屋内。那少年面黄肌瘦，泪水汪汪。原来他的母亲是个水性杨花的女子，与一个过路商人勾搭成奸，一次被少年的父亲发现，那商人用刀刺死他的父亲，同他母亲私奔。少年失去双亲，只好靠乞食为生。福州城里有个秋香妓楼，老鸨见这少年聪颖、清秀，便留在妓楼里当了男妓。后来，老鸨见这少年与妓楼里的妓女们一个个打得火热，生怕出了什么岔子，便把他打出妓楼。少年流离失所，再度靠乞讨过日。一般人家觉得他历史腌臜，都不肯给他剩饭，少年多日未讨到饭食，饥饿过度，想到鼓山涌泉寺向僧人乞求施舍，走到鼓山脚下，终于支持不住，昏倒于地。

老道听了少年的身世，甚是可怜，便把他留在家中，教他武艺，以让他将来靠保镖护院为生。少年见老道如此厚待，立即噗通跪地，拜老道做了义父。老道从此把全部心血倾注在他的身上，把鹰爪拳和猴拳的真谛全教给了他，对他百般爱护。别的弟子心怀嫉妒，又不好发作。几年后，这少年已经出落成一个武艺高强的武林高手。有一天夜里，老道见少年鲜血淋漓奔进屋，忙问何故。原来他杀了秋香妓楼的老鸨，报了前仇。以后他占据了秋香妓楼，使妓楼闻名福建。

说到此处，老道叹了口气："我劝他不要干这个营生，以免玷污武术。他翅膀已硬，不再听我的，我百般劝说，也无济于事。以后他更肆无忌惮，在外随意嫖妓，有时潜入良家妇女室中行苟且之事。我气不过，终于打了他几个耳光。他恶狠狠地叫道：'姓洪的，咱们一刀两断！我也不认你这个义父，你也别说我是你的义子！'说完，头也不回地走了。他少年时在妓楼沾染到恶习，影响已深，真是‘近朱者赤，近墨者黑’啊！以后，他果然不来了。一年以后，他不知从哪里得到了风声，又来找我，要我交出《鹰爪拳谱》。原来他野心很大，想要索取武术界全部拳谱，据为己有，想独霸武林，独来独往。他看没有结果，又变了一副嘴脸，忽然跪在我的面前，痛哭流涕地说：‘干爹，我不愿弃您而去，只因那些女人不好，见我生得漂亮，拉我下了火炕。我也没有那些调戏女人之事，那是师兄弟们嫉妒我，编造出来的谣言。我……我实际上是阳痿啊！’说着，他脱下自己的裤子，泪如雨下。我慌忙拦住他，扶他起来，我见他实在可怜，就原谅了他。他用头撞墙，喊爹喊娘地发誓服侍我一辈子，说着又拔出刀，要割自己的那个玩意。我拼命夺过他的刀子，我俩抱头痛哭。以后，他每天给我带来许多可口的东西，鲜亮的荔枝、雪白的人参、黄澄澄的蜜橘、沉甸甸的香蕉。有一次又有两个水灵灵、妖里妖气的女人来找他，他当着我的面，把她们打得鼻青眼肿，轰下山去。我见他已回心转意，非常高兴。又过了一年，有一天晚上，他倚在我的怀里，问：‘干爹，我想参加北方的义和团，去杀洋鬼子，听说洋鬼子在北京城皇上、皇太后面前可威风了！我要为咱中国人出口气，煞煞他们的威风！’我听了，夸赞道：‘小子越发有出息了！’他皱皱眉道：‘可惜我的武功还不行，您能把那本《鹰爪拳谱》传给我吗？’我听了，被他的诚心所感动，便决定把拳谱交给他，我说好，第二天晚上便交给他。他听了，满心高兴，便出屋去了。深夜漆黑一团，我走出房屋，来到灵源洞里，忽听拐角处有一男一女正在对话。我担心他们是为我拳谱而来，便急忙伏到旁边一块巨石后，只听那男的说：‘我已骗得那老家伙信任，他答应明日晚上把拳谱给我。’那女的高兴地说：‘那可太好了，咱们又多了一个拳谱，一旦时机成熟，就让武术界那些高手跪在我们的脚下，你就是武术界的皇帝；我呢，当然就是武术界的皇后喽！’说着，狂笑不已。这时雷电一闪，我认出了那两个人，那女人是福建督军的小姐，叫林莺啼，我曾被督军大人请到府衙论武，见过这个小姐；那个男人正是我的干儿子，不知什么时候他们竟混到一处。我一见，肺都气炸了。其实拳谱就藏在他们脚下的古瓷缸里，旁边有株古榕即是标记。我大喝一声，扑了上去，骂道：‘原来你们勾通在一块儿，赚我拳谱。吃我一拳！’他俩人一听，知事情败露，一齐向我杀来。那女人功夫不弱，使的是喇嘛拳，刚猛疾快，直锁我的咽喉；我急忙闪过，一招‘鹰击长空’，双拳掼向二人。我那干儿子气急败坏，一招‘白猿攀枝’，伸手抓了我的脸；我又急又气，使鹰爪拳的绝技——鹰爪连环拳，慌乱中，我干儿的右腿着了一‘爪’，血流不止。那林莺啼尖叫一声，顺手一扬，三枚罗汉钱向我抛来，其中有一枚正中我的穴位，我瘫倒在地，动弹不得。这时，我干儿一步抢上前来，双手扳住我，那女的一脚踩在我的胸脯。此时雷声大作，暴雨直泻。雷电中，我见干儿一脸狰狞之相，极端可怖。他挥起手掌，叫道：‘姓洪的，你既已知全貌，那就识相一点儿，快交出《鹰爪拳谱》！’我‘嘿嘿’冷笑几声，说：‘我掏了这么多年大粪，还没见过你这花边屎壳郎儿，今日总算识了庐山真面目！人生酸的、苦的、甜的、辣的，我都尝过，今日又见到这儿精彩的一个节目，我死而无憾了！’干儿吼道：‘你交是不交！’我摇摇头：‘不交！死也不交！’‘啊’！他大吼一声，伸起手掌，戳了我的双眼。那女的道：‘留下这老狗也没用处了，干脆弄死他算了！’说着，一掌向我头盖骨击来……”

第十九回　立鹤墓呼唤舍己魂　闯府衙勇救革命党

鼓山老道继续述说着："就在这时，猛听一声大吼：'贼人勿伤吾友！'一人从山上跃下，但听'啪啪'两声，那林莺啼和我干儿被震得倒退几步。

"只听林莺啼叫道：'高手来了，快逃！'二人仓皇窜去。"

这时，解铁夫说："六年前的一个雨夜，我丢失了一只白鹤，从大峰顶往下寻来，刚走到灵源洞前，正遇上这两个歹徒行凶，于是跳了下来，驱散了他们，救下鼓山老道，可惜，他的眼已经瞎了！……"

鼓山老道凄然泪下："我双目失明后，其他弟子也不愿看望我，都因我平时待干儿太好，弟子们窝了一口气……"

王芗斋说："你那干儿就是'鹰爪小白猿'白猿?!"

老道点点头。

第二天，王芗斋照常给老道发功。过了一个月，王芗斋见老道兴冲冲走出院，望着江边的初日，兴奋地说："今儿已能看见眼前一片金黄，我快能看到太阳了!"

王芗斋听了也感到高兴，解铁夫听说了，也赶出了房屋，见老道如痴如醉的样子，叹道："看来这气功还真有疗效!"

那几只白鹤仿佛也通人性，手舞足蹈，围着老道，吱吱叫唤，转起圈来。

晚上，三个人狂饮之余，猜起拳来，好不热闹。

老道说："小白猿今生今世也休想得到拳谱了！我已把它交给了师弟刘丕显。两年前，师弟又放鹰来探望我……"

王芗斋问："放鹰探望你?"

“我师弟在华山，他学鹰爪拳入了迷，竟在华山顶上养了一群鹰，每年秋天，他都要放一只老鹰前来鼓山探望我，鹰爪下挂着一只布囊，里面装着书信或礼品。两年前的秋天，师弟刘丕显的信鹰又飞到我的寒舍，我取出拳谱，放在信鹰的布囊内，交给了师弟。去年秋天，师弟又放鹰来，捎来一个口信儿，说他已收到拳谱，并带来一些治眼病的草药。我见信后，才放了心……”

就在这时，但听窗外有人轻叹一声，窗纸被戳穿五个窟窿。老道长啸一声，身子一纵，从窗户飞跃出去，但听一片厮杀之声。

王芗斋和解铁夫赶忙出屋一瞧，但见“鹰爪小白猿”一身素装正与老道斗在一处，老道虽然双目失明，但是拳法丝毫不乱，每拳都逼向白猿的要害。白猿使的是鹰爪拳，左盘右旋，每招甚是狠辣。

老道骂道：“你这畜生，竟然来偷听真机!”

白猿恨恨地说：“你的拳谱不传弟子，反倒给了华山姓刘的，岂有此理?!”说着，一招“老鹰指路”，直抓老道胸部。原来一个月前，白猿也偷听了老道与王芗斋、解铁夫的叙谈，认为拳谱藏在灵源洞榕树之下，他满心欢喜，于当夜挖地十尺，可是除了一堆碎石之外，根本没有拳谱的影子。他恼羞成怒，复仇之火越烧越旺。

斗了十几个回合，双方不分胜负。王芗斋叹道：“老道若不是双目失明，定能占上风，如今目已不能辨物，还能与白猿打个平手，功夫真是厉害。”原来老道见到白猿，气往上冲，眼睛竟能模模糊糊看见一些东西，只觉眼前一件白东西在晃来晃去，这白东西正是白猿，因为白猿穿的是一身白衣。白猿见老道愈战愈勇，有点儿心虚，心想：如果久拖下去，那解铁夫和王芗斋定然相助，我岂是他们三联手的对手，事不宜迟，必须先下毒手。

想到这里，他往上一抬手，五只猴尾镖飞了出来，直扑老道要害。

就在这千钧一发之际，在一边观看的一只白鹤一纵身，凌空而上，用嘴狠命叼了老道衣衫，往后一扯，老道不及防备，跌倒在地。

这一跌，不知震动了哪处穴位，老道双眼一亮，能看见眼前一切事物了。可是那只雪白的鹤却身中三枚猴尾镖，气绝而亡。

白猿见老道跌倒，便抽出七星宝剑，上前来杀老道。解铁夫心爱之物被白猿射死，不由勃然大怒，大喝一声，一阵风似地旋到老道身后，推开老道，双拳迎住白猿剑锋。锋尖落在解铁夫双拳之上，“嘭嘭”作响，震得白猿虎口生疼，他自知难敌，一纵身，跳下山去。

鼓山老道经过王芗斋一个余月的精心治疗，又经过一重跌，双眼复明。

解铁夫失了爱物，悲痛万分，他抱着亡鹤来到屋后，刨了个坑，将亡鹤埋入，立了一块石碑，镌刻“解铁夫先生鹤妻之墓”，烧了炷香，洒泪而拜。

王芗斋见他如此爱鹤，也生了怜悯之心。鼓山老道采了一捧野花，放在鹤墓前，叹道：“白鹤是动物，但通人性，可恨白猿不如动物，当诛之！”

王芗斋忽然听到院前一片“吱吱”声，走到院前一瞧，只见另外六只白鹤，整齐地排列一行，眼望白云，发出悲鸣，双目处似有泪水溢出。

此时，福州城内响起阵阵“劈劈啪啪”之声，越来越激烈。

王芗斋站在高处往城内望去，问道：“谁家娶媳妇放这么多鞭炮？”

解铁夫道：“这不是鞭炮，这是洋枪声。前几天，听说孙中山的革命党从广东出发攻打福州府，今日果然来了。”

“孙中山是什么人？”王芗斋问。

“他是个大革命家，他带领革命党推翻了大清王朝，建立了中华民国，现在又要北伐，打倒一切军阀！”

王芗斋听了，觉得新鲜，又问：“孙中山可会武术？”

解铁夫笑了笑，说：“他是个书生，不会武术，但他提倡武术。他曾在报上发表文章说：‘处竞争激烈之时代，不知求自卫之道，则不适于生存，慨自火器输入中国之后，国人多弃体育之技击而不讲，遂至社会个人积弱愈甚。’还说过：‘我国人仅袭得他人物质文明之粗末，遂自弃其本体固有之技能，以为无用，岂非大失计耶！’”

王芗斋叹道：“孙先生真是一位哲人，他这是切中要害的针砭之言！”

鼓山老道说：“我如今恢复了光明，正想去福州城里走一遭，咱们一同下山如何？”

解铁夫道：“正要瞧瞧热闹。”

三个人下了鼓山，来到福州城内，只听激烈的枪声来自督军衙门，连忙来到督军衙门。

只见几百个革命党人，手持长枪，正向门口冲击。

督军衙门内有许多士兵正开枪还击，双方各有伤亡。

这时，革命党人中有个英俊的青年一扬手，说：“敢死队跟我到后门去攻击。”二十多个革命党人便跟着他来到后门。

解铁夫等三人也尾随于后。

来到后院墙前，那些革命党人看到解铁夫等人尾随在后，一个革命党人用枪对着他们问:“你们是什么人?为什么跟着我们?”

鼓山老道说:“我们是当地居民,来看热闹。”

那个革命党人说:“小心枪子打碎你们的脑袋!”说完,攀墙而上。

解铁夫、王芗斋、鼓山老道也攀上高墙,只见那些革命党人已冲了进去。他们翻进院内,只见一个丫环慌里慌张在一个月亮门前探望。

解铁夫忽然想起督军的女儿林莺啼与小白猿狼狈为奸,于是说:“林莺啼就在这里居住,或许小白猿也在这里。”

鼓山老道说:“你不提,我差点儿忘了。”

三个人奔进月亮门,来到一个古色古香的庭院内,古藤蔓架,奇石怪松,甚是幽雅。

王芗斋见那丫环一闪身进了一个房间,于是追了过去,进了屋内,但见翠幔金阁,花墙茜壁,一股胭脂味儿。

墙上有个小姐的画像,潇潇洒洒,若笑若愁,看了以后觉得面熟,似在哪里见过。

王芗斋见床下有一物簌簌而动,他拖出一瞧,正是那个丫环,浑身发抖,嘴里叫道:“大爷,不要嬲我,不要嬲我呀!”

王芗斋知她误会,和蔼地说道:“我们不是歹人,是来找你家小姐的。”

那丫环一听,还以为他们是嬲小姐的,连忙说:“小姐更嬲不得,她的武功十分厉害,你们不是她的对手!”

这时,解铁夫、鼓山老道也走了进来,催促说:“芗斋,咱们快走吧!前院枪声像炒豆般响,后面也传来了枪声。”

王芗斋犹豫不决,说:“还没找到林莺啼呢!”

丫环一听,忙说:“林小姐刚才已经跟白少爷跑了,他们说要到华山去,一两个月回不来。”

鼓山老道一听,一顿脚,叫道:“糟了,他们定是到华山寻找我师弟刘丕显,必盗《鹰爪拳谱》,师弟那里有麻烦了!”

这时,外面枪声大作,只见刚才那个领头的革命党人,一瘸一拐地跑了过来,他额上渗出鲜血,显得有些恍惚。

解铁夫说:“看来他受了伤,咱们快去救他。”

三个人来到外面,那革命党人见了他们,吃了一惊。

解铁夫说:“别怕,我们来救你出去。”

王芗斋背起他,四个人迅速来到墙下。

解铁夫一托王芗斋,送他们二人上了墙头。

子弹“嗖嗖”飞，擦着王芗斋耳际而过。

他毫不畏惧，往下一跳。

紧接着，解铁夫、鼓山老道也跃下墙来。

王芗斋见前面一条巷子挤满了士兵，马上朝另一条巷子奔跑。子弹横飞，那革命党人的血“滴滴答答”落在王芗斋的胸前。芗斋不假思索，拼命飞跑。此时，天已大亮。

他们跑到城墙前，又依次攀上墙头，翻了下去，然后朝鼓山飞跑。

鼓山老道擦拭地上的血迹。

渐渐地，城里的枪声稀了。一会儿，完全停了下来，死一般的沉寂。

到了鼓山顶峰解铁夫的屋内，王芗斋把那个革命党人放在炕上，解铁夫为他包扎了伤口。

他的头部和腿部受了枪伤，好在伤并不是很重。

解铁夫到山下买了几斤猪肉和一只老母鸡，为他炖了一锅鸡汤，服侍他喝下。

王芗斋问那个革命党人：“你叫什么名字?”

革命党人微笑着答道：“叫方声洞。”

“你们为什么打仗?”

方声洞沉思片刻说：“军阀腐败无能，自鸦片战争后，我堂堂中国人沦入洋人的铁蹄践踏中，苦不堪言。一个个丧权辱国的卖国条约纷至沓来，什么《南京条约》《北京条约》《天津条约》《马关条约》《辛丑条约》，我国的白银源源不断流入洋人的腰包。军阀政府更是腐败无能，国况愈下，我中华民族日复一日陷入黑暗之中，我们要为建设一个真正的中华民国而战斗!”

王芗斋又问：“你们推掉了大清皇帝，又要推翻北京政府，那么要孙中山当皇帝吗?”

方声洞笑了：“我们推翻清朝，是要打倒几千年的封建专制，振兴我们的国家，建立真正的中华民国，人人有地耕，有工做，有衣穿，人人平等，没有皇帝，没有太后，也没有奴才，使我们的祖国强大起来!”

“你们怎么看武术?”

“武术是中华民族的文化遗产，是健身御敌的宝贵之术，当然要发扬光大。但要消除武术拳派之间的门户之见，取长补短。我们革命党人中也有不少会武术的，广州黄花岗起义中牺牲的炸弹大王喻培伦就是一位武林高手!”

王芗斋问：“他是使什么拳的?”

方声洞笑着搔了搔头皮："那我可闹不清楚……"

第二天一早，鼓山老道便要下山到华山去找师弟刘丕显，他生怕小白猿和林莺啼先到华山盗取拳谱。王芗斋也要随他前去。

解铁夫一要照料方声洞，二要陪伴白鹤，不能与他们同行，于是留在山上。

临行前，解铁夫从怀里摸出一封书信，只见封面端端正正写着：杭州府督军护卫方士桩先生收。

王芗斋问："方士桩是何人？"

解铁夫说："是我的一个朋友，原是福建少林寺心意派嫡传弟子，也擅长鹤拳，又会'五技撩手'，功夫精深，现在浙江杭州督军府当保镖。你们路过杭州时，替我捎给他一封书信。我与他分手，至今已有一年了。"

王芗斋接过书信，揣在怀中，背起背囊，告辞了方声洞。

方声洞激动地握着王芗斋的手说："谢谢你的救命之恩，后会有期！"

王芗斋问："你伤好之后，有什么打算？"

方声洞一字一顿地说："革命尚未成功，同志仍须努力！"

王芗斋与鼓山老道下鼓山后，朝北进发，日夜兼程，不久进入浙江地界。又过了几日，来到山清水秀的西子湖畔。

二人都是初到西湖，但见山似花冠，堤像锦带，岛如翠玉，水若鱼鳞。白堤像一幅镶着翠绿的玉带，飘荡在盈盈水中；苏堤更有诗情画意，繁花满目，垂柳拂波，宛若一条红翠交织的锦绣宽带，宁静地铺展在水平如镜的湖面上，真是长虹一鉴痕，始通两山春。那苏堤春晓、两峰插云、柳浪闻莺、花港观鱼、曲院风荷、平湖秋月、南屏晚钟、三潭印月、雷峰夕照、断桥残雪，西湖十景，美不胜收。真是重重叠叠山，曲曲环环路，叮叮咚咚泉，高高下下树！亭立西湖，宛西子载扁舟，雅称雨奇晴发；席开水面，恍苏公游赤壁，偏宜月白风清！

二人来到街心，找了一家客店住下，然后来到督军府，向士兵说明要寻方士桩先生。士兵进去通报，一会儿，一位身材魁伟的先生走了出来。

他四十岁上下，身穿黑白相间的衣服，留着一撇小黑胡，两只眼睛布满了血丝。他笑着拱手道："原来是鼓山老道和芗斋先生到了，快请里边坐。"

王芗斋问："您就是方先生？"

方士桩点点头，引他们穿过秀廊花门，来到府后一个庭院。院内牡丹花开，芳香袭人。

方士桩引他们来到屋内，令人端来水果、糕点、香茶，招呼道："快来品品西湖的鲜龙井茶。”

王芗斋从怀里掏出解铁夫的书信，方士桩仔细读起来。

王芗斋见他手背青筋暴露，骨骼分明，知他是有神力的人。

他望望四周，见屋角有个书架，紫藤木框，沉沉甸甸地压着一摞摞拳书，有戚继光的《纪效新书》等武术典籍。背身壁上有一幅画，一个壮汉与一个牧童相斗，背景是田园风光，一头牛悠闲地在旁边吃草。画两旁是一副对联，左联是：借力推力全不费一点力；右联是：使劲发劲须要看一寸线。

方士桩看罢信，说：“这个‘江南第一妙手’解疯子，还是那么优哉乐哉，不愿携妻带子，尽享天伦之乐；也不愿封官晋爵，耽于官场之碌；更不愿保镖护院，沉于官府之务，整日野鹤闲云，逍遥自在，唉！”

王芗斋见方士桩叹气，又见他满目血丝，知他遇到了麻烦，于是问：“方先生，您近日忙么？”

方士桩叹口气，说：“近日杭州府出了一件怪事。”

“什么怪事？”王芗斋问。

“杭州府武林门有位叫吕琳的商人，在外行商多年，晚年退居家中，拥有三十万两白银。以前他居室狭小，回到故乡后便建新宅，建成一座有房屋数百间，又有花园亭榭的大宅院。吕琳全家搬来后感非常舒适，但他只有一个儿子和一个儿媳，此外还有一个仆妇。这么大的宅院只有四人居住，显得十分冷清寂寞。不久，宅院里忽然闹起鬼来了。夜深人静，吕老先生一家人常被一种凄怪的叫声惊醒，令人毛发直竖。吕家四口人吓得日夜提心吊胆，不得安宁。一天夜里，鬼又叫起来了，吕琳等人战战兢兢起床观看，只见客厅中有闪闪的磷火随风颤动，几个身穿红袍戴着纱帽手拿利剑的恶鬼正迈着小步走来走去，看样子很像道士在念咒作法。鬼的身材很高，约在一丈以上，头部几乎顶着屋脊，走时摇摆不定。吕琳等人吓得浑身发抖，不敢声张，吕家媳妇吓得昏厥过去……”

方士桩讲到此时，心里“噗通”乱跳，王芗斋和鼓山老道也听得入了神。

“这时，只见有一个鬼弯腰出屋来到后院，从鸡窝中抓出两只母鸡，又走进了厨房。不久，他把煮熟的鸡拿回来，和其他的鬼大吃大嚼。另外一个鬼又拿出酒来，互相对饮。吃完以后，磷火消失，鬼也不见了……”

这时，但听屋外“吧”的一声，三人立即赶出屋一看，原来是个护卫端着水果进来，见方士桩说得绘声绘色，于是躲在屋外偷听，听到入神处，没留神砸了果盘，香蕉、枇杷撒了一地。

王芗斋见那护卫左耳际有一颗明显的黑痣。

几个人返回屋里，方士桩喝了一口香茶，又接着津津有味地说下去：“吕老先生自从见了鬼以后，每夜不得安眠，总是起来观看鬼的活动。起初只有三四个鬼，几天后逐渐增加到十几个，高深的宅院竟然成了鬼的巢穴。吕家的猪牛羊鸡等牲畜夜晚被鬼烹食，第二天只见皮毛和骨头。过了一个多月，邻居们都知道吕家闹鬼，便都劝吕老先生搬家，以防鬼作祟。可是吕老先生却说：‘鬼吃我的猪羊，不会害人，我家的猪羊多，任凭他们去闹吧！’他邀请他的亲族到新宅居住，照他的意思，人气盛了鬼气自退。谁知道亲族们知道他家闹鬼，没有一个人敢来居住。后来，吕老先生把收得的十几万钱财放进新宅。这天夜里，来了很多厉鬼，他们拿着刀杀死了吕老先生以及他的儿子、仆妇，儿媳因害怕，回了娘家，所以幸免于难。家财四十万两白银也不翼而飞了。凶杀案惊动知府，知府派我带人赶到现场，只见死者有的被刺穿胸腹，有的被砍断手足，没有一具完整的尸体，惨不忍睹。经检查发现，衣服财物等一无所失，只是少了四十万两白银。但是前后门都完好无损，盗匪是从哪里进来的呢？他们一连残杀三人，定不是一两个盗匪所为，为什么在夜间竟没有一点儿声响呢？是盗匪的伎俩神秘莫测呢？还是别有原因？我百般探索，不得其解。后来上面也得知了此事，限令两个月内破案。可如今已过了一个多月，仍然没有结果，这可如何是好?!”说着，方士桩嗟叹不已。

方士桩又说：“我曾经带着几个护卫夜间守在吕家，但是几夜过去了，连鬼的影子也没看见。匪盗拿去巨款，必然不会出现，然而如果鬼是人伪装的，自然不会什么隐身术，为什么在这里扰乱了几个月，大家都不知道鬼的来踪去迹呢?”

王芗斋道：“方先生不要着急，我们可以帮助您抓鬼。”

鼓山老道说：“那华山刘丕显处谁去通报，我们还要去通报我师弟刘丕显！”

王芗斋想了想说：“刘丕显先生有危不能不报，但目前万先生有难，也不能袖手旁观，拂袖而去。我倒有一个主意……”

鼓山老道说：“如何?”

“您先去华山，我留在杭州，先帮助方先生了此凶杀案，这关系到方先生的前程。”

鼓山老道点点头，说：“这样也好。我先去华山，等芗斋兄弟在杭州完了事，咱们在华山相会。”

方士桩道：“芗斋兄弟如肯为我分忧，我真是感恩不尽。我纵有五技撩手的绝技，韬略不足，也无济于事。”

鼓山老道火急火燎地要上华山，告辞二人，拔腿走了。

王芗斋随方士桩来到武林门吕家新宅。这宅院幽深，共有十进。王芗斋先到客厅中查看，他想：那些厉鬼经常出没的地方是客厅，这客厅的构造可能异常。

他爬上屋脊，仔细查看椽子和栋梁联结的地方，发现有一处梁木特别光滑。客厅是新建的，凡是木头都用油漆刷过，颜色平匀而有漆刷的痕迹，唯独这根梁木与众不同，再仔细一瞧，竟发现了许多杂乱的指纹。王芗斋再继续查看，结果又在梁木旁边发现了一个小洞，小洞很像是人工凿制的。他把铁棍放在洞中，扭转铁棍，梁木便微微转动，还没转到一半，屋脊已经露出一个大窟窿，可以容纳两个人出入。

王芗斋对方士桩说："问题出在这里，工匠肯定有干系。"

二人找到建造这座宅院的木工工头，把他带到督军衙门追查他劫杀吕家的罪行。那工头起初不肯招供。

方士桩说："你说不知情，为何替匪盗在梁木中预先安置了机关?"

那工头支支吾吾。方士桩有点儿火了，挥拳朝他击去。

王芗斋见他的五技撩手技击力极强，出手刚猛疾快，拳拳朝对方要害击去，打得那工头头破血流，嗷嗷直叫，最后瘫坐在地。

他挣扎着说："当吕琳建造这座院的时候，你们知府衙门上的护卫孙大魁送给我一千两银子，让我预先在客厅屋顶安置机关，而且说事情成功后还要重重谢我，我不知道他想干什么，就答应了。没有想到……他竟是为了杀人抢劫。"说完后，磕头请罪。

方士桩听了大吃一惊，急忙带人去抓护卫孙大魁，可是哪里有他的踪影。

他带人又赶到他家抓人，可邻居说，前几日孙大魁已带着妻小逃往乡间去了。原来，那护卫孙大魁就是那日偷听方士桩、王芗斋等人谈话的那个耳际有黑痣的家伙。

到哪里去找这些盗匪呢?王芗斋苦思苦想，最后决定到附近乡间走一遭，他听说近日绍兴有盛大灯会，心想热闹的地方可能容易找到这些盗匪的踪迹，便与方士桩带了侦稽队前去观看。

他们纵马来到绍兴，但见小桥流水，千岩竞秀，万壑争流，水木清华，山川映发，人家尽枕河。

他们驰马经过兰亭、鹅池。鹅池旁有一鹅字碑亭，"鹅"字铁划银钝，势如风云。过鹅池，经三曲石桥，溪水蜿蜒而下，到达流觞亭，亭西有一座乾隆的御碑亭，碑高三丈。

王芗斋是喜爱诗文之人，他停下马，但见乾隆手书《兰亭即事诗》，诗云：

向慕山阴镜里行，清游得胜惬平生。
风华自昔称佳地，觞咏于今纪盛名。
竹重春烟偏澹荡，花迟禊日尚敷荣。
临池留得龙跳法，聚讼千秋不易评。

流觞亭之北便是右军祠，祠前巨樟参天蔽日，厅前有一墨池，相传为王羲之洗笔砚之处。右军祠正中，有一幅王右军爱鹅构想图，两则悬挂一副对联，曰：“毕生寄迹在山水，列坐放言无古今。”

王芗斋再一看方士桩等人骑马已远，立即拍马追去。

到达绍兴镇，已是晚上，此时正是旧历年后第一个月圆夜，又称元夜，乡人正在闹花灯，正是火树银花不夜天。大街内有五座门，中间有一个牌，金书八个字：“花海彩山”“与民同乐”。彩山甚是华丽，梨园奏雅和之音，乐府进婆娑之舞。自庄逵以至穷檐曲巷，无不灯、无不棚者。棚以二竿竹搭个桥，中横一竿，挂一个雪灯，六个灯球。巷口视巷内，复叠堆垛，鲜妍飘洒，亦是动人。

几个人走到一个十字街口，只见有一木棚，挂一盏大灯笼，上书“呆灯”二字。无数彩灯上或写着《四书》《千家诗》故事，或写灯谜。小街曲巷，鼓吹弹唱，施放烟火，挤挤杂杂，满街珠翠游村女。有一对《红楼梦十二金钗》花篮灯，画面上十二个工笔仕女，富丽秀逸，令人叫绝，还有一种推车灯，车上有活人扮的十位古代美女：褒姒、妲己、西施、文姜、貂蝉、赵飞燕、王昭君、杨贵妃、蔡文姬、香妃……一个个多情娇媚，风姿绰约。

这时，方士桩指着河面说：“芗斋，你瞧，龙灯！”

王芗斋望去，只见河面上有一条长约二米的木板上扎上各色花灯，两头钻洞，用木杆插入，前后连接起来，简直像桥，灯会之夜，几百座“桥”连在一起，绵延数里，犹如一条色彩斑斓的火龙。灯光透过红纱，金碧辉煌，璀璨夺目。

这时，方士桩又叫道：“芗斋，你瞧，踩高跷！”

王芗斋扭头一瞧，只见街中涌出一伙人，旗伞鲜明，仪仗整齐，十几个人脚踩二尺多高的木杆摇摇摆摆地走了过来。他们都身着戏衣，戴着高帽和面具，扮演着各种各样的鬼，有一个人扮演钟馗，手中挥剑，“嗷嗷”直叫。

王芗斋看到这情景，忽然想起方士桩讲的吕家闹鬼的情形。

第二十回 辞西湖士桩授三艺 过江峡狂风遇慕樵

王芗斋想：这些人会不会是杀人劫财的盗匪呢？护卫孙大魁在不在其中呢？

王芗斋急中生智，他快步来到踩高跷的队伍前，躲在人群中大叫："大魁！今天夜里还去武林门吕琳家重演活鬼出现吗？"

王芗斋叫嚷这句话的意思是，如果这十几个人中没有孙大魁，他们必然不会介意；如果有，他们就是真正的凶手。

谁想到，这十几个人一听王芗斋的话都很惊恐，一个个两眼左瞧右看，像是要逃走的样子。

那个扮钟馗的人正是护卫孙大魁，他大叫道："兄弟们，快抄家伙，衙役到了！"

那伙人一听，个个拔出兵器。

王芗斋叫道："方先生，快拿匪盗！"

方士桩等人一听，"刷"地亮出兵器，蜂拥上前，与匪盗们一场混战。

王芗斋见孙大魁要溜之大吉，几步赶上去，一招"猛虎掏心"；孙大魁闪过，一招回头炮拳，王芗斋一躲，正砸在一个看灯会的青年头上，那青年登时毙命。

王芗斋见他又伤害了人，怒不可遏，一招"黑熊劈树"，一拳砸在孙大魁的左肩。

孙大魁"唉哟"一声，闪到一边，顺手抄起一根灯竿，朝王芗斋戳来。

王芗斋一招"燕子穿云"，跃起一丈多高，右手抓住灯杆，真似"渔夫撑竿"，十分壮观。孙大魁见他功夫高深，知不是对手，一窜身上了房。

王芗斋在高处看得清楚，又加上各种灯火照得通明，看见孙大魁正在房上疾走，撑竿轻轻一悠，悠到孙大魁面前。

孙大魁心内慌张，左脚踩空，掉下房来，正掉在一家居民后院猪圈里。

猪圈里又脏又滑，孙大魁趔趄了几步，滑倒在地。

王芗斋一伸那根竹竿下去，一挑孙大魁，竟把一百二十多斤重的孙大魁高高挑了起来。

屋下的居民以为又升起一盏什么灯，竞相来看。

王芗斋挑着孙大魁来到方士桩等人面前，此时方士桩等人已将余下匪盗捕获，混战中有两个匪盗被杀。

王芗斋把孙大魁往下一弹，两个护卫把他绑了。

此时参加灯会的观众听说踩高跷的是盗匪，争先向他们啐唾沫。

一个老人上前打了孙大魁一个耳光，骂道："你这个死不要脸的，装什么钟馗打鬼，原来你们就是鬼啊！"

王芗斋、方士桩等人把盗匪直接押往杭州府。第二天一早到了杭州府，早有人飞马报告督军，督军几日来为此案未能破获正在着急，如今听说凶案已破，盗匪全部落网，向上面有了交代，十分高兴，带着一簇人马来到门前迎接。

升堂审问，孙大魁人等全都招认了。

护卫孙大魁在半年前听说吕琳发了横财，有几十万两白银，就起了歹心。后来贿赂了为吕家建新宅的木工工头，在吕家客厅安置了机关。以后新宅盖成，他带着一伙人，每日装成厉鬼踩高跷从大厅暗门下去，大吃大喝，后来见时机成熟，就杀死了吕家三口人，抢劫了四十万两白银，藏在绍兴一个同伙家里。事发以后，这伙人也藏在绍兴那个同伙家里。今逢灯会，他们得意忘形，十几人装成各种鬼和钟馗，踩高跷出来闹灯会，然后准备转移到温州去做买卖，没想到王芗斋与杭州的侦稽队搜索到此。当下，知府派人到绍兴取了赃物，又上报朝廷，将孙大魁等人判了死刑。

方士桩见王芗斋帮助破了此案，十分高兴，盛情款待王芗斋自不必说。督军也携家眷陪王芗斋泛舟西湖，共赏平湖秋色，同饮美酒，别有一番乐趣。

过了两日，王芗斋因要去追鼓山老道，与方士桩道别。方士桩说："你在杭州，帮了我大忙，我如何报答你呢?"他想了想，又说："我来送你三件礼物，一条腿、一只手、一个头。"

王芗斋不解地问："这是什么意思?"

方士桩来到院里，拿起一块铁砖，往自己腿上拍打，"咚咚咚"，直拍打了一个时辰才停下来。然后从马棚中牵出一匹白骏马，让王芗斋骑上。

王芗斋问："你的马呢?"

方士桩说："我跟你在后面跑。"

王芗斋策马狂奔，在西湖岸上奔驰一圈，方士桩紧随在后，回到杭州府，方士桩不哼不哈，蛮有精神。

王芗斋赞叹道："方先生的腿真有功夫！"

方士桩谦虚地说："我只不过练得持久些罢了，还差得远呢！"

王芗斋感动地说："你的'一条腿'厚礼，我领了。"

方士桩说："今晚我亲自烧菜，为你饯行。"说着把他让进饭厅，自己到厨房烧菜去了。

不一会儿，方士桩掀帘而进，右手握着一张大饭桌的一条腿，桌上有红烧鲤鱼、冬笋白菜、糖醋排骨、海米油菜、滑溜海参等，但一点儿汤水也没洒出来。

王芗斋见他手劲儿如此大，吃惊不小。

两人边吃边谈，王芗斋问："方先生，你练手功有什么诀窍吗？"

方士桩说："俗话说，曲儿不离口，拳术不离手，我只不过平时多下了些笨功夫罢了。"

王芗斋说："你这'一只手'的厚礼我也收下了。"

第二日一早，方士桩送王芗斋出了杭州府，二人走到"南屏晚钟"的寺庙，方士桩说："咱们进去瞧瞧。"

王芗斋随他走进寺庙，正赶上和尚敲钟。他们一见方士桩，一齐说："方教头，来帮我们敲钟罢。"

王芗斋见方士桩走过来，没有接大铁锤，只见他屏足气，一跃几尺高，以头撞钟，寺庙中响起"当、当、当……"的钟声。

王芗斋心想：这大概就是方士桩送给我的"一个头"了。

王芗斋告辞方士桩后，往北疾行。越过黄山、九华山、庐山三座名山，来到江西九江镇，他搭船西行，沿着长江溯流直上，想在汉口下船，再图北进。舱里有几位乘客，其中有位俏丽妇人，身着重孝，带着一个机灵青年，还有一个胖大和尚，贼头贼脑，极不顺眼。

航船顺风顺水，很快驶入峡谷，但见两岸青山雄峙，一江碧水湍急，江山如画。

王芗斋和青年来到船头，饱览秀丽景色。

一会儿，他诗兴大发，吟诗一首：

帆影穿沙雪半消，江峡烟冷水迢迢。
寒鸥惊起飘潇处，一夜啼声过树杪。

这时，那个胖大和尚龟缩舱内，趁机调戏那秀丽女子，浪言秽语，不堪入耳。

王芗斋问那青年出来作什么。

青年说，他姐夫原在江西做官，刚直不阿，遭到上司陷害，死于袱中。他与姐姐扶枢回湖北原籍，投靠父亲。一番话，激起王芗斋满腹同情，他气愤地问："那秃贼无礼，小哥为何不痛加训斥呢？"

青年委婉地回答："那和尚颇有武功，我怕自己力不能敌，所以强忍。"

王芗斋说："你只管放胆骂他，有我给你撑腰。"

青年打量了王芗斋一会儿，默默地点了点。

青年一步跨进舱，指着那胖大和尚说："秃驴，休得无礼！"

和尚恼羞成怒，他一撩袈裟，嘴里骂道："小子，你想寻死，本佛爷送你归西！"

那青年用手一指说："有种的跟我上去见个高低！"说着，纵身朝岸上跃去。

那里正有块野地，芳草萋萋。

和尚果然功夫不浅，他甩下袈裟，腾身追来，胖大身躯，轻健如飞。

王芗斋哪里料到这二人有如此身手，他望着十来丈宽的江面，大叫船家快快靠岸。

船近岸边，王芗斋火急火燎，一步窜上岸来。

那女子在后面叮嘱道："请壮士帮帮我们！"

王芗斋举目一望，见和尚与青年打成一团，难解难分。

他一时无法插手，只能在一旁摆开马步，运用腿劲儿，以待良机。

青年起步如龙蛟挟浪，落似雾里伏豹，蛇惊猫步，柔若无骨，静若处女，炸似惊雷，边打边退，牵着和尚，把他慢慢往王芗斋身边引来。

眼看快到王芗斋跟前，青年猛然翻身，犹如乳燕穿梁，矫捷地从王芗斋胯下飞过。

和尚杀得性起，岂肯放过，叫声："好小子，往哪里逃！"迅猛赶来。

来得好！王芗斋飞起一脚，踢个正着！只听"砰"的一声，胖大和尚升上半天，就像一只断线的风筝，摇摇晃晃。

和尚落在地上，已经头破肚裂，一命呜呼了。

那青年向王芗斋连连道谢。二人回头望去，但见船已驶远，原来船上的四个船夫见女子容貌非凡，端庄娴雅，神韵十足，趁青年正与王芗斋等人下船之时，撑杆疾划，远离岸边，图谋沾污这位女子。

王芗斋见船已走远，十分焦急，知有变故，情急中想起达摩洞本空上人高僧教的轻功，急忙扯断一片江芦，自己踏上，飞也似追上大船。

但听船内有嬉笑之声，探头一瞧，只见青年正与姐姐谈笑风生，若无其事。

王芗斋左右环顾，船上哪里有船夫的影子……

王芗斋自知这女子也是能人，肯定是她收拾了那几个歹徒。可是那青年明明是在岸上，怎么会比自己先到了船上？真是一团谜。

女子笑道："先生受累了，还不快喝杯酒！"说着，递过一杯酒。

王芗斋接过酒一饮而尽，发愁道："咱们都不会划船，如何到汉口？"

女子说："你不必着急，我自有办法。"说着来到尾舱，端坐船尾，屏神发气，那船舱摇动，"呼呼"作响，船飞也似驰去。

王芗斋思忖：这气功真是厉害，真是强中更有强中手！

那青年说："姐姐不必费力。我自有办法。"说着，端立船头，朝天发气，一会儿，云彩散去，刮来一股疾风，船顺风而上。

女子收了气功，重回船舱内闲叙。

青年说："汉口还有一段路程，旅途中好烦闷，咱们不如猜谜。姐，我说一个俗语，你说这俗语的来龙去脉。"

女子笑着点头，说："你可不要耍赖，有这位先生见证。"

青年想了想，说："茶壶里煮饺子——心里有数。"

女子道："王羲之到成年时已是有名的书法家，人们常请他书匾刻碑，受到大家的夸赞。从此他就骄傲起来，整日游山逛景，不再勤奋学习。一天，他来到燕山游玩后，到山下一间芭草屋借宿。这家只有一个老婆婆，老婆婆给他沏了一壶山茶，接着捅旺炉火，架上木炭，然后往火上放了一把粗嘴大肚子的铜茶壶，接着就和面拌野菜馅儿。不一会儿，壶中的水开了，老婆婆上炕和王羲之对面坐着，背着炉火铜壶捏起饺子来。她边捏边和王羲之拉家常。每捏成一饺子，就将右手向后轻轻一抖，连头也不回。那饺子划了个孤线飞出去，不偏不倚，正好跌进壶嘴。因为饺子小壶嘴粗，饺子便滚进铜壶里，王羲之看着两眼发呆，就惊奇地说：'老婆婆，你简直成神仙了！'老婆婆笑着说：'什么神不神的，熟能生巧，只要干得遍数多了，就有准儿了。你别瞧我没有用眼，其实这饺子多大，壶眼多粗，离壶多远，该用多大的劲儿，我心里都有数。'王羲之从老婆婆这番话里受到启发，吃过饺子后，重新练写毛笔字。他的字越写越好，后来终于成为我国历史上有名的大书法家。从此也就留下一句歇后语：'茶壶里煮饺子——心中有数’。”

正说着，忽然狂风大作，江涛拍船，船猛烈晃动起来。

女子、青年和王芗斋连忙来到船头，只见天昏地暗，江风袭人，江面上一片灰蒙蒙的，远山模糊不清。

女子说：“这风好大，孩儿，我们一同发功。”

女子与青年来到船尾，一同发功，王芗斋也加入他们的行列。

一会儿，船儿不再晃动，平静地溯流而上。

狂风刮至夜半，风平浪静。

女子、青年和王芗斋也觉困倦，便倚在船舱里睡了。

第二日凌晨，青年摇醒王芗斋道：“先生，汉口快到了，你醒醒。”

王芗斋醒来，见要与青年离别，有些恋恋不舍。

他问道：“我见你拳法有些像舞蹈，不知是什么拳?”

青年笑道：“我叫黄慕樵，曾在淮南山里跟隐士学‘健舞’。”

王芗斋说：“好拳法，真是‘身动挥浪舞，意力水面行。游龙白鹤戏，迂回似蛇惊。’”

这时，那女子一指船舱外面，说：“先生，汉口到了，快上岸吧。”

三人上了江岸，但见人群熙攘，喧闹不已。又走了一程，姐弟俩与王芗斋作别，女子赠言说：“江湖浩荡，能人众多，望壮士小心谨慎从事。”

王芗斋谢过，见她离去时，裙裾未动，却疾行如飞，不禁叹道：“这女子功夫不浅!”

又行多日，来到一个乡镇，王芗斋见前面有家酒店，不由加快脚步，打算喝上几杯，增点儿脚力。

迈进酒店，见迎门北窗下，坐着一个先生和两个衣着华丽的青年，一个小童在旁侍候。

王芗斋在南窗下挑了一个座儿，要来一壶酒，自斟自酌。偶然抬头，发现那童儿两手的大拇指上各套着一个铁环，精光锃亮，有半寸来厚。

忽然，那小童斟酒失手，打翻了酒壶。

先生骂了声：“该死!”

小童战战兢兢，显得十分害怕。

其中一个青年立即揪住小童耳朵，命他把桌子拾掇干净。

王芗斋见那小童十分可怜，颇为同情。

一会儿，那三个客人酒足饭饱。先生一面打发小童吃残羹剩饭，一面招呼两个青年从一个麻袋里把一包包东西搬了出来。

先生打开一包，原来是五十两一封的雪花纹银！只见他称了一块儿碎银付了酒账，吩咐小童去牵牲口。那两个青年用一块儿黑底青花大布包袱，把十多封银子包扎停当。

这时，小童已把一匹跛脚的黑骡牵到店门口。两个青年便把包袱提出去，系在骡上。接着，扶先生上了骡子。

那小童也骑上一匹瘦马。然后，三个人互相道别，各奔东西。

王芗斋想：这先生有这么多银子，八成是个土财主，他想到鼓山老道那么穷困，而这人有这么多银子，世道真是太不公平了。

他走到门口，见东行的两个青年早已驰远，西去的先生还在一颠一颠地缓缓行走。

蓦地，一个念头在他头脑里闪：这老头的银子看来都是从穷人身上刮来的，何不把它散给穷人度过春荒呢，还能给鼓山老道弄一点儿。

主意一定，王芗斋立即回身，付了酒账，匆匆背起行囊，朝西赶去。

追了一阵，便望见那先生伛偻着身子放松缰绳信步而行；小童在马上东倒西歪地，好像正在打盹儿。

王芗斋快步奔到他们前面，手握三支飞镖，说：“快把你们的不义之财留下来！”

先生见状，竟不慌不忙地俯身脱掉左靴，微微一笑，说：“小伙子，缺银子花了？你干这一行，难道比我还在行吗？”

王芗斋这才看清楚，那先生并不凶恶，仿佛是个善良人。王芗斋“铮”的一声，向他发去一镖，没想到他矫健地上身向后一仰，躺倒在骡背上，伸出左脚，把那支飞镖一下子夹住。

接着，头一抬，收回左脚，那支飞镖“啪”的一声跌落在地。

他哈哈大笑说：“老弟的本领就这么点儿？我连手都用不上啊！”

王芗斋被激恼了，他使出“连珠镖”，两支飞镖齐向他射去。

他伸手一抓，第一支飞镖被用手接住，但连发的第二支镖，他似乎没有防备，眼看射进他的嘴里了。

王芗斋心想：他八成是中了镖。他见那小童傻乎乎地站着不敢动，大步赶上前去。

谁知刚走到二人跟前，那先生一个“鲤鱼打挺”立起来，“噗”的一声，吐掉镖，打着哈哈说：“怎么，初次见面，就这样恶作剧？”

王芗斋大吃一惊，这才明白那支镖原来是让他上下门牙咬住了。

先生呵呵笑道："壮士，你抢我的镖银，让我如何向人家交差呀，我也是为混口饭吃呀!"

王芗斋见他说如何向人交差，知他是位镖客，问道："借问先生尊姓大名?"

先生一字一顿地说："北京会友镖局'小辫于'于鉴。"

"原来是三皇炮捶于鉴先生!"王芗斋喜道。

于鉴知他是郭云深的弟子王芗斋，欢喜万分，立即跳下马来，笑道："小老弟是不是缺银子花了?"说着，从背囊里掏出一把白花花的银子。

王芗斋急忙道："我手头不缺，只是有个朋友手头拮据，家境贫寒。"

于鉴把银子塞给王芗斋："那你就收下吧，到时转交给那位朋友。"

原来于鉴此番是到湖南为朋友收税银，如果带着许多镖友，反倒招眼，故才带了一个小童跟随。

两人往前走了一程，于鉴东行，王芗斋要西去华山，两个人依依告别。

不久，王芗斋到了陕西潼关。潼关是雄踞秦、晋、豫三省要冲的著名关隘要地。《春秋传》中说："秦有潼关，蜀有剑阁。皆国之门户。"《山海关志》说："畿内之险，惟潼关与山海关为首称。"王芗斋见潼关南依秦岭，东南有禁谷之险，谷南有十二连城，北带渭洛二川令黄河抱关而下；西薄华山，峭拔天外，耸峙如屏障，周围山连山，谷连谷，谷深崖绝，望无际崖。中间有一条狭隘的羊肠小道，往来仅容一车一马，人行其间，仰视悬壁，俯察洪流，盘纡峻极，险扼天下。

王芗斋过了潼关，见关东鱼渡口有一株古槐，高约三十尺，粗大数围，枝干苍老。这时走来一个老叟，他见王芗斋瞧着古槐，说："当年曹操与马超大战潼关，曹操兵败，在这里险些被马超一枪刺死，曹操割须弃袍，马超赶上一枪，没有刺中曹孟德，刺中了这株汉槐，曹操被大将许褚救走。"

王芗斋问："此地离华山还有多少里?"

老叟道："还有一天路程就到了，昨日也有个老道打听去华山的路程。"

王芗斋急问："他什么打扮?"

"衣衫褴褛，面黄肌瘦，听口音是福建人。"

王芗斋猜想，此人一定是鼓山老道，于是加快了脚步，朝鱼渡口镇赶来。

鱼渡口镇稀稀疏疏地有几十户人家，王芗斋见天色已晚，寻了镇上唯一的一个客店住宿，打算第二日一早再向华山进发。

店主倒是蛮热情，安排他在后院住下。

他问店主知不知道有位从福建来的老道路经此地，店主支支吾吾地说没有见过，王芗斋觉得纳闷，又不好追问，只好闷在心里。

夜里，王芗斋被窗外一阵响声惊动，趴在窗口处往外一看，正见店主慌里慌张地在后院烧一件东西。他觉得奇怪，立刻披衣起来，仔细一瞧，是一套衣服。他凑近一些再瞧，啊，原来是鼓山老道的衣服。

第二十一回　受熏香悲哉鼓山魂　运气功巧破鸳鸯阵

王芗斋见店主烧的是鼓山老道的衣服，便不顾一切地冲了出去，店主一见他闯了过来，便扔下衣服，拔腿就跑。

王芗斋预感事情不好，几步追上店主，像老鹰抓小鸡似的把他拎起来，追问原因。

店主结结巴巴地说："那老道不是我杀的，人是我埋的，衣服是我剥的，我冤枉啊！真是跳到黄河也洗不清。"

王芗斋见他吓得神经有些错乱，知他是个安分人，于是说："快说缘由！不然，我一拳揍死你！"

店主哆哆嗦嗦地带他来到客店后面的一个小土丘上，指着一处松动的新土道："那老道就埋在这儿。"

王芗斋拼命扒开土，扒了两尺多深，扒出一具血肉模糊的尸体，那尸体赤裸，前胸有五指抓痕，原来正是鼓山老道！

王芗斋是位知情知义的汉子，他与鼓山老道接触时间虽然不长，但已和这位肃穆可亲的老者有了深厚的感情，他想，老者孤苦伶仃，因为错爱小白猿，徒弟如猢狲散，最后想不到遭此惨局。

这时，王芗斋懊悔不该自己留在杭州，让老者孤身远行，如果两个人在一起，还能有个照应。想到这里，王芗斋泪如雨下。

那么是谁杀害了老者呢？是店主图财害命？还是老者遇到仇杀？

从伤痕来看是鹰爪拳所伤，莫非他遇上了"鹰爪小白猿"和林莺啼？或者又遇了武林强人？

若论鼓山老道的武功，是江湖上乘，不至于落到如此下场，莫非遭到了暗算？

王芗斋厚葬了鼓山老道，亲手写了一个木牌，上书：鼓山老道洪图先生之墓。

王芗斋再找店主，他已不知去向，他急忙来到客店，只见屋内空空。

王芗斋闯进一个小地窖，见店主正慌里慌张地埋一件东西。王芗斋赶过去一瞧，原来是一支芦管。

王芗斋抄起芦管，闻了闻，有一股药味。

他揪住店主道："原来是你用这支药管害死了老道！"说着，挥拳欲打。

店主慌忙说："不，不是我，这支药管……是一个女人留下来的。"

"那女人是谁，从实招来。"

店主一五一十地叙了原委。

原来两天前，店里来了一男一女，那男的风流潇洒，年轻俊逸，身穿白袍，白鞋，头戴白巾。女的水灵灵的，水绿裤，嫩红袄，生得甜美秀气。两个人自称是夫妻，同住后院一间上等房间。

店主见他俩像是富贵人家，不敢怠慢，殷勤招待。

他们总是鬼鬼祟祟，小声嘀咕什么。

有一次，他两人把店主唤到房内。

那男的问："华山上可有一位叫刘丕显的武术家？"

店主怎能不认得刘丕显，他是陕西省有名的神腿，鹰爪拳十分厉害，长年隐居华山西峰峰巅。他养着一群苍鹰。那鹰全被他驯化，颇通功夫，演练兵阵，传递信息，挑水送饭，样样都行。有时在华山脚下也能看到西峰上有苍鹰盘旋，甚是壮观。

那女的问："这几天刘丕显在华山上吗？"

店主回答："前几天还携鹰到店里闲坐呢，他是下山遛鹰的。"

那女的又问："他驯化的老鹰夜间宿在哪里？"

店主说："他院内有只大铁笼，笼高十尺，有一间房子大，晚间那老鹰自然飞进去睡觉。"

那女的又问："山上有其他的人住么？"

店主道："说不好，这西岳华山上常有隐士匿者，山高壁峭，一般人难上去。那东峰上祥云缭绕，据樵夫说，每晚都能听到'哼哈'之声，非常骇人，不知何故？"

昨日中午，又来了一位投宿的老道，一口福建话。他长日奔波，疲惫不堪。店主领他到前院里一间房子住下。晚上，店主出来解手，见房上有人，他急忙躲到一边观看。但见一个女子一招"倒挂金钟"，腿钩住房檐，正往老道屋里偷看。一会儿，她从怀里掏出一支芦管，又掏出一个小包，芦管横到嘴上，从小包里捻出一些药末，然后对着窗户吹起来。溶溶月下，店主认出那女子正是后院里住的那个人。

只见那女的往后招招手，一会儿，那男的从房上跃下，扑进屋内。

只听“噗通”一声，一会儿，那男的出来，对那女的一招手，二人又回到后院。

店主见二人离去，蹑手蹑脚来到老道住的房间，往里一瞧，只见老道躺在床上，睡得正香。他闻出一股难闻的药味儿，急忙返回自己的房间，躺在床上，心“怦怦”直跳。

鸡叫三遍，店主悄悄起来，他来到后院那一男一女住的房间，见屋门大敞大开，那一男一女不知去向。

他见床上杂物狼藉，收拾房间时，发现地上有一支芦管，连忙拾了起来，藏在自己的房间。

他又来到老道的房间，见老道仍在熟睡，便没有惊动他。他百思不得其解，这一男一女不知何意，老道破衣烂衫，又无多少银两，他们究竟想干什么？

天色大亮，店主见老道仍然没有起床，便又来到老道房间，他用手去推老道，但见他一动不动。他有些慌了，忙用手探他鼻息，呼吸已停，老道手脚冰凉，已经死了。

他大吃一惊，想去报官，又怕说不清楚，思忖在这荒山野地，人烟稀少，把老道埋了算了。

店主把老道拖到客店外的一座小土丘上，用铁铲掘了一个坑，刚要埋下，又想老道的衣服如果当给村野人家，或许也能有几个钱，于是剥光了老道的衣服，把他埋了。

今日王芗斋前来投宿，问起有无见到一个老道，店主可有些慌了，他趁王芗斋睡去之时，想把老道的衣服烧了，没想到被王芗斋发现，于是带他来到老道埋葬之处。以后又想起还有支芦管，觉得这芦管有些来历和用处，于是趁王芗斋不备，溜到自己房间，思忖把芦管藏在地窖里，然后逃走。

王芗斋接过芦管，知是一个吹熏药的药管，那芦管雕琢精细，管上雕刻着游龙，管口已经泛白，是嘴咬过的痕迹，想必芦管的主人已经多次使用此物。芦管的两头各有一个金箍，以防管体断裂。现在王芗斋已经明白，那一男子正是“鹰爪小白猿”，那一女子就是他的姘妇、福建督军的女儿林莺啼。鼓山老道肯定是被他们合谋杀害的。

王芗斋收藏了芦管，决意第二天早晨上山。他回到屋内，睡至五更时分，猛听前院有动静，于是赶快披衣起来，来到房上，沿着房脊，来到前院店主的房间上面，声音正是从这里发出来的。

“那根芦管呢?”传出一个女子的声音，听声音有些耳熟。

“快他妈交出来，不然老子要了你的命!”又传出一个男子恶狠狠的声音。

“不……不在我手里，我交给了后院那个壮士。”传出店主颤抖的声音，带着明显的哭音。

王芗斋探头往里一瞧，“鹰爪小白猿”身穿白衣白裤正抓着店主的衣襟，满脸凶相。旁边有个女子，身材窈窕，王芗斋看她背影有些面熟。这时那女子突然转过身来。

王芗斋一见，惊得几乎掉下房来。

那女子不是别人，正是在峨眉山上相遇的那个金桔，那个与他相处了几个月的山村姑娘!

王芗斋说什么也不敢相信，金桔就是福建督军的女儿林莺啼，就是那个双手沾满鲜血的杀人魔王!

可是林莺啼为什么要自称金桔，为什么要伪装成一个四川姑娘在洗象池与他相遇?

他竟跟这个杀人魔鬼同住一个房间。

王芗斋依稀记起猴群见到林莺啼时一副恭恭敬敬的样子，这群势利猴!王芗斋终于明白了，她伪装欺骗他的目的是为了赚取更多的拳术。

在峨眉山卧云庵的那段日子，王芗斋曾经教给林莺啼一些形意拳、轻功和护身术。

想到这儿，王芗斋一阵气恼，这时，猛听林莺啼大叫:“房上有人!”

接着，一个亮晶晶的东西朝王芗斋面门射来。

王芗斋手一伸，接在手里，低头一瞧，是一只铁鸳鸯。

此时，小白猿和林莺啼接连从窗户跃了出来。

林莺啼认出了王芗斋，一声冷笑，说:“多谢王师父授拳，想不到走遍天下，今日在华山脚下相遇!”

小白猿也发出一阵冷笑，说:“姓王的，今日恐怕是让你有来无回了，你葬在华山脚下，看谁来收拾你的尸骨。让你和老道同葬一穴，也不枉你跟随我们，一路保镖的功劳!”

王芗斋一听，牙咬得痒痒地，一招龙形拳，有升天入海之势，变化莫测，起如“伏龙升天”，落如“蛰龙翻浪”，真是“一波未平一波生，好似神龙水上行;

忽儿升空高处跃，声光雄勇令人惊。”

王芗斋落到地面，两掌变拳，分击小白猿和林莺啼二人。

二人唿哨一声，各自分开，小白猿一招“苍鹰旋飞”，直取王芗斋的面门，林莺啼一招“弯弓射虎”，向王芗斋击来。

王芗斋又使出形意门中的虎形拳，一招“纵山跳涧”，专攻林莺啼的上盘，几招虎扑，逼得林莺啼连连后退。

小白猿见势不妙，一扬手连发三支袖箭，王芗斋一闪身，袖箭都被林莺啼抓在手里。

林莺啼骂道：“不要轻易发暗器，小心伤了老娘!”

几个人战了三十多个回合，天已大亮，店主已逃得不知去向。

小白猿见仍不能取胜，有些急躁，几招“白猿献果”，妄图将王芗斋拱到林莺啼的拳法打击范围之内。

王芗斋不慌不忙，瞅准时机，一招鹰形拳，击中小白猿的左臂，鲜血淌了下来。

林莺啼叫一声：“鸳鸯拳!”二人各跳到一边，然后合拢。小白猿一招“大鹏展翅”，林莺啼一招“鱼翔浅低”，二人呈“鸳鸯戏水”之势。

无论王芗斋如何进击，二人形影不离。

王芗斋从未见过这种攻势，一时想不出破法，只好一边打一边想办法。

原来这鸳鸯拳是小白猿与林莺啼合伙想出的一种拳法，此拳以守为攻，势如铜墙铁壁，没有缝隙可钻。

王芗斋打着打着，忽然想起在少林寺时跟本空上人高僧学的气功，他想何不用气功使对方迷乱，以破这鸳鸯拳法呢？于是他暗暗发气，先指向林莺啼，又指向小白猿。

渐渐地，林莺啼和小白猿感到力不从心，心意想往右出，手却偏偏向左，身不由己。渐渐阵法已乱，小白猿见势不妙，以为王芗斋有什么法术，于是顾不上林莺啼，大喝一声，跃上墙头，转瞬不见。

林莺啼见小白猿先自逃去，无心恋战，一扬手，撒出一大把鸳鸯镖，朝王芗斋掷来。

王芗斋一招“燕子钻云”，登上屋顶，那些鸳鸯镖全都钉在墙上。林莺啼趁机也逃去。

王芗斋哪里肯放，尾随而去。追了一程，来到华山脚下，只见两个黑点正朝山上攀去，王芗斋紧追不舍。

华山山势，五峰各踞，耸然对峙。东有朝阳峰，西有莲花峰，南有落雁峰，三峰直插云霄，紧紧环抱玉女峰。北峰云台峰，又独立于三峰之下，中间有一脉若断若续的山岭相连，疏密有度，神韵天成！远远望去，外列诸峰如莲瓣，中间三峰如莲蕊，整个华山宛如一朵青色的莲花，凌空怒放，因此前人有“石作莲花云作台”的诗句。古代“华”“花”二字相通，所以华山便以“状似莲花”而得名。

王芗斋进了云门，过了回心石，来到千尺幢下。只见四周起伏环拱，翠黛罗列，千姿万态。在那白云深处，崖危壁绝，峡谷深邃，清泉飞瀑，苍松掩映，交织成一幅雄美壮丽的画面。

王芗斋走了几步，向北一折，向上一望，是一条陡而长的石罅，左右挂有铁索，如同天垂石梯，除一线天光之外，周围看不到外景，这就是有名的“太华咽喉”——千尺幢。千尺幢是陡峭槽形，如刀割锯截，高约百尺，有二百多级石阶。足踩石窝，仰望一线天开，俯视脚下，如临深渊。顶端是个洞口，直径不过六尺，犹如天井。天井悬在悬崖顶上，像一扇小小天窗，井口有铁盖。王芗斋小心翼翼地爬行，刚爬至天井，只听“哐啷”一声，天井井盖被人盖上，漆黑一团，伸手不见五指。

王芗斋有些心慌，使足全力去推铁盖，铁盖仅是颤动，却打不开。

王芗斋急得满头大汗，气喘吁吁。他一连推了三次，铁盖仍然没有打开。他知道是小白猿和林莺啼所为，于是叫道：“小白猿，有种的你跟姓王的比试武艺，别来这暗门子！”可是仅听到轰轰的回声，没有小白猿的声音。

王芗斋推了一阵，已是筋疲力尽，他只得颓然坐地，长叹了一声。

他这一声长叹，引来一声叹气的回声，他听了，一阵懊丧，心想：堂堂男子汉，为何只是嗟叹，嗟叹是无能的表现。

他坐了一会儿，心情渐渐平静下来。

他记起少林寺达摩洞本空上人高僧说过的话：“人在行艺时有进有退，退是为进。有时进竭气力，不如暂退，退即积蓄力量，蓄之愈久，发之愈强。”

王芗斋想到这里，站了起来，他往后退了十几步，发足了气，又向铁盖扑去。“轰隆”一声，铁盖开了，压在铁盖之上的两块巨石滚入山涧之中，足有一袋烟的功夫，才传出落地声。周围寂静无声，无一人影。

王芗斋爬完千尺幢，便到了百尺峡。只见峡中有一巨石，状如鱼脊，夹在两壁之间，三面临空，无依无靠，形势之险，略逊于千尺幢。攀铁索而上，两壁更狭，似欲合拢，却被一块巨石撑住，王芗斋顿感惊心动魄，抬头一望，“惊心石”三个大字映入眼帘。

王芗斋只顾看巨石上三个大字，没提防巨石后面躲着的小白猿。

小白猿在巨石后已等待多时，他见王芗斋正在狭窄的百尺峡中，一招“白猿蹬枝”，将王芗斋踢了出去。

王芗斋在仓皇间拽住绝壁间的一株怪松，摇摇欲坠。

那怪松只有一尺多长，长于绝壁之中。王芗斋想用双脚攀住绝壁，无奈绝壁光滑，登攀不住。怪松吊着他这百十多斤重的身体，有些支持不住，松根已经裸露几寸。

王芗斋见离上面的百尺峡道还有十几尺高，心想这下可完了，非丧生于山谷不可。我王芗斋受恩师培养多年，又受到各位高僧名家的指教点拨，没想还没有为国家做什么贡献就这样轻易丧生，真是千古遗恨！

小白猿见偷袭得手，非常得意。

他站在巨石之上，往下俯视，见王芗斋正吊在一棵崖松上，于是抄起一块大石头，准备向王芗斋砸去。

就在这时，但听一声呼啸，十几只苍鹰铺天盖地朝这里飞来，其中一只苍鹰扑扇着翅膀，用厉嘴咬了小白猿的手腕；小白猿一松手，大石头落入山谷。他抽出身后的宝剑与苍鹰恶战。

七八只苍鹰呼啸着朝他扑来。小白猿毫不畏惧，手持宝剑左劈右砍，一会儿，有鹰毛冉冉而落。有一只苍鹰突然啄住了小白猿的脖颈，小白猿疼痛难忍，狠力一剑，刺中苍鹰咽喉，苍鹰哀叫一声，跌下山谷。

“小白猿，你休要逞强！”但听一声大喝，一个四十多岁的壮汉，庄稼户打扮，土黄衣裤，足穿一双跄云鞋，满面怒容，出现在面前。

小白猿一看，此人正是刘丕显。几年前，刘丕显到福建鼓山拜会师兄鼓山老道洪图，小白猿见过他。

小白猿一看刘丕显来到，知道来者不善，于是拱手说：“哟，原来是师叔到了，刚才有个打家劫舍的家伙，已经被我踢下山谷去了。”

刘丕显“嘿嘿”冷笑，说：“你小白猿是省油的灯吗？几年前你戳瞎了你师父鼓山老道的双眼，恩将仇报，武术界谁人不知，谁人不晓！不久前你又觊觎《鹰爪拳谱》，妄想独霸武林，真是痴人说梦。”

小白猿笑道：“师叔，但行好事，莫问前程，我给你磕头了！”说着，俯身便拜，两只手一合拢，两袖间的袖箭飞了出去。

刘丕显已有防备，一低头，六只袖箭飞了过去，有一只袖箭正中一只苍鹰的小腹；苍鹰连翻几个跟头，栽了下去。

刘丕显见他连击自己的两只心爱之物，不由大怒，一招“苍鹰旋飞”，朝小白猿扑来。

小白猿一招“摇风摆莲”，眼看就要躲过，没想刘丕显已经换了招式，使出祖传神腿的绝技，一招“白猿甩尾”，伸起左腿轻轻一踢小白猿的软肋，小白猿叫了一声，栽下万丈深渊，一命呜呼。

刘丕显见小白猿已死，立刻赶到崖边，见王芗斋情势危急，立刻唿哨一声，几只苍鹰旋飞至王芗斋身边，争先恐后用翅膀托着王芗斋。

王芗斋顿觉身体有了依靠，立刻攀住绝壁，放弃了怪松，往上攀了七八尺。

这时，刘丕显双手拽住巨石的棱角，向王芗斋伸下一只左腿。

王芗斋会意，立刻用右手拽住，然后一使劲儿，终于翻上了百尺峡岸。

“好险！”王芗斋大口大口喘着粗气，一屁股坐在地上。

刘丕显笑道：“小伙子受惊了。”

王芗斋见满天的苍鹰，又见刘丕显一副淳厚的样子，问：“您就是刘丕显先生吧？”

刘丕显点点头，问道：“你是……”

王芗斋把自己的来历叙了一遍，当说到鼓山老道惨死时，刘丕显倚住巨石号啕大哭。王芗斋平生还没有见过一个男子如此悲恸，如此大哭。如今见刘丕显如此伤心，想他与老道的交谊一定非常深厚，同时也感到刘丕显肯定是一位极讲义气、极易动感情的人。由此对他添了几分尊敬。

刘丕显的哭声惊天动地，在寂静的山谷里发出阵阵回声。那些苍鹰也仿佛被他感化了，围拢在他身边，嘶嘶叫唤，仿佛是在追唤死者的亡灵。

一会儿，刘丕显停止了哭声，抬起满是血丝的眼睛，说：“我与鼓山老道情同手足，情谊比海深。想当年一起学艺时，他长我二十岁，待我如小兄弟，我们同住一屋，同宿一炕。天冷了，他帮我盖被子；天热了，他帮我驱蚊子、搧蒲扇。我俩海誓山盟，在世交好友，入黄泉亦同心。没想他先我而去，死得如此惨痛，真令人伤心啊！”

王芗斋劝道：“鼓山老道保住了一生英名，死的重于华山；你也不枉朋友之情，杀了老道的仇人，老道在九泉之下也可瞑目了。”

又过了一阵儿，刘丕显的心情才算平静下来。他邀王芗斋到西峰寒舍去叙，王芗斋欣然答应。

过崖不远，两崖中断，下临深谷，临空架起了一座石条桥，人称二仙桥。过桥折转，又过了车厢谷。由车厢谷经黑龙岭，向东北逶迤而行，便到了白云庵。庵顶悬有清康熙皇帝御赐的“抱真”二字匾额。再往东南行，依山临壑，有一条老君犁沟。过了沟，下聚仙台，过横翠崖，眼前豁然开朗，到了北峰云台峰。

王芗斋见此峰山势峥嵘，三面悬绝，巍然独秀，有若云状，恰似座云台。刘丕显说：“唐代大诗人李白在《西岳云台歌》中有‘白帝金精远元气，石作莲花云作台’之句，就是指远望诸峰，宛如青色莲花，开于云台之上。”

由北峰南上，路不盈尺。循岭南行到了极为险要的阎王碥，必须面壁挽索，贴身而进。此时，刘丕显驯养的老鹰一直尾随在后，在暗中保护着他。

攀上苍龙岭，便进入金锁关，过天上洞，就到了中峰玉女峰。

王芗斋问刘丕显：“这里为何叫玉女峰?”

刘丕显道：“相传春秋时代，华山有一个隐士叫箫史，喜欢吹玉箫。一次，被秦穆公召到秦宫，让他当着百官演奏乐曲。乐声优雅悦耳，如仙音在空，袅袅不绝，连宫殿朱柱上的赤龙彩凤，也跃跃欲飞；天空的片片彩云，飘绕殿銮，百鸟飞翔于天，鸣叫不绝。秦穆公随后把自己的女儿弄玉公主许配给箫史。一天晚上，萧史奏完笙箫，对弄玉说：‘我厌恶宫廷浮华的生活，让我们离开这喧闹的宫殿，到那幽静的华山仙境去修身养性吧！’弄玉公主赞同。于是萧史拿起紫玉箫品奏一曲，从空中飞来赤龙彩凤，带着他们凌空来到华山中峰。以后两人常常骑马穿行于诸峰之间，以吹箫引凤为乐。从此，人们把中峰叫‘玉女峰’，并修建了玉女祠。在品箫台上还修了引凤亭，附近还有玉女石马、玉女洗头盆、玉女石室等名胜遗址。”

由天上洞循山脚而行，到了莲花坪，坪上有二十多个石沟，自南而北，累累如贯珠。莲花坪四周松林荫翳，景色清幽。上有玉井，下有玉泉，一曲流水，融会贯通，浑然一体。玉井附近原建有玉井楼，由楼上俯视井下，井深约三十多尺，水味醇美。旁有唐代诗人的一首《古意》诗：“太华峰头玉井莲，花开十丈藕如船。冷比霜雪甘比蜜，一片入口沉疴痊。”

刘丕显对王芗斋说：“北宋的王得臣曾在华山遇见一位道士，那道士对他说，唐时这个洼池有莲花百亩，菡萏方盛，浓碧鲜红。四旁则巨松乔木，竦擢于霄汉。以后不知在什么时候消失了，久而久之，又成了二十八宿潭。每当夏秋雨季到来，三峰洪水注入二十八宿潭，奔腾于东西两峰之间，形成千丈瀑布，飞流直下青柯坪，经华山峪注入渭水，是华山胜景之一。”

王芗斋忽然想起林莺啼，问：“你下山来可曾看到一个年轻女子上山?”

刘丕显摇摇头：“你说的必是那个林莺啼，没有看见她，听说她能打一手暗器。暗器名叫鸳鸯镖，百发百中。”

王芗斋环顾四周，说：“这就怪了，我明明看见她朝山上跑去，怎么会不见了呢?”

莲花峰位于中峰之西，又称西峰，因峰顶翠云庙前右侧有块大石如莲叶，覆盖崖巅，故名莲花峰。大石下有洞，名叫莲花洞。刘丕显就住在翠云庙内。

刘丕显说：“从远处眺望这两峰峰顶，山顶形状好似一支含苞欲放的花蕾，直插蓝天，有如青色芙蓉，故又名芙蓉峰。唐代诗人刘得仁咏芙蓉峰的诗有‘当秋倚寥泬，入望似芙蓉。翠拔千寻直，青危一朵秾’。”

刘丕显带着王芗斋顺着山脊上山，峰上最高处有摘星台。登台一望，有青天在握之感。俯视秦川，蓝天如洗，浩瀚无际；洛、渭二水如线，北望黄河宛如银带直下。

刘丕显叹道：“这里的景色壮哉，难怪李白有‘西岳峥嵘何壮哉，黄河如丝天际来’之句!”

进入翠云庙，有一座翠灵殿，殿前西边有一块长十余米，被断为三截的巨石。石前有一道石缝，从侧面向里看，可见有双手支撑的印痕，大石旁边插着一把一丈多长的牙形铁斧。

刘丕显说：“传说玉皇大帝的小女儿三圣母与被玉帝打入凡世的金童刘玺相爱，以后结为夫妻。玉帝的外甥二郎神杨戬大骂表妹私配凡夫，违反天条，有失仙体，于是不容分说，将表妹三圣母压在华山峰顶上的这块巨石之下。后面三圣母的儿子沉香长大成人，来到华山，战胜了二郎神杨戬。沉香手提开山斧，霹雳一声，万道金光，西峰峰顶被劈开，三圣母得救，沉香的铁斧却留下了，也留下了这块铁斧劈石。”

二人走进西屋。刘丕显叫道：“哎呀，不好，我这屋内已被人翻过。”

王芗斋见屋内布置朴素，土炕木桌，几把藤椅，两个书架；壁上一幅“大鹏展翅”的图画，两旁有副对联，左联是：鹏飞万里云天，何其壮哉；右联是：腿踢千山顽石，何其雄哉。王芗斋看不出有什么异常的痕迹。

刘丕显来到书架前，指着一本《孙子兵法》和一本《史记》说：“这本《史记》在左，《孙子兵法》在右，现在颠倒了，说明肯定来了贼人，莫非是林莺啼那女贼来过了?”

第二十二回　莲花洞群鹰斗莺啼　朝阳峰侠客访隐士

刘丕显憨憨厚厚、粗手粗脚的样子，想不到他竟是如此细心之人，王芗斋不禁暗暗称奇。

刘丕显屋前屋后看了看，又到殿内和庙后观巡一番，叹道："这女贼轻功如此好，竟没留半点儿痕迹。看来她还不会死心，我们小心防备为是。"

这时，王芗斋见那些苍鹰，有的兀立殿顶，有的在院内啄食，有的在庙前庙后玩耍，也有的虎视眈眈俯视山下，各呈奇姿，甚是惊叹，说："你养的这些鹰真是厉害，'江南第一妙手'解铁夫老先生养鹤成癖，有'鹤妻梅子'雅称；刘先生酷爱苍鹰，与鹰为伴，今日眼见才相信。"

刘丕显自豪地望着这些苍鹰，说："几年前我来到华山，为了研究鹰爪拳，放镖击毙不少野物，引来许多苍鹰，当时足有十多只。后来置一铁笼，把它们锁在笼中，每日仔细观察它们的动作，从中汲取不少启示。后来，有些鹰飞去了，不再来此，但是忠于我的鹰都留了下来。这些鹰与我形影不离，和我有了感情。我深深感到人非草木，动物也非草木，动物在某种情况下能与人产生共鸣。晚唐诗人李商隐有诗：'心有灵犀一点通'，就有这个启示。后来我索性把铁笼滚入山涧，让它们栖息在莲花洞内，人各有志，鹰也有志，成其自然，愿走愿留，来去自由。慢慢地我又教给它们一些武艺和与人联系的方法，并培养了两只信鹰，负责传递信息。"说到这里，刘丕显伸出两个手指，有一只栖立在殿顶的苍鹰，登时飞到他的左肩上。

刘丕显说："这是其中一只信鹰，它的雅称叫'黑旋风'，飞得高，也飞得快。"刘丕显拍拍它的翅膀，从兜里掏出一支野菊花，那只苍鹰会意，扑扇着翅膀飞走了。

王芗斋眼见它愈飞愈远，渐渐成为一个小黑点，一会儿转入山后不见了。

一会儿，那只苍鹰从云层中飞来，嘴里衔着一支野菊花，又立于刘丕显左肩之上。

王芗斋见那支野菊花还滴着水滴，新鲜可爱。

刘丕显一拍它的头部，苍鹰又飞到殿顶嬉戏。

刘丕显又伸出两个手指，唿哨两声，又有一只凶狠的苍鹰飞了过来，也立于刘丕显的左肩之上。

王芗斋见这只鹰比刚才那只信鹰要高大一倍，两只眼睛透出凶光，又黑又亮，额部有一小撮白毛。

刘丕显说："这是一只武鹰，名为'一捧雪'，是这些苍鹰的头领，非常厉害，有许多功夫。"说到这里，刘丕显一拍它的翅膀，那'一捧雪'飞了出去，一会儿飞到东峰山巅，在那里俯视一会儿，又飞了回来。

王芗斋见它嘴里叼着一只山羊，野山羊的脖颈已被它咬断，鲜血淋淋。

刘丕显喜道："咱们会有一顿丰盛的午餐了。"他拎过野山羊，揪断羊头喂给那只苍鹰，那只苍鹰嘴里叼着野山羊头，躲到一边吃去了。

刘丕显与王芗斋走到屋内，刘丕显又走了出去，一会儿端着一盆热气腾腾的水走了进来。"来，芗斋兄弟，先洗把脸，我来给你烧饭。"

吃饭间，王芗斋问刘丕显："听说先生的神腿厉害，今日见先生飞腿将小白猿踢下山涧，足以见功力，不知先生的腿法是如何练成的?"

刘丕显说："我这腿实际上是铁扫帚功，要学会这种功法，每日须站骑马式，然后在常经过的要道埋立几个木桩，出入时以腿横扫，不可间断，可单练一腿或两腿同练，练至木桩反折而断。以后再易之以大树，若干年后，大功渐成。至炉火纯青时，腿到处树木摇撼，似欲折断。"

王芗斋说："这种功夫我在少林寺也见过，但练法没有你那么猛烈。"

下午，刘丕显陪王芗斋又游历了一下附近的名胜古迹和秀丽风光，晚上王芗斋便宿在庙内。

由于晚上刘丕显和王芗斋喝酒过量，到第二日天大亮时才醒。

刘丕显披衣起床，见院内没有动静，非常奇怪。因为往日群鹰早已嬉戏在院内，叫嚷不休，今日天已大亮，为何沉寂无声。

刘丕显来到庙后的莲花洞，走进洞内，闻得一股血腥味。

他看到自己心爱的苍鹰一只只倒在地上，有的已经死了，淌着鲜血，有的受了伤，正在呻吟。

"一捧雪"死得甚为壮烈，它身上的毛掉了不少，洒落在血浆之中，它横躺在那里，眼睛依然睁着。另外几只苍鹰有的腿被折断，有的脖颈被扭断。

刘丕显悲痛欲绝，他大声哀号着，扑了上去，只见一只只鹰身上都插着鸳鸯镖。

刘丕显顿时明白，这些都是林莺啼干的，她会打一手漂亮的鸳鸯镖。

刘丕显的恸哭惊动了王芗斋，王芗斋疾跑过来，看见那些苍鹰战死或受伤的壮烈景象，惊呆了。

“啊！林莺啼瞎了一只眼睛！”刘丕显从草丛中拾起一颗血淋淋的眼珠，那眼珠就在“一捧雪”躺倒的地方。

王芗斋往上一看，草丛中鲜血淋漓，还有被撕扯的林莺啼的衣衫和长发。

王芗斋陷入沉思：夜半时分正当他与刘丕显熟睡之时，在莲花洞内发生了一场激烈的鏖战。

这是人与鹰的搏击！

一个武艺高强的女贼与十几只训练有素的苍鹰交战，苍鹰发现了险情，立即群起攻之，可是终究敌不过对方暗器的袭击，它们的顽强和勇敢，也使对方付出了惨重的代价。对方的衣衫被撕烂，而且瞎了一只眼睛，最后仓皇逃窜。

刘丕显埋葬了战死了苍鹰，将受伤的七只苍鹰抱到庙内的草丛中，为它们贴上了创伤药膏，然后一言不发地坐在地上，眼泪一串串淌下来。

过了许久，他才抬起头来，对王芗斋小声地说：“我要戒酒了……”

这几日，王芗斋一直宿在华山西峰，他喜欢刘丕显的质朴、憨直。二人经常磋商武功，有时叙到夜半。这期间，王芗斋学习了鹰爪拳。刘丕显认真地教他俯爪形、仰爪形、反爪形、立爪形、倒立爪形、双俯爪法、双立爪法、拳爪法、掌爪法、操爪功等鹰爪拳的基本拳法；他也教给刘丕显形意门的一些拳法。

这天晚上，王芗斋乘着月色，独自一人出外观看华山夜景。

他顺夜路南行，到达南峰，这南峰又唤落雁峰，是华山的主峰。

站在最高处，王芗斋远眺繁星，胸襟开阔，顿觉神清气爽，困乏尽消。四周遍布苍松翠柏，墨绿葱茂；南望秦岭，青翠层峦，横烟飞雾。峰顶有个老君洞，洞北岩石上有仰天池。池水青绿澄澈，池崖上镌字甚多。

王芗斋由峰顶东下有个避诏崖，他听刘丕显说过，相传古代的有志之士不愿听从皇帝诏命做官，便来此隐居；崖东北有东华洞，南崖下有个雷神洞。从避诏崖的东西崖向下走，有一石坊，称作南天门。

王芗斋由南天门西行，看见悬崖绝壁中间凿有小道，旁有木栏，下临深壑，前行过朝元洞，有一长空栈道，栈道悬于半壁，俗称九节慑慑椽，这是华山最险要处之一。每节椽宽尺许，九节并排在一起，每根都插入岩壁，上铺木板，长约十丈，下临深渊。王芗斋踏上悬空的木板，紧攀铁索，屏息静气，缓步挪动。栈道尽头有个石室，上镌“全真岩”三个大字，笔法苍劲，刻工精湛。

王芗斋由南天门雷神洞下坡东行，取道松涧，到了东峰，这东峰又名朝阳峰。峰头陡峭，松柏参天，向南一望，峰峦起伏，犹如万里波浪。微月悬于峰上，射到万松之顶，碧色升腾，照人身上皆绿，冷风飕飕。

这时，王芗斋猛听有“哼哈”之声从依崖临壑的小院落传来，这是一座破旧不堪的古宅，三面苍松簇拥，露出一扇朱红小门。

王芗斋想：原来这悬崖之处也有人家，想必是位隐士。

王芗斋轻轻推开门，见院内有个八十多岁的老先生正在悠闲练艺。他身穿土青长袍，紫铜面庞，手持一柄宝剑，上下游飞，宛如蛟龙入海。

他心静体松，神敛气聚，如临深渊，如履薄冰。一会儿，动作转快，发出“哼哈”之声，声震山岳。王芗斋已看出这位老者练的是太极拳和太极剑，只不知他是哪位太极高手，为何在这高山之巅隐居。

老者看到王芗斋，收了剑势，问道：“你是何人？为何夜半到此？莫非是神腿刘丕显的宾客？”

王芗斋有些纳闷：刘丕显从未提到过这位老者，可是他为何知道刘丕显呢？

王芗斋向老者一拱手，点点头道：“我叫王芗斋，正是刘丕显先生的朋友，老先生何以得知？”

老先生没有说话，掸掸身上的灰尘，说道：“小伙子，屋里坐吧。”

王芗斋见老者态度和蔼，随他走进了正房，屋内朴实大方，多是松木家具，王芗斋见墙上有一幅画，画面上有个药栈，一个青年正扒着门缝向外窥视；门外，一个老者正在教授后生练拳。画两旁有副对联，左联是：欲识太极真谛，装哑潜入陈家沟；右联是：纵观杨氏架式，妙艺惊动北京城。

王芗斋想：这画面上明明画的是杨氏太极拳创始人杨露禅当年装哑偷拳的故事。听师父郭云深讲过，杨氏太极拳创自直隶永年县的拳师杨露禅，他本名杨福奎，字禄禅，后传写为露禅。他以推车卖水为生，生有膂力，酷爱武术，初习红拳，练就一身硬功，往往把卸水后的水车，双手用力举起来。有一次，杨露禅给永年县城西街的太和堂药店运货，发现店里有个伙计精通太极拳，能借人之力打人，是四两拨千斤、以气功制人的内家拳。杨露禅正值年少气盛，在与这个伙计较量比试中拜了下风。事后，他得知这个姓陈的伙计是河南温县陈家沟人，师父叫陈长兴，是位太极拳大师。于是杨露禅千里迢迢来到河南省温县陈家沟来寻陈长兴，欲拜他为师学艺。可是到了陈家沟一打听，才知道陈长兴的太极拳只传陈姓家族，不传外族。杨露禅于是装成哑巴，在陈家沟一家药栈当了伙计，暗中偷看陈家练拳。六年过后，一天晚上，陈长兴六十大寿之际，兴高采烈地给弟子们表演“顺风扯旗”。杨露禅看得心花怒放，不禁叫道：“好极了！”这一下人们才知道他是装哑偷拳。陈长兴见他意坚心诚，于是破例收他为徒。杨露禅勤学苦练，成为陈长兴的得意门生。

杨露禅回到直隶永年县后，重操旧业，并以太和堂为基地，设立了太极拳场，药店伙计们纷纷拜杨露禅为师学艺。其中药店房东武禹襄和他的外甥李亦畲也拜他为师。清朝道光年间，京都德胜镖局失掉端王托运的镖银，招聘武林名手索镖，慕名来到永年县，邀请杨露禅。杨露禅不负众望，一举打败对手，讨回镖银，名震京都，遂被端王聘为王府拳师。他前后打败了许多来访较技的武林高手和一些王府拳师，与肃王府武术教头八卦掌祖师董海川打了个平手，于是声震全国，誉满江湖，连王公贵族也纷纷递帖学艺。杨露禅思忖：教这些人学艺，不能泄露技击之秘密，只能根据这些人的身体素质，重新编配拳路，于是削减了高难招式，缩小动作，既适合穿衣衫、扎辫子之人习练，又能满足健身的需要，创造了杨氏太极拳。

王芗斋还听师父讲过，杨露禅有三个儿子，长子夭亡，次子班侯，三子健侯，他们是杨氏太极拳的传人，压倒当时武林的名手，皆为晚清第一流的拳师。

王芗斋想到这里，对老者说：“老先生为何孤居此处，不觉寂寞？”

老者微微笑道：“两耳不闻山外事，一心只练养身功。有苍松云雾为伴，谈何寂寞？”

王芗斋道：“我看这壁上所绘，想您老是练杨氏太极之人。”

老者听了，微微一震，说：“你这小子想必是练武之人，你的师父是谁？”

王芗斋道：“我是形意门郭云深的徒弟。”

老者一听，喜形于色说：“原来是郭老英雄的弟子，你师父他身体可好？”

王芗斋黯然失色，喃喃道：“他老人家已故去了……”

老者叹了一口气，说：“想当年他半步崩拳打天下，在北京城我还见过他一面，时光飞逝，他已命丧黄泉了。你来华山为了什么？”王芗斋把自己来历说了，老者说：“你志在高山深谷，博采众艺，志气可嘉！”他说着为王芗斋剥了一个山核桃。

王芗斋说：“您老叫什么名字？能否教我一些太极拳法？”

老者说：“我已隐居多年，淡忘红尘，我不愿说出自己的姓名和来历，只恐又惹出许多麻烦……”

王芗斋见老者有难言之苦，也不便深问，他转过脸见那床上放着一本书，书名写着《太极拳论》，王宗岳著。左下方写着蝇头小楷：杨班侯……”

王芗斋恍然大悟，原来眼前就是武术界失踪多年的武术大师杨班侯，杨露禅的次子！

杨班侯不知将有人来，刚才练艺前把正读的王宗岳所著《太极拳论》随意放在了床上，书面上写着自己的名字，没想到被王芗斋发现。

王芗斋立即跪拜说：“原来是杨老先生。芗斋失礼了！”

杨班侯慌忙把他扶起，连声道：“岂敢，岂敢。”他严肃地对王芗斋说：“我正是失踪多年、武林人纷纷猜测的杨班侯！”

杨班侯名杨钰，道光十七年（公元一八三七年）出生于直隶永年县，他自幼习武则智，学文则愚。每当杨露禅教他拳式，讲解应用方法，他能举一反三，他从攻防进退中练成制服对方的绝招，跟随对方千变万化，最后战胜对方，立于不败之地。杨班侯随父进京时年仅十七岁，当时北京天桥是藏龙卧虎之地，一次杨班侯游逛到此，观看摔跤。杨班侯说他们是花拳绣腿闹着玩，人称“天桥八大怪”之一的张宝忠的师爷要杨班侯入场比试，被两次打倒，问明是杨露禅的儿子，口称小叔，甘拜下风。从此，天桥武林艺人提起他，无不尊称杨爷。他对来寻衅闹事的人，来者不拒，不管来人在江湖上有多大名声，无不败在他的手下。杨露禅闻知，担心儿子年轻有失，总是把着拳场，又为儿子拳技精纯而高兴。杨班侯使的太极提放术是一绝，所谓提放就是内气的提放。“提”能身轻如燕，健步若飞，甚至能腾空跃起；“放”则安步若山岳，巨力不摧。他的桩步，十个力士拉拽，也岿然不动。杨班侯有两个女儿，一日他外出归来，得知小女儿落水溺死的噩耗，悲痛欲绝，气往上涌，两足自发地跳起四五尺高，在场观者无不惊嗟。又有一次，杨班侯出外访友，正值夏季大雨倾盆过后，路上洼水纵横，泥泞不堪。杨班侯到了朋友家，朋友发现他脚上穿的布鞋干燥，仅在鞋底略有湿迹。一次他同自己的长女推手，发劲将其打伤，因伤致死，这也没有改变他练拳的习惯。他虽严厉过之，可是名师出高徒，他的入门弟子吴全佑、万春和尚等人也是武林中的佼佼者。

一九零零年，八国联军入侵北京，正在北京端王府当拳师的杨班侯不满帝国主义的侵略，毅然参加义和团，奋勇杀敌，连立战功。由于慈禧太后出卖了义和团，又由于八国联军依仗洋枪洋炮，义和团失败，突围出京。杨班侯孤身突围时，被一对德国马队发现，德兵见他背着弓箭，一身拳师打扮，蜂拥而追。杨班侯拉弓射箭，一连射死三名追兵，由于用力过猛，弓弦拉断。他索性用手掷箭，敌人纷纷中箭坠马。德兵在后面向他开枪射击，子弹“嗖嗖”擦他的耳际而过。杨班侯见前面有一片密林，紧催坐骑，旋风一般卷进密林。德兵马队追至树林前，见杨班侯逃进树林，谁也不敢进去搜寻，于是点了几把火，火势倚仗风势，烈焰腾空，映红了半边天，映照着西天如血的晚霞，十分壮观。北京通县的老百姓和武林中的人都说，杨班侯为国捐躯了，也有人说他逃出后遁入深山隐居了。杨班侯的去向一直是武林界悬而未解的一个谜。

杨班侯见王芗斋认出自己，便不好再隐瞒，于是说："十年前，我被洋兵追逼进北京通县六里桥附近的一片杨树林，我躲到一个小树坑里，洋兵放火烧林，我急忙劈倒了周围的树木，清扫出一小片空地，才没有被烧死。洋兵见天色已晚，害怕遇到义和团和附近老百姓的袭击，回城里去了。于是我走出烧毁的树林地，先回到直隶永年老家，我看到清政府腐败之极，心灰意懒，不愿再为他们效力，可是如果不继续在北京端王府当差，端王府会找我的麻烦，于是索性孤身一人遁进华山，在这东峰盖了这套小房子，闲居终生。"

王芗斋说："如今慈禧那老贼已死，换了宣统皇帝，又换了一朝天子。"

杨班侯说："换汤不换药，乱哄哄，你方唱罢我登场，反认他乡是故乡，到头来都是为他人作嫁衣裳！我是看破红尘喽！我这里虽然没有陶渊明'采菊东篱下，悠然见南山'的雅致，但却是'会当凌绝顶，一览众山小'。"

就在这时，但听门外一阵"咚咚"的脚步声，刘丕显满头大汗闯了进来，他一见王芗斋，心里像落了一块儿石头，说："原来你在东峰先生这里，让我找得好苦!"

王芗斋说："什么东峰先生？他不是杨……""杨"字还未说完，只见杨班侯急忙扯了扯他的衣襟，示意不可泄露天机。王芗斋会意，没有说下去。

刘丕显说道："我住在西峰，自号西峰先生，又号莲花居士；他住在这东峰，自号东峰先生，又号朝阳居士。我俩是对望的老朋友了!"杨班侯给刘丕显倒了一杯茶，说："我们同住一山，隔山相望，我每日可以看到刘先生的群鹰翱翔，观先生演练弹腿和鹰爪拳法，如同欣赏精彩节目。"

刘丕显慌忙摆手说："哪里，哪里，我每日都能听到东老先生演练太极拳，听那'哼哈'二声。"因为杨班侯一直隐居华山，从未向人说起他的身世，因此刘丕显也不知道他的来历，认为他是一位拳术家，因不愿在闹市居住，才隐逸在这深山绝顶。杨班侯对刘丕显称自己姓东，故取东峰之名，所以刘丕显称杨班侯为东老先生。

这时，王芗斋发现墙壁上挂着一柄宝剑，宝剑的剑鞘呈紫色，雕有太极符号。

王芗斋把宝剑拿下来，抽出剑鞘一瞧，寒气逼人，烁烁闪光。

杨班侯指着剑说："这是一柄太极剑。"说着，从王芗斋手中接过宝剑，舞了一回，但见如游龙飞凤，令人眼花缭乱。

刘丕显说：“东老先生最懂得宝剑的历史，说起来滔滔不绝，能说到半夜。”

王芗斋说：“我倒想听一听。”

杨班侯缓缓坐下，呷了一口茶，说起宝剑的历史：“剑术在我国源远流长，早在石器向铜器过渡时代，就有了剑器，随着佩剑之风朝野盛行，剑发展成为能威震天下的兵器。历代，君王无不朝思暮想，渴望得到陆断犀象，水截鲸鲵的宝剑，来证明自己受命于天，并求代代相传，永诏四方。在史料记载中，历史最悠久的宝剑要数上古时期黄帝的轩辕剑、蚩尤的蚩尤剑、颛顼的曳影剑和西王母的分景剑以及虞帝的匕首了。以后历代帝王铸剑成风，据说夏禹铸一剑，藏在会稽山，腹上刻二十八宿。武王铸造了长有三尺的照胆剑。周昭王更有气魄，一下铸造了五柄长五尺的宝剑，各投五岳，铭文‘镇岳尚方剑’。春秋战国时期，吴国干将和越国欧冶子都是当时的铸剑名师。干将为吴王铸剑，采五山之精，合五精之英，铸成二剑，雄号干将，雌号莫邪。欧冶子受越王允常之聘，铸成五柄宝剑，名叫纯钧、湛卢、豪曹、盘郢、鱼肠、巨阙。楚王得知干将、欧冶子在吴越铸剑的消息，急忙命令大臣风胡子带重金聘请二人来楚国为他炼剑，铸成龙渊、泰阿、工布三柄宝剑。”

刘丕显插嘴说：“这龙渊剑就是流传至今的龙泉宝剑，是取汝南西平的龙泉水淬的宝剑，非常坚利。”

杨班侯又接着说下去：“传说晋、郑二国得知楚王有三柄宝剑，求之不得，就兴师动众把楚王城整整围了三年，最后楚王手挥宝剑，亲自上阵率兵出击，把敌人杀得尸横遍野。越王勾践更好宝剑，他广集剑匠为他铸造了八柄宝剑，定名为掩日、断水、转魂、悬剪、惊鲵、灭魂、却邪、真刚。吴国世传有属镂剑，吴王夫差曾令人赐属镂剑给伍子胥自尽。越王勾践灭吴后，得到属镂剑，又赐给大夫文仲，命其伏剑而死。与此相反，吴季子的延陵剑却作为友谊的象征流芳千古。季札出使鲁国，途遇好友徐君。徐君十分喜欢季札所佩的宝剑，想要又不好开口。季札已知其意，但因为要出使鲁国，无剑有失礼仪，所以当时没有送给他。回国时，季札专程去探望徐君，谁知他已去世，季札伤心地解下价值千金的宝剑，挂在徐君坟旁的树上而去。”

王芗斋叹道：“难怪唐代大诗人李白写诗道：‘独挂延陵剑，千秋在古坟。’曹植也有‘思慕延陵子，宝剑非所惜’呢！”

“赵国宝剑也非同寻常，燕太子丹曾用百金购得‘赵人徐夫人匕首’，使荆轲刺秦王。秦始皇时，曾命工匠采铜铸二剑，剑长三尺六寸，取名‘定秦’，由李斯用小篆书铭刻在剑上。汉高祖刘邦所佩‘斩蛇剑’，又名‘赤霄’，说他在南山所得，剑长二尺，为上古太上皇微时的佩刀与半沛山剑工的剑熔合铸成。高祖斩白蛇剑，剑上有七彩珠、九华玉为饰，杂厕五色琉璃为剑匣，剑在室中，光景犹照内外，刃上常沾霜雪。开匣拔鞘，辄有风光，光彩照人。汉光武帝刘秀佩有‘骇犀剑’、‘斩马剑’，因其利可以斩马而得名，汉时由于被收藏在少府属官尚方处，又称其为‘尚方剑’，后来成为皇帝御用的宝剑，授予亲信大臣，凭此剑有先斩后奏的权力。三国时，魏武帝曹操曾于幽谷得一剑，长三尺六寸，上有金字，铭曰孟德。曹操之子曹丕有一柄‘飞景’剑，能削金切玉。东吴孙权曾珍藏有韩信用过的‘赤乌’剑，后赐给周瑜。七星宝剑的使用在隋朝非常盛行，隋炀帝杨广在《白马篇》诗中夸耀他的侍众都是‘文犀六属铠，宝剑七星光。’唐代有张鸦九善铸剑，称为‘鸦九剑’。白居易写诗赞道：‘欧冶子死千年后，精灵暗授张鸦九。鸦九铸剑吴山中，天与日时神借助。’唐代有一种浪剑，在铸造时要以毒药并冶，几十年乃成，淬以马血，以金犀饰镡首，伤人即死。唐代剑术遍及朝野，文人、武将、道士、妇女，擅长剑术之人大有人在。诗人李白酒酣舞长剑，‘三杯拔剑舞龙泉’。著名画家吴道子在天宫寺作画时，由于废画已久，提不起精神，特地把将军裴旻请来为他舞剑鼓气，结果奋笔立成，若有神助。宋代士人中流传着‘中夜闻鸡，剑光正烛牛斗’‘论诗说剑’‘舞剑灯前’的尚剑遗风。诗人陆游，‘少携一剑行天下’‘十年学剑勇成癖’。元明清以来，元、清两代由于屡禁民间私藏军器，剑术在民间趋向销声匿迹；明代虽然武风兴起，唯剑术少见。清代发现一种蜈蚣剑，其鞘是蜈蚣巨壳所制作，百足之痕，隐约可见。从明代流传至今的剑术，如太极剑、青萍剑、峨嵋剑、醉剑、双手剑、武当剑、鸳鸯剑等，就剑路体势而言，有工剑，形健骨遒，端庄势整，一招一式，端端正正；行剑，流畅无滞，挥霍飘洒，多行势而少停歇；醉剑，恣意挥舞，乍徐还疾，忽往复收，形如酒醉；绵剑，柔和蕴藉，缓缓不断，自始至终，绵绵相连。唉，说起我这太极剑，还真有一段故事哩！”

第二十三回 杨班侯梦会绛绡女 王芗斋领悟太极谛

杨班侯说："十年前我初到这山上来，有一日，有个商人求见。他住在山下，说有个强盗前来索银十万两，扬言五天之内交不出银子，就火烧他的家。商人接到信后，坐卧不安，上山来见我。于是我下山在商人家门前贴了一个告示，告示上说我太极剑如何高明，愿与强盗决斗。五天后，那个强盗果然没有来。我在山上住了月余，一天，又有人敲我的门，出来见是一个樵夫，他手里拿着一封信，说刚才在北峰遇见几个女子，她们委托他把这封信带给我。我打开信一瞧，信是几个女子写的，她们约我去北峰比剑。我拿着这封信，如期前往北峰，峰顶上转悠半天也没见到一个人影，不知不觉来到北峰峰腰，忽然听到有女子的笑声，循声而去，见有几个女子正在嬉笑，她们身着薄绡长衣，轻风一吹，飘飘扬扬，宛若仙女一般。那几位女子向我施礼说：'听说先生的太极剑十分高明，想见识一下。'说着一位身穿绛色绫绡衣的女子走上前来，手握一柄长二尺的宝剑，她亭亭玉立，好像娇羞的水莲花儿。我拽出太极剑，说：'那就失礼了！'接着把剑峰一扬，说声：'看剑！'一弯腰便快速向绛绡女刺过去。绛绡女不慌不忙地带剑抵挡。只听'当啷'一声，两剑相撞，剑锋上溅出束束白光，宛如秋月荡水，紧接着白光四射，就如流水围雪。我见此情景，心中不禁一阵寒战，双手顿时不知所措。绛绡女这时已收起宝剑，笑道：'你的太极剑也不过如此，实在没有料到。我们本来无意冒犯你，只因为你贴出告示，料你会有非凡的武艺，谁想一经试手你就露出破绽，方知你不过略高人一等罢了！'我见这几个女子剑术高明，不忍离去，于是拜道：'我愿拜姑娘为师，恳请允诺。'绛绡女答应了我的请求。山腰有几间茅屋，几畦菜地。几个女子并不在此居住，白天也极少到这里来，相隔好几天才来这里指点我一次。偶尔在风清气爽，月明星稀的夜晚，她们坐在一起弹琴唱歌，琴声一停，她们就不知所处了。有一天，绛绡女对我说：'你的技艺已精，世无匹敌，不必再学下去了。’于是把我撵走了。过了几天，我又去北峰峰腰，只见茅屋犹在，一如既往。我在此屋住了三个多月，却连一个人影也没有见到，于是惘然而返。你们说，怪不怪？”

刘丕显笑道：“老先生恐怕是遇见剑仙了。”

杨班侯说：“也可能是做了一个梦，可是从那时起，我的剑术确实长进了不少。”

王芗斋笑道：“这真是仙人授剑了。”

这几日，王芗斋常到杨班侯处叙谈，有时天色已晚，便宿在那里。

王芗斋不时向杨班侯学习杨氏太极拳的要领。

这一天，杨班侯对他说：“虚实是太极拳中的重要一环，太极拳是在屈腿下蹲的情况下进行的。全身坐在右腿时，右为实，左为虚，反之亦然。能分清虚实，才能做到周身轻灵。同时也要注意手上的虚实。出掌前伸，由合式到开式，由起点到终点，是由虚而实，定势时达到极点，所谓阳极；由开再合，由实而虚，仔细留心问推求，屈伸开合听自由，所谓阴极。古典拳论说，一处有一处虚实，处处总此一虚实，一即太极，即命门所在，即腰，即第一主宰也。腰之虚实，统率全身虚实。全身重心由腰之虚实而定，或在左或在右，故总此一虚实。这叫做变换虚实须留意，气遍身躯不少滞”杨班侯还向王芗斋讲起武术与气功的关系。杨班侯道：“有句俗话：‘外练筋骨皮，内练一口气’，绝非口头禅，武术有内外之分，筋骨皮即身体之外部，一口气则是内部的，如五脏六腑，亦即内外相合之意。外是形，内是势，合起来就是人的形势。形势好就是身体内外好，形好势不佳或势好形不佳，都不属健全的人。太极拳的奥妙诀窍，就在气功上，全套或一招一式，莫不以内气为关键。练拳，即便年头很长，姿势很好，没有内功，缺乏势的存在，也是不成的。”

王芗斋问：“那么意在何种位置呢？”

杨班侯说：“意导气，所谓意气就是这个道理，没有意便没有气，气由意念而来。”接着，杨班侯向王芗斋讲了他父亲杨露禅的一段往事：“我小的时候，家住在北京铁老鹳庙，与人很少往来。有一年夏天，天气酷热，房屋狭小，蒸笼一般憋闷得人们难受。父亲找了根小木棍，把窗户支起来，通通凉风。他身体靠在铺卷上，手拿芭蕉叶扇子，斜躺着休息。正在这时，忽听院子有人喊了声：‘杨师傅在家吗？’我父亲听声音很觉生疏，口气粗暴，料想不是串门子的，也不是本地人，随口答道：‘请进来吧！我在家呢。’我父亲一边答话，一边想起身迎候。不料那人毫不客气，径直走进屋里，并且已在眼前了。那人矮胖，黑脸膛，没等我父亲起身让座，他随口说了声：‘领教！’用尽平生之力，一拳猛地朝我父亲打来，正打在我父亲的胸窝处。说时迟，那时快，就在这刹那间，我父亲并未动身，鼻孔吸了口气，腹部缩了回去，拳与胸部离开了几寸的空隙。一拳打空，那人的身子不由向前栽去。我父亲立即又把肚子用力一绷，腹部突然一鼓，那人从亮窗飞出，摔倒在院里。若是个没有武功的人，这一摔恐怕得受重伤。可那人站起身来向门外走去了。我父亲的这一招，就是气功，是少林、太极两派功夫达到上乘，自然形成的。”

王芗斋说：“我听说太极拳推手是非常厉害的，先生是否传授我一招？”

杨班侯与王芗斋在屋内转着，杨班侯比划着说：“太极拳推手的劲力发放，首先在将四正手、四偶手练得圆满柔顺周身一家。先学柔后学发劲，发劲时力求对方双足离地，或向前、或向后、或向左右旋转跃出为佳。太极拳推手时的劲力与其他拳术不同的是，要延长粘着点的‘力’的作用时间，使对方身体在失重的状态下加速运动，使被击的一方旋转着跌出，而又不伤人，这才是太极拳的神威之处。劲力发放要与呼吸相结合，呼发得愈透，劲力愈足，在推手时气贯丹田强若不倒翁。丹田是内劲的总根源。气呼下沉丹田，能使重心下降增大稳度，使身体处在万变的运动中，始终保持平衡而不易倾跌，又能聚集全身各处分散的力量汇集为整体之劲力。在某种意义上，速度比力量更为重要；速度越快，发出的劲力就相应地来得越大，越有实用价值。拳经说：‘来宜听真，去贵神速。’进如疾风吹人，电光猛闪，愈速愈好。”

杨班侯的这一席话，王芗斋暗记在心，这为他以后创立大成拳奠定了基础。

转眼到了冬天，华山之冬，显得特别空旷、辽阔，大树像强打精神一样，竭力站稳着身子，让自己的枝条和风搏斗着，叶子一片跟着一片向山谷里滚着。一会儿，风呜呜地吼了起来，暴风雪来了。一霎时，华山像条白脊背的巨蟒，伸向远远的灰蒙蒙的烟霭里。西峰、东峰上的庙寺、房屋像白色的大斗篷，顺着山脉隆起。雪如白棉扯絮，乱舞梨花，雪花大的有梅花那么大，拱拱凌凌的一片白色，又像在编织一面白色的大网。华山简直看不出路来了。

这时，王芗斋正在杨班侯屋内，因被风雪所阻，没有回到刘丕显的住处，与杨班侯正坐在檀香木书桌旁闲叙。忽然，王芗斋感到自己坐的椅子微微一颤，立即知道有生人来了。他望望杨班侯，只见他正侧耳倾听。

王芗斋料定来者不善，因为这个人用的是轻功。

杨班侯不由得站起身来，伸出右手，拿起桌上的茶碗盖，同时一较丹田劲，茶碗盖便迅速地旋转起来，发出“嚓———”的响声。他这样做的目的在于提醒不速之客，主人已经知道他来了。

这一招果然灵验。来人五十多岁，穿了一件白色紧身衣。

他一瞧主人早有防备，就站在门口向杨班侯拱拱手：“多有冒犯！多有冒犯！”杨班侯双眼微闭，用右手指了指窗户下的太师椅，示意来人坐下。

来人正欲坐下，只听杨班侯大喝一声：“你把手里的镖放下！”

杨班侯的话一出口，就听到了一只镖落地的声音。

“你的这只镖，虽说是块上等好钢，但这镖原来的主人，并没有告诉你，它右边比左边重。你或许一直不明白，你打镖时为什么总是往左边歪。告诉你吧，要想运用自如，可不那么容易。”他仿佛看见来人额上冒出了汗，继续说：“你也不用害怕，我不会伤害你。但我要提醒你，你以后也不必在镖上下工夫了，你天生不是使用这家伙的材料！”说到此时，杨班侯才转过身来，一屁股坐在太师椅上。

来人“噗通”一声跪地说：“杨二爷饶命！”

杨班侯冷笑一声：“你千里迢迢冒着风雪，来这华山之上找我做什么？”

来人哆嗦说：“他们都说二爷当年在通县树林里烧死了，唯有我不信，几年来我寻遍名山大川，追访您的踪迹，想不到今日才寻到。”

杨班侯道：“你来寻我干什么？”

来人支支吾吾：“我——”

“说！”杨班侯把茶杯击碎，茶叶末溅了来人一脸。

“我想要明人王宗岳写的那本《太极拳论》……”

“妄想！”杨班侯说着，来到屋角，一跺脚，地上砖块四裂。

杨班侯扒开碎砖，扒出一个锦匣，里面有个拳谱典籍，上写隶书：《太极拳谱》，王宗岳著。

来人的目光落在拳谱上，充满贪婪之光。

杨班侯说：“你今日是有来无回了！”

来人惊得后退几步，头捣地如蒜，哀求道：“二爷，我家有老母呀！别把我这把骨头扔在这荒山上呀！”

杨班侯冷笑道：“你有几个娘?！十五年前，你娘就死了，你老婆让你卖给了妓院，你女儿让你逼得跳了河！”

来人目光呆滞，大叫一声，瘫倒在地上。

王芗斋忙问何故，杨班侯讲起往事。原来来人叫陈云江，是杨班侯家的仆人，八国联军入侵北京后，陈云江向洋人告密，说杨家与义和团有来往。杨班侯有个弟弟叫杨健侯，也因此受到牵连，由于得信早，带着长子杨少侯和刚满一岁的三儿子杨澄甫，深夜出逃，幸免于难。洋人走后，陈云江又当了朝廷的探子，协助清兵捕杀义和团余党。

此时陈云江见杨班侯认出自己，知道大祸临头，急忙上前跪倒在杨班侯面前说："二爷，饶我一条狗命吧！"

就在陈云江俯身的一刹那，王芗斋猛然发现从他的怀里露出一角女人穿的旗袍。

王芗斋急忙来到陈云江面前，从他怀中扯出那女人的旗袍，他觉得这旗袍面熟，一时又想不起来。

杨班侯喝道："陈云江，你为何身揣女人的旗袍?！从实招来。"

陈云江战战兢兢说："我住在山下一个客店时捡到这个旗袍，因为身上穿得单薄便把它揣在怀里。"

王芗斋抖开旗袍，只见后身有一个小窟窿，并有血渍。他想陈云江话中有诈，一把揪住陈云江道："这旗袍上为何有血迹?!"

陈云江一见，吓得魂飞天外，支支吾吾道："我拿这旗袍时，上面就有血迹……"

"胡说！"杨班侯一声大喝，走过来一把揪住陈云江的耳朵，把他拎了起来。

陈云江疼得哇哇乱叫，哀求道："我说，我说……"

杨班侯放开他，陈云江捶胸顿足地说："我上山之前借宿在山下一个小镇的客店内。深夜正睡时，忽然被一人摸醒，我吓了一跳，慌忙滚到地下。那人来摸我的衣物，在里面翻着什么，我急忙抓到宝剑，朝他背后刺了一剑，那人惨叫一声倒地。我点燃蜡烛一瞧，原来是一个双目失明的年轻女子，她身上穿着这件旗袍，蓬头垢面，像个女鬼，两只眼珠没了，露出两个黑窟窿。我身上衣薄，慌忙扒下她的旗袍揣在怀里，爬上山来。"

王芗斋心想：那女人一定是林莺啼了。他记起林莺啼曾穿过这件旗袍。

正说着，只见陈云江呼的一声，喷出一口血，扑倒在地，气绝身亡。

杨班侯、王芗斋一见大吃一惊，回头一看，只见门口现出一个蓬头垢面，浑身血污的年轻女人，她身穿淡绿的内衫裤，双目失明。

王芗斋认出她，她正是林莺啼。

林莺啼向陈云江扔出蝴蝶镖后，一仰身，也一命呜呼了。

原来陈云江刺林莺啼一剑，并没有将她刺死。

林莺啼报仇心切，忍着伤痛，顺着山径爬了上来，一直追到此处。

她用尽全身气力向陈云江抛出最后一枚蝴蝶镖后，生命已然耗尽，终于死去。

杨班侯与王芗斋将陈云江和林莺啼的尸首在屋后掩埋。杨班侯回到屋里后，拿出一个锦匣递给王芗斋，说：“这是明代武术理论家王宗岳先生著的《太极拳论》，我已保存多年，现在送给你，你要用心研读。我见你根底很好，年轻有为，希望你在武术界成为一代巨匠！”

王芗斋打开锦匣，只见里面有一部拳书，上面写着：《太极拳论》，王宗岳著。

王芗斋轻轻念道：“太极者无极而生。阴阳之母也。动之则分，静之则合，无过不及，随曲就伸。人刚我柔谓之走。我顺人背谓之黏。动急则急应。动缓则缓随。虽变化万端，而理为一贯。由熟而渐悟懂劲，由懂劲而阶及神明。然非用力之久，不能豁然贯通焉。虚灵顶劲。气沉丹田。不偏不倚。忽隐忽现。左重则左虚，右重则右杳。仰之则弥高。俯之则弥深。进之则愈长。退之则愈促。一羽不能加。蝇虫不能落。人不知我。我独知人。英雄所向无敌。盖皆由此而及也。斯技旁门甚多。虽势有区别。慨不外乎壮欺弱。慢让快耳。有力打无力。手慢让手快。是皆先天自然之能。非关学力而有为也。察四两拨千斤之句。显非力胜。观耄耋能御众之形。快何能为。立如平淮。活似车轮。偏沉则随。双重则滞。每见数年纯功。不能运化者。率自为人制。双重之病未悟耳。欲避此病，须知阴阳。粘即是走，走即是粘。阳不离阴，阴不离阳，阴阳相济，方为懂劲。懂劲后，愈练愈精。默识揣摩，渐至从心所欲。本是舍已从人。多误舍近求远。所谓差之毫厘，谬以千里。学者不可不祥辨焉，是为论……”

杨班侯说：“芗斋，这部书揭示了太极拳的真谛，你要用心阅读，青出于蓝而胜于蓝，冰出于水而寒于水，你要博采众家之长，成为武术界的革新者！”

这日晚上，王芗斋与杨班侯聊到深夜，收获甚大，他对杨班侯说：“与您一席肺腑语，胜我十年萤雪功啊！”

这一夜，王芗斋梦见了先师郭云深。

他见师父满面笑容，正在庭院里喝茶。郭云深对他呵呵笑道：“芗斋，你游历江湖，博采众艺，已是满腹学识，如今应满载而归了。”

王芗斋又惊又喜，叫道：“师父，您老身体可好？”

他定睛一瞧，哪里是师父，原来是刘丕显。此时，正好刘丕显也来找王芗斋。

他猛地醒来，方知是南柯一梦。

想起郭云深先生的许多往事，甚是思念，他见天已大亮，赶忙来到前院，正见杨班侯在练拳。王芗斋思师心切，依依告辞刘丕显、杨班侯二人，下山去了。

王芗斋日夜兼程来到河北深州郭云深墓前，又为郭云深建了一座石碑，然后回到北京，与尚云祥等人欢聚一堂，自是十分高兴。

不久，张占魁托人捎信来请王芗斋赴天津持教。原来天津此时也成立了一个武术馆，馆长由河北省督办李景林兼任，形意拳大师李洛能的嫡孙李振邦的弟子薛颠主持武术馆教务。

王芗斋来到天津后，径奔武术馆。

武术馆教务长薛颠与王芗斋没有见过面，一见王芗斋，对他非常冷淡，冷冷地问："你要学什么拳?"

王芗斋答道："久闻薛老师以龙形拳名震津门，愿请赐教。"

薛颠未加思索贸然起座伸手，王芗斋举手相接之间，薛颠已经跌出，摔倒在地。

这时张占魁从馆内走出来，一见王芗斋，高兴地叫道："哎呀！王芗斋到了!"

他对薛颠说："这就是我请来的王芗斋师父，快都过来磕头!"

薛颠与弟子赶快过来给王芗斋磕头。

张占魁、薛颠又领王芗斋去见李景林。

王芗斋在天津武术馆小住，传授拳术，来学的青年络绎不绝。

王芗斋回到北京后，在形意拳的基础上，吸取各家之长，创立了意拳。王芗斋创立的意拳强调意念，要求神意真，不求形骸似。重在实践，以养生、健身、技击为主，以意念统帅肢体，要求精神集中，呼吸自然，周身放松，使身体各部连成一体，进而运用精神假借，使全身建立名为"浑元力"的技击效用。王芗斋以形意拳中的元整笃实力为基础，吸收了太极拳中的粘、黏、连、随四大特点和柔化之力，并吸取了八卦掌舒展的身法、灵活多变的手法和步法，加之儒、禅、道三家气功的精粹，融会贯通，推陈出新。王芗斋用四句话来概括意拳的特点："神不外溢，意不露形，形不破体，力不出尖。"实际上是静中有动，动中有静，形意兼练，动静相兼。练功方法有六桩、试力走步、发力、推手、散手打沙袋、劈刺、长杆练习等。此时前来学习意拳的人络绎不绝，王芗斋声名大震。

一九二八年，王芗斋应李景林、张之江的邀请，伴同张占魁赴杭州担任第三次全国运动会武术比赛裁判后，又应师兄钱砚堂先生之约来到上海。

钱砚堂在上海黄浦饭店为王芗斋接风，此时孙禄堂早已来到上海，听说王芗斋来沪，也来迎接。

酒过三巡，钱砚堂要与王芗斋"听听劲"。王芗斋笑道："师兄年事已高，免了罢!"

钱砚堂带着点醉意笑道："我听说师弟创立了一种新拳派，我想见识见识。"

王芗斋说："如师兄愿看师弟之学业，师弟请师兄坐到身后的沙发上。"

钱砚堂以崩拳直取王芗斋，王芗斋以掌轻按来迎住钱砚堂的拳头。一瞬间，钱砚堂已飞起稳稳坐于指定的沙发上。钱砚堂起来握住王芗斋的双手，泫然落泪说："没有想到几十年后又能重见老师风采，先师的武技有人能传下去了，真使我既欢喜又想念老师。"在座的青年武术家赵道新、张长信见王芗斋功夫高深，也想学习意拳，便请钱砚堂先生做介绍人拜王芗斋为师。

以后王芗斋在钱砚堂家中结识了铁岭吴翼辉先生。

吴翼辉是六合心意拳名家，与王芗斋非常投机。

王芗斋叹道："我在国内参学万余里，拜见拳家逾千人，堪称通家者仅有三，一位是湖南解铁夫，一位是福建方士桩，另一位就是上海的吴翼辉。"

王芗斋在上海传艺期间，登门试艺者不乏其人，但他不曾一负。

此时，世界轻量级拳击冠军，匈牙利籍拳击家英格，正在上海青年会任拳击教练，他称中国拳术无实用价值，拳师不堪一击。

王芗斋听说后，到上海青年会找英格比武，仅在互相接触的一瞬间，英格已被击出一丈多远，仰卧于地。英格大为吃惊，他爬起来喃喃说："我如同被电击了一样。"

不久，武林高手高振东、张恩桐、韩樵、韩垣及全国拳击和摔跤双冠军卜恩富等也投于王芗斋门下。

韩氏兄弟因其父韩友之是李存义弟子，因此王芗斋让他们分别拜自己的弟子尤彭熙、赵道新为师，但由王芗斋亲传技艺。

韩樵、赵道新、张长信、高振东号称王芗斋门下"四大金刚"。张长信曾夺取过上海市拳击公开赛冠军，赵道新则是第三届全国运动会武术散手赛冠军，他曾击败大财阀宋子文的挪威籍保镖安德森。

一九三五年，五十岁的王芗斋携弟子卜恩富、张恩桐、韩樵三人束装北归，在天津小住后，返回河北深州故里训练弟子，研习拳法。

一九三七年，王芗斋应北平张璧和齐振林二位先生之邀，到北平定居，任教于四存学会体育班，传授意拳，并著书立说，阐述中国拳术真谛，主张解除封建传统之师徒制，强调应用科学方法训练，公开教授武术界秘而不传的站桩功，并完成了拳论初稿。

这一天，王芗斋正在家中与吴素贞研究拳论初稿，忽然，门帘一挑，有个高大魁梧的汉子走了进来。他仿佛金刚罗汉一般，两道浓眉下的两只眼睛像两个吊钟。

王芗斋起身迎道："先生来此有何贵干？"

那大汉问："你就是王芗斋吗？"

王芗斋点点头。

那大汉见王芗斋身体很瘦弱，貌似文人，比自己矮有半头之多，唯恐对方不堪自己一击，于是转身欲走。

王芗斋问："请问先生姓名？"

那大汉说："我叫洪连顺。"

王芗斋知道洪连顺是张占魁之弟的弟子，原籍京西蓝靛厂，自幼好武，曾学大洪拳、小洪拳、形意拳等拳法，尤其擅长弹腿。他臂力过人，有一身硬功，可使半尺见方的城砖应声而断，人称"大力洪"。

王芗斋笑道："原来是洪先生，久仰，久仰。你既然来了，何必匆匆而去！"

洪连顺犹豫片刻，说："我练几趟，你先看看再说。"说完后，便在屋中练了一套形意拳中的五形连环，动作灵巧，最后以双手劈拳，轻轻地向壁上一按，震得窗棂嗡嗡作响，四周棚顶上的尘土簌簌而落。随即又以脚尖连环踢壁，踢得墙皮纷纷而落，墙上露出一个个小坑。洪连顺做完动作，闪在一边，气不喘，面不改色。

王芗斋笑着说："你这练的只是玩意儿，不能实用。"

洪连顺一听，气不打一处来，他以劈掌猛击王芗斋，王芗斋举手相应间略略发力，便将洪连顺摔倒在沙发上。洪连顺躺在沙发上，两眼发怔，不知自己是怎么摔出去的。

王芗斋说："这次不算你输，起来吧！我们再试一次，我还叫你躺在这里。"

洪连顺内心不信，左躲右闪，不肯靠近沙发。

王芗斋举手左晃右晃，紧紧相逼，找准时机，突然发力，洪连顺又坐在沙发上了。由于这次发力过猛，沙发下边的横梁粗木皆被砸断。

洪连顺见王芗斋果然身手不凡，非常佩服，当即拜倒在地，甘愿拜在王芗斋门下改学意拳。后来，洪连顺的得意弟子姚宗勋、李永宗等人也随洪连顺拜在王芗斋门下。

以后，王芗斋为了发扬中国拳学真谛，在《实报》上发表公开声明，欢迎武术界人士驾临寒舍赐教，以武会友，共同研讨如何发扬我国拳术。各派名家登门来访者颇多，由周子炎、洪连顺、韩樵、姚宗勋四位弟子具体负责招待各路豪杰。此时，北平张璧先生请求将意拳之名改为大成拳，意在集我国拳术之大成。王芗斋因其盛意难却，最后也自同意，但是说："拳学本无止境，哪有大成之理。”他在《大成拳论》一书中写道：“欲却之而不能也。”

大成拳脱颖而出，王芗斋于一九六三年七月十二日在天津逝世，但是他所创立的大成拳已在尚武之地结出了硕果。

有的人活着，但他却死了；有的人死了，但却活着。